造型之维

ZAOXING ZHIWEI

杨梓诗歌美学论

荆竹 著

黄河出版传媒集团
阳光出版社

图书在版编目（CIP）数据

造型之维：杨梓诗歌美学论 / 荆竹著. -- 银川：阳光出版社, 2020.10
ISBN 978-7-5525-5672-8

Ⅰ. ①造… Ⅱ. ①荆… Ⅲ. ①诗歌美学－诗歌研究－中国－当代 Ⅳ. ①I207.22

中国版本图书馆CIP数据核字(2020)第211158号

造型之维——杨梓诗歌美学论　　荆竹　著

责任编辑　李少敏　王佐红
封面设计　晨　皓
责任印制　岳建宁

黄河出版传媒集团
阳光出版社　出版发行

出 版 人　薛文斌
地　　址　宁夏银川市北京东路139号出版大厦（750001）
网　　址　http：//www.ygchbs.com
网上书店　http：//shop129132959.taobao.com
电子信箱　yangguangchubanshe@163.com
邮购电话　0951-5047283
经　　销　全国新华书店
印刷装订　宁夏凤鸣彩印广告有限公司
印刷委托书号　（宁）0019596

开　　本　720 mm × 980 mm　1/16
印　　张　19.25
字　　数　280千字
版　　次　2020年10月第1版
印　　次　2020年12月第1次印刷
书　　号　ISBN 978-7-5525-5672-8
定　　价　48.00元

美的灵思与涵润(自序)

本书的写作,是对杨梓诗歌创作长期关注的一个结果。

在1980年代,当中国学界尚沉浸在思想启蒙与观念更新的兴奋中,言必称“主体性”和“方法论”的时候,从事医学教学的杨梓却对诗歌创作独有所悟。就是在那个时候,当我第一次接触到杨梓诗歌作品的时候,感觉他的诗歌竟然写得那么美,那是一种很特别的含蓄、凝思与象征之美。他作品的此种美既是一种清晰中的含蓄、凝思与抽象之美,又是一种可视可感的意象造型之美。他的作品将现实世界之真际蕴含其中,表达也有现实事物真际的准确性。他的灵思创造富有一种独创一格的精神端倪,也有一种骤然照亮一方新天地的智慧之光,在看似纯属偶然的心智觉醒中隐含着的是生命的某个敏感点被吸引与被激发的信息。也正是在那个时候,我对他的诗歌创作开始关注。1993年3月,《杨梓诗集》出版,我就有机会比较集中地翻阅他的作品,并随手写下三言两语的读后感。后来,逐渐产生了想写一篇论述他诗歌创作文章的想法,此时,他仍保持着旺盛的创作势头。更为重要的是,他的创作意识与现实世界的交相辉映,大都成为他作品的意象造型。他可以自由娴熟地出入现实世界,出入宇宙与人生。入则能描述,出则能深思;入则鲜活有力,出则品味不凡。这样,他的诗的境界就不再分为有我之境和无我之境了。他不但可驾驭万物,也钟爱万物。面对他的创作嬗变,我暂缓写他创作“论述”之念头,而接着观察与翻阅他的作品,因为,我感到他作品的审美张力太大了,故非读不可,并将对其读解陆续积攒下来。

2000年，诗人的《西夏》上卷出版，我即对他的作品予以“深度关注”。他的《西夏史诗》全本由文化艺术出版社推出后，我便产生了写一篇《杨梓诗歌创作论纲》的文章的想法，我向他索要新作时，也没有透露此一想法。这几年，如果不是我的身体几度出现问题，此想法应该在五年前即已实现。所以，杨梓诗歌创作的历史，就是我对他诗歌创作关注的历史。

杨梓的诗歌造型是一种综合的多维性造型，它具有一种梦幻般的审美氛围，他特别重视诗歌造型中梦幻之美的神效。他的诗歌作品中熔铸着民族的灵魂，揭示了人的灵府开启的审美、向善、仁爱、知耻之维度。诗歌艺术的虚灵而真切之品性是值得他这位心有存主的人为之献身的，对此一点之顿悟使他在遭逢“势利”之威诱时得以守住精神之重心。即便我们能在他作品造型的幻象中窥见真实的世界，他也将真实的世界藏于梦幻般的造型世界之中。只因此种梦幻般的造型世界具有一种神秘、抽象、幽玄、绮丽、实境、超诣、飘逸、旷达、流动的情调，此即构成了他的诗歌美学之特性。他诗歌美学中的造型对象是被经验着的造型客体，是在造型经验中完成与实现的，作为造型经验的一个组成部分，造型对象是一种经验之存在、一种梦幻般的存在，是一种象征的超越性之存在，因而不同于造型经验物化或物态化的造型客体。杨梓诗歌的造型对象是依据格式塔(完形)的同形同构方式建构的，造型对象作为自由生命之形式，是由感知层、生命层、意味层组成的多维结构体，凝结着诗人的造型经验即造型个性，因而具有独特性与不可重复性。在他那里，诗歌造型经验既是一个综合的动力复合系统，是由造型需要驱动、造型理念调控而形成的多种心理机能矛盾冲突而又协调的审美创造意识活动；又是一种意象情感，即情感对意象的建构与体验。他的诗歌造型经验具有审美的无功利的情感愉悦性、无概念的理解普遍性、无目的的合目的性、无思维逻辑的情感逻辑性。他的诗歌造型经验的本质是一种自由创造的情感愉悦，他的造型自由既是社会理性向个体感性之“积淀”，又是个体感性对社会理性的突破，是个体感性与社会理性矛盾冲突而又交融渗透的多维审美活动。诗人造型自由创造之实现，是对人性走向完整和自由创造的某种确证。

杨梓诗歌美学中的造型经验是由造型需要、造型能力、造型意识三个部分或层次构成的。造型需要作为内在情感对形式之欲求，是造型经验之动力；造型能力作为造型心理机能，是造型需要满足的工具，是由感知、想象、理解、情感等多维性心理机能构成的；造型意识作为造型价值理念与取向，是造型活动之调节、控制因素，包括造型理念、造型趣味和造型理想。造型需要、造型能力、造型意识等促使造型心理机能呈现多维形态。此即构成了杨梓诗歌艺术造型经验的内在动力机制。诗人的造型形态，就是诗人造型客体的价值形态，亦即说，是其造型范畴。诗人的造型形态之构成来源具有双重性，它作为造型本体的具体表现形态，根源于人类物质世界的实践创造，具有造型发生学意义，是原始之基础；它作为造型经验之外化形态，则直接来自主体的造型实践活动的创造，具有造型创造论的意义，经造型心理的介导而构成。故，造型形态之阐释，当依循诗人之造型特征，一是诗歌美学本体论原则，从人类物质世界实践方面对造型形态作出阐释；一是诗歌美学认识论原则或心理学原则，从诗的审美价值方面对造型作出阐释。据此，造型形态基本由绚烂、雄浑、粗犷、豪放、悲慨、荒诞、冲淡等构成；当然这里还涉及造型个性、共同性与特殊性，以及造型观照、造型领悟与造型超越、造型畅神等，特别是对造型对象的感性把握、造型对象深层的意味把握、造型人格的超越性把握，最终导致心灵与自然之融合，实现精神境界的超越等。诗中之含蓄、象征与“言外之意”，乃是他诗歌艺术造型之总体特性，越是难以琢磨的造型意象，就越是意味深长。阐释造型景物须有恰切之角度，远则模糊一片，无法辨认，失去美的感觉；近则一览无余，缺少遐想之余味。美由距离造成，杨梓诗之美便是给读者制造一个适当之距离，而让读者对他的诗感觉到有领略不尽之意味。

在当代中国诗歌美学长廊里，杨梓的诗歌作品独树一帜，《西夏史诗》即其经典作品之一，是出于生命的独立性而创作的生命化了的作品。换一种说法，就是把艺术的积累收摄于智慧，把智慧收摄于每一个活生生的艺术生命（作品）之中。生命化的艺术创造之全部韵致在于诗人的心灵之“觉”。“觉”是诗人生命之灵犀所在，牵动着作品生命之整体。无论是审美本体之“觉”，还是灵思创造之“觉”，都是切近个体生命、个体心灵的。诗人的艺术创造，诗人的生命意识，均在一个个活生生的艺术生命(作品)中显现与激活。从笔者文稿中可略窥见他诗歌创作之独特色彩。他创作中先后出现的超逸、雄浑、粗犷、豪放等多元性艺术风格，考其原因乃是他修养与艺术、意与笔、诗与境、情与形等方面的关系在不同时期的反映。搁笔之顷，得出此结论，乃鄙人心契之所解。

对于杨梓的诗歌作品，无论作何种阐释皆有其合理性。“一千个读者就有一千个哈姆雷特”，赫拉普钦科也表达过此类意思：我们在阐述重要的艺术作品时的任何解释与理解都是自然的事情。“完美形式的唯一的突出特点就是：任何人都可以在其中加入他所想起的东西，也可以在其中看到他所希望看到的东西……”“我敢断言，《伊利亚特》和《神曲》的任何一句诗在我们的理解当中都没有保留着最初所赋予它的那种意义。存在就意味着变化，我们用笔记录下来的思想在我们死后的存在也服从同样一条规律：它们继续存在着，只是不断变化着，并且变得越来越不像在我们心里产生之后发表出来时的那种样子。我们的作品中为后代所欣赏的东西，是与我们的看法完全不同的。”(《赫拉普钦科文学论文集》，人民文学出版社，1997年，第204页)赫拉普钦科这段话，也很适合我们今天对杨梓诗歌作品阐释时的情境。

为此书的出版，阳光出版社的领导与诸编辑付出了辛勤劳动，谨在此致以深挚谢意。

2020年5月22日于风声楼

目录

第四章 传导透射与作品的寓指

第五章 内在之焦虑与现实之超越

第六章 历史世界中的审美价值格度

第七章 历史文化与重叠的意象构图

第八章 以史观史与诗之本体

第九章　多重造型中的互融结构

第十章　诗与历史之间的审美张力

第十一章　历史精神与史诗想象

第十二章　隐喻、具象叙事架构中的审美特性

第十三章　叙事符号与史诗图景

第十四章 诗哲交融与美学沉思

第十五章 “乡”文化的美学建构与阐释

第十六章 时间的美学

第十七章 时空中的幻象

绪 论

本书是对杨梓诗歌美学的探讨，由于不想成为杨梓诗歌的艺术鉴赏作品，笔者选择的主要出发点与角度是对杨梓诗歌美学造型的探讨。造型是杨梓诗歌美学的重要方面。传统的诗歌个案研究，往往侧重于诗歌的内容，如主题、时代背景、题材类型、节律等，着重点在于诗歌写了什么，并且进一步追问诗歌的社会文化根源，但很少关注诗歌中的造型寓意表达以及方式与形式。而杨梓诗歌美学中意味造型的特性就是，它既来源于现实世界，又超越现实世界，我们要追问他如何会以这样的造型符号表达寓意。这并不是说我们对杨梓诗歌的内容、意识形态与文化哲学等问题有所忽略，而是更加强调这一切是怎样实施和具体反映在杨梓诗歌的美学活动当中和微观美学层面的。

在杨梓诗歌美学中，意味造型分析的一个重点就是揭示其诗歌造型结构与形式建构的内在层面。此外，笔者还试图在分析杨梓各个历史时期的作品时，结合诗歌文本、诗歌美学的基本理论以及分析诗歌美学的一些基本方法，对杨梓总体的诗歌美学进行阐释。

一、造型的基本性质

意味造型，是杨梓诗歌审美活动中的一种基本特征。在杨梓的诗歌审美创造中，意味造型就是指 A 事物与 B 事物之间有着十分密切的关系，A 事物代表、预示着 B 事物。在杨梓的诗歌审美活动中，意味造型是发展的、延伸的，在杨梓的生活世界与诗歌美学世界中存在着广泛的意味造型活动。在一般人的主体意识中，竹、松、鹤、白意味着人的操守、坚韧、长寿、纯洁，此亦为生活世界与审美世界之普遍现象。但在杨梓的诗歌审美创造活动中，可能就远不止这些，此为其一。其二，在杨梓的诗歌审美创造活动中，意味造型是用小事物来预示、代表一个远远超出自身含义之大事物，用具体之人的感觉可以感知之物象来喻指某种抽象的不能感知之人类情感或理念。在杨梓的诗歌审美活动中，意味造型是小事物与大事物之统一，是具体物象与抽象情志之统一，是可以感知之物与不可感知之意之统一。

然而，杨梓意味造型的审美活动不再局限于小事物与具体物象而不向大事物与抽象情志跃升，小事物与具体物象已经不是诗人意味造型创造所尊奉之唯一圭臬，但小事物与具体物象仍然是杨梓意味造型创造之关键，故其影响乃至决定了杨梓诗歌意味造型活动能否一帆风顺、能否跃升至大事物与抽象情志。如此，小事物与具体物象实际上是杨梓意味造型创造描述之对象。因此，意味造型创造是舍弃小事物与具体物象来到达彼岸之必备之筏。登岸自然要弃筏，但无筏不能登岸。故杨梓在诗歌的意味造型创造中，对小事物与具体物象之重视，绝不亚于对大事物与抽象情志之重视。杨梓对小事物、具体物象选用得当，描述合度，故深深吸引着接受者，且具有引发接受者去思考这些意味造型所代表、预示的另一物象或另一理念之功能，故杨梓诗歌的意味造型创造业已顺利完成。例如，苍蝇(《苍蝇》)的随伴意象是人们“失去了最后的空间”，它一直在人们的眼皮底下飞来飞去，在人们的耳畔嗡嗡地叫着，苍蝇这一随伴意象暗示了当代人的心理、性格、情绪等，诗人所描写的苍蝇活动的时空范围很小、很实，一切均集中于一个寒冬之夜，如实的描绘塞满了这一空间与占尽了此一时间，但小屋、锅盖、书与书签等把我们领进了一个需要展开无限想象的空间世界。蚊子(《蚊子》)的随伴意象亦复如此。它与苍蝇的随伴意象有异曲同工之妙，甚至是同一思想之延伸。“就让吸血者蜂拥而至吧”！诗人意味造型的思想状态的详细剖白与将苍蝇与蚊子惟妙惟肖地呈现，更加强了这个世界的实在性、原生性与虚幻性。杨梓在随伴意象的创造中，以苍蝇、蚊子作为暗示,大都对诗中虚拟对象的性格进行了意念化处理,便于在集中的特征化的性格描绘上,指向意味寓意。围绕苍蝇、蚊子这一随伴意象展开的多方面的叙述,造成此一意象的高度凝练与突出,从而使人产生联想。这正好表征了只有诗人创造的随伴意象的寓意丰满深邃,此种意象创造才能有着某些方面的强化,只有整个诗歌作品均有随伴意象之巧妙设置,这些诗才能成为暗示性诗作,此种意象才是暗示性的意象,才能达到暗示更深远的思想情感之目的。

因此,判断杨梓诗歌美学中意味造型创造是否成功,是否充满审美张力,不仅要看其中有无小事物与大事物之对应统一、具体物象与抽象情志之相互融合渗透,还要考虑其中有无对意味造型意蕴之拓展,更主要的还是要看此种创造有无诱发接受者去探求超越造型本身之意蕴的功能。杨梓诗歌美学中的意味造型创造活动,很好地解决了小事物与具体物象创造上的艺术问题,获得了成功。

二、造型通贯于整个审美创造

意味造型贯穿了杨梓整个诗歌美学创造活动,不仅体现在早期诗歌创作活动中,也体现在《西夏史诗》中。因为文化精神的展现须主要借助非现实的幻想性审美思维,整个神秘的党项文化历史世界,不是现实世界的直接映像,而是生活世界中的某种理念、思想、情感、理想之折射。如此,《西夏史诗》中许多历史形象往往并不代表党项历史世界中某一真实原生之造型,其中之人物、事件均意指着某一个其他事物或理念。故《西夏史诗》中的世界是一个丰富的、多彩的意味造型世界;仿佛各种党项历史事物既是对应之物,又是统一之物,作品显示出能显示的具体的可感知部分,又把接受者引向那不能直接显示的不可感知部分。因此,神秘的党项历史中的不少群像也就成了《西夏史诗》中的意味造型对象。神秘的党项历史实际是《西夏史诗》审美创造之母体,意味造型作为一种美学果实,通过此部作品得以更茁壮地成长、成熟与日臻完美。所以,《西夏史诗》既是一部赞颂党项人"生生不息力量"之史诗,也是一部讨伐那个历史时期王权专制之史诗，它是将那个历史时期送上人类理智法庭进行审判的一次证据确凿的指控。在此方面，作品的不少地方均有明示。无论是战争还是宫廷的斗争，终遭灭亡的是党项人的生命之美，党项人的家园也成为永远的梦想。理性与非理性的力量钳制着党项人之一切，有如梦幻一般，日复一日地扭曲……任谁有美丽之憧憬，皆不可能成为自己所希望成为的人，像虬蔓附体，不能自拔。党项人无家可归，四处逃亡，普通人不能成为正常之人，英雄不能成为正常的英雄。哪里有他们的生存之地？此皆说明在特定的历史时期、特定的生存环境，人常常无法抗拒那种强大的异己力量。《西夏史诗》中此类范型化之图式，显得辛辣、尖锐和严厉。它没有给历史进程中荒谬之年月统统套上辉煌的光环，而是将它呈示于当下，让接受者去反思、去分析、去批判。它主要传达的历史意蕴是意味性的，故其以"迷误"作为作品之伏笔穿插其间，但它在意味性造型的历史世界中又不断地闪现出历史时代之剪影，以富于特征性的丰富细节、图景，将一个历史时期的某些荒谬揭示出来。如此庞大、精湛的一部史诗作品，既有对历史世界之思考，又有历史世界之多彩呈现；既有对党项人生存之宏观把握，又有对历史世界之微观捕捉，是对史诗作品表达历史世界审美功能之极大拓展。

当人类跨入 21 世纪这个崭新的历史时期后，杨梓告别了民族历史文化的审美创造，以意味造型审美活动为目的的诗歌创造获得了极大成功，但意味造型依然是杨梓诗歌创作中坚持的审美路径。在《骊歌十二行》中，四卷作品皆以"乡"之意象进行意味造型创造，其意义明确而深远。"乡"明确表达着诗人追寻之根性只存在于变迁的世界之外，而具有纯洁心灵之人仍会极力去追寻，因为人类的情感与想象会因遨游在"乡"间而变得更富足、更纯洁。以"乡"建构的诗歌美学，不论是在梦中，还是独在异乡，在梦呓之国，还是在西域内外，皆需要寻找。"只是希望出现奇迹，再次相遇"，"为了一片大漠上的绿洲"，诗人还是"独自开始一次心灵的跋涉"。但是诗人刚刚开始上路，"就被泪水碰断目光"，"只好闭上眼睛 / 却见荒原上一棵即将枯死的树 / 只因一滴泪水而发出新芽 / 奇异的芬芳将我埋葬"。"乡"，意味着生命之根，只有在牺牲中才能得见。但此根系非永久可以把握的，所以“乡”还是未能得见。21世纪之初，杨梓仍在探索人类之根脉究竟在哪里，只是对此种意味性造型创造之认知更加深入了。诗人之“乡”，应该包含着多层意义，它是独一无二的人类生命之根的体现，又饱含着大自然之奥秘，因此它既体现着人类精神上的根脉，又体现着人类物质上的根脉；既关系到现实世界，又关系到未来世界。杨梓用“乡”这样具体的意象来表示抽象之理念，他要表明，人类生命之根的存在，虽然我们总不得见，以为其离我们很遥远，但经过千难万险，最终是可见并可坚守的；即使会得而复失，也能再次找到。此种“乡”之意味造型，突出了生命之根就在我们身边之寓意。“乡”之生命之根的意味造型创造应该毫无疑问，但“乡”蕴含着对现实世界之批判意味也十分明显。此系列诗作除体现了杨梓的优长——诗歌的美学造型富有抒情性与纪事性，善于用丰富的想象与读者交互，以及难能可贵的诗情画意，还表明意味性造型有着抽象般的、人道主义之性质。相信人类自己、相信未来、相信精神文化之根性、相信人类能战胜历史进程中的一切问题，这一切给他的诗歌美学带来了乐观主义的情调。因此，我们把“乡”之意象建构与意味造型解读为对人道主义理想之探寻，此解读与对现实世界之批判相互贯通，也可看出杨梓是一位乐观主义诗人。他的作品展示着旧有生活秩序必将破除，新的美好未来必将到来，诗人在作品中预示了历史变迁中的旧时代即将过去，一种崭新的精神文化时代即将来临。

三、造型建构的意义

首先，杨梓诗歌在意味造型中采用的喻象建构、喻体建构与喻义建构之对应、分离，为我们理解他作品之多义性提供了最充分之可能性。意味性造型之含义并非造型自身固有之意义，杨梓又只创造了喻体，而将喻义留待接受者去参与解读，如此，接受者必须展开自己想象之翅膀方能翱翔，在翱翔中才能去领略与追寻意味性造型体系背后之喻义。而当接受者从喻体造型出发，去意会喻体造型暗指之喻义时，不同接受者在自己的想象中得出不同的体验在所难免。为什么对杨梓的《骊歌十二行》中的许多作品，我们不能认为断定准确，就是因为诗人没有指明“乡”意味着什么，才给了不同接受者得出自己结论之机会。如果诗人点明“乡”即精神、文化根脉，接受者对它的阐释差异就不会大。因此，对杨梓诗歌美学意味性造型阐释之难度，首先与意味造型中喻体与喻义之特殊关系相关联。

其次，即使在杨梓诗歌的某些意味造型创造中已经给定或提示了意味造型之喻义，此也不能保证接受者在意味造型理解中不出现差异性。给定喻义，只解决了意味造型理解中的一个问题，即不再推断喻义是什么，但不能保证接受者还会在此种喻义的诸多特性方面取得一致。因为杨梓的诗歌意味造型创造还存在着另一个基本特性：高度的抽象性。诗人可能说出了喻义，但说出的那种喻义是抽象的；诗人可能为此种喻义之表现创造了相对应的造型，但诗人创造的造型是特性化的。结果，抽象之喻义由于只是用特性化的方式暗示出来的，仍然缺少具体实在的社会语境之限定，因而在被读者理解时，还比较容易出现不同读者的不同想象与解读。譬如《大荒蔓延》对绿色田园与家乡之赞颂，对环境破坏之批判，是符合作品实际的。因为从单纯物质追求与城市的扩张化这个过程看，均是写“我”对绿色家园之追寻。可是，追寻绿色家园是为了什么，却是见仁见智。或说是追寻传统文化，或说是追求返璞归真之自然力，或说是追求田园文明之实现。就后一点说，因为人类已经在城市化扩张中走得很远了，那还能不能实现这些宿愿呢？此是对人类的一种严峻考验。所以，能不能挽回这些已经失去的美丽自然与绿色家园，仍然是一种探险。

《骊歌十二行》的诗歌美学造型创造越是隐藏喻义不言，越是具有高度的抽象性，其意味造型之解读越是复杂多样。特别是当意味性造型接近某种符号之单纯时，此种解读上的复杂性就更为明显。因为，借用此种符号表达某种思想意念之可能性增大了。总之，杨梓诗歌美学中隐晦与抽象两大基本特性与意味性造型密不可分，这也导致接受者对意味性造型之接受与解读拥有一片非常广大的自由想象空间。

关于诗歌与时间的美学关系，杨梓认为时间与人之存在因素密切相关，而并不存在实在物那样的时间。诗人在此也提出了在空间与时间上延展的美学观。在诗人看来,人的知识来源于两个方面:感觉与知性,前者使对象呈现在主体面前,后者使主体能阐释对象。在此种美学认知格局中,知性乃使感觉经验被组织起来之根源,而知性中又有若干不能源于感觉经验的先验美学范畴,时间乃先验之美学范畴。另外,从诗中我们还可读出诗人认为在生命美学中,时间与物质运动似乎无关,完全属于主观之审美体验。在诗人看来,时间与空间是分离的,时间是主体之内在审美体验,它是延绵不绝而又不间断的。反之,空间却可以分割与度量,它是外在的、物质性的。杨梓对时间的美学思考很重要,他把时间作为一个抽象美学范畴来思考。当然,更为重要的是,杨梓把时间作为一个具体的与人的生存有关的美学范畴加以考虑,其中有许多值得思索的问题。在杨梓的《时间献诗》中,时间被视作对人的存在之理解,之所以重要是因为其处于核心地位。时间既是一种连续的不可逆转之过程,又是规定主体有限性之标志。生与死是人之存在的始与终,因而存在本身就是二者之间之时间跨度。

从《时间献诗》中,我们首先看到,时间是历史世界之表征,时间性就是历史世界性。尽管一般来说时间是连续不间断的,但从杨梓的诗歌中可以划分出历史世界、现实世界与未来世界三个维度。人类的现实世界是敞开的,它就按照此三个维度拓展,唯其如此,人类才能处于现实世界中,进而把握未来世界之可能性并阐释历史世界。所谓历史世界是指人类在当下对历史世界与未来世界之眺望中呈现出来的某种自觉意识与反思意识。我们有必要将个体的历史世界时间性延伸至社群、民族乃至整个人类的历史世界、现实世界和未来世界。因为个体总是存在于社群之交互关系中,历史世界对他来说就是在个体中所意识到的社群、民族乃至人类之时间性。历史世界之时间性说到底就是某种距离或间隔,正因为有时间距离之存在以及时间向未来世界开启之无限可能性,一代一代的人们才有可能意识到自己的历史世界,意识到现实世界与历史世界之差异,并且将历史世界同一个崭新的现实世界联系起来,从而发现这个历史世界,然后通过艰难之探索,把迄今为止仍隐藏在历史世界深处之奥秘揭示出来。如此,历史世界就不可避免地要进行无数次修正。如此之思考，对于我们进一步阐释与理解杨梓诗歌美学的时间性及其与历史世界之内在关联、解读杨梓诗歌美学与接受者之对话、阐释杨梓诗歌美学文本的历史世界性以及杨梓诗歌美学自身之历史世界性等，均有最大好处或方便之处。

其次我们从《时间献诗》中看到，诗人在时间性之美学探索中多涉及主体时间与客体时间之差异及其关联问题。严格来讲，时间是客观之存在，是物理世界之属性，无论主体是否能够认知，时间均在飞逝。但从杨梓诗歌美学角度与生命美学角度或与现实世界之关系来看，时间乃主体范畴，或属于超现实世界之范畴，或是对生命之体验，或是对现实世界的有限性之规定。的确，我们可以从杨梓诗歌美学角度瞥见不同的时间。诗人有关时间的一些深思，的确值得探讨。即客观的时间倘若不被主体意识到，怎么能体现出历史世界呢？我们承认客观时间之存在，但不能因此忽略了主体对此种时间的直觉与体验。无论如何，那种不为主体意识到的客观时间，也就是尚未处在主体历史世界的意识之中的时间，很难说具有为人所理解的历史世界性。如果我们承认杨梓推衍的一种历史性或"浮现"过去的自觉意识，如果我们认可历史世界在主体对时间距离的把握与体验之中呈现出来，那么，也就必须充分注意到主体时间之重要性。对于杨梓诗歌的意味造型美学来说，主体时间或者说主体对时间之体验，也就显得更为重要。离开了人的时间之体验，历史世界便不复存在。此一点，对我们深入阐释杨梓诗歌意味造型美学的时间性及其与历史世界之间之内在关系显得极为重要。

下面，将对杨梓已出版的《杨梓诗集》（香港天马图书有限公司，1993 年）、《西夏》上卷（宁夏人民出版社，2000 年）、《西夏史诗》（文化艺术出版社，2006 年）、《骊歌十二行》（宁夏人民出版社，2012 年）、《塔海之望》（作家出版社，2018 年）、《西夏史诗》（修订本，阳光出版社，2018 年）几部诗歌作品，分别予以阐释。

祸枣灾梨，心固有愧；纰漏谬误，静俟博雅君子之批评。

第一章　美学创造中的自觉意识

一、意味造型是一种美学表达方式

意味乃指甲事物与乙事物有着重要的密切关系，甲事物意味着乙事物。在人类现实社会与文学艺术中广泛地存在着意味性现象。如在西方文化中，十字架意味着基督，羊羔意味着圣女，森林意味着世界之罪恶，狼意味着人性之贪婪。这些，都是人们共同熟悉的公用意味造型符号，是意味造型创造中被人们认同的文化符号。在中国，竹意味着人的操守，松意味着人的坚韧，鹤意味着长寿，白意味着纯洁，此为现实世界与审美活动的普遍现象之一。我们对杨梓诗歌进行分析研究时，就不能不注意到这一现象在诗人作品中的位置。通过阐释杨梓诗歌，我们可以知道意味之含义可以作两个方面的界定：在他的诗歌意味造型活动中，意味是用小事物来暗示、指代一个远远超出自身含义之大事物，如竹—操守；用具象的人的感觉可以感知的事物来暗指某种抽象的不能感知的人类情感或观念，如白—纯洁。意味是小事物与大事物之统一，是具体物象与抽象情思之统一，是可以感知之物与不可感知之意之统一。然而，由于杨梓诗歌的意味造型过程并不局限于小事物和具体物象而不向大事物与抽象情思飞升，故小事物与具体物象已经不是他诗歌意味造型之唯一目的，但小事物和具体物象还是其诗歌意味造型创造之关键，因为它影响乃至决定了诗歌意味造型过程能否顺利过渡、提升到大事物与抽象情思。如此，小事物与具体物象实际上是杨梓诗歌造型创造的对象。故，意味造型创造要舍弃的小事物与具体物象正是杨梓诗歌到达彼岸的必备之筏。杨梓意识到，只有小事物、具体物象选用得当，抒情合度，本身吸引人，又具有引发人们去思索它们所指代、暗示的另一观念之功能，它的创造才是成功的。

“有意味的形式”之理论是英国批评家克莱夫·贝尔（1881—1964）在20世纪初出版的《艺术》一书中提出来的，至今已过百年。但我在研究杨梓诗歌美学的时候使用的“意味造型”理论，与贝尔的“有意味的形式”理论有天壤之别。将杨梓诗歌美学特征概括为意味造型之范畴，纯属笔者自创，是否恰切，另当别论。故意味造型之理论当属一种年轻的美学现象。尤其值得注意的是自1980年代起，沉寂了多年的文学意味造型创造活动，骤然在受冷遇后的反弹中，重新成为20世纪中国文学创作的重要现象。杨梓顺应这一文学潮流，开始在自己的诗歌创作中大胆应用意味造型手段，使自己的诗歌创作果然出手不凡，赢得了诗坛地位。

杨梓经历了1980年代中国朦胧诗与诗坛“三个崛起”的思潮，在当时一些青年诗人们把诗作为自我情感宣泄之载体从而显现创作个体卓然才情的时候，在他们完全沉溺在自我认定的审美理想与价值理想之中，为内心世界神秘莫测而兴奋不已的时候，杨梓以十分清醒的头脑投入了现代诗创作行列。但他没有步朦胧诗诗人之后尘，而是另辟蹊径，决心走出一条适合自己的诗歌创作道路。杨梓开始的抒情路径，在诗的主体叙事框架上选择抒情本身的一系列颇有意味的题材片断予以诗歌造型，而且这些片断之组合、剪辑完全是由抒情主体的心灵体验来决定的，心灵感受的节奏、浓淡、层次编织了一些意味创造的片断，使之成为心理流程的具体显现。故杨梓的此种抒情体，实则在其后隐匿着心理流程，可以视为心灵抒情。

贯穿在杨梓早期诗中不变的“旋律”就是世界意识、生命意识、批判意识，诗人围绕这几个方面构建抒情与叙事主体自我的心灵体验层次，自然景观、思想情感强劲不舍地检验着现实世界，透视着生命意识与批判意识的深邃。对生命顶礼膜拜的意识，使他常常莫名战栗，心灵感受到塞上这片古老大地上的生命意识。杨梓在心理流程之辗转递进中意识到人的存在的必然与价值,这已是对人自身认定的虔诚之礼赞了。由于心理流程之随意、无常,其诗的形态是没有定规的,主观体验决定着诗的框架,意尽则笔止。因此我一直感到,杨梓早期诗歌最能打动我的就是他诗中对意味造型之营构。这也反映出1980年代以后,杨梓的诗歌创作一开始就已经进入了对意味造型全面、自觉、深入接受的格局。他知道朦胧诗很快就要走到某个终点,大有黔驴技穷之势。从各方面看,意味造型作为一种诗歌创作的美学造型方式,才是最佳之选择。诗人不仅承继了诗歌创作中的意味造型创造方式,而且在其诗歌创作中大大扩展了意味造型创造的路径。

二、一与多之共相

对于诗歌造型之一般界定,文艺理论中的解释往往大同小异。但可以确认,人们对诗歌造型的研究已经达成共识。通常,诗歌造型总是被理解为个体与普遍之统一、详尽与综合之统一。杨梓诗歌创作准备比较充分,这让他一步入文坛便非同一般,诗作一经问世即在诗坛引起广泛注意,因为从他早期诗歌作品中就已经看到诗歌造型"以一当十"之效用。亦即说,诗人在其诗歌创作中的一个意象造型上蕴含着多个甚至数十个意象造型,在一个意味造型中能创造出多个意味造型。一个与多个的融合,正是诗人作品的个体性与普遍性、详尽性与综合性之融合。杨梓是一个综合能力极强的诗人,他可以在诗歌创作中融合一系列对象之特性而创造出某一种典型。仔细阅读,我们就会发现他的诗作中充满同一与殊异、普遍与详尽、范畴与造型、个体与类别等,此种各对立面之调和渗透,是其必然的功力与能量。故,杨梓是一个注重个人情感的诗人,但他已经把诗人之心灵看作是一个融会万物的精神空间,其中既有殊异、普遍、个体、造型的东西在活动,也有同一、详尽、范畴、暗示性的东西在浸润,缺一不可。在早期诗歌创作中,杨梓将现实世界性的东西包裹得很严、埋藏得很深;表面来看,是以其感性体验或个人性情显现出来;但就整体结构而言,诗人之个性意识皆融入整体的意味造型当中,或者说,现实世界性与诗人之感性意识在其创作中难以分解与量化。其实，一个真诚的诗人可能用具有个性化的方式来表达对时代的认知，也可能在现实世界中寻找到“第三只眼睛”——“慧眼”，在诗的美学生命中获得一种心灵状态。诗人把诗歌创作当作一种特殊的表达现实世界的方式，使自己对千变万化的现实世界观察的印象与记忆在此种方式中以各种不同的美学意象暗示出来。

杨梓以他早期的诗歌作品建立了自己意味造型的美学大厦，他早期的诗作非常典型，读者却又感到非常陌生，不可解读。读者一开始总觉得它是一座美学迷宫，读起来觉得很美，但就是不知其然；就连当时他最亲近的朋友哑弦也说：“我初读他的诗， 完全不能接受， 更谈不到喜欢。”（哑弦：《杨梓诗集·序》）杨梓诗歌所建造的美学大厦，其实从深层揭示了造型具有的普遍性，从其普遍性中读者才能感到其诗与别人诗不同的理由。哑弦说：“他的诗很怪，既不像台港诗，也没有大陆朦胧诗第三代诗的味道……我渐渐发现他是一个感觉敏锐、悟性颇佳、勤于思索的人，而这正是一个诗人必不可少的条件。”这就充分说明杨梓诗歌造型有着独特的个性，由于个体性的独特奇异，读者才又觉得它表达得很深入、很明白；亦即说，杨梓的诗歌一开始给读者留下的是“生涩”之感，渐渐读者又觉得它是蕴含能量的美学之果。从不能接受到满心欢喜地接受，正是个体与普遍、详尽与综合之融会。这就解释了在杨梓抒情诗的美学要素中，究竟什么才是现实世界的理想化。一俟读者接受其作品，那就是对诗人美学造型的最好注解。诗人在解读五彩缤纷的人间生活时，让现实世界更加理想化，此即意味着在作品中要通过个体的、有限的现象来表达普遍的事物，但不是摹写现实中某些偶然现象，而是创造普遍的诗歌美学造型，其造型是由它们所表达的普遍性所决定的。杨梓诗歌美学中最重要的路径就是达到普遍与特殊之间的恰当平衡，诗人诗歌美学创造中个体与普遍、详尽与综合的要素，同样抓住了二者的统一与关联。

当然，在杨梓早期诗歌美学造型中，其抒情对象是个体性与共同性浑然一体的，这二者之间达到了完美的统一，因为杨梓把握了现实世界进行诗歌美学造型的全部本领。他天性敏感，善于捕捉现实世界中许多本来即含有一定必然意义的偶然事件与个别事象，并且善于提炼、琢磨与加深它的意义；善于把本来没有多大意义的人间事象改造一番，把真正偶然的（非本质的）东西去掉；善于把许多个体性与偶然性的时代现象贯穿起来。一方面使诗歌美学造型的个体性与偶然性愈发突出，另一方面使造型的丰赡性也愈发深刻与充分，让每一外在感性的偶然性均包含内在的暗指与必然相统一、现象与本质相统一；也就是把个体与普遍、详尽与综合的有机关系重新阐释一次、重新体现一次。关于杨梓的诗歌意味造型，我们能从个体中读出普遍，从普遍中读出个体，这不仅是我们研究的出发点，也是他诗歌特有的属性。从这一角度阐释杨梓诗歌意味造型，所谓个体性与共同性相互融合，所谓个体与普遍相互转化，所谓二者之间相互统一，也就自然而然地成为杨梓诗歌美学研究的依据。

在此，人们不禁要问：杨梓诗歌意味造型的个体、详尽是如何融为一般、普遍的？或者说，他诗中的对象造型之个体与普遍、详尽与综合是如何融合的？缘何会有人提出如此至关重要的问题呢？这是因为长期以来，对于中国整个诗歌造型的内在机制、基本模态的研究始终没有独立而精细的描述，对于诗歌造型中个体与普遍关系的认知还落后于丰富多彩的诗歌创作实际。人们常常只知道某一种诗歌的造型模态，而忽视了个体与普遍融合的不同方式。因而，关于诗歌创作过程、创作方法等许多问题的研究也就难免陷入片面性之困境。笔者正是基于人们对诗歌创作中造型的种种疑虑而展开对杨梓诗歌之美学研究的。人们之所以忽略诗歌创作中造型的个体与普遍的不同融合方式的研究，主要原因还在于，人们简单化地把哲学的个体与普遍原理直接运用于诗歌造型之阐释。当然，这样也没有什么不对。只是我们应该看到，在现实世界中，个体总是体现着普遍，普遍又必然存在于个体之中，二者的统一乃天然之结合。

诗歌创作既然扎根于现实世界，那么诗歌造型的个体与普遍之结合，除了符合现实世界中个体与普遍相统一的原生形态外，也就别无选择了。诗歌造型之创造，只能遵循此种原生形态，或者提高此种原生形态，使诗歌作品之个体与普遍的统一高于、精于现实世界里个体与普遍之统一，而不能违背此种原生形态的自身规定性。于是，人们对诗歌造型的理论探讨，不是从哲学层面上升了，而是停止在现实世界的关系面前了。探讨杨梓诗歌的意味造型中个体与普遍相融合的机制到底有哪些不同构造与模态的问题，当然就不是一个多余的课题。我不会受此种思路之影响与支配，也不会按照人们习惯性的现实原生形态的个体联系普遍的方式来要求、解读、评价杨梓诗歌意味造型的个体与普遍关系。我对善于摹写、铺陈性的具象描写诗歌体系予以极大的排斥，因为那其中的个体与普遍的统一过分清晰，就成为单纯的哲学——逻辑原理之认同；对杨梓这种非摹写性的诗歌美学造型则十分重视并予以特别关注，因为在其诗歌创作中个体与普遍所蕴含的内容远远大于现实世界的原生形态所蕴含的内容。事实上，对于杨梓诗歌创作中的意味造型，绝对不能仅仅从哲学之角度去进行观照与把握。哲学的观照与把握只能揭示诗歌造型形而上的特性，不能揭示诗歌创作之全部美学特性。在个体与普遍关系上，哲学之观照与把握只能揭示杨梓诗歌造型在作为事物这一意义上与其他事物的共同性，即个体性与普遍性应是统一的这一点，它不能说明更多的问题、揭示更多方面的特性。诗歌创作本身也好，诗歌创作中的意味造型也好，虽都以现实世界为土壤，可它更是杨梓经过心灵之冶炼而创造出来的美学世界。

在任何情况下，杨梓诗歌创作中的意味造型均以个体与普遍之统一为其基本特征，但这样认定，并不意味着它的统一只有一种方式。一方面，杨梓诗歌的意味造型模态可以仿照现实世界的原生形态来建构，达到诗歌意味造型与现实世界之神貌兼容；另一方面，杨梓诗歌的意味造型也完全可以离开现实世界之原生形态，建构与前者不同的模态。当然，在此两种方式中，杨梓的诗歌意味造型主要是第二种方式的建构。他大量的诗歌造型中，个体并不能直接体现普遍。他的诗歌美学世界糅合着形而上世界与形而下世界两重成分，诡谲，绝艳；造型的普遍性意义与造型自身之固有内涵的联系，曲折、隐微。前文说过，杨梓一步入诗坛即创作出意味造型诗，其作品之意象迷离恍惚、摇曳不定，让人不能直接由造型本身来获得某种普遍性的思想理念。此处个体与普遍的统一方式，显然与现实世界事物有着巨大差别。这也正是诗人在《杨梓诗集·跋》里引诗友的话说，他自己的诗“离诗坛越来越远”之原因。由此可见，如果我们仅仅看到一方面，而不能看到第二方面，那就无法阐释杨梓丰富深邃的诗歌美学世界。这也说明，杨梓诗歌造型中个体与普遍相统一之构造方式，并不完全是现实世界中个体与普遍关系的复制、移植。诗歌有自己的创作规律，它能创造出现实世界中并不存在的新关系、新模态。

所以，杨梓诗歌美学中意味造型的基本模态，按照我的观察理解，是两种而非一种。其原因就在于：杨梓的诗歌创作对象是现实世界，而又不是现实世界。它可以对现实世界进行如实的描绘与表达，也可以在现实世界之上建立一个与现实世界迥异的审美世界。只要这两种模态都源自现实世界，这一世界的形态无论是与现实世界相似，还是与现实世界相距甚远，它们都会震荡着现实世界之回音，潜藏着现实世界之底蕴，跳动着现实世界之脉搏。我认为：摹写性与非摹写性对峙，具象与非具象共存，正是杨梓诗歌造型世界的两种形态、两种丰姿、两种存在方式。总之，具有三十多年诗歌创作“工龄”的杨梓为诗坛创造了许多丰富多彩的造型，它们或者属于具象体现型，或者归于喻象暗示型，一切造型均可循此而作类型之归纳。

三、意义丰满的美学世界

让我们先解读杨梓诗歌创作中的具象体现模态，即通常所说的类型造型。桑塔耶纳曾说过，艺术表现可以区分为彼此相关之两项：“第一项是实际呈现出的事物，一个字，一个形象，或一件富于表现力的东西；第二项是所暗示的事物，更深远的思想、情感，或被唤起的形象、被表现的东西。”（桑塔耶纳：《美感》，中国社会科学出版社，1982年，第132页）这是一个对所有艺术造型均适宜的营构法则。然而，在杨梓不同的诗歌造型模态中，桑塔耶纳所说的彼此相关的两项，其统一方式总是各有特点。在杨梓诗歌的具象体现模态中，个体与普遍、造型与思想理念是水乳交融、化为一体的。杨梓为了使具象体现模态达到此种和谐融会，通过个体去直接体现普遍，他用造型去化解思想理念。因而在具象体现模态中并不存在个体与普遍、造型与理念的比重问题，即孰重孰轻、孰大孰小、孰多孰少的构成要素倾斜的问题。个体体现普遍是否完满、是否契合，往往成为具象体现模态是否成功之关键。

杨梓的《幽思》堪称一个范例："时间　从心上划过 / 时间之外的鸟鸣 / 一片一片地枯黄 / 月在忧郁的草尖上 / 眨着海的眸子 / 我在烟云之途 / 感觉一扇敞开的门 / 门　凋零的路 / 横在冬春之间的冰 / 从墙里飞出的一团火焰 / 灯光　一分一秒地断裂 / 群雕呼出的雾 / 披在小城的肩头 / 呈现另一种美丽 / 有雾的城 / 有一网捕鱼的视野 / 我立于深渊之岸 / 为所有淡红色的角隅 / 重新设计最后的夜 / 为路的又一次开始 / 虚构岩石的家"。此首诗从时间写到诗人的心理，把客观实境与诗人之心境融合在一起，写得迷离恍惚，意境十分朦胧。也可以说整首诗的"幽思"如梦，随着时间之推移不断铺展开来。亦虚亦实、忽此忽彼、跳跃断续的意象，让人把握不住诗人究竟想说什么，但是又觉得正是诗之意象纷呈，方显绚烂多姿、蕴意丰富，需要我们去挖掘、体味。它欲传达出时间带走了美丽、幽思远游这样一种具有普遍社会意义的人生体验，借助月夜萧瑟苍凉之景象与诗中对象独自踯躅于小城角隅的画面描摹抒情，获得心目中的现实世界。故读《幽思》，不仅能感受到诗中既凄凉又乐观的意象与"幽思者"烟云之途的心境之统一，而且能够感受到"幽思者"之凄凉心境与人们幽思远游的凄迷情思相一致。这样，不仅从诗之单个意象那里流露出幽思远游之普遍情思，也从诗的整个画面、整个造型那里流露出幽思远游之普遍情思，从而实现了景象与幽思、个体与普遍之浑然无间。《幽思》的成功之处，正是一切具象体现模态应当追求与实现的目的。

在杨梓的诗歌美学中有一种独立自足的品格，他用诗歌创作建立了一个意义丰满的美学世界，让诗歌依靠诗歌造型去对自身进行阐释。这实际上是指在创造类型造型时具象体现模态应当成为将精神的元素转化为造型的元素、将造型的元素与精神的元素相交融的传达方式。因为，当精神意义寻找到了适合它的感性对象时，精神意义也就全面渗透到了感性对象之中；反过来，当感性造型已经能够被某种精神意义全面占有，寻找到了与它切合的精神意义时，感性造型也就成了精神意义本身。杨梓在诗歌创作之时，常常以序、跋来阐明自己的观点。因为“我向来不追求诗的完美 / 我的诗,只给读者提供语言的可视性思想的多面性艺术的再生力 / 因为我不愿扼杀读者的再创造”(《杨梓诗集·跋》)。如此,了解杨梓的诗歌世界就不仅要了解他诗歌作品的造型,还要了解其序、跋,从诗人的说明中强化对他作品的深入思考。因为在诗人的作品中还有很多内容没有直接表达出来，而这没有直接表达的内容,可能是最精彩的一部分；那最精彩的一部分——诗人所要暗示的非艺术的效果,为诗歌造型的形体所限制,是难以言语的,故在序、跋中从心底娓娓道来。这就给我们的研究带来了极大的方便。当然,杨梓深邃的心灵、通透的灵魂,全部浸透在自己的诗歌世界里,他很少在自己的作品之外说“解释性”话语。即便是留有序、跋之类,也含而不露。我是说,无论如何,杨梓诗歌美学世界的具象体现模态具有不可忽略的规定性与规律。

当我们步入杨梓一以贯之所创造的诗歌美学世界殿堂里,就会发现诗人所创造的具象体现模态是与其他诗人迥然有别的。他的诗歌世界就决然排斥两种非正常形态:一种是理念强盛,造成诗歌造型的概念化,缺少血肉丰满之肌体,以致人们在体验诗歌造型时,必须同时非常谨慎地调动理性思维活动,理解不断涌来的思想理念;另一种就是理念相对贫乏与蛰伏,这虽为感性造型的充分活跃提供了很大的自由,但缺少思想理念的撞击,不仅会使诗歌造型缺少深邃感,而且读者也会相应减少兴味。故,具象体现模态就是要求塑造十分完满丰富的个体造型,并以此表达普遍的思想理念。具象体现模态可以创造意义充盈的造型作为美学符号,同时此种美学符号必须蕴含普遍的思想理念,并成为普遍的思想理念的代表者。

个体与普遍、造型与理念之混融性,正是杨梓诗歌作品具象体现模态的基本特征。不过,仅仅接受我们对杨梓诗歌的这种混融性之阐释,只能了解杨梓诗歌具象体现模态的粗略轮廓。要想看清杨梓诗歌美学更为清晰的内在结构,还应该清楚,杨梓诗歌美学具象体现模态中个体与普遍的联系是一种自然而然之融合,或者说是同构同质。同构是指个体的感性营构正是普遍内涵所需要的感性外观；同质是指个体造型的特征与普遍内涵的特性同属一个思想领域。换句话说，个体与普遍之间具有双向制约与包容关系：当普遍制约个体时，个体只能是普遍这个既定的思想理念涵盖范围之中的一个特例；当个体制约普遍时，普遍这个既定的思想理念只能是对此个体所属的一类所作的概括之结果。如此，如若杨梓要去创造一个对象，那么，此对象之言行就应该是诗人已经确定的某种普遍性的一个有机组成部分，它与制约它的普遍性密不可分；如若杨梓要去表达某种普遍性的思想理念、情感体验，那么，此种普遍性也就是笔下对象造型的本来属性之升华、固有意义之提炼。我认为，此种普遍与个体的同构同质，不仅可以体现在诗人作品中那些身份特征十分鲜明的对象性格上，也可以体现在诗人作品中那些身份特征不明显的所谓“共名类型”之对象性格中。此两点，我们从杨梓诗歌创作的意味造型中都可以看到。

《杨梓诗集》中的《空的三部曲》由《你为何赶路》《你为何等待》《你为何想家》三首诗构成。诗中之“我”不停地发出“不要问我　不要／不要无穷无尽地问我”之感叹，正是因为这是一场徒劳的“赶路”；此次“赶路”“不为爱情与光明”，只为“梦中那个伟大的暗示／死死死死地牵引着我／即或稍停片刻／数一数灿若星辰的疲劳／灵魂　便不辞而别／／伟人的路只有起点／我的路上没有别人”。“我”的梦想究竟是什么？诗人没有明说。但从组诗的赶路、等待、想家等几个意象看，“我”的梦想似乎就是梦想现实世界中人们的希望都能够得以实现。首先是我从哪里来，为何“还要匆匆赶路”。“我哭别故园的黄昏／正是大地爆裂之际／穿过没有阳光浮动的杏林／杏子　都黄给了曾经／我紧握那位老人的长鞭／匆匆赶路”。因此，“我”告别故乡，选择了一条无人光顾的路。这是根据自身之需要，也是根据现实世界人们的生存策略，展开的“我”与现实、与同行、与自己的残酷而充满风险的较量之路。对现实世界，“我”知道无法抗拒，也知道此次“赶路”是一次徒劳的行走，但这条路还必须走；路，成为“我”最好的同行伙伴，也是终生追求的永无止境的精神伴侣；对自己，是“所有的感觉与情丝／都断裂于黑似地狱的山峡／一块无字的碑／堵截了我上山的全部精力”；“地狱的山峡”“一块无字的碑”，成为“赶路”之最大精神阻碍，是出发前的自己与出发后遇到种种困境的自己的灵魂搏斗。一切还没有开始就要面临结束，与其这样死死等待，还不如找点事情来做，于是又开始未来之路的前行。紧接着就是“你为何等待”。“我一直在流浪 / 心　确在等待 / 一个温馨如春的家 / 从地平线上升起 / 把我融化于安详之中 / 这是我唯一的愿望”；原来“我”的愿望就是等待有“一个温馨如春的家”，但很快“我”就感到这依旧是一种“妄想”，“一切都不曾开始 / 就面临结束”，可还是需要耐心等待！这使我想起诺贝尔文学奖获得者、法国作家塞缪尔·贝克特的戏剧《等待戈多》中的戈多，戈多就是一种意味造型，即暗示着一种希望，暗示着现实世界中人们苦苦等待而又迟迟不肯到来的希望。

杨梓与其同时代诗人之区别就在于，他没有像有的诗人那样去正面抒写1990年代初始中国商潮变革给人们带来的种种困惑与裂变，而是以形而上的诗歌美学建构来介入那场铺天盖地的商风商雨，那只“无形的手”操纵着一切，商潮变革给现实世界带来种种困惑。最后，一些人由于失去了天时、地利与人和，在现实威迫下与残酷的现实困境面前，不得不想家，不得不重新寻求生存之路。结果梦想成为泡影，雄心成为沮丧，雄才大略成为加速自己失败的驱动力。从诗人创造的诗歌造型世界来看，这似乎是诗中造型个体的悲剧——一个伟大的个体寻找不到施展其抱负的用武之地。实际上，此种个体之悲剧，体现的正是“我”所代表的一部分有识之士在当代的必然历史使命，即不论是个体还是国家民族的兴旺发展，均离不开现实世界这片热土，否则失败与自身之毁灭会成为必然。杨梓通过他的诗歌美学建构提出了许多现实生存问题，但我们要面临的只有一个问题，即我们只能顺应时代、适应时代。需要改变的不是时代的发展，而是自己的思想理念；需要走出现实外部世界带来的困境很容易，但要改变和走出自己的灵魂较为困难。很清楚，个体的“我”的造型与普遍的中国现实世界之变革与发展之间的关系，原本就是一种互为代表、互为言说之互动关系。正是因为杨梓坚持了具象体现模态中个体与普遍这一诗歌造型法则，《空的三部曲》从创作意图与审美实践看，才算是比较成功的诗作。

最初的感觉是，《杨梓诗集》中由八首诗组成的《春雪祭》中的那些细节抒写与“雪”的意象创造均显琐碎。“我”离开故山，盲目走在一座小城荒凉的街头，“一身破旧的乡愁 / 冰冷地贴在心上 // 我不敢停步 / 怕站成不会做梦的雪人 / 但又不知该去哪里 / 仅有的一根香烟 / 成为我留不住的夕照”；羁留在小城的春雪，让人伤感和忧戚；走在积雪的街道，不知家在何方，只是很想找到那个卖火柴的小女孩。这是诗人创造的一个对象的思维习惯，他也不时萌发一些细腻圣洁的激情，可这些激情总是在“树下的一汪雪水”、落雪的残夜面前冰消瓦解，以致最后泪水溢满街巷，破笼而出的想法还是“到处碰壁”，也不能医治他的心灵的顽症。人，可爱的人，在他身上折射的是一个多么阔大、多么磊落明亮、多么令人亲近的身影。这有没有重要意义呢？当然有。此种身影，恰好是现实世界的某种善良、温情、体现任何创造性的精神状态的感性形态。在此诗歌美学世界里，那种生动的现代青年类型，正以激情的热烈与真诚呈现在我们面前。诗中“我”这个具体对象，与“我”性格正好相互占有。“我”就是“我”性格的一个具体的个体之存在；对“我”性格之提炼与凝聚，就是在把握“我”这一特定对象之后获得的。故我认为，即使承认杨梓诗歌美学世界中具象体现模态的普遍本身有着一定的层面性与范围性，但随着普遍的层面变动与范围变动，个体只要也发生相应变动，个体与普遍还是紧密联系的。此外，杨梓诗歌美学世界中具象体现模态的个体也有着单纯与复杂的差别，随着这些差别之展示，其普遍性也会有所不同，因而个体与普遍之统一在杨梓诗中仍然是混融无痕的。故，在他诗歌美学世界中具象体现模态的个体与普遍之间的关系，不是静止的，而是变换的。但此种变换性并不破坏诗的同构同质，所以，杨梓诗歌美学世界中具象体现模态总是会表达出它的模态的稳定性与有机性，个体与普遍不依赖相似性联系，也不依赖暗示达到对应。像现实世界一样，个体与普遍无法分割，既无性质上的差别，也无营构上之差异。杨梓诗之具象体现模态虽是对现实世界的选择与改造的一种方式，但在存在形态上又与现实世界保持着某种深邃的同一性，此正体现出它的摹写性特征。在其诗的具象体现模态中，具象的清晰性与具象体现的相对明确性，就是由它与现实世界相一致而造成的。

在对杨梓诗歌美学进行分析时，应对其诗歌的造型与思想、诗歌的意旨与接受等方面稍作说明。其一，杨梓有些诗歌艺术造型的思想内涵大于作者本人对它的明确认知。此种现象的出现，并不意味着具象体现模态在创造类型造型时，个体与普遍不遵循同构同质的机制。此种情况大都发生在造型自身之思想内蕴比较丰富复杂的诗歌中。其造型所蕴藏的普遍性具有多层面的深邃内涵，由于某种主观或客观原因之限制，诗人仅仅认识到了某一层面，并有意识地强化此一层面，因而诗人的美学意旨也就难以与造型的复杂内蕴相吻合。《杨梓诗集》中很多作品如组诗《另一种感觉》《空的三部曲》《零点：我穿过一座无梦的城》等的意旨，并不能囊括他诗中呈现的具象世界所显示的思想意义，即是其例。然而，接受者超越诗人之主观认知，超越诗人的有意识层面，直接从诗歌作品的具象世界获得诗人未曾意识到的崭新意义，仍然是对个体自身之固有本质的把握，仍然服从于个体与普遍混融无间之规律。此处，造型的思想价值只是大于诗人之意识，并非大于造型本身。其二，接受者对杨梓同一首诗之意旨往往会有不同的解读。其实，只要仔细分析，仍然可以看出对同一造型的不同释义之间存在着根本上的一致性与共通性。

杨梓自 1986 年开始创作以后，人们普遍认为他的诗给中国诗坛增添了奇异、诡谲的魅力。哑弦就有从“完全不能接受”到认定“他会成为一个优秀的诗人”的认知过程。人们普遍认定杨梓的诗歌语言锋利而又混融不确定，没有口号与理论标榜，有的只是他创造的诗歌美学世界让人们惊讶的抒情与形态，传统的诗思与现代人本思想和审美理念受到冲击与荡涤，诗歌深邃地体现着古典与现代融合的整体上的开放性与具象体现模态沉迷其中之特质。诗人强烈地表现出的人对精神与审美的无尽渴求和对生命力量的无限向往、人的创造力的不可枯竭与献身迷狂的证明、人的自由畅想与个体自我之认定皆使他的诗大放异彩——虽然有时让人目眩、不可理解以致拒绝反对，但最终仍然是人的生存的大放异彩，在自我意识与对象意识相统一的过程中，引人关注。杨梓早期的许多诗歌作品，由于现实社会的突变转型、创作主体之多维思辨直接体现在诗歌里的众多意象上，故人们对其主题解读多有歧义，但这并不表明杨梓诗歌造型的具象意蕴的迷茫难解，或个体与普遍之游离。

其实，以上例举杨梓诗歌关于主题之不同解读，均为诗歌作品所蕴含的思想理念的某一方面，它们均属于造型直接体现出来的普遍的范畴。对杨梓诗歌之不同阐释，是阐释者对杨梓诗歌审美世界的造型体系各有侧重之把握结果。此处，有着不同的偏重、不同的选择与不同的组合。一首诗歌审美世界所提供的造型体系，在不同的接受者那里，就形成了不同的造型风貌而透射出不同的思想价值。关注杨梓早期的诗歌美学，就是因为越是接近 20 世纪末，人们越是受到来自物质的威胁——尽管此种威胁尚有压抑与渴求之分。但精神渴求之程度随着社会物质的不断发展也在不断增强。这里的二律背反，即精神饥渴与社会物质发展呈反方向运动，是一个可以得到确认的哲学命题。一旦“异化”为生命所灌注，“春雪祭”就会成为人在旅途所盼望的“灯魂”，人自身之存在就会仅仅成为普遍性的一种生理运动。毫无疑问，“异化”即戴上了“锁链”的现代主义哲学理念，在人与物质的本质上感受到了人的对象化正在慢慢湮没人的原创力与天智的自由发挥，同时又因为此一对象化根本的涵盖力和具象设置的诸种诗歌美学世界的迷宫与怪圈，让人对自身之拯救潦倒在对象化的阴影之中，陷落在方向莫辨的迷宫与怪圈里，沉沉地喘息与呻吟。于是，痛苦、忧郁、迷惘乃至病态人格、精神分裂便悄悄地迅速蔓延。这一精神创伤，正是杨梓诗歌美学充满无尽魅力的地方，可以这样认为，杨梓在这一精神创伤中获取的智慧体验、审美愉悦已经让其主体束手就擒、自甘沉迷。这便形成了诗人在求生存之欲望中寻求自我精神与自尊的二律背反，越是徘徊、停留在现代人本哲学理念与审美形态里，就越是感知到自我之外世界之迷离、可怖甚至荒谬，自我之寻求就越成为一个悬而难决之问题。人的永恒之渴求，成为现代人本诗性的终极目的与终极意义。

我们的这些认知显然来自杨梓诗歌美学造型体系与总体思想的多层面性，以及研究者、接受者认知中不同选择的经验显现。这些不同的认知与诗歌作品的相应结构仍然是融合无痕的。从总体上说，杨梓诗歌美学的造型体系与它所体现的思想之间毫无矛盾，亦无不确定性。杨梓诗歌作品这一接受过程中之差异及其统一与造型之特点，再次证明具象体现模态中个体与普遍之间的天然联系，即同构同质，这是它能克服自身运动中矛盾与游移的根本原因。产生于同一片土壤之中的造型与思想不可能发生质的冲突，因为它们的某种统一性并未遭到杨梓的人为割裂与重构。你中有我，我中有你，个体与普遍在具象体现模态中达到的同构同质同在，使其形成的正是一种"自然结构"（阿恩海姆语）。此种"自然结构"既充满着造型，又充满着意义。从造型出发，我们从杨梓诗歌中所发掘的任何一种意义，本就是这种结构的应有意义。在理论上，它给予我们的更大启示倒是此种理念之建立：即使诗人创造的已是一个宏大的造型世界，只要诗人的精神意义与外在形式、诗歌美学中的个体与普遍追求并实现了二者间的整体对接，那么，在杨梓诗歌美学具象体现模态中出现的阐释之差异，只能看作是具象体现模态中个体与普遍、精神与形式之同构同质同在的曲折体现。在此情况下，他的"自然结构"不是被破坏了，而是被多样化、复杂化与丰富化了。这使我深深体悟到，杨梓诗歌的具象体现模态绝不是只有一种单一的形态，它的个体与普遍之联结是极富审美张力和生命力的。黑格尔说过："在古典型艺术里，内容和形式须是互相适合的，就形象方面说，也要求本身具有整体性和独立自足性。因为整体具有独立自足性，这是古典型艺术的基本定性，这就要求双方的每一方，无论是精神内容方面，还是它的外在显现方面，都须本身就是整体，就是这整体形成了作品全体的概念。只有这样，每一方才是在本身上与另一方统一的，因此，它们之间的差异就变成同一对象之中的纯然形式的差异，从而使整体显得是自由的，而双方也显得是互相适合的，因为这整体在每一方都表现出来了，而在这双方里都是同一件事。"（黑格尔：《美学》第二卷，商务印书馆，1979 年，第 164 页）这是一段不太为人注意的话，可就是它揭示出具象体现模态的个体与普遍应当整体对接，更侧重于个体与普遍之间完全的互相占有，这种占有可能会分为相对单纯一些的互相占有与相对复杂一些的互相占有，这里未作进一步的区别。我们则在这两种意义上理解杨梓诗中个体与普遍的互相占有和整体对接。《幽思》《空的三部曲》《春雪祭》《零点：我穿过一座无梦的城》中，前两首属于一种整体对接方式，后两首属于另一种整体对接方式。个体与普遍相统一的具象体现模态既是丰富多彩的，又共有一个特殊的机制。

我们在讨论杨梓诗歌美学时亦应重视对一般性思想理念之阐释，留意诗人个别的感性造型给我们留下的清晰记忆，但这并不证明诗人在个体与普遍上已经有着选择上的偏向、认同上的轻重，正是此种独特的经验表述，代表着具象体现模态的特点与诗歌创作的成功。但是话又说回来，诗人当初进行诗的创作时，并不一定就清楚接受者会将他的诗解读为具象体现模态的个体与普遍的同构同质关系。那么，诗之成功与诗人创作意念之模糊性联系在一起，也许是不可理解的或是不正当的。其实，正是这种模糊成了诗作成功之必要前提。正如赫拉普钦科所说："对艺术创作各个不同领域和整个艺术来说，个别以及一般的概念的模糊不清丝毫也不妨碍承认这样一个不容置疑的事实，即艺术概括，其中也包括古典主义作家和浪漫主义作家作品中包含的艺术概括，有其表现得很清楚的创作特点。"(《赫拉普钦科文学论文集》，第 41 页)赫拉普钦科所说的"艺术概括"，就是说艺术概括是通过造型来实现的。艺术作品就是通过个别的独特的审美形式揭示所描绘的东西的本质。所以，我们在此所说的"模糊"，不是认为诗人从来就没有过思想，就没有思索过他想抒写的现实世界之思想内涵；而是说诗人的思想化成了现实，化成了个体造型，从诗人的意识中心消失了，而在诗人思维的每一个维度上活着，了无痕迹。故，它虽然难以被记忆清楚地把握住，可在创作实践中，只要把捉住了思维中的东西，也就不可避免地把捉住了它。杨梓诗歌的思想性深刻地存在于它的每一个意象中，存在于它所有的诗思的意味造型中，此恰恰证明了个人的思想理念已被个别的造型激活。杨梓诗歌之所以成为中国当代诗歌艺术的成功典型，不能说与此种"模糊"无关。相反，如果诗人不能模糊它，只能让思想理念与造型分庭抗礼，那么，创作出来的诗歌作品也许真的不能成功。相比之下，1980 年代的朦胧诗崛起，来也匆匆去也匆匆，一群青年诗人深感思想的逐渐式微与艺术审美驾驭能力之不足，也深感自我表现力之日渐衰竭，喷吐的诗情难以再生。杨梓看到了朦胧诗作者们内心世界神奇奥妙的风景不再重现，开始对具象体现模态的基本创构法则——诗歌艺术的创构方式予以探索。普遍在个体之中消融，因而造型本身就是意义，造型本身就能显示意义，这是杨梓诗歌创作具象体现模态成功之关键，也是他诗歌创作具象体现模态所应达到的最佳状态，是他诗歌的本质。此一点，不仅在他的诗歌世界中呈现了出来，而且早在诗人之创构中就已经完成。正是因为这样，我们欣赏阐释其诗歌美学造型世界时，才凭借诗歌作品本身，获得了应有的美感反应与思想发现。

四、世间万物与个体感受

喻象暗示模态即意味模态，它要创造出意味造型。喻象暗示模态是广泛存在于杨梓早期、中期和近期诗歌创作中的一种造型营构方式，它与具象体现模态很不相同。

从前文我们引述桑塔耶纳对艺术表现的两项区分来看，喻象暗示模态虽然同是“实际呈现出的事物”与“唤起的形象”这两项的统一，但是此种统一既不浑然一体，也不十分均衡。以个体造型为喻体，以普遍性的思想理念为喻义，我们可以把个体造型与普遍性的思想理念区别开来。如此，喻象暗示模态中个体与普遍是联结的，却又体现出双重性之特征，可以被称作双重联结机制。故，在喻象暗示模态中，个体与普遍之关系不是用个体去化解普遍，使普遍在个体中消融殆尽。相反，个体与普遍好像就来自此现实世界呈现的事物与从中唤起的形象里，有一种力量牵引它们，迫使它们走到一起。但在它们之间，似乎又存在着一条无法掩饰之鸿沟，使它们只能隔岸相望。故，在我们解读喻象暗示时，对于喻义之获得，要依靠领会杨梓诗歌作品中之联想与想象来实现。

读《杨梓诗集》中《爱的独语》和《野草一束》之组诗，绝不能漠视诗人自身之存在。《爱的独语》道：“面对世界 / 我已经打开自己 / 为你们挥洒一切浪漫 / 敢在你们面前 / 吻她夜一样的双唇 / 尽管热吻是一次死亡 / 但也是一次真正的复活 / 我们走出火红的泪 / 用分别美丽爱情 / 用孤独充实思念 / 爱是幸福的痛苦 / 情是抹不掉的记忆 / 在我们的第五个季节 / 当我捧起她清秀的脸 /

我才看清 / 她是我生命的全部”。《野草一束》由《守门人》《无花果》《孤独》《烟灰缸》《桥》五首诗组成。“关上门 / 看她睡得多香 / 本质的泪 / 从心里溢出 // 我站在 / 她的一根睫毛上 / 看门 / 且有喝不完的酒”(《守门人》);“一朵黑色的花 / 隐藏于无花果中 // 每当我闭上双眼 / 她都会绽放 / 芬芳我暮色的尽头”(《无花果》);“很多朋友 / 从眼前走过 // 一个陌生的女孩 / 在心里出出进进 // 有爱的季节 / 无人敲门”(《孤独》);“那么多的 / 燃烧过的 / 被抛弃的 / 小情人 / 有的成仙 / 有的坠入风尘”(《烟灰缸》);再看诗人的“桥”是如何建造的:“你和我太近了 / 我渡过一条河 // 我和你太远了 / 你想架一座桥 // 桥架好了 / 我们都想拆掉”。无论是对所谓时代情绪还是现代诗形之追索,此组诗均是一致的,也就是诗人选择了意味造型来暗示与涵盖自身复杂的情感和理念,增加人生欲望多义性表述之机会,欲擒故纵。我之所以大段引述杨梓诗作之原文,是为了充分表明,与其视《野草一束》为爱的抒情感叹,倒不如将它看作是杨梓对自己在 1990 年代初期生命感悟的一份特别告白。该告白“特”在如下两点:一是用诗人自己的诗语来写;二是诗人通过对一束野草之独特观感来抒发。表面看,杨梓的这一诗情只是一位心底不断震颤着微妙感觉且半遮半掩的有“热吻”“死亡”“复活”“生命”体验的女孩造型,但细细琢磨,可能就要复杂深邃得多。杨梓把诗当作另一种人生,一种不用诗来“直陈其事”之人生,诗成为他既表露真我又隐藏真我而使本我得到宣泄之外在形式。不过,一个守门人的“本质的泪,从心里溢出”,是他体味到的诗是一种心理之感叹,它的动机在于表达自己与自己之间的灵魂默契。实际上,杨梓的这一创作定势,从表达层面来说证明了艺术美学意蕴的多指向或多元浑涵,从行为角度来说则透露了本人之心灵密码,即诗人观察捕捉的那一束野草半是为了宣泄自己的灵魂之苦,半是为了表达自己对现实世界大爱之倾心与领悟。诚然,当杨梓企图依赖野草来借题发挥时,现实世界的事象无疑被简单化了;而对真实显现他此刻的心理动态而言,则是被明朗化了。此正如别林斯基所说的:“在这里,诗歌始终是一种内在的因素,一种能感觉、能思维的沉思;在这里,精神从外部的现实性渗入自身里面,赋予诗歌其内在生活的千差万别的细微变化和浓淡色度，这种内在生活把一切外部事物都化成了自己。在这里，诗人的个性占着首要地位，我们只能通过诗人的个性来接受一切，理解一切。”(《别林斯基选集》第三卷，上海译文出版社，1980 年，第 4 页)别林斯基认为，无论是诗的内在因素还是外部的“现实性渗入自身里面”，“赋予诗歌其内在生活的千差万别的细微变化和浓淡色度”，“我们只能通过诗人的个性来接受一切，理解一切”，这就告诉我们在着手研究一个诗人的时候，首先应当在诗人的多样性的作品中抓住他的创作个性，即只有他才有的那种精神特点。这就是说，我们在阐释杨梓诗歌作品时抓住促使他进行创作的那种个性(激情)，就等于找到了“通过诗人的个性来接受一切，理解一切”之关键，因为此种个性(激情)不是什么飘忽不定的东西，而是体现了诗人整个人格中所蕴藏的具象模态与造型风貌，以及诗人的美学观或道德精神倾向。

让我们再来细说《野草一束》的审美特点。《野草一束》描绘野草富有生命力的美好造型与隐藏于无花果中的独特品性，造型鲜明，生机勃发。将它当作纯粹的审美对象看，也许可以称得上是丰满生动的。但是，将它当作一个应当拥有一定思想情感的诗歌造型去理解认知时，野草造型本身则显得意义很明朗。野草只是喻体，它是有喻义的，从诗中的野草我们看到了喻义之所在。进一步寻索它的意蕴，必须将野草这一喻体与杨梓及其精神品性联结起来，这样才会获得它的喻义，才会明白这喻义的实质。换句话说，只有将杨梓笔下的这束野草当作诗人实际精神品性之暗示，野草这一喻体才会获得喻义这一层面的特性与内涵。桑塔耶纳说：“世间决没有只在客观方面感动人的事物；事物之所以会感人，那是因为它们能触及观察者的敏感感受力，并继续与他的大脑和心灵相沟通。”(桑塔耶纳：《美感》，第 69 页)因此，野草这一喻体之所以获得了深邃之喻义，正是因为诗人对野草的“敏感感受力”及与“心灵相沟通”。因为“自然风景是一种无定形的东西；它几乎时时都是气象万千，可以让你的眼睛有大量自由去取舍、突出和组合它的种种因素，况且风景寓意丰富，而感情刺激又颇为暧昧。要观赏一片风景就得加以组织，要爱好风景就得赋以德性，村夫俗子对他们的自然环境漠不关心，理由也就在这里。他们决不会想到对这个平凡的世界也能够加以审美观照”(桑塔耶纳:《美感》，第90页)。桑塔耶纳在此所谈到的正是喻象暗示模态双重联结的基本特点。因此,桑塔耶纳对风景造型之分析,就是从诗人自喻入手,他认为只有诗人才能对“寓意丰富”的风景“自由去取舍、突出和组合它的种种因素”,村夫俗子对自然环境是绝对的“漠不关心”,更不会对此加以“审美观照”。可见,杨梓对野草正是发挥了联想与想象作用,才把捉到了喻义。如果单就文本解读,那只是自然风景在特定时空的一种生动呈现。诗人将内心的多种统觉之美学碎片以平凡的、富有生命力的“野草”命名,凝成一股强大的艺术张力:“我”成为一个为她看门的守门人;灵魂的“一朵黑色的花/隐藏于无花果中”;“孤独”时只有她在心里进进出出,到了“有爱的季节”,还是“无人敲门”;“烟灰缸”里燃烧过各色各样的人;“你和我”架起的桥,最终都想拆掉……这些,共同编织了《一束野草》之景观,合奏了一部心灵之曲。

如若我们有一天身临其境,我们也会孤独、寂寥、战栗,会忧郁、彷徨、沉思。我们除了在心灵中深深镌刻下这些思想的碎片以外,又会有什么其他的逃避现实世界的办法呢?可能也没有。杨梓的《野草一束》大约作于1980年代末或1990年代初。这是一个极不平凡的年代。告别过去,人类正跨入20世纪末最后一个年代的门槛。极富反思精神与追求新的梦想的中华民族,也以更大的热情与勇气,展开了与旧的枷锁、旧的伦理秩序的拼搏。那可爱的、坚强的、富有生命力的野草,正是杨梓个体心灵之写照,各种各样的灵魂之物(思想)构成的不也正是一个时代的写照、一代精神思想风貌的写照?那唯一一束富有生命力的野草,不正是蕴藏在整个民族心灵深处渴望生存、渴望成长、渴望胜利之愿望的外化与暗示吗?当我们不作如此之联想与想象,只满足于那片大地上一束野草之景观,割断此景观与20世纪末、与中华民族命运之关系时,《野草一束》也就索然无味、淡然如水了。

故,在杨梓诗歌的喻象暗示模态中,个体造型并不是一个意义充足的存在,它能用自身之有限存在去构成一个意义充盈、张弛有度的美学世界。野草不与某种精神品格、精神风貌联系,它们就成为一种干瘪、渺小、暗淡之存在物。在杨梓诗歌的喻象暗示模态中，个体造型既是某种被设定的事物本身，又不仅仅只是这个被设定物，甚至可以说它只是一个影子、一个幻象，一座架起又要拆掉的“桥”而已。赫拉普钦科引述俄国诗人莱蒙托夫长篇小说《当代英雄》中主人公毕巧林日记的序言道：“人的心灵的历史，即便是最渺小的心灵，也比几乎整个民族的历史更有趣，更有益，尤其是当这种历史是用成熟的头脑对自己观察的结果，并且把它写出来并非出于博取同情或哗众取宠的虚荣心的时候，更是如此。”(《赫拉普钦科文学论文集》，第63页)从这个影子要找到那个形体，从这个幻象要找到那个真形，从这座“桥”要通向对岸，从这个季节要到达最终的目的地。在喻象暗示模态中，另有一个更为重要、更为实在、更为坚强有力的东西与个体造型灵犀相通。二者既相互联结，又分处两翼。喻体义小，喻义义大；喻体义浅，喻义义深；喻体义明，喻义义隐。此既表明喻象暗示模态中个体与普遍之间有着比重大小、深浅明隐之倾斜，也说明个体与普遍还没有相互占有，给人以某种距离感。此正是喻象暗示模态中个体与普遍关系之常态表征，但此处的距离不是隔离。在喻象暗示模态中，喻体与喻义即个体与普遍的相互联结不是自为而是人为的，但这绝不意味着喻象暗示模态中的人为性联结没有任何依据。

在杨梓诗歌创作热情的熔铸、焊接下，喻体与喻义构成了一个统一的美学世界，不论此世界之时空有多大，它都能产生出相互依存之关系。批评家梁宗岱在讨论中国20世纪30年代的文学时就说过：“所谓象征是藉有形寓无形，藉有限表无限，藉刹那抓住永恒，使我们只在梦中或出神底瞬间瞥见的遥遥的宇宙变成近在咫尺的现实世界，正如一个蓓蕾蓄着炫熳芳菲的春信，一张落叶预奏那弥天漫地的秋声一样。所以，它所赋形的，蕴藏的，不是兴味索然的抽象观念，而是丰富，复杂，深邃，真实的灵境。”(《梁宗岱批评文集》，李振声编，珠海出版社，1998年，第58页)梁宗岱在这里所说的诗歌要表现的就是一种微妙的情境，诗中之比喻就是它们的生命。诗人的“藉有形寓无形，藉有限表无限，藉刹那抓住永恒”，就是指诗人比喻的方法。杨梓能在对普通人意味不同的事物中观察到事物的共同性来，他敏锐地发现了事物之间的新型关系，用最简洁、最朴素的语言而又很审美地把握住了观察现实世界的方法，并用此方法将这些关系凝聚为抒情诗，由此揭示出时代的丰富多彩及变幻莫测的相互联系。杨梓省去了许多“直陈其事”的字、词、句，在营构的喻象暗示模态中，让接受者调动自己的想象力来架起一座艺术与心灵可以沟通的“桥”。此时，接受者面对诗人之作《野草一束》，“开始放弃了动作，放弃了认识，而渐渐沉入一种恍惚非意识，近于空虚的境界，在那里我们底心灵是这般宁静，连我们自身底存在也不自觉了。可是，看呵，恰如春花落尽瓣瓣的红英才能结成累累的果实，我们正因为这放弃而获得更大的生命，因为忘记了自我底存在而获得更真实的存在……一种超越了灵与肉，梦与醒，生与死，过去与未来的同情韵律在中间充沛流动着。我们内在的真与外界底真协调了，混合了。我们消失，但是与万化冥合了。我们在宇宙里，宇宙也在我们里：宇宙和我们底自我只合成一体，反映着同一的荫影和反应着同一的回声。”（《梁宗岱批评文集》，第 63 页）梁宗岱在此精辟地告诉我们，喻象创作的根本出发点虽然不是诗歌造型中彼此相关的两项融合为相互占有之整体，但仍然必须去寻找二者之间的共通性，使二者建立一种独特的审美关系，从而成为一个统一的构造体。故，我们在此提到距离感，只是为了指出杨梓诗歌在喻象暗示模态中存在的那个艺术张力场，这比某些诗歌中具象体现模态所达到的审美空间更大、更远。在杨梓诗歌的喻象暗示模态中，距离只是标志着一种特殊的审美关系的确立，而不是像物理学那样制造了一个实实在在的空间地带。

概括地分析，在杨梓的诗歌美学世界中，跨越此种距离的特定“桥梁”是个体与普遍之间在形态与特征上的某些相似性。即，杨梓诗中的个体与普遍之间的性质可以是不相同的，它们之间的形态或者特征本就有相似的一面，诗人正是利用此种相似性来建构模态关系的。此一点，诗人在运用自然物象来暗示时代意识时更为清晰自如，其表现力深邃而明白。杨梓在其诗歌审美世界中，用羊羔（《羊》）暗示信徒，用玫瑰色（《门》）暗示美好的爱情，用野草（《野草一束》）暗示生命力之顽强，用城堡（《城堡》）暗示一种历史大时代中文化精神之涌动与流变，这已成为诗人信手拈来之娴熟技巧。但是，杨梓的此种娴熟艺术技巧绝不是建构诗歌审美意识的一种随意产物，实际上，正是建构他诗歌审美意识的恰当选择，使他完成了此种从异质到统一之转变。从本质特性上看，作为喻体的羊羔、玫瑰色、野草与城堡，无疑只能从自然科学方面获得阐释，而作为喻义之信徒、美好爱情、顽强生命力与文化精神，则属于人文美学之范畴。杨梓诗歌的喻象创造之所以能够将这些异质物象结合起来构成一个诗歌造型，正是在于他抓住了异质物象身上的某些相似性。故我认为，杨梓诗歌审美世界中的喻象暗示之所以成功，就是因为在他的诗中喻象暗示不限于喻体而能指向喻义，并用喻义来充实、延展喻体，在很大程度上，这是由他诗中暗示造型的喻体与喻义之间保持某种相似性所决定的。有了此种相似性，或曰在异质之中达到异质之物的关系同构，喻体与喻义才会相互依存，根据喻义赋予喻体以意义，从喻体产生对喻义的指向。相反，即使强使喻体与喻义相关联，喻体与喻义之相互依存也必然不会相对稳定，二者的联系也难被读者把握。以《龙》一诗之龙来说，它是中华民族的族类图腾，也可用以暗示皇权，此两种喻义均与龙的凌厉而不可侵犯之特性不可分割；龙如果不具备图腾与皇权所需要之特性，就很难充当喻义之喻体，也难以从其喻体很顺利地指向喻义。故，对杨梓诗歌美学世界中的喻体与喻义之联结，不求相似性；但若没有相似性，是不可思议的。

杨梓的《致小水鸟》可谓善于利用相似性的诗，他建立了一个十分鲜明并充满活力的相似性系统。《致小水鸟》描述了“我”每天都在等待“你”迟迟未至的信，想忘掉的思念原来是“痴痴的守望”，抒写了飘着雪花的失眠、爱的乞丐、叩响脑门、锁进记忆、四目相对、火花飞溅，以及双方的心被焊接在一起，最终小新娘“撞进我的 / 爱情组诗”。最初只有失望涌入房门，“如冷冷的石头堆满小屋”，为等“你”的到来，“我”产生了万千种猜测，感到没有梦的生活是真正的“一无所有”，即便没有“你”的书信，“我”的生命深处依然有“你”；北国的残冬，“我”的目光缠住仅有的一枚树叶，让它陪“我”相思；“我”把“你”当作未来，锁进记忆；“我们”终于相逢在灯光朦胧之一角，心才紧紧地焊在一起；“你”盼望了很久的雪来了，可“你”又想哭，“我”捧起了“你”的脸，就如捧起了湿润的冬天。从杨梓诗中的此种表达可以看出,小水鸟暗指幸福,寻找小水鸟就是寻找幸福,盼望小水鸟就是盼望幸福。但是,走向幸福的道路并不是简单平坦、宽阔笔直的,所以才有了"我"爱的情结与人生选择的严重失衡所酿成的灵魂之苦,这是驱动诗人把追求的精神写进"爱情组诗"之内在动因。"我依然选择流浪 / 独自开始一次心灵的跋涉 // 我刚刚上路 / 就被泪水碰断目光"(《小憩》)。这些诗均创作于 1993 年 3 月以前,诗人不到 30 岁,面对中国现实的变革给个人以及整个社会带来的某些不适, 诗人深深地陷于人生之夹缝中,面临各种选择。一方面,杨梓坚持天生我材必有用,不时地用爱包容天空与海洋(《爱诗者——都是上帝的情人》);但另一方面,"常有魂儿游出 / 泪水涟涟"(《眼睛》),世间之困窘一次次砸碎其诗人之梦,不时让他重新选择,即让他在人世间的大爱之路流浪。

理想与现实、乐土与尘寰之激烈冲撞,使诗人那颗敏慧之心蕴含了过多的苦痛,无怪他在现实世界变迁之震荡时,仍一句一唏嘘,一行一沉郁;也无怪他在诗中写下:"是谁的目光 / 击落了大雁 / 一颗血淋淋的头 / 从这座城市的上空 / 沉重地陨落 // 人　荡然无存 / 雁　顿时无首"。他甚至看到了"雁阵被文明的闪电冲散 / 被手的雷鸣撕碎 / 这一幕残酷的景象 / 被我的泪眼定格 / 被愤怒凝固",也无端地触发迷惘与哀痛。揪心的阵痛使诗人更加沉静,"用我善良的心 / 把那双最最可恶的目光 / 连根挖掘出来 / 钉在这座城市的中心广场 / 将人们的心扉 / 久久叩击 / 把大雁北回的航线 / 永远照亮"(《雁》)。杨梓就是想让人们的善良去感化更多的人, 通过道德的自我净化来达到灵魂的"复活",就像圣水渗透到诗人营构的所有意象身上,无论是小水鸟、雪人、青鸟、城堡,还是鹰、丹顶鹤、雁、乌鸦,以及龙、牛、虎、狼、豹、羊等,其美学形态均具有深邃的灵魂搏击之一面。显然,正是对人性构成的深刻透视,使杨梓的诗歌艺术造型攀上了一个高峰,同时表征着 1990 年代初期人本主义已在杨梓的诗中达到极致。也就是说,在杨梓诗歌中虽然没有出现"人性本善",但最终并未逸出人本主义圈,因为在杨梓看来,人身上纵然有兽性,但未必不能清洗,它更像蒙上灰尘的灵魂,只要用忏悔的抹布多擦拭几遍,灵魂即会圣洁如故。说到底，人性之根本仍为善。这是一种包装得更严实的人本主义。因此，我们通过对杨梓的组诗《致小水鸟》的简要分析，首先看到喻体与喻义的一些相似性；其次看到喻义的相似性，即幸福就在现实生活中，只有在现实生活中才能体验到生活的真正精髓。诗人通过意象本身所表达出来的相似性，与喻义所有的相似性，皆非常吻合、恰切。从历尽艰辛之寻找，到发现当下，再到丧失于自己手中，寻找小水鸟如此，寻找爱情亦如此，寻找人类之大美大爱亦莫不如此。除此之外，《致小水鸟》中以“纸船”暗示平凡质朴的人类，以从不乞讨的“乞丐”暗示人类精神的贫穷者，精神与人类大美大爱有着密切的联系。将“钥匙”作为打开人类光明之路的引路人，作为人类渴望撬开自己心灵之密码，是以钥匙对人类生活的重要性为依据的。在《致小水鸟》中有很多意象，它们的暗示性大都与异物之间的相似性不可分离。此正是《致小水鸟》可以引导人们去理解它的寓意的重要方式，也是《致小水鸟》作为时代之爱的抒情诗可以被接受的一个重要元素。当然，我这样说，绝不意味着《致小水鸟》之喻义就是一目了然、一语可破的，但它至少借助二者之间的相似性为读者提供了掌握喻义之可能，从而达到了创造这一诗歌美学世界的主要目的。

我们在讨论杨梓诗歌造型的相似性时，要充分考虑到喻体与喻义产生的极为错综复杂之关系，此条规则依然有效。杨梓的诗《舞蹈的夏》，无论是写舞蹈的夏天，还是写夏天的舞蹈，我们均未感受到诗中夏天之热浪，而是“她”乘着南行的风去了远方，“我”在原地流出血一样的泪，像油画一样的夜色不断加深，“我”抱起“她”的一沓素笺，潜入最深最沉的音乐，与“她”共舞。实际上如果一个人在一个沉静的夏夜，漫天星群，南风拂面，自己懒洋洋地躺在一棵槐树下，望着空白的墙而悠然自得，是不会写出诗来的。一般来说，当诗人有些经验时，这些经验应该是自足的，它们是现实生活之一部分，对于夏天而言，其自足处便是那种当下产生的、未曾预期的幻景，一个人生活在亲友分别之时刻，与她共舞是最自然之一部分。诗思泉涌，可以见到诗中的某些关系，当诗人正在享受与整体诗有关的细腻而且异类的经验时，是感觉不到的。实际事件的深意存在于想象里，并且综合为一种色彩丰富的视界，控制力加经验使现实世界秩序化了，使之成为真实的美学视界，并将此压缩在这些经验与一首诗的文本里。个体的人被看作是大千世界的“云海浪花”中之一粒尘沙，只不过是在平等的个体之间维持着微妙平衡的凡人而已，立足于脆弱的现实外壳之上，人在时间与永恒的困境中只是朝不保夕之动物，“跳跃着秋的啼唱”，“遥望那片无雨的天涯”。在此首诗里，人是摆布在“云海浪花”上的未出平衡之物，在人之意识里还有荒原、宁静、苍凉、惆怅、喧闹、哭泣、痛苦与幸福、红叶与相思、月色与生命……这些均诱惑我们向往云海一样的阔大与解放。人居于灵肉之间，二者融合为一。在人之短暂一生中，灵肉不可分离，在意义的世界面前保持平衡。

这等于我以“散文的名义”将诗人的《舞蹈的夏》复述了一遍，但至少向读者展示了这么几点：首先，此首诗在创作之时便体现了它的暗示性，诗人之触发点十分明确，即享受“孤独”之美，享受自然之爱，就自然本身来看自然。暗示性是在诗中不自觉地实现的。其次，从诗中可以看出诗人是靠表现力促成此首诗具有暗示意义。桑塔耶纳说：“表现力是经验赋予任何一个形象来唤起心中另一些形象的一种能力；这种表现力就成为一种审美价值，也就是说，成为表现，如果这样唤起的联想所涉及的价值归并进眼前对象的话。”（桑塔耶纳：《美感》，第 134 页）桑塔耶纳在此所说的“唤起的联想所涉及的价值归并进眼前对象”，就是诗的审美价值的一个来源，即它的意象与幻景，意象不是用形象化的语言和修辞表现现实，幻景不是描写现实，它们化成了诗的现实本身，它们就是诗的大地上的一切物象与地貌，没有它们就没有诗。杨梓在诗中将世间万物即素材原型与诗人个体的感受力紧密融合之镜像，由此可见一斑。再次，我们猜想仅凭“她”乘南风“去了远方”这一点，诗之意蕴就不会如此深邃。此首诗是在桑塔耶纳所说的“第一项”和“第二项”之融合作用下完成的，也正如赫拉普钦科引述作家费定的话说：“只有从这些事实出发进入想象的广阔天地后，我才能写出我在生活中从来没有看见过、没有遇到过、但似乎无疑存在的人们。”赫拉普钦科说：“众所周知，在塑造过程中利用了像夸张这样的手段塑造出来的鲜明的艺术形象，要比卖力的、同时又是单调沉闷的平铺直叙可信得多。想象和幻想的作用无论如何不能仅仅只归结为‘组织’素材，没有它，就不可能把生活中得来的印象和观察结果加工成为艺术形象。”(《赫拉普钦科文学论文集》，第160-161页)此意见与桑塔耶纳的说法同工异曲。所以说，此首诗是在现实与心灵之双重作用下共同完成的。我认为，这首诗之所以具有暗示性，正是因为诗之抒情本身具有造型与其深意之间的相似性。诗人对“原型”的认知，是一个理由，但这样的解释只揭示了现象，即为什么“原型”是暗示性的，而未看出诗人之表达。对诗人作品进一步分析后，我认为：诗中所描写的“我”与“她”的现实世界，恰恰体现了中国美学精神中那种简约稳固的审美心理结构关系，即韵外之致与象外之象，随物赋形与灵均自得，气从意畅与神与境合，灵与物既对立又融合之模态。诗中的几组主要意象构成的艺术造型与中国美学精神之间的联结与过渡，正是依赖此关系的共同特征而实现的。至此，我们也就清楚地知道诗人表达的这几个物象缺一不可。诗人最后“走进雨乡 / 让所有的痛苦与幸福 / 都在心头淅沥”，此时的雨越下越大，蓦然，耳边飘来了莫斯科郊外夜晚的乐曲，乐曲在心头响起，随着乐曲与雨点的节奏，“为她独舞”。如此随着意绪跟进的诗思，暗示了属于人的精神意义：人介于自然空间、现实空间与精神空间，灵与肉之间，又兼有这双重特性，从而保持着自身的平衡与世界的平衡。故，尽管此诗不是传统思维的完整表述，却又与传统思维的结构方式不可分开，并从中分享到相似性，完成了意味性之创造。

在这一点上，我们看别林斯基是如何说的。他说：“在抒情诗中，主体不但把对象包含在自身之中，溶解它，渗透它，并且还从自己的内心深处吐露出那些和对象发生冲突时所激起的感受。抒情诗赋予默默无声的感受以言词和形象，使这些感受不再锁闭在狭窄的闷塞的胸膛中，而暴露于艺术生活的光天化日之下，使它们获得特殊的存在。因此，抒情作品的内容已经不是客观事故的发展，而是主体本身，以及通过主体而产生的一切东西。”(《别林斯基选集》第三卷，第59页)其实，在杨梓诗歌的喻象暗示模态中，个体与普遍于具象体现模态中同样契合，是诗人主体心灵升华之产物。这对于杨梓诗歌的喻象暗示模态、对于作品、对于审美思辨，都是必要的。这是一种主体审美融合，是艺术的魅力所在。如果离开了这种创作上的主体审美融合，喻象暗示模态就不能出现。别林斯基还说："普遍事物必须化为主体的血肉般的所有物，浸透到他的感觉中去，不是跟他的某一个方面，而是跟他的整个存在结合起来。一切使主体感觉兴趣、感到激动、感到高兴、感到悲伤、得到快乐、受到折磨、得到安慰、感到担忧的东西，总而言之，一切构成主体的精神生活的内容的东西，一切浸透到他里面去、在他里面兴起的东西，——所有这一切，都作为合法的财富而被抒情诗所容纳。"（《别林斯基选集》第三卷，第 59 页）喻象暗示模态在创造暗示造型时，有意地利用并提高诗人的主体意识，此正是杨梓诗歌美学世界创造的一种自觉意识。

第二章　意味造型

意味的创造，是杨梓诗歌创作明显的美学特征之一。意味造型，是为了传达出某种意味之寓意。这决定了意味造型本身要具备透射此种意味之功能。意味造型区别于其他特征造型，在于其传达寓意之方式乃暗示与寓指的——不能也不应该直接体现它的寓意。意味造型的美学特性是杨梓对艺术创造方式的理解所形成的特有的诗歌创作现象。此一点，构成了杨梓意味造型之特有本质，也构成了诗人杨梓意味创造的特有本质，成为其诗歌意味造型与意味创造的重要标志之一。杨梓的早期诗歌创作是指 1986 年发表处女作到 1993 年出版《杨梓诗集》，这一时期，意味的创造和充满了音乐之节奏与旋律是其诗歌明显的美学特征。通过主导意象、重复意象、逆变意象、随伴意象之设置来创造意味造型，是杨梓诗歌创作的基本走向，也是其诗歌意味寓意透射之基本路径。同时，以有效的传导产生映照力来透射诗歌作品之意味寓意，也是杨梓意味造型营构中常用的方式之一。

一、暗示与寓指的结构特性

杨梓经历了 1980 年代中国诗人与诗歌创作之崛起运动，对这场运动与这场运动带来的独特的艺术传达方式，他始终持一种平视态度，既不仰慕，也不鄙视。我始终认为，杨梓是一个在形而上诗学殿堂里不断“游荡”的诗人，他应该是一个人生派的中国诗人，他不仅反复强调诗与人生的直接关系，而且强调诗与民族的一致性。他在《杨梓诗集·跋》中说“我的诗，是从《诗经》里流过来的”。可见，杨梓在意味化诗歌造型中继承与发扬了传统诗歌艺术的美学精髓。他的意味造型艺术包含着个性化与概括化两个对立面，并且将此统一起来。在暗示形式中，个别与一般、个性与共性之联系是由诗人本身建构起来的；它们之间本来没有必然联系，只是诗人从特定的审美角度把握到了它们的某种相似点，才构建了一个富有主体色彩的二重联结机制，创造出意味造型。这正如黑格尔所揭示的：“意义与形象既然互相分裂……就不是一种绝对必然的互相依存的关系，因此二者之间的关联就不是客观地存在于事物本身，而是一种由主体造作成的。”（黑格尔：《美学》第二卷，第118页）因此，在意味造型中，个别与一般、造型与观念是要发生联系的，但由于二者不同质，其关系也就不是必然的、唯一的、不可改移的。同时，杨梓在意味造型方面有意保持其暗示性乃至难解性，这成了他早期诗歌创作中营构意味造型的自觉追求。我认为，在诗歌中应该永远存有一种难解之谜，诗歌的目的在于唤起所有事物，而不能只有其他目的。所谓“唤起所有事物”，就是要把意味造型方面不求形似、不求全面展示生活之特点揭示出来。正是这一点造成杨梓诗歌创作中意味造型的模糊性与暗示性，从而不能直接反映生活与表达意蕴。哑弦在《杨梓诗集·序》中说：“他的诗，不被世人理解，他从不乞求。”让诗像谜一样难解，这对于杨梓来说，正是一种应该提倡的、应该达到的诗歌艺术的境界。我认为，不求明了，既是诗，也是诗人之特质。应该说，从古至今的中国诗歌美学的发展皆表明一个特质，那就是诗歌艺术最忌讳“说明”，诗人也最忌讳求人了解。求人了解的诗人，多如一个街头的卖唱者，不能算是纯粹的诗人。杨梓就一直坚持认为：“诗就是诗。一切解释都是多余 / 我向来不解释自己的诗。”

30岁之前的杨梓把意味造型中的暗示性与难解性作为一种诗歌美学追求进行了有效实践。由此可知，意味造型这种美学特性是杨梓对艺术创造方式的理解所形成的一种特有的诗歌创作现象。然而，我们绝不能对杨梓诗歌创作的美学趋向作片面的理解与讨论，以为杨梓的创作主张就是把诗歌与生活拉开，就是切断诗歌与接受者的关系。意味造型暗示意图，却并非要制造谜。意味造型之创造仍然带有与现实世界对话、与读者对话之社会色彩,区别只在于:它比具象创造之对话交流多一点深奥性与抽象性。故,杨梓极力保持意味造型之暗示特质,目的不是让人"看不懂"含义;如此构思,只不过是在人们走向理解之道路上设置一些必要的曲径罢了。设置曲径之目的,既是激起穿越此曲径的人们更大的自信心与探索力,亦是培养穿越此曲径之人对生活更高层次的观察力与思考力。卞之琳《关于〈鱼目集〉》中有一段话,颇能表达出意味造型创造时之良苦用心。他主张诗歌创作要有独到的特点,但独到不是让人摸不透、看不清。他说:"旧材料,甚至于用烂了的材料,不一定不可以用,只要您能自出心裁,安排得当。只要有新的,聪明的安排,破布头也可以造成白纸。'化腐朽为神奇'并非绝对不可能。所以我们说有'内容',不如说'言之有物',说'有物'毋宁说'有独到之处'。但'独到之处',并非标新立异,在文字上故弄玄空或者把字句弄得支离灭裂,叫人摸不着头脑,假若您自己感觉不具体,思路不清,不能操纵文字,不能达意,那没有话说,要不然,不管您含蓄如何艰深,如何复杂的意思,一点窗子,一点线索总应当给人家,如果您并非不愿意他理解或意会或正确的反应。"(《李健吾文学评论选》,宁夏人民出版社,1983 年,第 99 页)意味造型的创造,是把一个谜交给读者,是把读者带进一片迷蒙,但它又不是仅仅只把一个无解之谜交给读者,让读者在无解之谜中沉沦,欣赏不到诗之内涵,体验不到诗之生命价值。其实,杨梓在意味造型营构之时,就已经留下让人进入他的世界直至内层的通道,让读者在他留下的"窗口"中窥探他创作的隐藏奥秘。亦即说,诗人并非停留在幻想色彩之形式上,而是要创造出诗之含义;同样诗人也不能停留在含义上,而是要以形式来表达自己的思想。所以,对于高明的创造者与高明的欣赏者而言,诗的意味造型不仅仅只是一个谜。虽然理解意味创造没有什么通天大道可循,但曲径通幽更能增加接受者的审美志趣。

我发现,意味造型之营构是杨梓按照意味美学之透射志趣设置的。也就是说,杨梓对意味造型之营构,总是以其能够成为意味造型并能传达意味美学为目的。因此,意味造型之营构虽以能否成为谜作为成功之一种权衡手段,同时，它也以如何才能更好地破译出这一谜底作为营构之目的。其实，诗歌艺术在其真正的语言造型中，能够使我们感觉到一种非常新鲜的、令人回味无穷的、一时又无法言说的所谓有“意味”的东西。无论清晰与否、直接与否，总是有一种“艺术无限”的东西被体现与揭示出来，让读者在接受中感到美滋滋的，一时难以自拔。故，杨梓在意味造型中所考虑的是两个相向流程。一个是谜的建构流程，是谜的隐蔽流程；一个是谜的解构流程，是谜的意义之敞亮流程。既建构又解构，既隐蔽又敞亮，正好是杨梓诗歌创作意味造型特有的含蓄隐晦之美，却又让我们能够领略其奇妙之处。这就是杨梓诗歌创作之特质，也是他意味造型可以顺利地透射其内涵的内在机制。由于其诗歌创作意味造型的非实在性始终不能抽去，故意味造型应该是基本前提，是把实在之物变成不实在或不那么实在之物。这正是杨梓诗歌创作之意味区别于具象的本质之一，因而也应该是其意味造型在营构中遵循的美学法则之一。

就大体的诗歌创作路向而言，杨梓为了实现透射寓意的目的，在意味造型的营构方面做到了多个方面的某一点。多个方面是：或者离开实在而至超越，从而使接受者不被实在之关系与含义所束缚，能够在超越实在之情况下去思考诗歌的意义。或者脱离具象而进入抽象，面对具象只能得出很具象的思想成果，进入抽象就能包括具象、消解具象，而得到有关社会与人生之抽象思考的哲理成果。或者从此岸到彼岸，不能让接受者只知观照眼前之物，要安排必要之途径，让接受者明白应当通达彼岸，从而达到理解诗之目的。此时，读者身在此岸，看见的是眼前世界；心却在彼岸，想的是那遥遥之远方。有了诗人如此之美学营构，读者的想象力不是被诗歌作品桎梏了，而是被诗歌作品激活了。因为杨梓“不愿扼杀读者的再创造”。这就必然会产生意味造型的创造者——杨梓的一种美学期待：读者积极参与到作品中去“再创造”，去探索诗歌艺术背后之奥秘。这不一定就意味着所有寓意之谜皆可轻而易举地被揭破，但揭破意味造型的寓意之谜，领略意味之美，应当说具备了充分的条件与可能性。意味造型之意义，是在其营构之中被世人奇妙地、悄然地释放过的。这是杨梓意味造型营构的匠心所在，也是我们理解他诗歌作品之关键所在。

二、音乐与诗之融合

杨梓早期诗歌创作的另一个特征就是充满了音乐的节奏与旋律，这符合中国音乐文学的传统，也符合诗人自言“我的诗，是从《诗经》里流过来的”之表白。借助音乐的节奏与旋律，在意味造型中实现寓意透射是其诗歌创作的重要艺术表现手段之一。近现代音乐文学史家朱谦之在其名著《中国音乐文学史》中说：“只有浩然一片的音乐世界，而在音波反复曲折的地方，却成了绘画的假象而表现，就是绘画世界……音乐世界是晦暗模糊的，绘画世界是细致刻划的；音乐世界是暗示的世界，绘画世界是描示的世界。所谓宇宙生命的大流，就是这样声色相通，官觉交错地来表现情感，创造伟大的艺术世界的。”朱谦之引潘梓年《文学概论》一书中之一段话说：“人们的生命是一个流，不断的向着一个永久流去，也有时聚成大海，波浪拍天；有时汇为小河，慢声低唱；有时受着太阳吐金光；有时常对明月发笑；更有时蒙了云雾，现出凄惨的颜色。然而他终究是个流，永远不断的生命之流。这个流反映在声音上成为音乐，反映在色线上成为绘画，反映在形体上成为雕刻，反映在动作上成为舞蹈，反映在文学上便成为文学。”（朱谦之：《中国音乐文学史》，上海人民出版社，2006 年，第 19 页）这些简明扼要的论述，将文学艺术的源泉呈现在我们的眼前。文学艺术的源泉就是作家胸中的“真情之流”（朱谦之语），就是音乐在文学艺术中之活动体。对于在诗歌中创造意味造型的杨梓来说，把音乐与诗歌创作巧妙地融合在一起，进行全方位的思考与营构，是他很突出的一个美学特征。

我认为在中国当代诗人中，杨梓是很唯美而又最富有灵性的诗人之一，同时也是对意味造型艺术有强烈追求的诗人之一。他认为在诗歌创作方面，要“给形象的和抽象的事物都赋于生命，让每一个词汇都能跳跃自如，把一粒沙尘当作新生的婴儿，诗也就有了灵气 / 我写诗，往往把一切都看成了有血有肉有灵魂的人，常常把一切都看成我自己”。他说的“让每一个词汇都能跳跃自如”，就是指音乐的节拍、音符和韵律。音乐的节拍、音符、韵律是被诗人置于诗歌创造的首要位置来加以观照的。按照杨梓的认知，诗对音乐之借用，正是诗歌向审美极限发展的必要一步。诗人善于运用节拍、音符、韵律等元素，这些元素是他诗歌美学上非常得力之助手；也许只有在诗的音乐中灵魂才最接近崇高之目的——在诗情爆发力到来之时力争达到的崇高目的，即意味造型最美的创造。我们读杨梓的诗，总觉得他的诗里有音乐，而且旋律、节拍、音符与节奏非常突出，时而明快，时而舒缓，时而温婉，时而强烈。他的诗与音乐之融合，就其意义而论，会促使诗的发展获得更为广阔的天地。我一直认为杨梓是从音乐、绘画等艺术门类中吸取诗歌创作知觉最多的诗人，尤其是音乐成了他意味造型创造中改变诗艺之重要手段，于是，在他的诗中充满了自由、新颖、轻灵，但不乏深邃之思想意蕴。我们试想，不是引入一个单调的迭句，而是使每个事物、每一片风景、每一种灵魂之状态均有其迭句，我们可以从他诗的每一个段落中去体认；在他的很多诗之结尾，所有被我们体验到的词语标记融合在一起，均形成一种富于旋律的"真情之流"，最终出现反衬与迭句对照、相遇之结果。所以在我看来，杨梓的诗就有了朱谦之音乐文学理论中所说的这个世界就是一个永远不息的"真情之流"之效果。"真情之流从他传播音乐的韵律，如《庄子·齐物篇》所谓'天籁'、'地籁'、'人籁'，宫商虽千变万化，却都是大自然的音乐之流之一波"（朱谦之：《中国音乐文学史》，第18页）。杨梓之所以会在诗歌创作中运用意味造型，就是因为意味造型在他的诗歌创作实践中作用很大。原因有二：一是表明音乐对于意味造型创造而言极其重要，意味融合音乐对意味造型有着很大的潜在影响力。二是杨梓在诗歌创作中融合音乐，其营构之意图相当明显。其中一种特定的旋律，不仅或多或少地暗示一般的意味造型，还表明它蕴含着一种特定的思想、理念与美学。杨梓通过创作实践对音乐与文学融合的认同，表明他试图借助音乐之力来创造富有魅力的诗歌，他把音乐性作为诗歌创作的至高境界来追求。他在《舞蹈的夏》一诗中写道："黄米色的月 / 穿过南窗的槐树 / 轻轻又轻地飘进小屋 / 我感到夜的长发 / 忧伤四溢……我拧亮第一颗昏星 / 抱起她的一沓素笺 / 潜入最深最沉的音乐 / 与她共舞……没有雨的夜晚 / 感受不到生命的况味 / 我从最冷落的

一角 / 走进雨乡 / 让所有的痛苦与幸福 / 都在心头淅沥 / 让浸泡于水中的月色 / 照亮每一个前方 // 雨　越下越大 / 从莫斯科郊外传来的乐曲 / 在我波浪的心地响起 / 我跟随雨点的节奏 / 为她独舞”。我在读此诗时，蓦然想到贝多芬的《月光曲》，似乎听到了《月光曲》优美恬静的旋律；杨梓不时用一种“很印象”的写法，表现月光与心的交响乐。音乐乃诗之本质的一个层面，是杨梓诗歌创作的重要内容之一。由此，我们完全可以说，诗人心怀从音乐中寻找实现自己创作目的的强烈愿望：要把意味造型的创造上升到音乐创造之高度，使意味造型具有音乐般的魔力。

那么，为什么在意味造型之创造中，诗人会如此巧妙地融合了音乐呢？原因就在于音乐对诗歌创作之介入使得意味造型变得虚无缥缈与空灵悠远了。一方面，虚无缥缈与空灵悠远淡化了意味造型之实在性；另一方面，虚无缥缈与空灵悠远为读者提供了对意味造型理解时展开更大想象的可能性，意味造型对音乐之借用，正是对音乐的抽象性、不实在性与非确定性之借用。音乐提供的东西，正是意味造型创造中所欲获得的东西。正因为音乐所追求的是意味多于真实或实在，所感受的内在性也多于外在性，所激发的不确定性因素也多于所暴露的确定性因素，故，先验论美学得出结论说，音乐深入到世界的精髓之中，因为自然与精神确实是在无条件之中的，一旦音乐表现了自然与精神的此种统一，它便向我们暴露了事物的本质。音乐不同于语词符号或者用在意味造型艺术中的寓意符号，音乐的声音，在它们的符号中是不明晰的。音乐不能指明与详述它所唤起的内涵，此事实已成为音乐内涵理论化尝试的一个基本困境而经常被学者引证。但从另一方面来说，内涵的此种灵活性乃一种特长。因为它使音乐能够表达那些可能被叫作超现实的神话之本质，以及在人类生存中主要的与充满生命力的经验之本质。其实，所有内在之事物都是悦耳动听的，它们自然而然地表现为音乐，使音乐之含义更深一层。比如杨梓在《野黄昏》中写了一组以动物为意象载体的诗，非常玲珑剔透，意味造型十分鲜明，很耐读。有谁能用逻辑语言表现出富有音乐性的诗歌对我们所产生的效果呢？这是一种不能言喻、莫测耐品之言语，它将我们引导到无限之边缘，并使我们长久凝视此类意味造型画面！故，音乐被杨梓有意、自觉、巧妙地植入了他的诗歌意味之中；诗歌意味从他那里获得的就是一种强化意味造型特征性的美学力量。对音乐的利用，在杨梓诗歌意味造型中很明显，诗与音乐卓有成效之融合是其意味造型之突出表现手法。他在《野黄昏》中写了近二十种动物，此组诗一直以来让我喜欢。我觉得人世间不管什么动物、植物或零碎的泥土瓦片，到了杨梓的笔下皆能变成有滋有味的诗歌美篇。别的不说，此组诗中的《乌鸦》《苍蝇》《蚊子》《蛤蟆》等诗作就非同一般。这些诗作中的动物平常是被人所唾弃的，但到了杨梓笔下皆成为好诗，是诗与音乐融合的成功之作，尤以《乌鸦》最为突出。我觉得凡是读过《乌鸦》这首诗的精彩段落之人，皆会被那刻意使用的“杨梓式”词句之力量所打动。可以说在汉语诗歌中，人们很少使用此种方法。我的意思是说，为达到某种美学效果而采用的合理手法，或者说从未有诗人有意识地使用过此种真正巧妙之方法。确如此，杨梓的成功在于他谙熟读者之心理，了解读者灵魂之共鸣出自对不同音符的感知。他发挥了此一点，遂使他的诗作有了不可思议的美学力量，既实现了自己所确定的意味意义之传达，又把此种意味意义巧妙地随着“杨梓式”语词、语韵所产生的乐感输入到了读者的心中。《乌鸦》本属于那种表达忧郁情思之诗作，忧郁之句调和低回之旋律正好成为其内涵之恰切载体，烘托着忧郁情思深入读者之心。《乌鸦》的创造，乃诗之美的创造，也乃音乐之美的创造，两种美的融合，成就其为一篇杰作。

杨梓的这组以不足挂齿的动物为题材的诗，是用鲜明的节奏创造出某种愿望未果之失望感。这对引发诗之意味义起到了至关重要的作用。此组诗表达的是失去爱与生命力以后，在行善或放逐的过程中会有一种无依无靠感。此组诗没有指向某种人为的节奏，诗的语言就像少女青春期的爱情一样，充满了好奇，显得铿锵有力。诗人在《鹰》中开始的几行诗里，通过对称的重音表达出鹰的生命感。“顿时　群鹰荟萃 / 拉开暴风雨的前奏 / 大漠立刻萎缩 / 缩成餐桌抑或温床 / 西山　恍若老妪 / 每一道皱纹里 / 都填满痉挛 / 这是怎样的一段序幕 / 鹰和牛之间绝对真空 / 太阳不是红烛 / 无泪可洒”。此处的声音似乎还是微弱的，节奏也是平缓的；接着诗人写道："不同羽翼的鹰 / 因相同的俯视 / 铺平一片默契 / 随即卷起几股青云 / 集中射向很肉感的目标 / 予以覆盖"。此处的"不同羽翼的鹰"显得非常默契，相互间很有共鸣感；鹰在"此时无声胜有声"的语境中，被大漠卷起的青云覆盖住；此时，"群鹰　甩开翅膀 / 放纵长脖 / 伸展血红色的目光 / 用利爪撕破一层层挣扎 / 狂妄无度地瓜分空间 / 贪得无厌地疯吃时间 / 淋漓无止地宣泄饥荒 / 闪电之间 / 远景被彻底摧毁 / 在如火燃烧的大漠上 / 一堆牛的化石 / 顿生水草"。在这些诗句中，由辅音与元音组成的时高时低的奇特音律，使我们感觉到在干燥的荒漠戈壁那里似乎确实有许多鹰在贪得无厌地宣泄饥荒，让如老妪的西山"顿生水草"，让昔日的草原不再成为荒漠，它欲传达出垦荒者的悲凉以及荒漠失去绿色这样一种具有普遍社会意义的人生体验，于是借助"鹰"的利爪、血色目光等意象，通过对垦荒者踯躅画面的刻画描摹得以实现。所以，《鹰》能够让我们感受到诗中鹰的凶猛意象与垦荒者凄凉心境的统一。《野黄昏》这组诗，如果在一般诗人笔下，必定写出"恶"的意味，但在杨梓笔下，音调的悦耳、流畅、悠扬反而成了他的美学追求。杨梓让本就不足挂齿的动物，如苍蝇、蚊子、老鼠、乌鸦等，来表达和谐、悦耳、优美与灵动，就是欲借此种特殊的物象所具有的音乐性来表达他的特殊的思想感情。

生命永远富有活力与个性，那么，表现生命之音乐又怎么能够不以同样的形态出现呢？在此，我们只有对杨梓诗歌艺术之惊羡，而不能因其诗作表面没有写到音乐就否认他诗中强烈的音乐性。其实，杨梓对诗中音乐性之独识，恰恰证明了他的诗歌作品对音乐性之践履。杨梓甫一步入诗坛就不是滥用音乐性、不依赖音乐性的诗人，但他是一位决不放弃音乐性的诗人，只要音乐性与诗歌作品之意义相关联，他就认为是有价值而值得使用的。他在《杨梓诗集·跋》中曾说他喜欢贝多芬，而与诗人关系最为密切的就是节奏感与结构感。我想杨梓的诗歌作品可能会非常接近类似音乐的东西，由此造成他的诗节奏十分鲜明，结构十分明晰；我在读他每一首诗的时候，往往首先感到诗以一种特定的节奏映入眼帘，而后才用词语表达出来，而且这种节奏已经助我解读杨梓创造的诗之意味与造型。这种经验并非我个人所独有。诗中主题之反复运用与在音乐中一样自如；可能会出现这样的诗，它像是用几组不同的乐器来表达主题；可能会出现如此之过渡，它与交响乐或四重奏中的乐章结构相似；也有可能用对立法则来安排这些素材。杨梓在《野黄昏》中的音乐性选择是独特的，这证实了节奏的和谐，甚至音乐性表达的特有位置。这种诗的音乐性实践与其他诗人的艺术表达是不同的，杨梓在他的意味造型诗的音乐追求上非常“唯美”，且达到了相当大范围之拓展。他的诗作显示出，意味造型之音乐性可以在十分宽泛之音域范围里作更自由之选择；只要每一种选择与处理是恰当的，它就会成为诗歌创作之有机组成部分。

三、诗中的律动符号

以中国当代诗人杨梓的意味造型来看，他的诗对音乐的摄入一开始就显得十分自然与成功。这不仅使得他的诗之语词形体变得如水如空气流动婉转起来，也使他的诗之情思内涵变得如烟如云飘忽不定起来，从而完成了意味造型之创造，达到了暗示之意图。他的《永远的家》就是一例。“酒是一种孤苦 / 烟头　明灭不定 / 闪烁一串浅浅的跫音 / 谁的情语 / 犹如阳光及火柴 / 擦过盛满激动的裸体 / 只为那一销魂的挣扎 / 熊熊燃烧 // 有位似曾相识的女孩 / 捞出酒中之月 / 树起一块无名的碑 / 在飘雪的西部 / 为流浪汉 / 建起一个温暖的家”。这里显现的是借酒浇愁的传统审美意象，诗歌抒发的是人生无常之感慨。空寂之月夜街角，明灭未定的烟头散发着微光，那销魂之挣扎在熊熊燃烧，皆在传达着一种无以言表的人生愁绪与无奈之感。但是很明显，“酒”之意象营构留下了较大的非意象空间，充塞其间的是音乐。舒缓之节奏构成的低回婉转之旋律，已把诗人之一腔愁怨化入诗的空气中，吹进人之心头。故，《永远的家》不是以意象取胜之诗，而是以诗中之音调、节奏、旋律的合理营构取胜的。欣赏如此之诗，你大可不必一开始就进行思考，只要你随着诗之音调、节奏、旋律一起震动你的心灵，你的身心就会慢慢升腾，在生命转化为音调、节奏、旋律之际，体验到诗中意象之真谛。你未必同意诗中之倾向，也未必要进入诗中之世界，却又难免不因此诗之撩拨、此音乐之感染，与诗人一起去轻轻地感伤一番，去细细品味人生之底蕴。我们在杨梓诗中，通过铿锵之音节，似乎得到了一股催眠的力量，此正突显了诗之音乐般的魅力。《永远的家》既是诗，亦是歌，诗人以音乐入诗、以音乐来创造诗之意味所需要的朦朦胧胧、恍恍惚惚之美学力量之意图，表露无遗。

组诗《野黄昏》中的《兔》尤为出奇制胜。全诗云："当生命的追求达到顶点 / 死亡　便会尾随而来 // 是你饥饿的追逐 / 使我孤立于天空的边缘 / 背对着你 / 俯 / 视 / 深不可测的现实 / 所有的感觉 / 大幅度滑坡　爱与恨 / 被足迹潇洒成一首小诗 // 那时　你和我 / 对立于多梦的峡谷 / 我就不再生产梦幻 / 而同你一起展销疲劳 / 在这座风化了的石山 // 爬山　是你给我的选择 / 使我找到脱落的自己 / 为了剔除平庸 / 留下一声精神的感叹 / 我为你支出 / 整整一生的孤苦 // 在山巅　我淡然回眸 / 你 / 是恋人是猎人还是死亡 / 我 / 还能拒绝你半次吗 / 还能从山上滚下来吗"。诗作通过对梦幻之模拟，创造出梦幻律动，消除了诗中语词与意象造成的视觉感，给人一种听觉之印象。故，此乃一首由语词营构的音乐之诗。看起来它孤立得只有梦幻之感觉，这梦幻之感觉如"兔"一般，或在天空之边缘或在峡谷树梢间流连，或在山巅游荡。然而，由于此诗已成为音乐，意欲激起的是人的音乐感，故其把意义交给了节奏，交给了音乐。因此，当人们被诗作的音乐、魔力带到山巅、峡谷时，已心入空谷，感染上了荒凉之感；待到达遥远的云山梦幻时，已身在云山，感染上了寂寥之感；待梦幻化为故乡或化为石山时，感染上了悠远无边之感。唯其此诗孤立、孤苦，诗作在此才成了引发人们产生荒凉、寂寥、悠远无边之感的触发器。不孤立、不孤苦，人们的联想、人们的体验反而会被束缚住而不能自由驰骋。故，此首诗不是没有意义，而是借助音乐表现了它的意义——一种特殊的情感体验。其总的情感基调应该是忧郁加抗争。忧郁的是无奈，抗争的也是无奈，它并非人类之劣根性，而是灵魂自由时可能有的一种反应；是对永恒所产生的瞬间感，对自然界之萧瑟所产生的疲倦感。诗人在梦幻中听到了这个启示，也就利用梦幻的苍白之律动、驱散不尽之余韵，表达了此种情感。

此首诗之成功，正是在于诗作把音乐之朦胧、抽象与不确定的美学性质发挥到了极致。

我觉得诗的音乐性应游离于价值之外，否则，我们无法读到具有杰出音乐美的诗，实际上我也很少遇到这样的好诗。我如此解读这首诗，当然不仅仅局限于此首诗，是因为诗人的作品是用音乐打动我心，我被其价值自然而然俘获。这就告诉我们，解读杨梓诗时要注意诗之营构特点，对于音乐性很强的诗，要从音乐特性入手，舍此而图他，易犯解读不公之病。杨梓很多意味性的诗歌作品对音乐之利用都非常广泛、妥帖，这在他的许多诗作的意味创造中亦达到极高之境地。

杨梓早期的诗歌作品明显具有未来性，有些抒情短诗写得很美，令人醉不释手。诚如他在《杨梓诗集·跋》中所言："我的诗，正如诗友所说：离诗坛越来越远／但我知道：我不是落伍就是超前，我不是传统就是现代／或者说：我在努力把传统与现代熔于一炉／关键是：我能成为自己，这是我的欣慰"。从杨梓的解说与界定来看，他在这里倡导的诗歌思路可以称为超前诗、传统诗、现代诗、杨梓诗。我认为他的诗绝对是现代诗、超前诗、杨梓诗。不论如何认定此种诗，诗作被意味思维浸润，已是不容否认之点，因为杨梓诗歌作品的最主要特征是与具象写实传统的分离与融会。他在强调超前意识的诗作其实更加具有"非个人"之特点时，实际上也肯定了诗歌的音乐性在意味造型及传统与现代的融合中所起的作用。诗人在告诉人们不要忘记人生有峡谷、梦幻、石山、平庸、感叹、孤苦、死亡等时，其潜在意思是说人与世界、人与命运之间还存在着鲜明强烈之对应。此对应，运用暗藏在诗中的音乐性来表达再恰当不过了。很明显，只能用音乐性来进行诗的意味创造与揭示。故，诗人认为具有意味造型特征的某些具有音乐属性的未来诗歌，将"让每一个词汇都能跳跃自如，把一粒沙尘当作新生的婴儿"，尽力表达人与世界、人与命运之间的关系，表达诗人的思想与他的梦幻，让诗有灵气。此处"一个词汇都能跳跃自如"与"一粒沙尘当作新生的婴儿"，就很富有音乐的节奏与符号性。应当说，诗人如此实践，并且在美学上作这样一种选择，乃走向意味创造之必然一步。依此来看杨梓的诗歌创作，其中的音乐意味是很浓的。

杨梓的组诗《野黄昏》与《无宝镇》就是这样的代表作。“晚秋的碎石 / 靠在墙壁的余辉 / 遮掩着废墟的微笑 / 像吉普赛的流浪之歌 / 陶醉　在小镇的手上跳跃 / 在完整的破碎中穿梭 / 从红门的缝隙滚滚而来 / 一片繁荣的呕吐 / 或跃于渊……面对无数生灵堆积的岛国 / 一个民族的灵魂在流血 / 我在为谁流亡 / 在充满迷梦的现代荒原……空茫的祖训如无魂之躯 / 我扛起哲人的头骨 / 把沉甸甸的钟声 / 抛向风吹草低的西山脚下 / 伴随行云流水的琴声 / 如泣如诉地飞舞……鸟群　元素之间的符号 / 飘向没有足迹的荒芜之界 / 它们不知道一扇扇小窗 / 隐藏着残忍的花瓣 / 它们的哀鸣悲壮而且神圣 / 如石而落似海而倾 / 麻雀　弱小的翅膀 / 不再栖满黄昏的枝头 / 鸽哨消逝于和平深处 / 大雁的南北之行 / 被锐利的目光切断 / 那只小女孩的丹顶鹤 / 重陷绝迹的泥淖 / 凤凰　不死的火鸟 / 只活在城市的语文课本里 / 所有的飞翔都在流失 / 向天国流失……”(《红门：启开与关闭的瞬间》)。红门与沉甸甸的钟声一样，是个意象——音乐符号的意味，刻画对象的心理活动的整个过程与红门之暗示紧密相关；它不仅使音乐旋律的节拍飘然而下，还使隐喻暗指之范围有所延伸。红门的音乐性之意味义是多重的，当其与不同的对象结合时，便有不同的意味义。小女孩的丹顶鹤、不死的凤凰火鸟，暗示人类生活中从未找到的一种启示，那就是个体生命终将消逝，人类的精神或永无止境地活在“语文课本里”。此时的诗歌内容与节拍的大幅度跳跃，恰似音乐的旋律过渡一样——我们已无法看到人类精神的实有存在，只能从“语文课本里”去寻找——从音乐声中去聆听。此时的诗人已经完全摒弃了写实主义的叙述手法，此诗融入了音乐的多个“声音”与多个“声部”——并不在有意识或潜意识的层次进行独白，而是代表了 20 世纪中国一个市民阶层特定对象整体生活的多个部分，这多个部分说明不同的个体对精神体验之反应。实际上，《红门：启开与关闭的瞬间》是通过多个不同层级的心理细节的音乐性运演，展示人的生命之全过程，即从诞生、成长、成熟到衰亡。此诗乃诗之音乐，亦乃音乐之诗，将其看作是杨梓音乐文学之代表，当是有理由和恰如其分的。

在杨梓的此种意味之作中，音乐对意味造型之营构与意味寓意之透射依然出奇般重要。《杨梓诗集》共分四辑，或生命的四个阶段，每一辑都有一段抒情的引诗，它支配着全辑的内容。在这些引诗中并不出现任何对象，它们分别描写不同景色在不同语境中不同时刻的种种变化。此景色围绕着各种不同的植物、动物以及人文景观，如山脚下的一幢房子，雨水引发的洪水一阵一阵地涨落，大雁早出晚归地飞翔，花朵盛开又凋谢；透过窗户所看到的种种物体，例如“在圣洁的西山 / 有我永远的等候与追求 / 凝望天涯之路 / 我　必将触到自己里的自己”，这些灵动的艺术知觉随着“唯一的绿色”的变化以不同的形态出现在不同的引诗中。整个技巧富有音乐感：各种物体都变成了表达不同主题的音响，忽强忽弱，相互交织，轮流突出。这些抒情引诗是杨梓诗歌中造型最为生动之部分。故，完全可以把杨梓的这些诗既看成一部音乐文学，又看成一首诗。所以说杨梓诗的结构具有音乐结构之特点，是符合诗的律动事实的。《无宝镇》里的许多诗正是用其音乐结构，犹如交响乐一般展开了对生命历程的抽象复制与共振推导，把生命之过程、生命之回环往复、生命之奋进与活力、生命之痛苦与死亡之纠结表现得淋漓尽致，唱出了一曲生命之歌。

《天涯路》《无宝镇》等诗中融会贯通的音乐，实际上源于杨梓的自觉营构。考察杨梓的创作过程会发现：诗人一边把诗作置于意味化统摄之下，一边也把诗作置于音乐化统摄之下，这不是巧合，而是巧构。在此，意味之虚拟性呼唤音乐，音乐之抽象性、模糊性强化意味。此乃令人赞赏之一种美学张力。关于意味，诗人表达的是对具象摹写之否定。诗人让每一个词语都富有诗的灵气，亦即说在杨梓的诗中，一切无用的、没有生气的、多余的抒写统统被取消；诗作全力以赴抒写那些大千世界变幻莫测之瞬间，不管它包含什么内容，姑且认为那个瞬间是知觉，是黄河、古峡、大山的呼喊之结合。杨梓能说出自己好多诗作的由来，也能让虚拟的对象回顾过去与瞻望未来，但是他不愿意这样做。他认为世界上每一位大诗人“都是一条大河，我只取一瓢饮之 / 而不愿掉进某一条河流”；“诗就是诗。一切解释都是多余”。杨梓终于实现了意味的空旷，不让诗之由来、细节把诗充塞得太满。音乐性，亦为其营构中用尽心力谋求的目标。在他早期的诗歌作品中鲜明地交织着诗与音乐的关系。他的许多诗都可转化为一系列莎士比亚式（莎士比亚式独白一般被学界解读为“沉思型、抒情型、雄辩型”）的戏剧独白，关键是要使诗作随着“流浪”的节奏均衡地不断重叠出现。我读他的诗，庶几就是在亲耳聆听贝多芬的四重奏，突然就觉得贝多芬音乐中的田园、月光、森林，以及旋律中奔涌出的激越、舒缓、悲怆、雄壮、狂放等进入视觉与听觉，那些音乐情景似乎尽收进来，而不让我的阅读中断。这是杨梓的个性，也是杨梓的自我挑战。我感到他对诗的语词、结构、布局的安排，就像音乐段落一样，不管音乐旋律如何变奏，都把重音落在主题上，让重音结束作品。《幻化》以“裂谷　是我乾坤 / 月岛　如我梦境 / 随意地卧雪而眠 / 忽见芳月中的仙岛 / 荡漾于清幽的碧落 / 一种万物之外的光波 / 自我的灵魂之隙迸涌而出 / 天海一色”结束全诗，其作用是两方面的：既取得了音乐般的效果，也在此音乐般的效果中把主题随即输入人们的心中，让人震颤不已。故，可以说杨梓诗的音乐性结构正是他为其诗作所欲表达的生命精神寻找到的恰当的节奏形式。我仔细琢磨杨梓的诗歌创作，发现其诗作与音乐的关系极为密切、极为直接，其中出于意味之目的而设置的节奏感、主题音乐对意味造型之践履亦是很有益的。他的《致小水鸟》里因时序变化而产生的波光感，在《墙：沉默的玫瑰》里不断出现的“在没有日期的孤岛上”，用信笺做成的“闺房”，“住着你和我的玫瑰 / 海的音符为你翻飞 / 春的雨露为你飘落” 的主导音乐，均是例证。此一切说明意味营构融合音乐，是其意味造型的重要途径之一。

分析杨梓诗歌中之意味造型，特别是寻觅意味之寓意，不注意音乐之作用，不愿意从音乐之角度感受它，皆可能是一种失误。音乐与意味太接近了，从音乐角度去感受杨梓诗歌之意味，势不可免。不过，要提请读者注意的问题是：在杨梓有的非意味诗歌创作中同样有对音乐之融合，但它主要是对音乐美感之融合，音乐只是它的外在装饰，或者只是它的局部要素。它对音乐之融合，很少是对本质之融合，故杨梓诗歌非意味的创造中兼有音乐成分以后，它仍然是诗，仍然保持着语词的硬性与触角。意味的创造一旦与音乐结合，它就与音乐在本质层面化为一体，它是诗，却已是音乐与诗歌之融合——音乐的文学；它有语词，而语词已被音乐软化，更像音符。因此，在研究分析杨梓诗歌文学与音乐的关系时，我们不能忘记这样一条原则：诗歌中融合音乐，不仅是出自美感的需要，更是出自意义的需要，这里的音诗融合就有了意味之色彩。反之，只有美感的需要，而无意义的需要，此时之融合只有方法之意义。意味造型之营构对音乐之融合，正是相互占有，并且应当是发生在本质层面上的相互占有，亦即本质占有与本质化合。只有如此，音乐才能名副其实地成为意味寓意之载体，带着意味寓意升华，让人们从中谛听到来自意味核心的那种意义之强劲震荡，领略到意味造型深藏不露的精深内涵之微妙启示，从而走向意味，与意味义对话交流，把意味义化为生命之一部分。

第三章　意象的营构与造型

通过意象的设置来创造意味造型，是杨梓诗歌创作的基本走向，也是他诗歌意味寓意透射之基本路径。因为意象真正之功用是：它既可作为抽象之物，也可作为意味，即思想的荷载体。这就是说，意象对稳定地凝聚意味寓意与呈示意味寓意都是行之有效的。因此，它实际上也成了透射出杨梓诗歌意味寓意的三棱镜，闪烁着奇光异彩。只要你会解读，善于解读，你就能从杨梓的诗歌创作中把握到那种体现了意味寓意的特殊光束。故，一个创造意味造型的诗人总是不忘用其笔下的意象来为他的作品说话，而作为读者，我从意象入手来阐释其作品之寓意，似乎已是曲径通幽之正确入口处。就意象营构对意味寓意透射之特点来看，反映在杨梓诗歌的意象创造上，有几种方式值得关注。

一、主导意象与内在情思

主导意象是指处于杨梓诗歌作品中心位置的意象，它对全篇作品具有统摄作用。离开此，杨梓诗歌作品就会散乱破碎。故，若把杨梓诗歌看作是一串珍珠，主导意象就是贯穿珍珠的红线；若把杨梓诗歌作品当作是一个完整的轮辐，主导意象就是轮毂。杨梓在其诗歌创作中表达意味寓意要依靠意象来实现，他更乐意以主导意象来达到此目的。因此，杨梓对主导意象之选择常常是十分用心而独具特色的。他把欲表达的寓意寄托在主导意象上，这是诗人由自我走向作品，又由作品走向读者的途径之一。杨梓的诗歌创作中以意象为表达方式的作品很多，几乎俯拾即是。比如《杨梓诗集》中的开篇诗《爱诗者——都是上帝的情人》不但是如此之作品，而且特此表明他的整部诗集都是如此。在诗人心中，不管你是物质的贫民，还是才情横溢之人，诗不分时空，不分男女老少，它“只把灵感赐于诚挚的爱者 / 拒绝一切罪恶之手”，因为“诗是阳光里的雨露 / 是精神之梦的源泉 / 你潜心追求于诗 / 诗就会陪伴于你 / 缘于诗 / 你的心就会得以复苏 / 会以全新而博大的力 / 爱一草一鸟 / 爱你所不爱的人 / 用你的爱 / 包容天空与海洋 / 你就会感到 / 苦涩深处的一丝甘甜 / 这就是上帝的爱”。诗成了拯救人类的上帝——诗是阳光里的雨露，是精神之梦的源泉，这就成了爱诗者的骄傲。诗既然成了爱诗之人的上帝，那么爱诗之人自然就会把诗视作人类的神明之光，视作祛灾祈福的吉祥之物。“诗　会开掘你 / 让你看见另一片纯天净地 / 诗　会广阔你 / 让你的爱放射出恒久的光芒 / 诗　会拯救你 / 让你踏上通向辉煌的坦途 // 爱诗 / 这是你最超然的选择”。诗与复苏的人心之融合，与一草一鸟之融合，与传统习惯之融合，说明诗可以显现人类现代世界伟大文明之意味。在人们还没有普遍醒悟过来的情况下，虽有少数先觉者意欲摧毁一个无爱的世界，可无爱之世界仍然存在，甚至深藏于人们的灵魂之中，还必将受到崇奉。故，杨梓在开篇诗中不断借用“上帝”这一主导意象传导出在无爱的世界里人们意识的顽固性与延续性。杨梓是一位对旧的无爱的世界持严厉批判态度的诗人，《爱诗者——都是上帝的情人》正是这一思想的深刻表征。杨梓的这一意象既准确又鲜明饱满地把无爱世界思想的凝滞不变与历久不衰之特点作了相当深刻的暗示。

《黑嘴唇》一辑显示了杨梓主导意象营构十分明确之目的。诗人在题诗中写道：“有位名叫小水鸟的女孩 / 飞翔于我的梦里梦外 / 我为她写诗 / 她成了我的第二母亲”。在这里，杨梓的主导意象是各种不同意象围绕“爱”与“她”产生之焦点。《爱的独语》里的主导意象是：我“面对世界”，已经打开了浪漫的自己，敢于在人们面前“吻她夜一样的双唇 / 尽管热吻是一次死亡 / 但也是一次真正的复活”。因此，这爱能不能真正复活，成了问题的焦点。从整组诗与后面的诗作看，诗人完全“复活”了“爱”这个主题。这本身并不包含多少社会意义或社会价值。诗人描述“爱”以后产生的疯狂般的快乐与不可抑制的自豪，是诗人为自己找到了想找的东西：“爱是幸福的痛苦 / 情是抹不掉的记忆”，当捧起“她”清秀的脸庞时，才看清“她”是诗人的第二母亲。诗人幻化为《野草一束》中的一个守门人独自观察：“她”睡得那么香甜；此时那种本质的泪水从心底流出；诗人幻化的自己站在了“她”的睫毛上“看门”，有喝不完的酒。他想告诉无病呻吟的诗人与假装高深之学者：这里才是一个充满爱的圣地，才是一个能没有虚伪的精神之地。他的胸中升起一股勇敢，升起一股男子汉之气概。诗人将“爱”与守门人、无花果、孤独、烟灰缸、桥、鞭炮、雪人、猫、青鸟、坟头树、小水鸟、城堡等置于个体的高处，却又让个体超越了它，实际上是运用超越那看似不可超越的爱与所有纯属个体之行为，展示了个体生命不断超越自我之精神求索！由此可知，《野草一束》并非一种自然高度与难度，它喻示的是人的生命的某种高度、人的精神的某个极限、人的活力的某种高蹈。一束野草跨越“爱”，就是跨越自我，也就是征服自我。野草囊括的主导意象之营构，把杨梓对高亢激越、不断追求的生命力之认同与倡导作了画龙点睛式的创造，也作了光彩四溢之透射。

我认为对杨梓意味造型创构之理解，往往就是寻找到诗作的主导意象。一旦确定了主导意象，并对此深挖，其中蕴含的寓意也就豁然开朗了。理解《野草一束》之关键，就是要以野草所囊括的主导意象为对象加以阐释。其实，对杨梓整个诗歌作品之解读与阐释，皆离不开主导意象，我只是为了叙述之便任意挑选几首来证明罢了。眼睛营构了太极图上的鱼被活活拆开之意味造型：一是一阴一阳地被镶嵌在这里；一是它们本就是天生一对，皆讨厌黑暗，热爱光明，却被大鼻子遥遥隔开。“天生的一对”又均厌恶黑暗而热爱光明，说明上天已赐予爱，遂成新人；但偏偏被活活拆开，一阴一阳，成为两界，最终鱼不能游到一起，常有魂儿游出；那样的鱼，在任何江河湖海里也是“泪水涟涟”，即便是有声音轰烈地震荡于水面，它也变得缄默无声了。它一面为了表白而“沉默了所有的节日”，一面又不管你能否听到它急切的呼喊，它都必须在今宵点燃自己。它告诉自己:无论如何也要喊破苍天、红遍大地,新的爱的世界就要在内心诞生了(《鞭炮》)。人类的一切憎恶、郁闷、愤懑、苦痛与烦恼,皆会在它的"眼睛"里冰消雪融,从而充满永远的青春与永远的快乐。为了实现这个愿望,与"烟头"保持一种不远不近的距离,小憩的时候给别人让了路而自己无路可走,只能默默返回小屋,打开红皮日记整理往事,那时的故事接踵而来:有创造之幸福,有成功之喜悦。然而,每一段故事毕竟都是一场梦,都是幸福之悲伤;但还是坚定了爱的意志,仍然呼唤着心中之爱,认真地完成了旋转的白云深处的一个雪人,就像是完成了自己一样,有杨树做证——他们依偎着雪人,捕捉心灵深处最动人的那一瞬(《雪人》)。天晴了雪人依然存在,像梦一般不断重温。此意味着什么呢?意味着人类不能完全在世俗之生活中得到自救。杨梓通过不断迭出的意象,说明人在心灵之中,只能造出心灵之爱,虽然单纯之爱并不能够真的拯救与解放人的心灵,但总意味着人可能会一时离开尘世而超越凡俗,却又缺乏忍耐与坚强而永远超越尘世与凡俗。诗人似乎听到了爱的召唤,并为其而屈服,正是听从心灵之召唤,为爱与心灵而屈服。当人为这爱之声所牵引所羁绊时,他不可能达到生命之最高境界与精神的顶点。诗人向往的是超越尘世之心灵自由,可是诗人又深深地体味到尘世与心灵无法隔断,故诗人以向往之爱而无果暗示了此种超越而又无法超越的人类困境,及因此种困境而产生的某种心灵与精神的紧张感。

我们应当注意的是,杨梓诗歌作品主导意象的意味寓意之透射是丰富多样的。诗人围绕着主导意象之衍变展开了多方面的意义延伸。如此,主导意象的意义透射不仅没有丧失,反而处于多种意义之中心,构成一种意义之网。在《鹰》《丹顶鹤》《雁》等诗中的主导意象就是如此。鹰乃生命力与创造力之意味寓意,含有自由与成功之深刻意味。诗人以鹰命题,并将鹰的命运与人的命运相互映照,就是要通过这一意象来透射诗之主调:只有不懈追求自由与胜利,严防重复历史的悲剧,才能到达生命创造之顶点,实现自身的价值。然而,对于不同的物象来讲,鹰的不同变幻透射出来的意义也就不同。行走在草原的荒漠的牛,饱受磨难却又高飞的鹰;荒漠与苍穹之阻力没有阻挡住它们勇敢前进的决心，一切悲剧也没有摧毁它们的意志。鹰与牛均是胜利的精灵，一个占领苍穹，一个死守荒漠；二者都是信心的精灵、创造者的精灵，是来自现实世界又驾驭现实世界之强者。丹顶鹤则是另一种境况。它面对一如既往平静的小河与芦苇荡，仍然翱翔于蓝天；它知道那个温柔的女孩在哪里，它就是日夜追逐小女孩的人之化身。丹顶鹤追求纯粹的爱，它有过成功，有过在沼泽地里的苦苦挣扎——发出微弱的鸣叫，最终还是缓过气来，带着圣洁的灵魂悄悄地起飞了。所以，丹顶鹤是现实世界成功者的代表。雁也应当高飞，但它被罪恶的目光"击落"了，一颗血淋淋的头从这座城市的上空陨落。这里的鹰、丹顶鹤、雁之间的关系非常特殊。其实，这些都是诗人设置的勇敢顽强、不屈不挠、善良文明的"活标本"，都是诗人创造的意味寓意深邃之艺术生命。它们被诗人抒写为翱翔于天空的大鸟，都喻指有血有肉的当代现实世界中能够勇于走出荒漠的勇敢之辈，是能够率先寻找到充满爱的崭新世界的代表。杨梓此类意味造型的创造及设置可谓"三象"一用，或综合为"一象"多用，不仅透射出它们的基本意味义，而且透射出它们可能有的共同命运所包含的不同寓意。杨梓诗之主导意象的营构是简约又丰赡的，此乃对主导意象透射功能的一种极大之拓展与充实。

主导意象之选用，不仅是杨梓诗歌创作艺术匠心的问题，也是牵涉杨梓诗歌美学风格与艺术成就的问题。主导意象不仅能够主导一首诗歌从而透射其寓意，也可以主导一个诗人，透射此诗人之基本美学走向，并确定其艺术创作风格。《黑嘴唇》《野黄昏》《天涯路》《无宝镇》四辑，均是明证。正因为杨梓拥有了主导意象，他的诗歌创作路径才非常清晰，美学风格才非常奇特，令人十分喜爱。也正是这些主导意象透射出杨梓那隐秘的内在情思，成了他所特有的意味造型标志。

二、重复意象的美学空间

重复意象是指相同的意象出现于诗人作品之不同段落。它不像主导意象那么突出、引人注目，但是通过重复，能发挥相当重要之作用，把接受者的视线引导至此意象中以体悟其蕴藏之玄机。它不一定能够统摄作品，却能强有力地支撑作品。就一些重复意象之选用来看，若其与题旨关系密切，对主要事件或物象的阐释至关重要，此意象被重复以后，所产生的透射强度往往与主导意象相近。重复意象之设置，乃仅次于主导意象的一种透射手段。它总是提醒我们注意它，从中截获诗人在其间灌注的意味寓意。重复意象乃意味寓意有效释放的一种不可忽视的审美方式。杨梓的《墙：沉默的玫瑰》《水域》《红门：启开与关闭的瞬间》等诗，在利用墙与水中的各种动物意象进行寓意透射方面堪称典范。墙、水、红门的意象在诗人作品中反复出现。

墙的意象初次出现在"纷纷崛起于喧嚣 / 仿佛是音乐舒展的预言"；"我面对墙的躯体 / 使梦幻与现实脉脉相望 / 相望成鸟"；在充满白杨树的斑驳的压缩空间里，"一道盲者的栅栏 / 一扇被风干的窗 / 都凝聚着思虑的冰花 / 狼一样的霓虹灯 / 放大着虚空的形象与声音 / 广告　无声的敌人"。这里，喧嚣、舒展、芬芳、自信代表着人类在高度发展的今天显示出的一种艺术个性。此时的人们洋溢着自豪与自信心：对于自古以来的平庸生活与封建等级差别，"我"不屑一顾，在生命的废墟上照样亭亭玉立；在万花筒般的现实世界中，一些文化精髓仍然"在铜味中长出新芽 / 你告诉我 / 春天来了"。此时的中国大地仿佛一切都开始萌发或者兴旺，唯独"我"自己还觉得一切刚刚开始。通过现实世界的变革，人们开始思索一直横亘在眼前的那堵墙；人们反对那种自卑自轻的观念，认为自己就是推动历史前进的原动力；现实是基础，思想才是创造一切的力量。诗人感叹道：人们啊，你们应该意识到自己有力量完全不被这堵墙束缚住。人们是墙中之人，却有完全不被墙所围所阻挡的感觉，人的生命力依然是十分旺盛的。墙的意象初次出现，与诗人的思索以及虚拟之对象发生了联系，人们开始认识到墙的威力。

墙的意象再次出现的时候，情况已有所改变，墙的威力初试锋芒。墙在默默地繁殖，被墙围起来的人已经穿越了自己的大脑，走到了围墙之外，尽管人们还能叩响墙的回音之壁。当然，不是所有人都会走出墙外。也许，即便是走出墙外之人，心也仍然在墙内，仍然弯腰坐在床边，姿态也许就像罗丹的思想者;他们脸上仍然带着忧郁的神色,或者再次叩响墙濒危的声音。诗人感到人们的认知其实已经深入了一步,人们已经感到自己确实走出了墙,或最起码一只脚已经迈出了墙外。面对现实世界,很多人开始重新选择一方风水宝地,重新调整栖息之地,不再走入古人的梦中。人们要凭借自己的力量与他人的合力去给墙一个属于它的秘密。墙的意象已发挥了很大的威力,但由于个别思想先行者的反抗,此种威慑并未达到顶点。面对现实世界之墙,人与墙的对抗不仅明显,而且处于激烈的冲突与较量之中;面对墙,人们表达的是不屈的精神,是欲走到墙外世界的思想观念发生了激烈的碰撞。喧嚣、栅栏、霓虹灯、废墟、铜味……就很能体现当下现实世界发生变革出现的种种泥沙混杂的现象!“墙在默默地繁殖 / 砌入我墙中的你 / 已经穿越了你空白的脸”——这些促使人们尽快走出纷繁复杂的思想意识牢笼;寻求墙壁的影子移至遥远的驿站,“希望与失望结伴而来 / 渗透到我沉落的前程里 / 一缕幽光洞穿深厚的岁月 / 我感到你 / 是精神世界的中心”。人们意识到自己已走投无路,本来自己是墙,自己管理自己,自己管理世界,但现在自己不是墙了,现在需要坐在天空下,驱逐忧烦,故一时意识混乱,不知所措,似乎只能用半截烟头之光去照亮感觉世界之一角,看见并走向阳光下昂首瞻望的向日葵。在此首诗中,诗人引领人们进入的已不是一场具体的自我意识冲突与斗争,而是一个深邃的遥远的历史时空。此暗示了诗人崇奉的一种哲理:人类从其最初时刻起,就面临着生存困境。诞生与毁灭,创造与破坏,爱与恨,前进与后退,先知与后知,传统与现代,保守与创新,构成了其双重性。从诗中传达出的墙与人的知觉体验看,或者说,从人的被动性看,我们甚至可以说,诗里还有一种更大的意味意义与神秘感:人能理解宇宙吗?人能理解世界吗?人能认识他们自己的命运吗?其实,此诗之营构虽然与诗人对现实世界的某种失望有联系,不过,面对现实世界,道德沦丧、文化危机只是引发诗人之想象、完成其意味造型的一个触发点。

当墙的意象第三次出现的时候,人们已经“深陷墙中的眼睛”,“变形的茶或者咖啡 / 一叶白帆弯弯曲曲地升起”,人们完全清楚地意识到自己被墙壁弹来弹去，此时的人们就像一块压缩的馅饼，任人品尝。谁来品尝？你也在没有日期的孤岛上，用自己的信笺砌成闺房，在等待海的音符与春的雨露呢！最终，“地平线上的青铜之风”撕碎了人们的防线，“天空碎成瓦片 / 你墙上的自画像倒向玫瑰的墓丛 / 并且流出血来”。诗的喻指非常明了：人们面对变革的现实，思想意识总是变来变去，人们会感到重新回到了历史的原点，冷酷的现实将人们的希冀“碎成瓦片”；不过，思想者的力量会点燃这历史之火，烧毁旧有的意识——人们从此不再砌墙。诗之最后，在人们最“难忘的日子与地方”，不但不再砌墙，反而让玫瑰花香在心与心之间自由飘荡。

墙的意象的重复出现说明这样一点：当时代发展到了一个新的转折点的时候，不论人们多么有决心，多么有魄力，都无法战胜墙，从而走出墙的限制与束缚。墙的意象贯穿于全诗，实际上诗人是在为现代人面临变革时的生存状况画像：人们的传统意识是很强的，不是轻易能够被新鲜事物所动摇的。虽然他们自以为充分地发展了自我个性，对自我的前景充满乐观精神，以为命运之咽喉已被自己扼住，自己创造了一切，最终却发现自己处于生活的旋涡中——现实世界的墙中，人们没有个性，没有多大前景，命运被异己的力量所操纵，目的地十分遥远而看不清。在《墙：沉默的玫瑰》中，墙的意象的重复，把社会对个体之人的挤压暴露无遗，也把人失去自我的命运的孤独感抒写殆尽。如果说，一开始墙还是人的存在属性，紧接着重复两次，让人无法摆脱墙的桎梏，那么，人的属性已经确凿无疑。诗末“我们不再砌墙 / 让最初的玫瑰的芳香 / 在心与心之间 / 自由飘荡”，正是人们暂时还不能摆脱异己力量控制的意味抒写，尽管现实生活中的玫瑰芳香可以在人们的心里自由飘荡。墙的意象的重复出现，可以说是诗人之良苦用心——把诗对于人的困境的思考与答案，很尖锐也很突出地告诉读者。在意味性诗歌作品中，此首诗不算是一首难解的作品，这与墙的意象之用联系紧密。

同一意象之重复，在杨梓不同的诗歌作品中均有所采用。如《游于止水》《水域》中水的意象，《野黄昏》组诗中反复出现的各种动物意象，《黑嘴唇》组诗中的无花果、烟灰缸、猫、青鸟、坟头树等意象，也都各有所蕴，各有其意。在杨梓早期的诗歌创作中，这些重复意象显得特别重要，直示题旨，均是对诗歌作品的补充，或起着透射部分寓意之作用。这些意象在不同语境中的奇妙出现，给不同对象的命运笼罩上了神秘而又无法抗拒的宿命色彩。生存是热闹的，这是生活中的喜剧。可谁又能逃脱生存中希望之破灭与生命之结束呢？此乃生活中之悲剧也。其实，人们本就生活在大千世界的悲喜剧之中。杨梓诗歌作品中的烟灰缸、烟头等意象，暗示人们对现实世界的困境之无奈，烟头、烟灰缸等意象，基本是现实世界中人在烦忧时之替代物，烦忧时抽烟沉思、眺望；墙之意象，暗示人们的思想意识中总是有一堵墙，似乎是无法逾越的一堵墙；成群动物意象的不断出现，皆在暗示把人引向对生命、对现实世界前景与结局的某种思考。在《艺术作品的本源》里有一段话集中说明了海德格尔所理解的世界："世界不是数得清或数不清的、熟悉或不熟悉的现成事物的单纯聚集。但世界也不是一个仅只想象出来加到万物总和上的观念框架。世界成其世界，它比我们自以为十分亲近的那些可把捉可感知的东西存在得更加真切。世界从不是立在我们面前供我们直观的对象。只要我们在诞生和死亡、祝福与诅咒的路径上被迷狂地拥入存在，世界……就是我们臣属其下者。凡我们的历史的本质性决断降落之处，无论我们采纳它还是抛弃它、误解它还是重新寻问它，总就是世界成其世界之处。一块石头是无世界的。植物和动物也同样没有世界。"（陈嘉映：《海德格尔哲学概论》，生活·读书·新知三联书店，1995 年，第 61 页）也就是说，海德格尔所谓的"世界成其世界"，比我们日常所感知到的许多事物更加真实与亲切，只要我们从诞生、死亡、祝福、诅咒的路径上感到已经拥有世界之存在，世界就是"我们臣属其下者"。杨梓所营构的墙、烟灰缸、烟头等意象，其实是同海德格尔所言之石头、植物、动物等意象同构同质的，它们同样没有世界；可生存于现实世界中的人一旦与现实世界中的物发生某种联系，它就有了自己的世界，也就有了同人类共生共长的命运。杨梓暗示：人与人之间的尊重与理解，人与世界万物的共生共存，皆应当是现实世界之一部分，而且具有人性特点。组诗《野黄昏》中许多重复叠加的意象均在表达此意蕴。所以，重复意象在杨梓那里是一种穿插性的意象设置。从此一意象到此一意象之重复之间，他留有很大的非重复意象的美学空间，在此一空间中，诗人展开了各种各样的抒情描述。诗人设置的意象之重复出现是适时的、有强度的，并在重复之中构建起了包括此种美学空间在内的意象之间的联系与共振。故，杨梓诗歌的重复意象出现的频率恰切，且拥有足够的强度，足以把读者吸引住，而诗的自身选择又足以表达诗之寓意，它在意味之透射中起到了不可忽略的作用。

三、逆变意象之寓意

逆变意象是对意象进行反处理：由某一意象日常的预定的性质及意义，转向它非同一般的特殊的性质及意义之揭示。通过对事物原有性质的裂变，赋予此事物以超常的意味义。故，杨梓的逆变意象带有创造者极强的主体色彩与技巧性。它总是显得不太实在，人们需从其怪异中探寻隐藏其间的独特寓意。具象的创造很少使用它，因为它不合常情。但意味的创造者杨梓钟情于它，因为这既对透射意味义很方便，又易引起读者注意。我在前面分析过的一些意味诗歌就有逆变意象的营构。杨梓的诗作中，墙不是墙，而是阻碍人们奋勇前行的精神之墙；烟灰缸、烟头代表燃烧过人们的心灵之爱，凝聚过人们的精神之光；青鸟表达了人们在残冬时节对爱情与生命之渴望；坟头树则表达了人在一生中对追求美的激情之渴望。对于意味造型之营构来说，逆变意象已成为杨梓超常性意味思维之一部分。

我感到，逆变意象在杨梓诗歌创作中分为两种：半逆变意象与全逆变意象。半逆变意象是指意象的原有性质与内涵受到干扰，因而发生一定程度的意义逆变，但新增性质与意义并未完全取代原有的性质和意义，而是原有的与新增的共同拥有这一意象。半逆变意象就其已逆变部分而言，已对原有性质与意义进行了裂变，故此逆变部分也就变得咄咄逼人，使人甫见即深感此中之奥义，因而成为审美关注所无法回避的一个十分灼热之光点。《唯一的绿色》提供了绿色的半逆变意象，诗这样写道："那片草原 / 已成为垦荒者的病历 / 我站在绿色之外 / 看阴云浮动 // 我常常深入自己 / 游牧昔日的羊群 / 呼吸

鞭梢上的风声 / 把小溪抱在怀里 / 弹一曲不尽的失眠 / 那个找不到的梦 / 就这样绿在远方 // 又一片草原 / 被耕得千孔百疮 / 每一道犁痕 / 只长昏暗的剧痛 / 我的泪流不到那里 / 就已干涸 / 所有的种子 / 都在土里沉默如金 / 流氓的垦荒者 / 野餐了最后的牛羊 / 留下一片荒凉 // 当我从心地逃出 / 冬天就真的来了 / 我只是一株弱小的野草 / 在随风起伏的大漠上 / 淡淡地绿着"。作为对当代中国社会的思考,绿色显然是一种意味造型。诗人一往情深地热爱着它,但也非常痛心地看着它所上演的一幕幕悲剧。故诗人在把自己内心深处对其深爱之情吐露出来之际,也很自然地吐露了自己的迷惑与不解。诗人把绿色看作"唯一的绿色",又把绿色比作"找不到的梦",将富有弹性、饱含养分的绿色与千孔百疮、干涸荒凉并置,不仅仅是一种审美上的对照,而且是对绿色某种程度上的质变所作的揭示。因此,从"唯一的绿色"到变为"垦荒者的病历",从充满活力的那片绿色草原到这些绿色变为昏暗的剧痛,诗中绿色意象的半逆变处理,透射与传递出的是对某种定型的当代中国社会的习惯性认同之否定。此种习惯性之认同总是盲目地、乐观地只看到世界发光的一面,将其夸大为社会之唯一特征。绿色意象的半逆变暗示人们,他们生存的社会与时代是一个充满矛盾的社会与时代,有希望也有痛苦,有生命之创造也有生命之毁灭。此乃当代中国现实世界之写照。发光与无光、建造与破坏、美与丑赫然并列。它不是世外桃源,而是裂变着的人世间。

我一直认为杨梓是一位具有探索性的中国当代诗人,这从他的许多诗中皆可看出。《牛》中有着对牛这一意象的半逆变营构。全诗三节二十二行。前两节是写给牛的礼赞,诗人赞颂牛,颂扬牛的朴实无华与默默耕耘,说牛"敢于背叛 / 遗传的犁痕　拉起 / 这辆不能再破的历史 / 在没有路的路上 / 蠕动着",借此鼓励人类勇敢地背叛愚昧、笨拙,去追求与创造一个崭新的世界。此类意象折射出的主题,我们曾在唐代诗人李峤的《牛》、柳宗元的《牛赋》、陆龟蒙的《牧牛歌》、明代诗人李东阳的《北原牧唱》与现代诗人臧克家的《老黄牛》等诗中均已接触与体验过。杨梓的牛意象创造,融会了传统与现代、日常与非日常、习俗与非习俗等寓意元素,杨梓不愧是探索性诗人,他在超越传统、超越日常、超越习俗。他借牛暗示美好、暗示吉祥、暗示勤劳勇敢与朴实无华，然而在全诗的最后一节，它失去了万道光环，变得很普通、很平淡："只是你应该想到 / 此刻不该停留 / 以免心中的荒原 / 被爱你的庖丁们开垦 / 被大块大块地 / 拍卖"。此段转折新奇的意象——对牛的奉劝，不仅把牛从高高在上、传承祖业的位置拉到了地上，而且指明牛只是被人类利用之物。此种将牛意象进行逆变处理的意图是什么呢？就是要让人们跳出对牛的盲目歌颂，来体认牛在其单调重复的行程中的无聊与被人们利用之可悲。"在赞美与咒骂之间 / 你的步伐 / 日益沉重 / 日益迟钝 / 日益缓慢"，短短的描述，就揭示了牛那没有自我、没有选择之特性。我认为《牛》对牛意象的半逆变处理，表达了诗人对伟大、对现实世界革新渐变的人本主义的辩证认识：伟大有渺小，渐变有不变，勇敢有怯懦，勤劳有懒惰，此是真正的现实世界真理。半逆变意象之营构，对于补充诗歌创作的原有意义、突出诗歌创作的新增意义，是一种很好的传导方式。

全逆变意象是指意象之原有性质及意义被新增性质及意义完全否定。新增意义取代原有意义，成为此种意象之真正内涵。此种诗歌创作在美学上的反照性（与对照相对而言）处理，主要用于表达事物性质之突变。但由于突变总是给人以突兀之感，因而这种处理也就达到了奇妙的艺术效果，引发人们去思考产生突变之原因，以及突变本身之人本寓意。全逆变意象使用得当，可以给读者一种奇特、意料之外的"华丽的转身"之感，从而更好地释放诗之内涵。杨梓在《你为何想家》一诗中，非常有力地体现了这一审美特质。此首诗有点"自传色彩"之痕迹，它探讨了艺术与现世界之间的审美距离。此诗营构与全逆变意象创造不可分割，甚至可以说此诗本身就是一个全逆变意象。故诗之全部突转与抒情叙述，是围绕一个主要的全逆变意象展开的。在一个凄苦之夜，一阵荒凉感从流浪汉心头掠过；此时"鹊桥已断"，苍穹只有两颗燃烧的星，寺院之残垣断壁上似有一幅阴阳之合体画，放射着图腾的未来之光，"我"伫立于前，蓦然觉得"你"在画中；"我"用双手翻遍山川，已是天荒地老，"你"才像出水的芙蓉，绽放无边无际的温柔，"我"纵身入水游过去，"家"在远离乡国的地方如婴儿般诞生了。此时的流浪汉深深感到，在不惜一切代价追逐“你”的过程中不料成功了。这种成功就是诞生了一个温暖之“家”。然而，在“家”与现实世界里，他们却没有收获。流浪汉流下一串串泪珠，全是倾诉不尽之真情，真得几乎连每一句话皆能滴出鲜血；此时，太阳还是昨天的太阳，月亮还是昨天的月亮，“我”还是安然地向西走去……虽然天地万物没有丝毫的变化，但“家”失去了；图腾的未来生命之光不会熄灭，可心爱与追逐的“家”成了没有生命活力的泡影——再次见到村头的白杨。此种反差营构，并非为了造成蒙太奇的艺术效果，而是启示人们去思索、去判断：对于人而言，是现实生活——“家”重要，还是凝聚一种强大的内在精神更重要？此处杨梓使用了全逆变意象，把精神之凝聚与对现实家园之向往相对照，把心中之爱与追逐不到的痛苦相对照，透射的是人类的精神世界应当高于一切，但现实世界之存在状态似不可逾越；诗人从“家”之建构转向抒写现实之残酷，弃精神之高大而突显追寻“家”之痛苦，透射的是人类在面对现实世界时的疑惑：究竟如何建立自己的家园？自己的家园是什么？建立自己的家园与自己内心追逐的强大精神动力又是什么？究竟什么东西应当高于一切？此全逆变意象的寓意在诗中传达得十分清晰与引人注目。

在《天涯路》《大荒野》《大裂谷》等几组诗中，杨梓营构的全逆变意象是以连环方式出现的，即第一个逆变意象显现了第二个逆变意象，由两个全逆变意象共同暗示了一个所指。第一个出现在大荒野里的“暗示”中，“我”在荒野中穿行，风在雨后的晚霞里穿行，车却在艰涩的淫雨中穿行。烟在变形的石缝里穿行，血在睡与死之间穿行，魂却在漆黑的泪水里穿行。第二次，“我”一个人“深入”地走进荒野，一个男人与一个女人走进荒野，一群人走进荒野；我“遁迹”，从死的夹缝中穿过，这是最后的荒野，“我终于成为自己”，所有荒芜的偏僻都被饥荒的日子开垦而留给了历史，“诞生”的绿色在燃烧，荒野仍在蔓延……在《大裂谷》中亦复如此：“我”走进古铜色的裂谷，岁月“沦陷了一个秋天的步履”，红尘之路的尽头，亦真亦幻地浮动；“我” 来到了岩洞口，聆听陨石的语言，岩洞依然纯静；“我”剩下最后一颗灵魂，看见月光的女孩在裂谷飞翔，百合花的手在岩洞飞翔，火山的洪流在体内飞翔，瞬间闪电摇曳，风车的翅膀掠过“我”碎裂的荒野，“我”终于摘到了那朵永恒的雪莲，闭上眼睛走进岩洞之深渊……“我”从此开始“超逸”现实世界，跨过断层的昨天与明天，向生命之空旷徐徐张开燃烧的红唇；如蛟龙腾飞，“我成为雪中的莲”，飞越智慧之谷，此时，一片绿海随群鹰起伏，轻翔抑或沉落；蓦然回首，“我”发现一只不死的青鸟从魔幻的天庭掠过；再次“幻化”为一枚燃烧之莲叶，抑或一块闪着红晕之壁画，也许是一座洞窟如家之荒山，在大海上空与雪共舞。此刻，诗人感叹道“这是冬的最末之时 / 我终于远离飞尘之所 / 接近至尊至圣的婵媛之岛”，去聆听空谷之跫音；此时的裂谷是“我”的乾坤，月岛是“我”的梦境。随意随地卧雪而眠，忽有“一种万物之外的光波 / 自我的灵魂之隙迸涌而出 / 天海一色”。这是指什么呢？诗人究竟要告诉人们什么呢？实际上，这是诗人在暗示所谓的荒野文明早晚要衰亡。很多人成年累月地生活在荒山野岭里，被生活击倒而又缓缓爬起，正是荒野文明无以自救之暗示。“我”不辞辛劳跨越荒野，终于看到了雪莲，喻示人类心中只要充满玫瑰般芳香的希望，增强意志力，不懈追求，就一定能摘到冰山上的雪莲；喻示人类只有依靠自己、凝聚人类不屈不挠的精神，才能获得现实世界之重生。大荒野与大裂谷中人们不断地穿越荒野、穿越高山峡谷去寻求大爱，寻求自由，寻求精神自救，就是生存于荒野之中的人对荒野之外——遥远的未来文明的深深向往与认同，这是两个逆变意象之内在意蕴。笔者之所以不遗余力地研究探讨杨梓的这些诗歌作品，与对诗人这两个逆变意象之创造感兴趣分不开。我的理由是：这两个逆变意象在诗人的诗歌美学中占有非常重要之位置。生存者是诗之叙述者，情境之见证人，经验之总结者；衰亡者是诗之中心语境，情境之发动者，提供经验的情境起因。然而，杨梓诗歌美学的主导意象与这两个逆变意象显然处在新文明与旧文明的关系之下，诗之思想正是从此得出，但这还不够恰切。而由这两个逆变意象透射出诗人作品整体美学思想之某一部分，显然已经实现了。杨梓在早期诗歌创作中将旧转变为新，将死之物转变成生之物，又将生之物转变成死之物，即拟人化的动物寓意，如凤凰涅槃般的青鸟，已将不同文化之内涵作了淋漓尽致的渲染与剖白。那在日常生活中很被轻视的苍蝇、蚊子、乌鸦等，看似毫无价值可言，但在杨梓的诗中蕴含着强大的生命力；那被宣传得如火如荼的霓虹灯文化现象，看似统领一切、征服一切，其中表征的正是腐朽与毁灭，已无多少生命之热力。杨梓对大千世界万物所涵盖的文化的严峻思考，对现代文明的一腔热情与向往，可谓借此两个逆变意象作了成功的意味暗示，说透与言尽了。

四、随伴意象之美学效用

随伴意象者，乃附着于诗中主要对象、主要事件之一种意象，用于表达主要对象和主要事件的某种内涵。故，对象和事件融合为一的统一性，乃随伴意象之必备条件之一。所谓随伴意象之设置，是从主要造型或主要事件的某一特定内涵出发，对此一内涵起暗示作用之营构。随伴意象对杨梓诗歌美学意蕴之透射是相当直接与清晰的。在上文中例举他诗中之大荒野、大裂谷，以及百合花、雪莲等意象与人的关系，皆可视作随伴意象的作用。大荒野、大裂谷的出现，暗示了人们在走出荒野、向往外面世界时显示的各种坚忍不拔之精神，与战胜自我意识中的忧郁、彷徨、恐惧、怜悯等思想，不同对象、不同阶层之命运预示得极为清晰明了。我认为，下述几个方面随伴意象之运用，也是杨梓随伴意象设置上颇为典型之例证。

在组诗《黑嘴唇》中，“寓情花草，托意爱情”是不少抒情佳作的意象创造的根本出发点，故《黑嘴唇》中形成了花草意味与爱情意味两大系统。花草意味用以表征抒情造型的崇高、操守、坚韧、气节，爱情意味用以表征抒情造型的理想、追求、向往、失败等。其中，花草树木的暗示，在揭示造型的高洁、坚定操守时，正是通过意象的随伴，把造型的此种优美、崇高德性映照得富有光彩。《黑嘴唇》的抒情造型总是与芳香美丽的花草树木为伴。“一朵黑色的花 / 隐藏于无花果中 // 每当我闭上双眼 / 她都会绽放 / 芬芳我暮色的尽头”（《无花果》）；“几多春夏秋冬 / 从一枚树叶上走来走去 / 芳草被羊吃掉一茬 / 又嫩绿一片”（《读信》）。奇花异草充当了抒情造型之配饰，不仅使其拥有美丽的外表，更表明他对美的向往、对德性的追求。“抓起两团火一样的雪 / 丰满于雪人的胸脯 / 你为我和雪人 / 摄取了最动人的一瞬 // 天晴了，雪人依在 / 在我们爱情的照片上 / 你和我　均已融化”（《雪人》）。这是对传统耿介、崇高男女双方之赞美，其实亦是对众芳能够围绕自我、自我可以置身于众芳之中的热情向往。表面看这是对浪漫爱情的向往，实质上仍是对男女双方自我修德之激励。芳草被羊吃掉一茬，又嫩绿一片，希冀它们枝叶繁茂，可以适时收获时，诗的造型已借助种植芳草洁木，把诗人试图创造出一片美好情景的内在思绪和盘托出。虽然这美好的憧憬有时让抒情造型感到“孤独”：有陌生的女孩在心里出出进进，有爱的季节仍然无人敲门，但抒情造型与花草树木、风雨飘雪的关系并未中断；相反，草木、雨雪之随伴变得更为紧密与内在了。“雪的背景 / 如旋转的白云 / 我完成一个雪人 / 像完成我自己 / 你依偎着雪人 / 将自己整个抛出 / 有白杨树作证”（《雪人》）。他完成了个人的背景造型，让白杨树做证，表明他的爱没有改变。“我想忘掉你 / 原来是一直在想你”；“有落叶飞舞 / 哪怕没有你的书信 / 我的生命深处 / 依然有你”；“信　还在路上 / 我推开寒窗 / 把目光搭在树梢 / 缠住仅有的一枚树叶 / 陪我相思”；“雪　还在飘着 / 你用心织成的毛衣 / 暖我的冬夜 / 我用红灯笼的纱巾 / 罩你”（《致小水鸟》）。应当说，由于杨梓把花草树木、雨雪白云意象当作抒情造型之品性、修养之意味表征，抒情造型对美好的向往、对高尚纯洁的追求之精神特征，借助花草树木、雨雪白云得到了非常好的表达。伴随着抒情造型的这些花草树木、雨雪白云意象，恰如抒情造型内在品性在其身外所绽放的绚丽之花。有了此花，不仅抒情造型之外在美实现了，它的内在美也被外化而楚楚动人、明白清晰，从而展现了抒情造型追求自我修养、自我完善的那种勃发充盈之生命力。如此，在杨梓的《黑嘴唇》等多首诗中，诗人以每组特定的意象始终伴随着一对人物，使得人物的精神品性得到了有力的喻示。在此方面，杨梓的创造可谓后来之楷模也。

组诗《天涯路》里的《岁月老人》，随伴意象因意因象因物因情因思而设，各个不同又各个恰到好处，创造出了随伴意象系统分布的美学效果。《岁月老人》主要抒写了一位老人与他的羊群以及他的生存处境与状态。诗人为了把这位老人所处的现实处境传导给人们，选用了几个很特别的意象，以表达老人对所处境况的无力、无能与无奈。老人面对一群蹲成一圈如栅栏的恶狼，“我”似乎看见老人与他的羊群四散而逃；荒地裂成无血的伤口，老人无力而又无奈，老人待在祈雨的草棚搜出几粒种子勉强种下，并不指望秋天有什么收获；不分昼夜守护着尚未破土的幼苗，有暴风雨袭来，老人还是稳如南山；到了秋季，那一片一片的土地干枯了，唯有老人的向日葵依旧金黄，老人的希冀就如一轮太阳高挂中天；在南山则有一片美丽如画的杏林，从青至黄，显现着人们的期待；杏林不老，孤独的老人用他自己的生命、坚毅与生生不息的精神抚慰着那片杏林的鸟鸣，轻拂着杏林的每一片叶子，适逢杏子成熟的时候就会传来老人不眠的笛声，此笛声像从天外驾云而来；可是人们不敢走进杏林，只靠着自己，想着那构成石碑的脚印，注视着今年的最后之果，人们在竹篮一角，看着它红得楚楚动人，好像婴儿的脸庞——凝聚了所有的开始与未来。这些随伴意象的建构，暗示了大山深处人们的命运：处在如此恶劣的环境，人们是无力生存的。故人们虽然坚忍不拔、不屈不挠，还是无能为力。这也表明了老人作为此环境生存的代表者，本身也无能为力，成为恶劣环境的牺牲者，除了心中那生生不息的精神外，并不能获得改造现实世界的实践操作能力。老人乃老一代人之代表——把羊群、杏林、向日葵等当作自己心中的希望，当作自己生命之延续，当作他们这一代人一生之全部，甚至是未来命运的选择。这对生存于恶劣环境的人们的无力性、无奈性作了典型的揭示与高度凝练之概括。

《苍蝇》一诗的随伴意象是人们“失去了最后的空间”，那“黑压压的蝇群 / 是那位圣者剧烈的绞痛”。此一意象源自一个寒冬的黑夜里，欲塌的那间小屋里洞穿晚秋的苍蝇。但这个意象一经出现，即与现实世界互衬。在黑夜里，人们出门的念头萌芽，“只好捧起别人的风流反复注释”；但今夜不同，“只因这只苍蝇 / 饥饿于那位圣者的心间”；人们没有清香，也没有腥臭可留，只有一杯淡淡的水，映照出苍蝇滚圆的眼睛，苍蝇很活跃，它仿佛为人们复活了一切，仿佛还能给人们的生活带来某种诗性，但它并未获得什么本领。这就注定了苍蝇毕竟是苍蝇，只能享受人类的遗留物，而不能自给；只能有贪婪之本性，而不能有坚强的谋求。即使它忍饥挨饿，略有自谋生路的一点希冀也会成为泡影。它一直在人们的眼皮底下飞来飞去，在人们的耳畔嗡嗡地叫着，人们打苍蝇——往往正是打在自己流血的思想上……苍蝇这一随伴意象，暗示了当代人的心理、性格、情绪等，诗人所描写的苍蝇活动的时空范围很小、很实，一切均集中于一个寒冬之夜，如实的描绘塞满了这一空间与占尽了此一时间，但小屋、锅盖、书与书签等把我们领进的是一个需要展开无限想象的空间世界。《蚊子》一诗的随伴意象也是如此。它与苍蝇的随伴意象有异曲同工之妙，甚至是同一思想之延伸。蚊子就如飞翔的灾难尾随人们而来，蚊子咬人奇痒与剧痛，犹如钻杆向人们心底一寸一寸加深，人们紧抱着大地，保护着自己寻找光明的眼睛，人们似乎无法逃避，“就让吸血者蜂拥而至吧”！诗人意味造型的思想状态的详细剖白与将苍蝇与蚊子惟妙惟肖地呈现，更加强了这个世界的实在性、原生性与虚幻性。这又怎能不让读者的想象之翅在此沾惹沉重而难以飞驰呢？杨梓在随伴意象的创造中，以苍蝇、蚊子作为暗示，大都对诗中虚拟对象的性格进行了意念化处理，便于在集中的特征化的性格描绘上指向意味寓意。苍蝇、蚊子等意象正是此一方面之典型。诗中有回忆，有穿插对比，有内在的心理活动，其特征化的随伴意象折射的行为获得了充分的描绘。这些随伴意象所折射的现实世界人们的生存命运与生存状态，很强烈地激发了阅读者联想的神经，诗的某些言外之意纯为诗人的指点。诗中成功的随伴意象的设置与营构，均含有某种深刻的意义。苍蝇、蚊子等随伴意象，围绕着它们展开的多方面的叙述，造成了这种意象的高度凝练与突出，从而使人产生联想。这正好表征了只有诗人创造的随伴意象的寓意越丰满深邃，此种意象创造才能有着某些方面的强化，只有整个诗歌作品均有随伴意象之巧妙设置，这些诗才能成为暗示性诗作，此种意象才是暗示性意象，才能达到暗示更深远的思想情感之目的。

一个随伴意象可以表征一个对象所处的双层关系，此时，随伴意象可达到一箭双雕之目的。如杨梓笔下的一群老鼠肆无忌惮，血“紊乱了天地的自然相配／欲望繁殖”；诗人呈现给我们的眼前世界，就如巨潮将世界渐渐吞噬，让猫也无奈，似乎它就在无穷的鼠嘴里，也为自己的命运而挣扎……诗人的羊群也无路可走，四散觅草；放羊的爷爷知道山外是海，他只在山里放羊；他寻遍深山野岭寻找丢失的鞋子，但只发现到处都是十字路口，眼前的霓虹灯就像一群恶狼的眼睛闪着绿光；人们看到爷爷坎坷的命运，却始终没有找到自己的幸福；爷爷的每一声叮咛，每一声叹息，都分明是连绵不断的山峦，似乎每一座山的山顶都立着一块石碑，上面镌刻着血红的大字：“山外的世界很大”。鼠之意象，表征随着商业大潮的翻滚，一些污泥沉渣伴随而来，现实世界的很多人就如鼠一般，一夜之间胆子无比大，无所不敢；思想无比空，一夜之间失去了羞耻感；有的人似乎一夜之间无所不能，无所事事，只顾自己的“口味”了。羊之意象，通过爷爷坎坷的命运，展示了人们普遍意识到“山外的世界很大”，对其产生向往。随着现实世界变革力量的不断强大与深化，人们纷纷要求走出大山深处，去看看遥远的山外世界，寻求命运之途。眼前的十字路口没有迷惑他们，眼前的霓虹灯没有遮蔽他们的思想。诗人设置的鼠、羊以及诗中刻画的各种造型意象，真可谓义以象出、象使义生，含义丰富，又一切尽在不言中，达到了既建构又解构、既包孕又释放之美学效果。

如前所述，杨梓煞费苦心营构的意味造型，既是为了描述与解释世界，也是为了把这种描述与解释告知他的读者。尽管他诗中的随伴意象大多只与诗中的某个对象相关联，但这些对象往往是他诗歌创作中之关键对象，故用随伴意象来透射寓意是其诗歌意味造型之重要途径之一，也说明他的创作行为是一种有着特定目标的审美活动，接受者在解读他的诗歌作品时，对于随伴意象千万不可忽略。

第四章　传导透射与作品的寓指

一、寓指对象的传导意蕴

以有效的传导产生映照力来透射诗歌作品的意味寓指，也是杨梓意味造型营构中常用的方式之一。所谓传导，指的是诗人通过有意之安排，点破诗之含义。这与诗人意味创造中融合于音乐与意象来透射思想的方式比较起来，乃对意味寓指较为直接、较为明白的言说。但是，此种传导不应该看作是诗人对诗的非审美的解析；传导应当是符合艺术规律的，自然而然的。如果打个比方的话，可以把传导看作是诗人有意设置的窥视作品意涵之窗口，可又要这个窗口开设得恰到好处。惟其如此，才既能帮助读者理解诗之内蕴，又不显得是对诗的艺术性的消解或解构。故，杨梓诗歌意味创造中的传导，是与意味造型之意蕴密不可分的一种创造设计。我们瞩目于此，对于阐释、把握他的某些意味性诗歌，确是一条捷径。

我认为，杨梓运用传导提示意味寓指的第一种方式就是利用诗歌作品中的某些对象之口，将意味寓意点破。这是一种最直接的透射方式，可分为两种类型。

第一类，以旁观者的视角、识见、口吻对意味物作出言说。此大都出现在意味物自身失去了自己评价自己的能力，而诗人又不愿意让读者去揣摩作者的寓意，或诗人担心读者会对意味物的理解产生审美偏差。此时，诗人通过作品中的其他对象，对意味物或意味造型进行某种巧妙的阐释。诗人的组诗《岁月老人》中的老人，本就是意味寓指之设置。诗人只叙述老人的生存境遇与羊群、饿狼之间的关系，并用西北风、向日葵、最后的杏子等物加以衬托；最后，诗人深情地描述了老人一生在深山峡谷里留下的脚印犹如一座石碑，山里最后的成熟之果凝聚着人们的初心与未来。诗人借此交代了老人的一生，他不是生存于物质丰富的现代都市，而是在贫困的荒野峡谷中守望着自己的一点希望，最终给后人留下如石碑般的脚印，老人在衰老落后的文明中了却了自己的一生。荒山峡谷是老人的精神故乡，羊群、杏子等野果是老人的希望，故在荒山峡谷中他虽然如向日葵般"高挂中天"，但他的精神依托没有失去，他的精神生命没有枯竭，所以可以延续。诗人面对当时的社会历史情境，通过诗告诉人们：一旦离开了自己的精神家园，与精神营养之源断绝了联系，离开脚下土地而远走他处的世界，人就成了精神上的无家可归者，其精神生命也就必然随之死亡。故诗中的老人之殁蕴含深意，老人代表着一个时代土著人的缩影，老人之去代表着一种生存方式之结束、一种精神生命之完结，也意味着旧文明之远去与新文明之呼唤，整个《岁月老人》就是通过老人的意象来透射意味造型之寓指，实际上表征的是现代社会人们所面临的生存境遇，这一切发生在老人坚守的荒凉家园；一开始诗人发现的就不是一个物理对象的世界，而是一个诗的美学意象的世界——一个由岁月老人表征的各种意象组成的世界；只有把这些意象作为媒介与中介，我们才能把握诗人的真实意图，对时代发展的可能性与普遍性的揭示，恰恰才是此首诗所把握的深刻价值的独特性之所在，由此承接了时代与历史发展的逻辑性。老人不能够影响后人，正是落后的文明不能再支配现时世界的意味寓意。

第二类，由诗人作品中的重要对象对诗歌作品的传导意蕴进行言说。这样，原本意指不够清楚的诗歌作品意蕴就会如拨云见日一般豁然开朗。如果说，在诗人未言说之前，读者是雾中看花，朦朦胧胧，那么，在诗人言说之后，读者就是在雾散以后把花看得明明白白、清清楚楚。诗人在《水域》中创造的水这一主导意象即属此类。此水成为人们生活之全部，人们"唯一的灵魂的碎

片 / 如枯叶飘浮于水面”；“残存的思维”可以“沉于水底的水底”；人们已经习惯了立于水一样的大地，凝视水一样的天空；人们的爱情、希望、梦想、追求、向往，皆可像水一样等待；人们的酸甜苦辣，像日历般一页一页撕去的岁月，均如水一样的感觉；人们要想喝一口“有味道”的水，要想创造一个新世界，就要像水一样游过十八道弯，就要经历八十一次磨难，才能守住自己的精神家园，才能登上高大而肃穆的西山，重新在自己心中塑造一座“西山”，“再次创造自己 / 循环往复地创造”。水代表着什么呢？诗人是按照意味造型方式创造谜语，又按照意味寓指透射之必要性来点破谜底的。水是人类的生命血脉，也是人类的希望；人们应该像水一样自由自在，要爱就爱，要恨就恨，不怕一切艰难险阻，自古以来自由地表达自己的性情，没有任何束缚，没有被文明捆绑，没有虚伪，没有欺诈，没有阴险，没有矛盾，也没有苦恼；“曾经冰雪覆盖雪莲怒放的西山 / 曾经百鸟齐鸣佛光普照的西山 / 已被人迹污染 / 世界　失去最后一块净地”，最终还是被水一洗而净。这就是诗人给我们的交代。在《水域》中，诗人一方面描写了水中世界的人们的爱情、追求、向往、奋斗、牺牲和人们的各种生存现实，在诗人描写的对象世界里，人们敢爱敢恨，勇于追求新的生活，向往崭新的文明世界，一些落后的礼教与束缚正在挣脱与消亡。另一方面又描写了水的细腻、温婉、敢作敢为，这些都是自然流露，生命强悍而雄健。各种不同的水性对比，表征了随着时代发展，一些旧的落后的文化习性应该被摒弃，人类只有从新的富有生命力的最纯真、最充沛的源头汲取精神养料，才能获得新生。诗人在诗之结尾的交代，正是对此种意蕴之明确提示；而诗人之交代又有着特殊意义。因为诗人对人类现实世界发生、发展状况的了解、研究很深入，很准确，尤其是在通观时代发展以后，选择水作为当下人类生存之表征，更具说服力。故，就《水域》而言，由其来揭示当下人类生存之秘密，来确定当下人类生存之方式，来规定当下人类生存之行为，是很恰当的配置。如若由诗中的其他任何一位对象来言说水之个性特征，虽可同样揭示诗之意蕴，却缺少现有诗所达到的力度。

这就说明，直接的传导依然是一个包藏匠心的艺术表达问题，完全有可能分出高下，比借用对象之口点破意蕴要稍微隐蔽一些的是纯粹的意味营构，亦即“卒章显其志”。杨梓诗的大部分篇章均用于意味体的创造，此时之寓意秘而不宣。然而，在诗之结尾部分，诗人又对寓意有所释放，让读者由此线索生发开来，获得对诗的意蕴之体认。尽管此时诗人所给予的线索还不一定是对诗寓意的明示，然而给了读者一条线索，无疑就是给了读者走出意味寓意的迷宫之机会。一个成熟的读者，没有诗人的提示线索，可能会对诗之理解束手无策，可一旦线索在手，就会展开想象的翅膀，就能把意味诗的寓意捕捉住。

二、卒章显其志

“首句标其目，卒章显其志”，往往是杨梓为了创造意味造型，又为了给读者以提示而常用之手段。此一点，大致有两种情况。

一种情况是，诗的前半部分虽然对寓意有所提示，露出了理解诗之线索的端倪，但诗人努力保持着，直至结尾才把这线索完全交给读者。至此，读者才完全握住这线索而对诗展开更深入的解读，原本在诗前半部分获得的某些印象得到集中与加强，从而明朗化，意味寓意遂被揭破。杨梓的组诗《野黄昏》中的《乌龟》一诗即是如此。从诗之开头，我们即感到诗人在此所写之乌龟，已非自然界的野生之龟。因为乌龟沿着小溪逆行到此，产生了“旧梦破了新梦”的感觉，这种感觉显然是人才具备的。故此首诗在开头部分已使人感到这是一首“托物言志”之作，而非单纯的写物诗。不过，仅凭此一点似还不够，读者不能从中了解诗之寓意。诗作进一步展开的对乌龟之感受的描写，就是沿着这一线索而作的必要补充和延续。如乌龟感到自己失去了路，失去了自由自在的场所，只能在桎梏中旋转，让自己的躯体永远饥饿，一任灵魂进入大海拼搏，这就对乌龟的生存环境作了有力的交代。由此可见，乌龟的生命正在冰消瓦解之中。但是，我以为只有进入诗的最后一行，此诗之寓意才能被诗人最后“钦定”而变得完整与准确。“让自己拥有另一种自由”这一陈述就是对全诗之总结。从乌龟的感觉上来说，这是它的最后感觉，有形的只能变成无形的，表明一切都已消失，属于乌龟的只有虚幻。此除了强烈地昭示着生命之消亡之外，并无他解。故如果说，此诗写龟运用的是以龟喻人、以龟写人这一手法的话，那么，诗作实际在此透射的就是这样一种意味寓意：人在被困之际，精神必将随之消亡；生命属于自由，失去自由也就失去了生命。诗人在揭示此一寓意时，有意采用了节节推进、层层传导、最后总结之方式，吸引着读者与他一起去体验这一精神消亡之心灵历程，在接收到这一冲击以后，再以水到渠成之力量，把此种体验揭破而赋予它以思想之形态。

还有一种情况是，诗直至结尾才把理解寓意之线索抛给读者。在此之前，诗着力描写刻画的是意味造型本身。此时的意味造型描写有时不免给人以某种写实性的感受。只是等到结尾的线索出现，阅读才产生了重大转折，原来的写实感荡然无存。读者因此进入的不是一个具象世界，而是一个意味世界，不是由具体造型的固有特性来理解诗之寓意，而是从具体造型之上游离开去，追索它的对应意义。与上述情况比较起来，此种"卒章显其志"给人以石破天惊之感，它给读者带来的往往是不期而遇之震颤、曲折求索后之顿悟。杨梓的《第五个季节》一诗，看似只是写景之作，但至最后才把诗人写"她"像水鸟一样栖于"我"心、融化了"我"的孤独后的爱情体验交给了读者。这一转折，就改变了诗中所出现的诸多意象如洁白、连衣裙、水鸟的性质，使它们都成了代表美好事物的意象。诗人的《舞蹈的夏》亦有同样的风格。直至最后一行，乃至可以说是最后之语句"我跟随雨点的节奏 / 为她独舞"，才告诉人们这首诗要表达的是什么。读者只有读到此处，才能弄清楚前面出现的所有意象，其目的就是使读者感觉到"她"去了南方后"我"在烈火中的相思，让所有的痛苦与幸福都浸泡于水中的月色，去照亮每一个前方。所以，《舞蹈的夏》这首诗的意义不仅是描绘了爱逝去以后的悲凉景象，而是以独特的方式把一些意味通过造型凝聚起来，在读者心中把诗人之体验重新创造出来。杨梓诗的魅力与此不无关联。他善于不断地累积意象，又不零星地点破这些意象的寓指，直至关键的最后一行或最后部分，才把这些意象的寓指揭示出来，这就使他的诗有一种强大的凝聚力，并穿透诗歌诸多意象之外壳，使诗之寓意进入读者的心灵深处。在这一点上，最能体现杨梓此种手法的是其《零点：我穿过一座无梦的城》，此诗由《宵征》《幽思》《兼程》《停泊》《祈求》《旋里》组成。此组诗的营构出人意料，它使人处于一种最大而又最具震颤力的审美张力之中。诗在开篇《宵征》中描写的城市是一座空心之城，每一个沦陷的家里都挤满了风暴。尤其是那青鸟的精神，早已逃出永远的喧哗；街灯如鼠，散发着病的苍白与气味，更加深了诗所传导的那种腐烂气息的浓烈程度。但是，诗人没有对你说明他的丝毫用意，甚至可以说，诗人根本没有向他最亲爱的人预作某些暗示。此时，诗像是一种自然主义的记录，诗人只是尽其手法的高明，把记录弄得完整全面，使人产生身临其境之感觉。然而，在随后的几节诗中，诗人笔锋突转，从病态、苍白意象上返回，直指他的心爱之城，在城的美丽中看到了人们从残喘的边缘经过，走向黄沙飞石之城外，土坯房成为他们唯一的小憩处；城在今日染上他人的气味。至此，诗对城的详备抒写已非简单的记录，这里渲染的是城里无居的景象，其意味暗示之深意在于它不仅吞噬丑陋、邪恶，也将吞噬美丽、善良。

生命终归要完结，美与丑一样，均将烟消云散。唯一令人值得欣慰的仅仅是人们可以保持对美的追求与向往，把美的形态、美的神髓藏于心底。杨梓在其诗歌创作中惯常运用的“卒章显其志”之手法，就是他的意味性诗作比较容易为读者所理解的一个重要原因。他乐于把读者引进诗歌寓意含蓄之暗夜，可最终他又举起了烛照此暗夜之电光，让读者在经过一段思考之后寻找到前进的方向。杨梓早期的诗歌创作当属于意味创造明朗化之一脉。

三、诗歌中的诗歌

在意味传导的范围内来体认杨梓“诗歌中的诗歌”或“叙事中的叙事”，是一种比上述两类传导均隐晦一些的传导方式。“诗歌中的诗歌”是指在大诗歌中安排一首小诗歌，用此小诗歌所表达的小叙事来对大诗歌所演示的大叙事进行必要的诠释。故，此小诗歌、小叙事把大诗歌、大叙事的内涵披露出来。因此，创造出凝练精粹的小诗歌与小叙事，往往是意味造型创造中的一项必要设计;而理解意味同样不能忽略此小诗歌与小叙事之存在。以小见大,见微知著,是此刻不应该忘记的。在杨梓《上帝的泪》一诗中,他就安排过这样一首小诗歌。这就是“我”所讲述的那年自己的经历。那年“我”沉默太久,死一般蜷曲于被人们遗忘之角落,那年的鸟衔走了所有的秋日,留给自己的全是遗憾之霜;“我”为她摘象征冬天的芦花而被刺破了手,血染红了无雪的冬天,“我”回到自己的小屋,弯曲的叹息如回荡的轻音乐;“我”曾寻访天涯海角,给整个世界传染思念,她像山间的枫树为“我”芬芳地红着,又好像用天空的琴弦为“我”弹奏海蓝色的乐章;那年的雨还在下着,在晴天的日子丢失了她送的那把伞,但“我们”终于相逢在多年不遇的黄昏里,“我”故意碰断她柔弱的目光,才看清她的明眸;那年的一个敏感之夜,“我们”一起去寻找太阳,追赶太阳;那时的林涛稀释着月色,所有的绿色都在为她缤纷,“我”穿过阑珊疏影去凭吊“我们”那段不死的情节,注视她不尽的春树暮云,只见她的雷电屹立于浪尖,“我”在她的温柔中窒息……这首意味造型传导的“诗歌中的诗歌”,可以看作是诗中对象“我”的整个命运之缩影。“我”持久地追逐着她的踪影,可什么也没有追逐到。她的芳姿“我”永远看不见,“我们”也没有团聚的那一天。因此,“我”实质上就是那颗被社会扭曲的心,把丑恶全部曝光于自然,触摸这个一触即碎的世界;为一个使命从早到晚奔波,从黄昏到黎明不停思索。“我”看见痛苦,看见昼夜的眼睛,看见眼睛里的罪恶……这一叙述,表明普通人的命运与自然界的灾祸如出一辙。上帝也无可奈何——它拯救不了人类;人类同样得不到上帝的呵护。上帝是人们的一种幻觉,一种心灵之希望与寄托而已。人类本就有一片天地、一片净土,要想拥有幸福与快乐,就只能靠人类自己——爱情、婚姻、家庭、社会、理想、未来均是如此。诗人在此更深层地透射出了现实世界中的某些虚伪、丑恶以及扭曲的心灵与自由、博爱的对立。这就是杨梓在诗中所说的:“我用丧失痛觉的手与诗/触摸这个一触即碎的世界/愿你们的姓氏永远流传/愿我的爱情为你们歌唱/自始至终……” 这就把现实世界的真善美与假恶丑揭破了,真善美战胜了假恶丑。《上帝的泪》的抒情叙事,正是诗人心中这一思想之“物化”。我们要理解此诗中的诗人,要理解此诗中的所有对象与意象的价值与人类的关系，诗本身是不可多得的线索。此诗在隐晦之中透射出一束耀眼的理解之光，抓住它，就抓住了《上帝的泪》的意义与价值。

诗人的另一首诗《母与子》，我也觉得意味造型颇为独特鲜明，诗中之意象寓意也颇为复杂，使读者产生许多猜想。好像你从诗的任何一节或任何角度均可以切入，可结论往往令自己也不甚满意，即结论不能涵盖整首诗之丰富寓意。说其批判现实，诗又大量描写了自然界；说其是自然界之寓言，它又把诗中对象刻画得惟妙惟肖；现代工业的文明，它写了；风靡世界的虚假与伪劣，它也写了；有对人类精神之探讨，也有对人类丧失传统根基的表现。进入诗之途径究竟何在呢？这虽然是一个较难确定的问题，可诗人在诗中安排的一些叙事当引起解读者的高度重视。因为它们均是诗之点睛之笔。诗人在诗中叙述了在某一个被历史遗忘之地方，“我”正式宣布离开了她，从此开始了背叛的第一步；然后“将爬行的痕迹葬入黑夜的黑夜”，对她的践踏不断坚硬、不断冷酷；路——由饥饿逐步成为草绳、皮带、钢索，紧紧地将她捆绑，她被囚入牢不可破的空气之狱，与心的太阳永无相望之日；而此时的她，最大的希望竟然是让“我”的希望不再幻灭。这是为什么呢？诗人写道：“我看见她的皮肤/完美如黎明前的太阳/诞生过神话的大河/闪现过诱惑之梦的光泽/我也看见欲望的我/用钢铁的文明的手/阴森森地抚摸着她/仿佛昏鸦于没有人烟的空谷/以她的肚脐为中心/一任猛士音乐的伤口/辐射状扩散/鲜血迸涌/脂肪流失/骨节裸露……”读到此处，你会感觉到诗人所描写的“我”与她，并非个体的“我”与她。“我”与她，完全是诗人的一种意味寓意之传导对象，他们代表的是新旧文明的较量——人类与社会、人类与现代文明、人类面对旧文明的衰败与解体时所面临的选择。诗中的文句时而热烈咆哮，时而冷峻寂寥，时而飘逸洒脱，时而隽永沉思，总有一种很奇特峭拔的格调，全诗洋溢着一种含蓄之气息，还有一种时而淡雅时而浓烈之意味寓意之色彩，构建了一种独特别样的风格，使人读来便有种悲凉之愉悦。在此，诗人为了一个整体的意味造型，在诗中为我们提供了很多意象、细节、特征与现实世界的关系，对象的行为与心理，等等，就是为了通过这些不同因素的综合作用，使得意味造型清晰具体、丰富完整，有举一反三之效果。诗人稍后写道：“当我从恶梦中醒来 / 心长满了残酷的手 / 指挥着我整天整夜地劳作 / 挖坑　放炮　掘进 / 最终打穿她缀有音符的鼓膜 / 打开了我摇滚的通道 / 在她身体的空气中 / 没有形状地剥削 / 砸烂各种形状的骨头 / 连最坚强的牙齿也被炸碎 / 然后运出 / 源源不断地运出 // 掏空一个混沌的部位 / 我又向下一个部位进军 / 她的关节已经脱落 / 她的躯体已经瘫痪 / 她的精神之柱面临倒塌 / 堆积如山的骨骼 / 有的被铸成了乞望之像 / 象征一个值得纪念的虚无 / 有的被化成了水 / 向她的鼻腔哭泣着冲去 / 有的被烧成了灰 / 灰又长成恶之花的树 / 我躲在灰色的树荫下 / 预谋下一次行动……”此处我要说的是，杨梓在这首诗的意味造型过程中，关于个别与具体意象之设置，别具一格。对个别、具体意象进行整体的简化，是杨梓此诗意味造型创造的主要手段。诗人的母与子，所暗示的母亲就是土地乃至地球，就是千百年来经久不衰的人类优秀传统文化因子，就是人类自身。人类要爱护大地，爱护自己，让自己免遭外来侵蚀，要保护自己的文化不被消灭，不被中断，这“一切的一切，还在期待着新的开始”。如果说，在杨梓的此首诗中，成功的意象使审美对象变得丰富复杂，闪耀着五光十色，那么，在诗人成功的意味造型中，审美对象则使它变得凝练、精纯起来，以形成某种汇集着万千光束的焦距。如此观，杨梓的意味造型的整体简化律至少有两方面值得注意：

第一方面，造型的原生性消退。所谓造型的原生性，乃指审美对象逼肖现实世界之本来形态，以致此审美对象的原生性可以从诗中走出来，汇入芸芸众生之行列。杨梓的母与子等均是此类充满活力的造型。把它们与芸芸众生相阻隔的仅仅是文本；在人的实际心理上，它们已经凭借自身之力量，跨越了这层阻隔，与芸芸众生生活在一起，活在人们的口头与心里。以之刻画的造型，已经不再与现实世界保持各方面的直接关联。政治、经济、环境、人与人的关系、家庭与婚姻等制约个人的因素，在此不是变得无关紧要，就是变得影响力不大。结果，此类造型虽然还不是神怪，但已经给人以游离生活与虚幻突兀之感，使人无法直接看到无限丰富的生活现象。

第二方面，杨梓诗歌意味造型的内涵由繁趋简，由多趋少，由分散到集中。意味造型不再着重抒写造型的内在个性的各个侧面，以及这些不同侧面的矛盾、命运与相互影响、相互渗透及相互依存，而是强化个性的某一方面，使其突出深邃，高度集中，而敢于舍弃其余方面，成为意味造型的个性化表达手法。因此，杨梓诗歌的意味化所主张的整体简化方式，实际起到了把诗歌艺术造型与社会生活的原态特征分离开来之作用。其诗歌的意味造型具有完全意义上的创获特点——非生活原有。此恰如观音菩萨坐在莲花宝座上，看起来是人，具有人的某些特征，但又没有人的具体实在性与生动性，被莲花宝座所托，就已将其与尘世生活作了无形的隔离。故杨梓意味化创造之喻象已是超越世俗的虚象、幻象。

在此，杨梓意味化遵循的是这样一条原则：他的诗越接近真实，则它的意味性便越稀薄，就越接近一种真实的记录；他的诗越远离真实，并在一种完全虚幻的假设的状态下营构秩序，则它的指向性就越强，思想性也就越深邃，让全诗进入了一个意味的造型世界。为了走向意味世界之路，诗人的创作确实需要超脱一些、空灵一些。要说杨梓意味化仍然不违背诗歌真实的话，此诗的真实性应当是一种精神上的真实性，它绝不否定意味化对现实世界所采取的这种以超越为特征的创造方式。变得不那么“像”现实，甚或完全不“像”现实，使得此种诗歌造型难以在现实世界中被实指出来。对人类精神而言，此种诗歌意味造型应当不陌生；但对人类的日常感知而言，此种诗歌意味造型肯定不熟悉。一个读者若要把握住杨梓诗歌的意味造型，就要超越他的日常感知，达到对诗的意味造型的精神观照与审美顿悟，才能豁然开朗，与其产生交流对话。而把握现实世界的实有诗歌意味造型，虽然也需要精神之激发、对应与共鸣，但感知此种意味造型之熟悉感，是从一开始把握这类造型时就一直伴随并有所强化的。这就说明，杨梓诗歌意味化的喻象与现实世界的具象属于两种审美创造方式：一则以改变生存原态来创造诗歌世界，一则以生存原态来创造诗歌世界。二者均源自现实世界，但与现实世界的关系有疏密远近。

杨梓诗歌整体之简化与充分的整体化，正是此二者对现实世界的态度。这正是诗人意味造型之创造过程，杨梓自觉追求的审美效果，就是意味造型创造之表达。在此一点上，杨梓十分突出。他的诗歌常常给人以梦魇般之感觉。故阅读它们往往像在夜游，扑朔迷离，异彩纷呈，却难以确定坐标与路向。这也就如哑弦在《杨梓诗集·序》中所说："他的诗很怪，既不像台港诗，也没有大陆朦胧诗第三代诗的味道。"而诗人自己也在《杨梓诗集·跋》中引读者的话说，他自己的诗"离诗坛越来越远"。这正好表明，杨梓之诗的这种模糊性可以很顺利地就把读者引入一个意味造型世界。

《母与子》《上帝的泪》《红门：启开与关闭的瞬间》《墙：沉默的玫瑰》《逆流之河》《西风——精神的故乡》等这些早期诗歌作品，意味造型庶几融入诗之全部，很充分地反映了诗人的此一创作意图。杨梓通过取消诗中之对象实指，可以让其所指十分广泛，从而成为人或人类之意味造型。意味造型创造上的某种程度、某个方面的有意忽缺，虽使对象变得不那么具体、完整，不那么像故事似的完整，但是，忽缺之中必然包含着某种特征的强化，这就为指向诗的意味世界之意义提供了途径，暗示了方向。如果杨梓将母与子写成一对具体的人、完整的人，把红门写成一扇具体的红门，把墙写成一堵具体的墙，如同现实世界中真实存在的人、物那样详备、明确、实在，那么诗只能给人一幅生动的社会世俗图景，难以完成一幅含有不尽之意的抽象画的创作，难以让那些有阅读能力的读者，循着诗人的指引，去发掘多义的哲理性内涵。有人曾说，做一个诗人就意味着要善用隐喻，伟大的诗人总是最擅长隐喻的。杨梓的诗歌创作，证明了他正是这样一位善用隐喻的诗人。

四、在酷肖与游离之间

我们从杨梓意味化的诗歌世界的抒情对象来看，诗人明显是不倡导"直陈其事"的，诗人主张尽可能简化、纯化，突出某一方面的特征而尽量消除多方面的成分。于是，迷离、神秘、隐晦拉大了它与现实世界之距离。"直陈其事"的诗歌世界较易把握，而意味寓意性的诗歌造型世界较易引起争议，其原因之一正在于此。如此，表面上看来，意味化的“直陈其事”被简化，似乎给鉴赏者造成了一定困难，然而它提供的是更大的想象空间。在相比较的意义上来说，对于读者的想象力，杨梓的意味造型不是藩篱，不是制造迷途，而是以其简化形态，托着读者上升、飞驰、神游，从而顺利地由诗歌的显性含义过渡到隐性含义，从对喻体之领略过渡到对喻义之顿悟。我的观点是：酷肖现实世界不是诗歌美学的唯一标准，它只是“直陈其事”的一个准则；游离于现实世界不是诗歌美学中的不良倾向，而是意味化的一个必然条件。在杨梓的诗歌美学中，从现实世界向意味化过渡，是他诗歌世界由现实世界向想象世界之过渡，亦乃其思想内涵由现实具象性向高度抽象性之飞升。我们不必担心此种游离会脱离现实世界，其实，它是从更高层面上与现实世界之对接与统一。由此，我认为杨梓是一位具有高度自觉意识的喻象创造者，也是一位很会创造喻象的当代诗人。

那么，《母与子》的意味造型究竟体现在哪里呢？我感到，此诗主要在于诗人所建构的抒情对象的造型具有十分突出的特征化意味倾向。正是此种特征化意味稀释了诗的暗示性而提升了诗的意味性。首先，在《母与子》中，对象身份失去了对对象性格的制约作用。诗中母处在一个被历史遗忘之角落，她遭到践踏，遭到捆绑，但她仍希望子——我们人类的希望不再幻灭。但诗对母与子的抒情揭示，并非为了揭示母与子的不断分离、不断相望、不断抚摸的造型特点，而是借此创造一个以 1990 年代初国人所面临的生存竞争为主要语境的母与子造型。在此，对母与子的主要特征的描绘，与其说是为了完整地表达母与子的深刻内涵而设置的，不如说提供了母与子的造型面貌，是为了强化他们身上所具有的硬汉精神而进行的自我验证。如此抒情，意在向人们昭示这一点，即子能否克服欲望的“钢铁文明的手”，对母“掠夺”？人的身份在此是不存在的，故实在不对人的个体产生任何直接的制约作用。个体对身份的此种偏离，就使母与子有了相当浓的抽象化色彩，它不再是一个具体的完整的母与子造型，而成了暗示人类所面临的困境、无奈的表征。故在《母与子》这首诗中，诗人虽说在写母与子，实际上却在写人类与土地；诗人已把母与子的个体抽取一空，这对母与子就收缩凝结成为人类与土地的暗示。从人类这个角度去理解母与子，恰恰是人对自身的某种尊严的守护。

其次，母子与自然世界之关系，已非实在客观之关系。人类与自然界之客观关系，一直以来是以人类对自然界之掠夺来建构的。此诗抒写母与子的无奈与被迫，面对人类的开发、破坏、掠夺等生存境遇，谁也无法避免。诗人的此种抒情笔触弥漫全篇，引人注目，确切地说，诗作通过母与子的传导让人们深入地思考现实世界所面临的处境，这才是支配母与子行为的根本原因。母与子的生存行为很快就有了浓厚的自我力量之确证色彩。此诗非常紧凑地抒写了母与子的挣扎、奋进、开掘、守护之过程。在此过程中，子为了探寻人类生存的奇迹源头，挖掘本源的文明遗迹，不惜日夜劳作；面对强大的现实世界，母的关节已经脱落，躯体已经瘫痪，精神已经崩塌。“我清楚地知道 / 我在建设一项空前的工程 / 林立烟囱于她风的小屋 / 就地取材 / 加工生产 / 随时出售 / 风靡世界的虚假与低劣 / 让她的肺叶 / 在黑的废水中挣扎……”最后，诗人抒写了母与子在现存秩序中的“喘息”与浸泡于不尽的“污水之夜”，她的大动脉梗塞，血向心房逆流，肌肉一块一块萎缩，器官一个一个停止转动，他们虚拟一个天堂，回看自己的繁华与荒凉……面对这些，诗人所体悟到的现实境况与自己孜孜以求的人生理想之间有明显的差异。一般来说，诗人与生俱来就是理想的，在其诗歌创作中存有一种理想境界。由于此种理想性，再加上杨梓特有的敏感性，他比一般人更容易感受到既定文化现状的种种局限、压抑与现实世界的某种不公，因而在此表现出一种强烈的批判意识。正是这种批判意识，才导致母与子在“废水中挣扎”之局面。紧接着，诗人借母与子而予以自我内心之叩问，这就意味着杨梓不只是敏于感应现实世界人们生存境遇之载体，而且同时反省并叩问产生之主体或本源。这里我想说的是，杨梓诗歌意味造型最内在之根源是诗人对自我存在及其困境最深切之体验。诗从现存实在开始，又超越了现存实在，而变成确证自我价值的机会，变成个体由渺小走向伟大、由怯懦走向坚强的磨炼过程。这样，对读者而言，母与子的行为也就变得十分纯粹了。它不是把读者引入具体的实有功利性思考，而是由此一纯粹之行为本身与行为过程发散开去，体悟其中之隐含喻义。在《母与子》中，母与子实际上已经成为人类面临现实世界如何守护自己的纯净天地与精神家园之借代。从诗的抽象意义看，此种超越之结果，对读者去思考它的暗示之义而非“直陈其事”之实在之义起到了重要的传导作用与稳定作用。如果诗人将母与子为了生存而始终维系在功利层面上，维持在为了个人生存奋斗而对事物、物质的渴望上，那么母与子也就只能是一对充满实在意义的谋生者而已。但诗人删除了这一现存实在性，让诗作成为一个透视着更大意义的意味行为。

再次，从《母与子》的某些意象观，诗作庶几处处闪耀着意味造型之光。太阳与大河在母与子的梦中反复凸显并闪现过光泽，就不仅仅是母与子早年记忆表象之复活，而是母与子对力量与希望之怀念、向往与崇拜。太阳与大河在诗中已是一个寓意性暗示，它在诗中的不同节点上出现，可以说是对诗内容的一种意味性黏合。此种黏合把置于黏合之中的各种内容熔铸成为一个总体，使得那些内容服从于意味造型之意图。故我认为太阳与大河意象的每次出现，均带有某种点题之效用，带有解释、收拢其他内容而将它们置于意味之光的照耀之下之效用。诗人最后“将她无眠的声带划破 / 紧接着横渡红河之谷 / 侵占了她心的海洋”的笔触，绝不是一般的比喻。尽管古典文学大家顾随说过“天才，多用比也”（《顾随诗词讲记》，叶嘉莹笔记，顾之京整理，中国人民大学出版社，2010 年，第 157 页），但我认为杨梓在此设置的意象是给读者的一种规定：只有从此一点上方能观照诗之全篇，理解全篇。“掏空一个混沌的部位 / 我又向下一个部位进军”。很明显，此诗以现实世界为依据，为人们能自由地摆脱实有生活之局限而从人类历史发展之高度去理解现存世界提供了必要的氛围与传导。在此，杨梓对夸张、抽象造型之使用，作为一种有意为之的审美手段，成了从假象的逻辑进入审美的意味世界的入口。相反，如果写得实实在在，近似于现实世界之真实记录，那么意味性便会消退，诗反而只能以其特定画面提供有限的特定意味，而不能与无限的普遍意味相关联。因此，意味造型是杨梓诗歌美学的一个重要艺术贡献。

总之，在《母与子》中，对象个体的抒写有着很深的意味性，抒情之线索有着明朗的意味性，诗中之意象运用也充满了意味性，那又怎么不让人从中感到意味性呢？打个比方来说，《母与子》既然由于某种强调、突出、虚化与抽象而不够写实，削弱了造型的实在性，在它之中有意或无意地铸造了一个有着指向性的豁口，要让读者的眼光仅仅停留在造型本体上，而不通过这个豁口去作纵深与广远之游弋，已不可能。《母与子》已被我们当作意味深邃的诗歌来阅读接受了，从意味造型方面获得诗歌美学意义之寓意，在所难免。诗歌美学中的意味，并不在于诗人自己的意图，也不在于诗人说自己的这首诗是有意味的诗。有时诗人说自己的诗是有意味的诗，但读者看了以后觉得并没有什么意味；有时诗人说自己的诗没有什么意味，但读者恰恰可以读出蕴含极为丰富的意味来。我相信不少读者在阅读杨梓的诗《母与子》的时候，会从不同的视角得到丰赡的思想意义。我们能够理解《母与子》所表达的当代社会文化语境中人们的那种思想震颤与那样的处境。如当代社会的政治、经济、文化冲撞，给人们带来的各种困惑与生存竞争，人们所面临的孤独、压力、困惑等挑战越来越激烈。此种意味造型本身已经给我们提供了丰富的人生内涵与思辨价值；诗的概括力极强，诗之内涵与审美张力很大，给读者留下了广阔的思考空间。杨梓无论是在思想感情上，还是在艺术审美空间上，都倾向于深思而又奔放的格调，他热烈地爱恋着脚下的这片土地，他又为诗中对象曾经的言行感到痛苦，感到羞愧；也感到无怨无悔，为获得一枚闪烁着原始光芒的奖章而感到快乐。诗中抒写的1980年代末至1990年代初的现实世界已是一幅非常真实、非常动情的美好图景。我们从诗中可以看见诗人可能伫立沉思，也可能踯躅而行，若有所思，但均在深邃地叙述着当下社会的现存境遇与发自内心的情思。诗人的一片向往之情、一颗赤诚之心跃然纸上，又跃然于读者的脑海之中。故意味造型者的杨梓，同样也是一位擅长具象创造、写实描摹、直接体现思想情感的当代实力派诗人。他不仅会把读者引领到一个无限远大、无限深邃的宇宙时空中去，也会把读者带到一个实实在在的对象与社会事件面前，让你揣摩此对象与此社会事件的实际的人生意义，让你能够感同身受。因此，从杨梓的《母与子》等多首诗中，我们均能读出一种带有十分鲜明的艺术追求精神、探索人类自审意识的美学力量。他的诗在抒写中流露出来的荒野意识、天涯意识，是他对当下人类现实世界困境的高度敏锐的直感把握。诗人通过他的诗已经感到，解决当下人类困境的方法不是掠夺式的，不是破坏性的，应当是人类的自我约束、自我完善，是人类的大爱，用大爱的力量来统摄一切，才能解决人类之困境。此一基本思想，在他的《母与子》等诗中，正是以其鲜明的意象所蕴含的思想被我们所体认。故他的《母与子》等诗具有熠熠生辉的"诗眼"，从此心灵"窗户"里，你尽可领略到那深邃心灵中所蕴藏的无尽秘密。

应当说，通过以上对杨梓《母与子》等诗的三种传导方式的分析研究，可以得出这样的结论：杨梓诗歌的传导是有效的，依赖传导，读者进入他诗歌美学思想核心的可能性大大增强了，读者对他的诗歌寓意之理解程度也大大加深了。然而，由诗人安排、发出的传导会对阅读产生影响，此乃必然。可同时并不能排斥接受者在阐释他的诗歌美学思想时会对诗人的传导提出疑义。产生诗人之传导与接受者疑义之间差异的原因有二：其一，诗人之传导大都是含而未露的，即诗人虽然有意点题，可其点题由于带有造型性、间接性与有限性之特点，仍然给接受者阐释诗歌美学思想提供了广泛的自由度。其二，读者阐释诗歌美学思想时，不是从诗人的立场出发，而是从自己对人生之理解出发，故阐释杨梓诗歌美学思想有着接受者的自主特点，这使读者往往越过诗人的传导而直接以自己的阐释作为诗之寓意，这自然会出现读者与诗人之间美学思想之分歧。因此，我的结论是：阐释杨梓的诗歌美学思想时，应当尽力在具象之外再求喻象，在喻象之外再求具象，或者在具象之中包含喻象，在喻象之中涵容具象，这是杨梓意味造型创造的一种独特的富有生命力的格局。其实，在漫长的世界诗歌史上，能够提供各种各样的意象造型、艺术风格，而每一个意象造型、每一种艺术风格都与具象和喻象密不可分。它们之间的联系可能会有程度上的差别，却无绝对分离。由此可见，杨梓诗歌作品在设置传导以后，并非必然地产生出如传导意图那样的一致性理解效果。此与其言乃传导之失败，不如言乃传导之常态，在诗中出现此分歧符合意味造型阐释，也常常伴随歧义这一亘古常存之规律。而且，从多数情况看，传导乃读者之良好的“领航人”，因为传导往往来自诗人之有意为之，与诗人创造意味造型之整体架构密不可分。故，借助传导可为接受者打开窥探诗歌美学思想之窗口，人们总是能够从诗中读出某种十分重要的秘而未宣之内涵。

第五章 内在之焦虑与现实之超越

一、显性含义与隐性含义

从具体的诗歌美学创造过程这个角度来看杨梓诗歌创作的两种模态,或者说,具体地来看杨梓诗歌意味造型两种模态各自的特点,具象体现模态所要求的类型化活动与喻象暗示模态所要求的意味化活动也各有自身之特殊性。揭示此一点,构成了我们对杨梓诗歌美学意味造型更深一层之体认与理解的基础。

就杨梓诗歌美学的类型化造型创造模态而言,因追求个体与普遍之浑融,它包括了两个方面,但两个方面的结合显示出鲜明之特性:不是以个体融入普遍为指归,而是相反,以普遍融入个体为结果。故在杨梓诗歌美学类型化造型中,如果从起点来看,它不是从范型化起步,而是从个体化起步。前面已论述过一些他的诗歌创作特性,他的经验就包含着此种以个体化为起点的思想解释。因为,在杨梓进行创作之初,他就从一些感性的、经验的,一种复杂而又坌涌的情绪产生艺术灵感,很快就意识到思维理念在诗歌创作中的积极主导作用,有了思维理念,才能概括印象性内容。如诗人进行创作前,他的意识里首先坌涌出来的可能是一些意象的外壳,类似于街头巷尾、花草树木、江河湖海、蓝天白云、松树雪莲等,渐渐地,现实世界中的某种特殊的东西打动了诗人。他不断地思索着,可有时候这些特殊的东西又不知不觉地消失了,连诗人自己也感到迷茫。但那些渐渐产生的印象在大脑中不知不觉地保留下来，逐渐成长起来。然后，诗人拿这些印象与此前所获得的一些物象进行对比，并将此带入诗中，于是在诗人心中就逐渐形成了一个完整的、特殊的小世界。之后，突然出乎意料地产生了一种要把这个小世界抒写出来的愿望。在进行诗歌创造类型化造型的过程中，概括化是非常重要的一环，但个性化与类型化两个方面实际上是共生、共长、共育的。个体的、具体的、感性的诗歌造型由产生到成长再到完成之过程，恰恰就是某种类型的、普遍的理念由产生到成长再到完成的历史。杨梓的类型化能力十分强大，个性化则更加鲜明；他的类型化被其个性化所消解、化合，创造的正是生气灌注的艺术造型。诚如别林斯基所作的深刻阐述："艺术家感觉在自身里面有一种被他所感受的概念，可是如一般所说，不能够明显地看到它，由于要使它对己、对人变得可被触知而感到十分痛苦：这便是创作的第一步……这些形象，这些典范，挨次地怀胎、成熟、显现；最后，诗人已经看见了他们，和他们谈话，熟知他们的言语、行动、姿态、步调、容貌，从多方面整个儿看见他们，亲眼目睹，清楚得如同白昼迎面相逢；在笔尖赋予他们形式之前就看见了他们，正象拉斐尔在用画笔把玛董娜的形象移置于画布之前，先已看见了这个天上的神造的形象一样，也正象莫扎特、贝多芬、海登在用笔把音符移写到纸上之前，先已听到了这些从灵魂里激发出来的神妙的音响一样。这便是创作的第二步。然后，诗人再把一切人都能看见并了解的形式赋予创作：这便是创作的第三步，也是最后一步。"（《别林斯基选集》第一卷，上海译文出版社，1979 年，第 178 页）别林斯基不是从脱离艺术实际的抽象概念出发，而是从艺术创作的客观规律出发，来建立他的现实主义美学的，这是他在《论俄国中篇小说和果戈理君的中篇小说》一文中发表的见解。他明确指出了真实性是艺术的基础，而典型性则是真实性的集中表现，也是创作独创性的显著标志。他说："创作独创性的，或者更确切点说，创作本身的显著标志之一，就是这典型性——如果可以这样说的话——这就是作者的纹章印记。在一位具有真正才能的人写来，每一个人物都是典型，每一个典型对于读者都是似曾相识的不相识者。"（《别林斯基选集》第一卷，第 191 页）这就是说，一方面，典型即类型对现实世界中具有普遍性的生活特征之概括反映，是一种创造性之再现，它有着深厚的现实基础，因而使人有“似曾相识”之感；另一方面，它又是艺术家的一种独特的艺术发现与创造，熔铸着艺术家对现实世界的评价和情感态度，因而它又使读者感到新鲜、陌生，使他对现实世界之认识更深刻、感受更丰富了。显然，这首先是现实性艺术类型之特征。别林斯基认为果戈理创作才能的显著特征，正是此种善于塑造具有“十足的生活真实”和“独创性”的艺术类型的能力。可见，个体化在类型中占有优势位置与显明位置这个方面在别林斯基的分析中是得到充分肯定的。

杨梓写出了具有鲜明个体性的诗作，抓住的正是从个体性出发这个法则。我们从中外文学史的经验中也可以看出，凡是有成就的作家诗人，均是用力写出作品对象的个体性，个体性写好了，类型自然非同一般。类型化寓于个体化之中，个体化与类型化是一种辩证之关系，优秀的诗人总是努力写好个体性，将个体性写深、写丰富，才容易达到造型之目的，杨梓就是这样的诗人。他的整个诗歌创作完全体现了个体化特色，也符合类型化之特质。在类型化中，诗人的心灵世界所孕育的活生生的鲜明具体的造型，往往像诗人之亲人、朋友，伴同他一起生活着。在此期间，诗人主要把握造型的具体个体之特征。黑嘴唇、野黄昏、天涯路等意象在杨梓心中生活了许多年，每个意象中又包含了许多子意象，诗人依照自己所熟悉的审美取向对其进行造型创造。杨梓在探讨诗歌创作时，亦不止一次提出要从个体体验出发，要以写出个体性为标准。他在此强调的正是类型化的原则，正是突出个体性的位置。他说，写诗一定要“写出别人意想不到的诗作。感受、领悟、想象、独创等，这可以说是一首诗诞生的过程。诗意无处不在，只是忙碌的生活遮蔽了我们的目光，永无止境的欲望尘封了我们的心灵，那么此刻要放下一些身外的东西，走向自己的心灵。怎样回到自己的心灵，认识自我的本来面目，我以为需要的是反省，也只有敢于反省才有回归内心的可能”（杨梓：《诗歌创作漫谈》，《朔方》2016 年第 5 期）。在杨梓看来，他的创作方式并不是企图要体现某种抽象的东西，而是把一些印象留在内心，而这些印象是感性的、生动的、可喜可爱的、丰富多彩的，正如他活跃的想象力所提供给他的那样。作为诗人,他要做的事就是用艺术方式把这些观照与印象融会贯通起来,加以提炼,然后用生动的描绘把它们提供给读者,使读者接受的印象与他自己最初所接受的相同。其实,一首诗作越是不以知解力去解读它,它的审美价值就越大。诗人在创作之前,已经先把造型与思想、个体与普遍、具体与概括看作是一种自然的生成关系,没有与普遍、概括不关联的个体、具体,反之亦然。个体、具体与普遍、概括之间的融合是一种自然结合,乃现实世界之原态。故,杨梓不必另外去为它们寻求联结机制,因为每个对象的性格,无论多么个体化或特殊,都有普遍性,诗人把诗歌艺术的真正生命看作是对个体事物的掌握与描绘,因为一个特殊、具体的情境通过诗人的处理,就变成带有普遍性与诗意的东西。所以,杨梓诗作的类型化中概括的存在及其合理性均是有类型化营构特点的, 是以个体性为基础的,它的完成标志不是看类型化达到之程度,而是看个体性达到之程度。当个体性充足时,类型化才充足,才更接近它的创造目的。

文艺批评界对类型化的阐释曾经有一种偏向,就是不敢明确承认个体性是创作的出发点,不敢肯定个体性的优越地位,理由就是担心导致单纯的个体性。其实,个体性与类型化之相互渗透,在杨梓那里得到了恰如其分的、科学之融合:其一是杨梓的诗歌创作中个体性没有脱离类型化,类型化也没有脱离个体性;其二是杨梓的诗歌创作是通过个体性来体现共性,共性与个体性相融合,但这并不意味着个体性与共性各占一半,不分轻重。作为类型化创作过程中两个对立统一的方面,总会有一方居于明显的优势地位。符合审美创造的类型化总是以个体性为轴心,从个体性出发,在紧紧把握住个体造型的情况下,才能创造出成功的诗歌艺术类型。别林斯基认为,在现实世界中"它们构成统一而不可分割的整体,互相渗透,互相消溶",他明确肯定这一"溶为一体的过程(具体化)是一个秘密,在这里,生命仿佛是从自己身边躲了开去,不愿意使自己目击自己的伟大行为,自己的庄严的圣务。我们知道这过程有其必要性,可是我们只能够感觉或者观察到这一过程的神秘性。它是现象具有生命力的必要的条件,而它的结果是有机体,有机体的结果是特殊性,个别性和个性”(《别林斯基选集》第三卷，上海译文出版社，1980 年，第 111 页)。别林斯基并不是只强调个性，他还认为：“在创作中，还有一个法则：必须使人物一方面是整个特殊的人物世界的表现，同时又是一个人物，完整的、个别的人物。只有在这条件下，只有通过这些对立物的调和，他才能够是一个典型人物……”(《别林斯基选集》第二卷，上海译文出版社，1979 年，第 25 页)由此可见，别林斯基主张的正是个性与概括之有机统一，而又更重视个性化在创作中的作用。美学大师厌恶的是非常粗糙的、恶劣的个性化，故只有明确肯定个性化是典型化之基础，我们才能对具象创造中的个体化与概括化之关系作出完整之解读。

杨梓诗歌美学中的意味造型创造则不同，其存在个体化与类型化两个对立面，并且是对立面之统一，但它们的关系另有特征。在喻象暗示模态中，喻体与喻义、个体与普遍、个体与共性之联系是由诗人建构起来的；它们之间本来没有必然联系，只是诗人出于创造需要，从某一特定的审美视角，把握住了它们的某种相似点，才建构出一个人为的双重联结机制，创造出意味造型模态。这就是黑格尔通过艺术造型的形式，通过生动的感性形式揭示出来的，造型就是个体与普遍之统一体。按照他的学说，“我们既已把艺术看成是由绝对理念本身生发出来的，并且把艺术的目的看成是绝对本身的感性表现”(黑格尔：《美学》第一卷，商务印书馆，1979 年，第 87 页)，那么“艺术作品所提供观照的内容，不应该只以它的普遍性出现，这普遍性须经过明晰的个性化，化成个别的感性的东西。如果艺术作品不是遵照这个原则，而只是按照抽象教训的目的突出地揭出内容的普遍性，那么，艺术的想象的和感性的方面就变成一种外在的多余的装饰，而艺术作品也就被割裂开来，形式与内容就不相融合了。这样，感性的个别事物和心灵性的普遍性相就变成彼此相外(不相谋)了”(黑格尔：《美学》第一卷，第 63 页)。因此，杨梓诗歌意味造型中个体与普遍、造型与理念是紧密相连的，但由于二者不同质，其关系也就不是必然的、唯一的、不可改移的。在《野草一束》中，诗人可以用富有生命力的草、黑色的花来喻指爱的季节与本质；在《鞭炮》中，诗人可以用经过深思熟虑的、放大了的爱来暗示人们美好的愿景必将到来。这是合乎喻象创造方式的。我认为，杨梓诗歌的意味造型在追求个体与普遍、个性化与类型化之过程中，实际上是从某种普遍意义本身出发去使它反映到个别具体造型之上，或者说是“通过形象概括从生活现象当中揭示来的东西，能在很长很长的时间内，常常长达许多个世纪，一直保留着自己的意义”（《赫拉普钦科文学论文集》，第95页）。所以，从杨梓的诗歌创作起点看，它与类型化以个性化为起点已经十分明显。可以说，类型化乃杨梓诗歌意味造型之起点。如果在意味造型创造时没有明确的意念涌动于诗人心中，那是不可思议的。创造意味造型的杨梓，他以极端的忍耐力去期待意念化成影像，让想象之翅在大千世界翱翔远引，去寻找一般的对应之物，让意念发酵为意味造型。他最终仍要依赖意味造型，但在意味造型时，那种普遍性与意念总是起着灵魂的、思想的支撑作用，支撑着诗人去造型。如此，普遍性、意念在意味造型之创造过程中总是投射下它的光环，给意味造型涂上不可磨灭之色彩。具体来说，在杨梓诗歌意味造型中，个体与普遍的关系有这么几个方面值得讨论。

一是普遍、广泛的思想或理念在杨梓诗歌创作中的作用不断加强、地位不断上升。《杨梓诗集·跋》中，诗人就说过“我写诗，是想把自己从痛苦中拯救出来”。一般来讲，诗人写诗之目的并非创作诗歌，而是为了“拯救痛苦”，或因为“诗是阳光里的雨露 / 是精神之梦的源泉”，或因为“诗　会开掘你 / 让你看见另一片纯天净地”，抑因为“诗　会广阔你 / 让你的爱放射出恒久的光芒”。总之，“诗　会拯救你 / 让你踏上通向辉煌的坦途”，诗人写诗的终极目的应该是灵魂表达之需要，要表达意念，要创造一种审美中的造型。故而，自然景观、对象之活动，种种具体之现象都不会原封不动地出现在意味造型中，它们仅仅是可以感知的外表而已，其使命还在于表达它们与原始意念之间的相似性。对创造意味造型的杨梓来说，他在不断思考，但不是在无生命的状态下思考。“否则，感情越是深入地展开，越是象鲜花般含苞怒放，它就越是迅速地冷淡下去”，因而必须进行带有审美特点的思考。思想对杨梓来说不仅是感受力，也是经验，并且还“是刹那间的灵感的果实，它能够震撼我们的整个人，使我们长时期不能忘掉它所留下的深刻的印象”，尤其是“抒情作品是诗人的刹那间的心情状态的果实……是以感受的统一性、因而也是以思想的统一性见称的”(《别林斯基选集》第三卷，第60页)经验。如此看来，杨梓的思考、思想不是驱逐了造型、感性，而是成为造型与感性。在如此理念的形成过程中，造型也随之形成。故，比起类型化着重个别与具体性而言，意味造型在其审美意识中，无疑已把理念作为建构的一个明晰的圆心，通过此圆心之辐射作用，形成了感性形体、个体造型、审美世界。

二是杨梓诗歌意味造型中的个别、具体以普遍、广泛的对应之物呈现。“抒情诗并不带有对世界的看法的烙印，探试世界秘密的努力的痕迹，里面没有阴暗的沉思，忧郁的梦想：干脆只是庄重的感激的赞美诗，或者是热烈的欢乐的颂诗，不自觉的‘哈拉’(抚爱——作者注)的表现，因为他看大自然，用的是情人的眼光，不是思想家的眼光，爱它，却不加以研究，完全对它满足，被它所诱引。他在注视自然时，交错在他心头的不是问题，却是喜悦，他把这喜悦倾吐在感激的赞美诗、疯狂的颂赞或者庄严的颂诗里面。”(《别林斯基选集》第一卷，第148-149页)用诗歌的形式表达情感的唯一方法就是寻找一个现实世界的对应之物，杨梓寻找思想感情的对应之物之方式，恰恰是意味造型之特征显现，是基于意味造型之普遍、广泛与个别、具体的关系。这样，面对个别与普遍、具体与广泛，意味造型所表达的只是在它们之间建构一种创造性之联结，让不同质、不同类的两种事物在杨梓的审美意识空间中的某一类似点上联结起来，共同融合为一个诗歌艺术的审美世界。

三是杨梓诗歌创作普遍思想理念相对蛰伏，个体造型相对强盛。在意味造型中，普遍、广泛不是处在被个体、具体造型完全消融之状态，而是时时凸显自己，向个体、具体造型灌注生命与意义；在意味造型中，对来自某种理念的抽象性意蕴之重视，已被调换到诗歌创作所能允许的最明显的位置上。从意味造型创造之模态方面说，杨梓是独一无二的，毫无疑问，他是有别于其他任何诗人的一位诗人。他的诗歌造型特点，就证明了类型化与意味造型之区别。可以这样说，散落在文学作品中的思辨意识在杨梓的诗中被大大浓缩了。

充满激情的他无暇进行反复的、现实的、深入的思考,思考诗歌作品的结构究竟如何安排,也无暇顾及那种神秘主义的理论应用与研究,但诗学在他那里一直处于一种既擅长抽象又擅长造型的激情控制之下。这就告诉我们:诗的类型化可以更擅长造型,意味化则必须在抽象能力与造型能力的共存中向前者倾斜。结果,杨梓诗歌创作与类型化追求个体对普遍、具体对一般之浑融、蕴含不同,意味化通过普遍、一般对个体、具体之对应,创造了不同类型事物之间的关联,使得意味造型明显区别于类型造型:不是个体、具体包容着普遍、一般,而是个体、具体指向普遍、一般。个体、具体之造型透射出的意义成为它的显性存在,体现出显性含义;普遍、一般构成隐性存在,体现着隐性含义。杨梓诗歌之内蕴就同时存在着显性含义与隐性含义,许多诗歌作品都可以从以下几种意义上来理解与阐释。A 是字面上的意义,此种意义不会超出文字本身。B 是譬喻的意义,此种意义隐蔽在诗的外衣之下,是美的谎言背后隐藏的真实。C 是道德上的意义,此种意义是读者应当最勤勉地为了他们自己以及他们的个人利益而孜孜以求的。D 是神秘的,即超感觉的意义;当一首甚至在字面意义上也指向永恒不朽的超自然物之诗歌作品在精神含义上得到解释时,此种意义便会展现出来。在诗歌创作中,杨梓有意地保持此种显性含义与隐性含义之存在,并且使得造型具有从显性含义指向隐性含义之功能,是意味造型过渡到隐性含义之必要构想。相反,此种距离感一旦消失,显性含义与隐性含义趋于合一,那么意味造型就会转化为类型化。故,只对应而不融合,只联结而不合一,正是意味造型之标准。

二、造型世界中的道玄价值色彩

上述阐释,只说明了杨梓诗歌创作中类型化与意味造型创造在个体与普遍关系上的区别,仅仅观察与分析了杨梓诗歌造型的个性化方面,那么,它们之间有不同吗?回答是肯定的。如果说类型化的造型是一种充分完整化的造型,那么,意味造型则是一种充分特征化的造型。它们构成了杨梓诗歌美学世界之中的两个系列——类型造型(具象)与意味造型(喻象),以不同的美学风貌来满足接受者的多样化审美需求。

在杨梓诗歌的审美世界中，意味造型创造过程中之个体、具体造型别具一格。对个体、具体造型进行整体之简化，是杨梓意味造型创造的基本方式。如果说，在杨梓成功的类型化中，个性化使诗歌艺术造型变得丰富复杂，闪耀着五光十色，那么，在其意味造型创造中，个体化则使那种丰富复杂与五光十色变得凝练起来、精纯起来，以形成某种汇集着万千光束之焦距。如此看，杨梓诗歌审美世界中意味造型创造的整体简化规律至少有两个方面值得注意：首先是他的诗歌审美世界中造型的原生性消退。野草、无花果、雪人、猫、青鸟、坟头树等，皆是此类充满活力的意象造型系列。意味造型创造，在诗作里与现实世界保持着各方面的直接关联。时代、生活、环境、人与人的关系、婚姻与爱情等现实世界中的一些实在因素有时会干预个体之反省，此时，这些因素在审美建构中已暂时退居其次了。其结果就是，诗歌审美世界远远超越现实世界。此类造型从其表象看，既显得与现实世界有些格格不入，也可能使一些接受者暂时不能从此类造型中直接瞥见“照相似的忠实性”。但是，赫拉普钦科认为，在诗歌的审美世界中，仅仅只有现实世界的精确性与忠实性还是很不够的，他说：“精确性和忠实性暂时还只是以后用来创作艺术作品的素材……”(《赫拉普钦科文学论文集》，第 137 页)其次是杨梓诗歌审美世界中个体造型之内涵由繁趋简、由多趋少、由分散到集中，其意味造型不再着重造型之内对象之各个侧面，以及这些不同侧面之对比与相互影响、相互渗透、相互依存，而是加强对象的某一方面，使其特点更加突出、意涵更加凝练。杨梓敢于舍弃现实世界中“照相似”的那一面，这成为其意味造型创造的个体性表现方式。

其实，意念化才是杨梓早期诗歌美学世界中意味造型创造对象的突出特点。他在诗中所凝聚的意念化对象，即对象个体暂时被抽取一空，取而代之的是抽象之意念。我们知道，在杨梓诗歌世界里的真实对象不是单纯的、直观的，而是具有丰富复杂的特点；亦即说诗人之对象具有多面性，在与许多不同的对象或事件、意象接触上会显示出不同的美学风貌；诗人的抒情对象是真实的、活的对象，或多或少均具备某种辐辏之能量，而且具有相当大的伸缩性或弹性。当对象被抽象的意念取代之后，那些作为真实的对象或意象所应具备的本能被抽取，代之以某些特殊的审美造型功能，这就是杨梓诗歌美学中某些对象或意象的意念化特征。由此可知，在杨梓意味化的造型形态上，无可比拟的鲜明性与意念性成为杨梓诗歌美学的特有神貌。其中，鲜明性与意念性建构意味造型的内在互动关系，越是意念的就越是鲜明的，越是鲜明的就越是有助于达到意念之凝聚。故我认为：杨梓诗歌意味化所奉行的整体简化法则，实际起到了将艺术造型与现实世界之原态特征分离开来之作用。意味造型创造具有完全意义上的创获特点——非现实世界之所有。因此，杨梓诗歌意味造型创造之喻象已是一个超越现实世界的美学范式，比起具象来说似乎距离现实世界远了一些，但实际上，杨梓所采用的意味造型，诚如梁宗岱所说，遵循的是一条非常坚实的现代艺术美学路径。因为现代艺术美学所遵循的“所谓纯诗，便是摒除一切客观的写景，叙事，说理以至感伤的情调，而纯粹凭借那构成它底形体的原素——音乐和色彩——产生一种符咒似的暗示力，以唤起我们感官与想象底感应，而超度我们底灵魂到一种神游物表的光明极乐的境域”(《梁宗岱批评文集》，第 79-80 页)。杨梓为了使他的诗歌创作进入现代艺术美学世界——意味造型世界，必须超越现实世界、超越现实实在物对主体艺术创造之捆绑，让他的诗艺造型真正进入朱光潜所强调的“诗必有所本，本于自然；亦必有所创，创为艺术”之境，因为“诗的境界是理想境界，是从时间与空间中执着一微点而加以永恒化与普遍化。它可以在无数心灵中继续复现，虽复现而却不落于陈腐，因为它能够在每个欣赏者的当时当境的特殊性格与情趣中吸取新鲜生命。诗的境界在刹那中见终古，在微尘中显大千，在有限中寓无限”(朱光潜：《诗论》，生活·读书·新知三联书店，1984 年，第 45-46 页)。所以说，杨梓坚持现代诗歌创作必须走现代艺术美学道路，这并不是说违背或偏离现实世界之真实与艺术之真实，而是要走一条更加坚实的艺术道路，他所追求的艺术真实是人的精神真实，并让诗歌艺术之内涵更加丰富厚实。杨梓并非摒弃意味造型创造对现实世界真实之存在的反映，而是遵循以超越现实世界之真实存在为特征的艺术法则。不想让自己的诗歌造型成为“照相似的”那种现实世界样态，于是诗人有意与现实世界保持一段距离，此也正是诗人意味造型创造之审美特性，是诗人自觉追求的审美效果，是诗人意味造型创造成功之表征。

1993年初，杨梓将从1986年开始创作的抒情诗结集为《杨梓诗集》，他在跋中谈了自己对当代诗歌的一些意见，很不同于中国大多数诗人，我觉得非同寻常。“不管我生活于社会，还是生活于大自然，但我本身都在生活之中/所睹所闻所触的一切，都沉淀于我心灵的一角，那么，我只有深入自己……中国的归来诗、朦胧诗和第三代诗，各有义、形、音三个方面的精华；也有盲目歌颂、意象繁杂、直白无味的糟粕/摆在我面前的则是：继承和抛弃”。杨梓在谈他与当下中国的诗歌现状时也许比较隐晦，但并不以为此种隐晦的看法对诗歌创作会产生什么影响，相反，诗人正可以凭借此种隐晦，达到自己预想的创作目标。正如尼采所说：“韵律给现实罩上一层薄纱；它造成了一些话语的做作和思想的不纯；它把阴影投在思想上，使之忽隐忽现。正如阴影对于美化是必要的一样，‘模糊’对于明朗化也是必要的。”（尼采：《悲剧的诞生——尼采美学文选》，生活·读书·新知三联书店，1986年，第178页）杨梓的“隐晦”与尼采的“模糊”是一个意思，它给接受者带来了丰富的审美愉悦，使接受者能够全神贯注地进入诗人创造的审美世界，深入体验意味造型中之幻景，也使接受者节省了不少眼力，此对其艺术造型毫无冲淡之感。从杨梓的创作思想上看，他与中外许多大诗人的美学追求均有联系。我们试以俄国诗人勃留索夫为例予以简要分析：瓦·雅·勃留索夫（1873—1924）注重写人的内心世界，认为意味造型更能有效反映世界之真实；他主张艺术“创作自由”“艺术独立”，他认为“诗人的职责在于传达自己的灵魂，没有人会感到自己的精神活动无足轻重，乃至于对把它传达给别人毫无兴趣。诗人的精神在本质上并不比他人的高贵，但他感觉敏锐且善于表达自己的情感”。勃留索夫讲究为艺术献身之操守，坚持诗格与人格之完全统一。杨梓也认为自己“本身都在生活之中”，他的所见所闻和心灵之触动，均沉淀于自己心灵之一角，为保持诗歌世界里对象之原型风貌，他“只有深入自己”，与实有生活世界保持一段距离，使诗之意蕴更加隐晦；勃留索夫却说“只崇拜你自己，而且无条件地崇拜你自己”；同时，“又要不带丝毫杂念地尊奉艺术”（《勃留索夫日记钞》，任一鸣译，贾植芳校，百花文艺出版社，1992 年，第 46 页、第 215 页）。杨梓注重对象的表面沉稳而内心隐晦之激情，着力揭示对象隐藏在内心深处的心灵密码。此时，接受者在杨梓笔下看到的对象已非生活中之实有对象，而是经过艺术凝聚，压缩在了他的意味造型创造之中。此类造型不仅仅代表的是某种个体造型，而是暗喻整个现实世界的一种符号，或一种潮流。他的诗歌美学世界中的各个造型均带有丰富的幻想与囊括大千世界于一瞬之诗意，这些在诗人的灵魂里可能发生在创作之前；思想理念在造型中是主要的东西，而造型似乎仅仅是用来表达思想理念之手段。杨梓的意味造型与整个诗歌美学世界是共通的，其点睛之处就在于：它们是从蓬勃而又炽烈的知觉发出的，从诗歌的艺术规律中汲取一切色彩，通过造型诉诸人的灵魂。故，杨梓诗中的许多造型都难以在现实中实指出来。从当今中国社会的精神层面来讲，这些造型对接受者来说又是熟悉的，也容易在人们心中引起共鸣，成为接受者的审美知音。作为一般审美接受者，要想把握住杨梓诗歌中意味造型创造之要素，就要超越他们的日常感知，与诗中之造型相互融合，彼此呼应，达成默契，能与诗中造型的审美意趣相互观照，有一种共同之感悟，达到心与心之交流与对话。车尔尼雪夫斯基在《论亚里斯多德的〈诗学〉》一文中，引奥尔廷斯基之话说：“诗人的职责，与其说是叙述已经发生的事情，不如说是叙述可能发生的事情，也就是说，根据或然律或者必然律可能出现的事情……历史家和诗人的差别不在乎：这一个用有韵的言语说话，另一个用无韵的言语……它们的区别是在于，一个叙述的是已经发生的事情，另一个叙述的是可能发生的事情。因此诗要比历史更深刻、更卓越。诗叙述的是比较普遍的东西，历史则是个别的。所谓普遍性就是：某个人物根据或然律，或者必然律，会说什么，会做什么？诗应该做到这一点，虽然它给人物虚拟了名字。”（《车尔尼雪夫斯基论文学》中卷，上海译文出版社，1979 年，第 198-199 页）当然，类型化中之造型虽然也需要内心激情之激发，但感知此类造型，还得接受者最初把握此类造型时就将其与自己的内心融为一体。原因是，意味造型创造之喻象与类型化之具象属于不同的创造方式：一者是以提升生存状态来建构诗歌美学，一者是以生存原态来建构诗歌美学。二者均源自现实世界，但又与现实世界保持疏密相间之关系，其整体的浓缩与充分之整合，正是二者对现实世界的认知立场，这就是与个体性表达的根本区别。在此一点上，杨梓非常突出。他的诗歌作品常常给人以梦幻般的感觉。故阅读它，在心理上往往要有一种不断的变动性、跳跃性、不确定性与历史性，要打破传统解释学企图寻求本文客观存在的"原意"之依赖。伽达默尔在《真理与方法》一书中指出，任何理解都离不开解释主体，都是本文拥有的过去视界同解释主体拥有的现在视界融合后新产生的现时视界，即理解所具备的知识、情感、理念、阅历等前提要素之总和，是理解事物的立足点。因此，我们阐释杨梓的诗歌美学，既不是本文"原意"，也不是解释主体的主观臆断，而是二者在特定历史时空下融合后的新含义。故理解的历史性、不确定性决定了本文"原意"之虚无。任何理解都不可能是对"原意"的复制，都是根据阅读者的心理接受程度而接受的。阅读杨梓的诗歌作品，就如夜间走在无路的草丛里，扑朔迷离，虚实缥缈，景象变幻，一时难以确定坐标和路向。不过，正是此种隐晦、含蓄、曲折，才将接受者逐渐引入一个别有洞天的意味造型世界之中。杨梓笔下的《远径》《空迹》《幽思》等诗歌作品，渗透着道玄价值色彩，流风所及，在我看来，杨梓身上有着一种独特的道玄精神风貌，即与道家思想及玄学旨趣相契合，以个体之独立、自由、超脱尘俗为指归的个性特征。从审美阅读来看，杨梓身上占主导地位的道玄精神风貌主要有这么几点：

一是"远"。诗作《远径》曰"离开故山 / 便失去了那种恬静 / 盲目于荒凉的街头 / 方知身不由己"，在冬天的最深处，"一身破旧的乡愁 / 冰冷地贴在心上"，道不偶物，弃家从愿，世俗粉尘，玄幻多变，于是乎"远"。"远"，从居住地上看，乃指远离喧嚣之世俗居住区，"盲目于荒凉的街头"；从精神层面上看，乃指生活之旨趣、内心之憧憬与世俗社会存在着距离，只好将乡愁冰冷地贴在心上。"远"的自然意义是就时空距离而言。杨梓在现代新诗美学中，多在形而上之抽象意义上使用它。在古代典籍中,“远”被用来形容“道”(《老子》第二十五章),指道之运行无所不至、穷极天地万物、超出大地万物。“远”在汉代即由形而上的哲学意义向价值意义转换,此后也有将“远”视为文义的意味深长、意义远大等;到魏晋易代之际,一些正直善良的名士们厌恶现实中之丑恶,又在实践中找不到自己的出路,便在精神上与现实世界保持一定的心理距离,他们出言玄远,是迫于政治气候而在精神上形成一种道家精神风貌。杨梓推崇古人的此种人格与风神,便不断精探细研,而使“远”不但有人格与风神之内涵,而且带有更广泛意义上超越世俗之含义,乃至审美之含义。杨梓在他的生活与诗歌美学中追求的就是此种“远”之境界。《远径》之“远”,对杨梓而言首先是一种心理努力,“我不敢停步 / 怕站成不会做梦的雪人 / 但又不知该去哪里 / 仅有的一根香烟 / 成为我留不住的夕照”,诗人要走出去,怕原有的“乡愁”与“影子”束缚心灵的自由,要与现实世界拉开一些距离。其次是一种心灵之境界,“街灯下的雪地 / 闪着幽灵的紫光 / 我踩着影子踽踽独行”。此种境界就是远离世俗的车马喧嚣,并与之保持一定距离的自由心境。此种“远”之心境进一步上升到“不再担心无路可走 / 倒也轻松如风”,全身顿时感到温暖起来,“我像一块冰,被雪融化”,与自然融为一体,忘却万物,与束缚人的真性的文明理念保持距离,类似于庄子的所谓“堕肢体,黜聪明”“心斋”“坐忘”之境界,乃杨梓追寻的最高的“真”的境界。所不同的是杨梓把庄子的凝神静虑转化为平凡的日常审美世界,将玄思默想融入平淡无奇的现实世界之中。自己如冰似的被雪融化,可以得“真”意,此便是杨梓实践着的最平凡又最高邈之“远”的境界。“远”乃对“真”的境界之心理努力,亦乃对静态之“真”的境界之动态抒写。所以,杨梓《远径》中之“远”既是一种空间距离,也是一种心理、精神距离,乃两种意义之融合与统一。实际上,杨梓正是借自然意义上的“远”来达到精神意义上的“远”,否定与拒斥不合理的现实,向往与憧憬自然田园,从而建构一个“独善其身”的精神家园,完成自己的人生追求,实现自我的人生价值。

二是“空”。古人名士将“空”上升到很高的位置,先秦儒家所提倡的繁文缛节更是把空而不繁推向极致，即像老子推崇“拙讷”“无为”一样，把言行之空寂上升到任其自然、不用任何人为努力之地步。“空”之意乃终无所有；空虚；徒然、无效果；《汉书·匈奴传上》“兵不空出”中，“空”特指天空、高空。佛教认为一切现象皆有其各自的因和缘，而没有实在自体，名“空”。《大智度论》：“观五蕴无我无我所，是名为空。”《维摩诘经·弟子品》：“诸法究竟无所有，是空义。”杨梓说他不以言辞修饰自己，心想何物便说何话，绝不巧言令色。杨梓喜酒，颇有陶潜之风韵，绝不为五斗米折腰，直率任意之气质与《世说新语》所载“简傲”一类一脉相承，只是杨梓将“傲”之一面由矫情转向了真情流露。在日常世界里，“空”表现为杨梓力求简单从容，摒弃繁琐与紧张。从容即不为世事所累，过一种自由自在的生活，“我在泪水漫溢的小巷 / 蹒跚着遥远的黄昏 / 破笼而出的思之芦絮 / 到处碰壁 / 根本来不及反刍 / 就向西空远飞而去”（《空迹》）。“空”的现实境遇与精神追求固然与他当时所处之现实世界境况分不开，但亦乃诗人性情使然。杨梓一生求“真”，平时不愿说委婉之辞、行违心之事，崇尚一种简单、空远、朴素而又直率随意之性情气质。“时间之外的鸟鸣 / 一片一片地枯黄 / 月在忧郁的草尖上 / 眨着海的眸子”（《幽思》）。其中之“幽”，即深邃、隐秘、隐微之意；幽思，即思虑深微。《史记·屈原贾生列传》：“故忧愁幽思而作《离骚》。”钟嵘《诗品》卷上：阮籍“《咏怀》之作，可以陶性灵，发幽思”。杨梓推崇一种高雅脱俗之精神价值，此种精神价值与自在之心灵意绪相联系，以超越对社会名利的追求为特征，我们不妨将其称为心灵价值。心灵价值在其时不仅仅是杨梓个人自我的精神价值，也是群体的甚至是时代之共识。即高雅脱俗的精神价值同建功立业一样成为社会上具有普遍性的精神价值追求，是当下时代精神之另一面。杨梓高雅脱俗、融于自在心灵意绪、独立自由的精神追求是始终不变的，而这一独具个性的不变之精神追求也由个人向世人群体辐射。在此，“幽”乃“远”之延伸，“空”是“远”之表现；“幽”“空”“远”相互联系，三者均超尘拔俗，与现实功利保持一定距离。但如果说“远”偏重于对理想境界之努力与追求，“空”偏重于当代现实世界的作风与方式，那么“幽”则偏重于对心胸之描述，指心胸之开阔无碍。此时的杨梓对审美情趣神往，其志趣爱好、理想憧憬、生活方式获得越来越普遍的文化新义。诗人的这些基本精神，可以帮助我们理解他的诗歌美学世界中的类型化与暗示性在个体与具体造型上之异同。

三是“距离”。所谓“直陈其事”，是诗人对素材进行处理，让造型饱含内蕴，实际上就是指个体、具体的造型明朗、丰富厚实。此正是类型化之特点。当然，素材的美学价值主要不取决于印象所含的表象性，而取决于它的统觉性；不取决于素材所含的事实可能有的重大社会意义，而主要取决于诗人对此事实之体验程度。亦即说，衡量素材的艺术价值的审美尺度不是一种纯认识性尺度，而是一种价值尺度。靠事实表象本身无力鉴别诗人经历的深或浅，现实世界印象中的情感体验强度却可让诗人标出素材的美学价值的指数。这些均与杨梓的审美趣味相关联。因为审美趣味属于情感体验范畴。它是一种精神味蕾、一种嗜好、一种有意味的造型，它是积淀在生理性感觉中的美学素养，可以把人的感官升华为能进行精致的审美享受的心灵。它不是那种通过美学逻辑运演而迫使诗人认可的思维过程，而是在瞬间豁朗的直觉式顿悟或玩味。这是一种幽微精妙的艺术眼光，一种缥缈而有尺度的估量，一种无边却有限制的界定。它是诗人心中被理智化了的艺术情调或美学欲求，它在诗歌艺术造型过程中显现为一种模态化之想象规范，在创作审视过程中又转换成心有灵犀之忘我境界。不过，杨梓在诗歌世界中创造类型化时之舍弃、选择，均是为了使个别具体造型更完整、更丰富、更独特，使其成为真正的“一个这个”（黑格尔语）。杨梓在诗歌创作上追求类型化时不但达到了特征化，而且并没有失去类型化的艺术魅力——类型化造型具有相当强的感染力。杨梓诗歌美学世界中的意味造型创造之特征，就是强调与现实世界保持某种距离，凸显个体性精神特质。在此一点上，卢那察尔斯基说过“天才人物的每个‘内心’感受都是‘精神’的显现”，“即是通过艺术的形成，将个人的东西提高为社会的东西”，“感情和思想几乎总是包括在具体的、浮雕式的、因而吸引人心的形象之中”（卢那察尔斯基：《论文学》，人民文学出版社，1978 年，第 152 页、第 154–155 页）。我们解读杨梓的诗歌时正有这样的感觉，于是，迷离、神秘、隐晦等特征拉大了它同现实世界之距离。其实,类型化的诗歌艺术造型与意味造型创造的诗歌审美世界均是杨梓诗歌的共同特征。表面上看,意味造型创造的个别与具体似乎被简化了, 似乎给接受者带来了迷离恍惚之感,然而它提供的诗歌美学空间是更大的空间,从比较的意义上来说,对于接受者的想象力,杨梓的意味造型创造不仅不是藩篱、不是迷径,而是以其简化形式、隐晦造型方式,托着接受者进入它的审美隧道,使接受者心驰神往、神游八极,从而由作品之显性含义过渡到隐性含义,从对喻体之领略过渡到对喻义之顿悟。

三、现实的能指性与类的共同性

在对现实世界与现实生存境况所进行的概括化方面,杨梓诗歌创作中的类型化与意味化造型也是很有特点的。遗憾的是,此种差异并未引起国内诗歌批评界的充分注意。杨梓诗歌中的具象创造活动的概括化特点,作为艺术造型创造的概括化的普遍特点, 长期以来也没有被国内诗歌理论界所涉及,因而杨梓诗歌中喻象创造活动的概括化与独创性之存在也被忽视了。

我认为,以往诗歌批评界论及杨梓诗歌的创作特点,一般均停留在表面的、一般性的内容评介复制上,对杨梓诗歌美学世界的意味造型的基本思想内涵没有作过详细深入的分析。其中有两点需要注意:其一,从意象迷径出发去把握意象的基本内涵。目前,对杨梓的一些诗作及其同类意象与现代世界的某种关联性以及某种躁动不安的思想涉猎得很少,对构成诗人作品意象的诸多因素缺少具体分析。其二,从现实世界出发去看造型与现存世界的实际联系,以及反映现存世界之功能等。我是说,杨梓的诗歌意味造型不但反映了当代现实世界之生存境遇,而且体现着当代中国普通人群的精神取向。作为当代中国实力派诗人,杨梓就是对时代的某种言说者。他所凝聚的意象——意味造型与时代的价值内涵,均是类型化造型需要表达的中心问题,因而也是类型之概括化需要解决的中心问题。此正说明,诗人作品具有相当强的可阐释性。我对杨梓作品的解读,主要抓住的应该是杨梓与现实世界之间错综复杂的关联性，揭示的是杨梓作为现代诗人创造的意味造型所暗示的现实世界的镜像作用：中国当代现实世界之变迁力量与弱点在他的意味造型与镜像中均得到既鲜明的，又隐晦的、深邃的呈现。此同样说明杨梓这位类型化造型的实力派诗人能在多大范围内、多高的概括水平上，达到对现实世界、时代变迁之自觉把握。那么，杨梓诗歌艺术创造的类型化之概括究竟有哪些特点呢？概括地说：

其一，具有现实世界的具体能指性。杨梓诗歌类型化的概括起点、概括范围、概括内蕴，均与当代现实世界密切关联。对现实世界特定生存状态的关注与思考，是诗人类型化造型一以贯之的精神特质。类型化之概括，即诗人对现实世界之概括、对当代世界之把握，从对现实世界与时代的概括把握方面去揭示人们的生存状态与精神面貌，以及处于现实中人们的某种痛苦、某种憧憬与向往、某种艰难与希冀。杨梓早期诗歌创作中出现了许多成功的艺术造型，其中透射出来的自我意识，正是 1990 年代中国普遍高涨的个性解放思潮在一些人身上的体现。杨梓以其敏锐的观察视角捕捉到了现实世界中的这股思想力量，建造了他那迷宫般的诗歌审美世界。《杨梓诗集》囊括了诗人从 1986 年开始创作并发表的作品，这是一部具有强烈反思意识的诗歌集，具有很高的审美价值。诗作之意味造型创造，鲜明地体现了是时中国社会裂变在人们心头引发的强烈的战栗意识与精神焦虑——兴奋不已的、犹豫不定的、惶恐不安的、前景黯淡的、蠢蠢欲动的、摇旗呐喊的、坐井观天的、暗中用功的，不一而足。各种思潮泛滥，很多思想意识中的“自由市场”现象亦司空见惯：辞职、改行、打工、应聘、“孔雀东南飞”等遍布城乡各地，蜂拥而至，皆说明一个新思潮正在悄悄袭来。青鸟、鹰、丹顶鹤、雁、乌鸦、苍蝇、蚊子等翱翔于天空；龙、牛、虎、狼、豹、狗、羊、兔等行于陆地；蛤蟆、乌龟、鱼等游于止水，诗人经过一番探险性的焦虑性体验，将现实世界中这些自然物象与特定的时代生活、历史事件、社会思潮紧密结合，将其作为诗歌意象纳入审美世界的创造之中，使现实与审美二者之间难分难离、相互渗透、融为一体。诗人捕捉到的这些现实世界中之实有物象，经过心理统觉，凝聚为作品的意味造型，融化为艺术世界中的审美对象，可触可摸，具体可感。这些物象经过诗人心灵之咀嚼后转化为心灵意象，所体现的精神内涵与特定的现实世界、生存事实、社会变迁皆紧密相关，此正是这些特定现实世界中之生存事实、社会变迁的高度综合与集中。

其二，杨梓诗歌艺术世界中类的共同性。由个体到普遍，透过现实揭示本质，类型化之概括，基本上是在同类事物的选择、综合中达到的。换言之，诗人的此种概括化是对类的属性之概括；成为类的代表物，正是此种概括化所要实现之目的。类型对象是整个人类之代表，在此对象身上概括了很多对象，包括了体现同一类概念的整个范畴内的人们。当然，就诗人具体的创作境况而言，此种类的代表性范围可以有大小之别。阶层属性可以构成一类，职业属性可以构成一类，人类的某种共同的精神状态、品质性灵同样可以构成一类。如果说杨梓所创造的"翔于天空"的一组对象造型是一种阶层属性之类型，"行于陆地"的一组对象造型是一种职业属性之类型的话，那么，诗人所创造的"游于止水"的一组对象造型就是一种精神状态方面的类型。但是，有一点不容忽视：杨梓的诗歌类型化之概括，是选定在任何一个种类的现实范围之中进行的，一经选定，诗人就在此一类范围内予以开掘，逐步升华，归纳集中。一般来说，诗人不容许他的意象的类跨界或超越此一临界点，这也就威胁到了诗人创造的类型化之法则。

在这里，需要对杨梓诗歌美学创造中的对象类型化之共名性略作分析。文艺批评家何其芳在研究典型造型时就使用了"共名"之概念："一个虚构的人物，不仅活在书本上，而且流行在生活中，成为人们用来称呼某些人的共名……这是作品中的人物所能达到的最高的成功的标志。"（《论阿 Q》，《文学艺术的春天》，作家出版社，1964 年，第 1 页）何其芳举出中外文学史上不少著名文学人物，如奥勃洛摩夫、阿 Q 等。从何其芳的理论阐释与例举的文学人物造型来看，共名类型之概括性仍然是类的代表性。每个人物仍然是某一类的代表。那么，杨梓的诗歌作品如何与共名相干？当然，答案是一样的。正如普希金所创造的达吉雅娜（《欧根·奥涅金》），它已成为俄罗斯文学史上的一种审美共名符号。杨梓的抒情诗集里凝聚了多种多样的意味造型符号，亦即意象造型符号，它们同样具有一种共名的特质。杨梓早期的大部分诗作均是在其精神游移状态下写就的。作为一个创作个体，受时代风云变幻与社会文化的影响是很自然的，他是在吸纳中国传统文化一些元素之后，自主、非自主地接受异域诸多文化形态的冲击，并将两种基本文化形态予以整合。杨梓没有条件乐而忘蜀，也不会从主观出发甩掉因袭的文化负担而赤条条地接受另一种文化的洗礼，所以他的诗歌体裁的选择，与中国古典诗歌样式和西方现代主义之间有着某种相通性；在他的诗歌中表现出的痛苦、忧郁乃至虚无与无奈，都是隐现存在的，他的创作主体能透过自身及自身以外诸多现象来抽绎情感、心灵之原义，进入到形而上之思维层次。故，杨梓的现代情绪、现代意识都是很清晰明朗的。他的诗，意涵明了，在时代物质、精神一时还不能满足人们的具体情境中，杨梓由于对艺术创造的审美追求、热爱与理解，找到了可以与自身文化交汇、使精神游移于物质之外的机会并使此精神得到顺畅排遣宣泄的可能性。但是，不容置疑，是杨梓在时代的物质与精神困境中发出个体不屈与要求自尊的呼唤，颇有拨动时代心弦之张力。从诗的表象看，虽然杨梓在诠释与演绎“爱情”及“爱情”之中的清泪潸然时，像是在诗中暗示或注入某种欲念，其实不然，深情善感的诗人对现实世界有着极其敏锐的思考与批判意识。在《墙：沉默的玫瑰》一诗中他这样写道：“一道盲者的栅栏 / 一扇被风干的窗 / 都凝聚着思虑的冰花 / 狼一样的霓虹灯 / 放大着虚空的形象与声音 / 广告　无声的敌人 / 在生命的废墟上亭亭玉立 / 模特儿的吻 / 从电视的雪夜中飘来 / 我看见小镇的白骨 / 在铜味中长出新芽 / 你告诉我 / 春天来了”。这是诗人在现实物质与精神困境的尴尬中伤痕累累、意欲放弃而又不可能之时，所遥望到的精神彼岸。显然，此种心灵情景是在震荡之后的新启悟。墙的造型，是非常突出的代表。水域，是现实世界给人们心灵深处造成的一种无边的弥漫感的一类对象的类型概括。红门，给人们心灵上的博大厚实感，也是类型概括。杨梓诗歌共名类型之概括，与何其芳所例举的典型人物的共名性相比，显然有些超越类属性的范畴了，杨梓的意味造型的审美价值与社会意义也比传统的人物典型的价值要更丰富、更多彩、更富有时代思想内蕴。故杨梓的诗歌一经问世,便引起读者的强烈反响,特别是那些惯常以自欺自慰的心态应付生活的人怀疑杨梓的诗歌“离诗坛越来越远”,而具有多维审美感悟的人常拿杨梓的诗歌作品作为典范,而且,共名类型之概括总是渗透着诗人所创造的意味造型的具体的现实性,深深镌刻下了20世纪八九十年代中国文化之烙印。杨梓的诗歌审美世界宽广无边,他创造的审美意象、意味造型,与个体意识、时代精神一脉相承,不可分割。他的诗,在此一层面上显现出了现代情感与意识,有着非常典型的可供后人品味之余韵。总之,杨梓诗歌的共名类型之概括,不论概括的类之范围多么广大、普泛,其仍与现实世界形态保持着真实的对应。这是他的诗歌世界的基本建构方式。此一点,与杨梓的诗歌类型造型始终在个别与普遍之间保持着原生关系之原则,恰好一致。

其三,杨梓诗歌的客观条件。由于杨梓诗歌世界类型造型之建构十分强调追求与现实时代的一致性,注重个体与普遍之间之浑融与类型化之概括,故杨梓的诗歌带有非常浓厚的现实时代原色调。这就为杨梓诗歌艺术类型化之客观概括较为复杂乃至矛盾提供了必要条件。一方面,从客观看,杨梓诗歌艺术类型化之概括显得意象丰满、具象实在,不容置疑。概括化是杨梓积极参与并投入之结果,但因为杨梓特别注重现实时代之规律性、整体性,故此种参与并投入成了一种走向客观化之行为。诗人主体独立于客观规律之外的思想意图受到较为广泛的制约。另一方面,从现实世界之矛盾来看,它本为现实世界所有;类型化之概括特别青睐现实生活,因此也就必然在青睐现实之同时将现实世界之矛盾一起摄入,以为概括之内容。杨梓不少诗作的类型化概括活动,皆因矛盾而产生令人困惑之魅力。杨梓诗歌对处在时代裂变中人们的伦理意识迷离之批判与同情,对经济变革中的一些畸形事象之揭露与鞭挞,即是最突出之例证。正是由于此种客观矛盾在诗中之流露,才赋予诗作令人震撼之客观性品质。如若诗人对现实畸形事象视而不见,或故意回避,则会造成对现实社会存在之稀释,影响类型化概括之质量与美学张力。可以说,类型化概括之矛盾性与客观性条件,有如车之两轮、鸟之双翼,相得益彰。客观性要求诗人正视现实矛盾与生存境况，而且应该表达这些现实矛盾与境况。

纵观杨梓诗歌的审美世界，与主要发轫于现实生活之中的类型化之概括不同，意味造型创造之概括在杨梓的诗歌世界里主要发轫于精神漫游之中。以我对他的理解，杨梓对人生的理解要比同时代的其他年轻诗人对人生之理解更为广阔、更为丰富，他对时代与社会之堕落以及崇高的理解也更为深刻，对时代与人类情感的表达具有很大的广度，特别是在抒情诗的谋划与营构中，其表现具有一定的高度与深度。杨梓的此类审美特性与思维敏捷性全部融化在他的诗作中，在他的同时代诗人中具有典范性。也正是此种类型化之概括与意味造型创造的概括之融合，才产生了我们对他的高度评价。关键的一点，还在于杨梓对现实世界之理解有着不同的方式和侧重点。如果说杨梓是一个善于观察现实并细腻表达现实、敏于审美感悟的智性诗人，那么，他的诗中所捕捉的另一种感觉、精神的故乡，就已经是一个凝聚了时代特征的审美意象与艺术造型，已是非常超前的、非常现代的诗歌世界。在他那里，诗的概括化只在现实世界已有经验之基础上操作；但对于具象世界中所辐射出来的思想能量，概括化则往往在生存之可能性范围之内进行，甚至还在不可能实现的生存经验之中展开。首先杨梓是一个回到现实世界中的诗人，他否定文学艺术脱离现实世界，文学艺术就应该在现实世界中寻找审美对象，以揭示现实世界中的各种关联物象，凸显真正的因果关系。其次是杨梓的诗歌美学来自“另一个世界”，以我们的这个造型世界和另一个造型世界之间的密切关系建构了他的诗歌审美世界。因此，接受者在诗人的作品中感受到的艺术幻觉首先是奇特的，因为此种艺术幻觉是同人类环境在瞬间相分离的，是按照接受者想象中的世界景象形成的接受情景。接受者可以按照自己的理性思维去把握诗歌，但在诗歌创作中理性思维只起手段的作用。杨梓的诗歌在词汇的运用上打破了惯常思维，大多数词语从它们的普遍意义上讲都是浑融的，接受者可以随意解读出多种思想内涵。接受者愿意选择的那种意念往往就是最适合诗歌形式所激起的冲动的意念，但并不是诗歌所说的严格的逻辑上的思想意念，语境和词汇的环境才是接受者进行解读时所凭借的首要因素。当然更重要的永远不是一首诗要说的意思，而是它的存在形式。杨梓诗歌创作的这两个方面各有其审美追求之特质。基于这样的诗歌创作实践与区分，简要说来，杨梓诗歌意味造型创造之概括有两个不容忽略的基本方面：

其一，人生的意味性。杨梓诗歌本来就可以在不同层面上加以概括，类型化之概括偏重于揭示与表现事物的自身价值，故它受到时空较为严格的制约，是在此种制约中对事物在特定时空范围内意蕴之把握。意味造型创造之概括已不再为此种特定时空制约，它力求在泛时空的自由状态中揭示人生之暗示性价值。事物自身之价值当然会在意味造型创造之概括中占有一席之地，构成一种思想状态，但这仅局限于低级层面，而超越自身之泛意义，才占有突出之位置，才构成基本的、主导的思想状态。创造具象时概括化解决的是某种特定生存方式的思想阐释问题，创造喻象时概括化解决的则是一般生存的思想阐释问题。故，当类型化之概括偏重于以其思想阐释的现实具体性引起人们对身边事物、世俗世界之思索时，类型化之概括则主要以其思想阐释的人生意味性拨动人们心中吟诵人生终极价值的琴弦。如果说，杨梓诗歌在类型化之概括那里还带有特定现实的重影，那么意味造型创造之概括则力图变得更为纯粹、更为抽象。杨梓在进行意味造型创造之概括时不是没有现实的直接影响存在，但此种现实的直接影响一则已被超越，一则成为通向深层意蕴之过渡。故，杨梓意味造型创造之概括，以追求人生意味之把握为其最高目标。

让我们来分析一下《宵征》，加深对此一特征的理解："接近城市 / 那片碧空便是不散的前尘 / 冬日编织的草帽 / 在风的头上光辉四射 / 树和我野长的发 / 被雨穿透 // 这是一座空心的城 / 每一个沦陷的家里 / 都挤满风暴 / 那些青鸟的精神 / 早已逃出永远的喧哗 / 我极力搜寻那根羽毛 / 只见萧条的苦雨 / 横断我的茫茫夜途 / 街灯如鼠 / 散发着病的苍白与气味 / 被雨洗净的世界 / 还会有风么 // 想起前方 / 那个天高云疏的西域 / 我随之绽放如莲 / 让雨倾盆而至 / 让泥泞的背影碎于城郊 / 让我轻松地上路"。不知杨梓当时是怎样的一种心理空间意识，但其中确已有着一种"读万卷书，行万里路"之气魄，并特别表达出一种个体自我独立思考的姿态。这其实已是 1980 年代末至 1990 年代初在时代语境中产生的一种思想萌芽。更使我们惊异的是中国现代主义的部分精髓——个体心灵世界之独到发现，偶然地、意外地蕴含在这位年轻诗人的心中。此种文化接续虽是风雨兼程，但人类追索心灵的智慧是本能与永恒的。社会恶性一旦成为禁锢人、压抑人、剥夺人独立思考与自由精神的无形却又无处不在的“有形物”，并在种种历史缘故推动烘托之下，造成人们文化素质的极大劣化、社会发展之萎缩乃至衰退，就会在客观上促使人们反思行为的出现。在社会开始健康运行的时候，反思便会蓬勃而起、泻如飞瀑。就社会文化而言，当时的文化现状实际是干瘪的、单调的、徘徊不定的，虽然传统文化的基本精神自始至终为人们所负载，但外在物化的具体形态是被禁锢的，而市场浪潮漫溢，由域外流入的现代社会文化信息很快就在人们的文化精神领域传布开来，在干瘪单调、游移不定的基础上寻找到生长、扩展之可能。人们感受到从未有过的现代社会文化的深重吸引，此庶几为神奇之导引，人们的文化理念、心理行为与情感方式呈现出开放姿态，并充满内在活力，从本土文化根基上开掘的是域外文化与现实精神之吸纳融合，更替变异的精神在人们文化精神系统的底层暗流涌动。就具体的心理状态而言，原有认知世界的历史文化语境已经逐渐坍塌，反思行为与心理建构的开放姿态势必引发怀疑、忧虑、迷惘、否定与反叛等心理情绪与精神因素，同时交汇希望、亢奋、欢愉和清醒。就杨梓这首诗歌自身的形态而言，诗人看到朦胧诗已不能满足人们在美学上的需求，于是一扫朦胧诗之悬空飘忽之形态，回归诗本身，寻找真正的诗美，凸显个体自我的价值观念、认识与情感方式。在心灵世界中拓垦独异于他人的感觉领域，成为杨梓时兴的价值追求。《宵征》一诗中注满了强烈的对未来世界之向往情绪，背后是一个充满自信并气宇轩昂的经受挑战的形象，所以即使“泥泞的背影碎于城郊”，也要“轻松地上路”，而且“我”走在时代的挑战者心灵之深层。

所以我认为，杨梓自觉深刻的意味造型创造之概括，与他对人生哲理之开掘密不可分。不到这一层面，它就缺少了成为意味造型之必备条件。我们曾为文学作品可否表现抽象性之主题展开过争论，其实抽象性之主题用于意味造型之创造并无不可。从杨梓的诗歌创作来看，其抽象性之主题并非与现实世界、生存境况无关，它只是在更深更远之层面上、更幽邃之内蕴中把握现实世界，关照世界。它可能超越了一时一地之现实限制，然而它并未脱离人类的整个生活、整个世界之存在。杨梓诗歌的意味造型创造之概括，通过对人生命运之把握与隐喻，使得他诗歌的精美之形式与人生奥义之探求连接起来，而获得一种哲学的思辨意蕴。正是在此一点上，杨梓诗歌的喻象模式不仅成为我们对美的体验方式，也成为我们对思想、哲学之体验方式。诚如中国现代学者梁宗岱所指出的："它不独要使我们得到美感的悦乐，并且要指引我们去参悟宇宙和人生底奥义。"（《梁宗岱批评文集》，第91页）

其二，主体性超越。此处主要指杨梓诗歌美学在意味性造型创造之概括中，创作主体之主动性较少受到客体事物之具体关系的制约与限定。在类型化之概括方面，客观事实乃概括化赖以进行的依据，诗人之主观意识主要依附于客体事物，创作主体之能动性应当被调动，但诗人严格遵从客观世界之基本逻辑秩序，他只能在客观世界所提供之天地内、所允许之时空中寻求、综合与凝聚。而当主体之能动性与客观世界发生矛盾时，主体才以服从、接受客观世界为最大限度的妥协与隐秘之选择。与此相对立，在杨梓诗歌美学意味性造型创造中，诗人之主体意识往往超越客观事实。这并非说意味性造型之创造与现实世界矛盾没有任何联系，而只是意味着现实世界中素材之多寡、范围之大小、自身之逻辑秩序，世界事件在社会意识中所占地位之轻重，往往不是喻象造型创造之限量。意味造型之"个别"是具体性、实在性皆被稀释了的事物，同时也是内在凝练的事物。此种事物之意义已被诗人虚化，难以从其固有之现实本质层面来呈现。它已是诗人灵魂之注入、赋予、扩充之结果，并完全可以超越客体之固有逻辑而实现自身之目的。决定此种注入、赋予、扩充能否成功之主要因素已是诗人主观世界之意识能量之大小、强弱与高低。对于一位拥有此种能量的诗人而言，杨梓可以驰目骋神，既能立万象于胸怀，也能推一己于万物，达到物我之对应与融会、物我之同构同质，从而创造出诗歌美学中之意味性造型。此即如波德莱尔在他的《人工的乐园》里叙述道:“有时候自我消失了,那泛神派诗人所特有的客观性在你里面发展到那么反常的程度,你对于外物的凝视竟使你忘记了你自己底存在,并且立刻和它们混合起来了。你底眼凝望着一株在风中摇曳的树;转瞬间,那在诗人脑里只是一个极自然的比喻在你脑里竟变成现实了。最初你把你底热情,欲望或忧郁加在树身上,它底呻吟和摇曳变成你底,不久你便是树了。同样,在蓝天深处翱翔着的鸟儿最先只代表那翱翔于人间种种事物之上的永生的愿望;但是立刻你已经是鸟儿自己了”。(《梁宗岱批评文集》,第64页)从客观事物之角度讲,树木与现实世界之奥秘,蓝天与鸟儿与整个世界,其间很难找到直接之联系。但是,在意味造型世界之创造中,诗人主体之美学能量被激活、被放大,就可以跨越一切客观界限,把日常看来本质上毫不相关之事物联结在一起,使一个微小事物暗示着远远超出自身原有意义之更广更大之内容。故如果说,要理解、认识、揭示具象造型中之创造不妨从客观世界规律方面切入而运作,那么,对杨梓诗歌美学中之喻象造型创造,我们必须更多考虑与依据造型主体的主动性与创造性,才能对诗人之美学思想给予正确之把握。

考察一下杨梓的《胡同》,就能说明此一问题:“这是镇上最漫长的胡同/或是一条衰竭的路/她的尽头连接着神话/我在胡同里行走/胡同贯穿我屏息的肉体/让背影紧握昨天/用病句理解今夜/夜　投下我受伤的梦/渐失知觉//胡同　又窄又长/小镇的烛光/群蜂般飞舞的丁香/从冥冥中触摸风向/一块石头滚动于世纪之末/而又滴成雨季/我觉得失血的胡同/再次穿过我/我却感觉不到南北//这时　一声犬吠/冰凉了旋转的时间/我倒在笛音的飘飞中/触到一块诗的碎片/对白天过敏的我/流出爱情”。从诗人之意识脉络看,诗人对国家、民族之未来充满希冀,以诗歌参与对社会之思考,但此诗无法从纯粹社会层面加以具体阐释。当时面对逐渐解体的旧经济体制和寻求建立新型市场经济体制之局面,诗人也在思考人们究竟如何才能摆脱精神与文化的“胡同”困境问题,因此可以说,“走出胡同”本是《胡同》产生之摇篮。然而诗人超越了这一切,在胡同与现实世界之间寻找比喻,然后凝成诗句。所以，诗人引领我们进入的已不是一场具体的社会新旧体制冲突，而是一个深邃的遥远的历史时空。此暗示了诗人所崇奉的一种美学原则：人类从其最初时刻起就面临着生存困境。诞生与毁灭、创造与破坏、和谐与冲突，构成了难以愈合的双重性。从诗中传达出的漫长胡同或是一条衰竭之路的感觉来体悟，或者说从漫长胡同与人受伤的精神、肉体看，我们甚至可以说，诗中还具有一种更大的意味造型创造意义与深层感：人类能理解宇宙吗？人类能认识自己的命运吗？诗中的那条连接着神话与贯穿肉体的胡同之路，就暗示了诗人对人类如何走向下一个世纪之反思：人类为走出永远的胡同之路付出牺牲之后，是有所收获还是一无所获？其实，此诗之架构虽然与诗人对20世纪末之社会变迁的思索有所联系，不过当时之社会、文化精神之摇曳不定，只是引发诗人之思考、完成他的意味造型创造的一个审美触发点。诗人之所以会在一种古老的“胡同”文化中注入深远幽邃的美学意蕴和深层力量，是由于杨梓依据其关于历史推衍与人类命运之深层观照意识，以及与此相联系的意味造型创造美学体系进行深层的艺术凝聚。杨梓认为历史的此一推衍周期自有规律可循，此一推衍周期由窄长胡同群蜂般飞舞的丁香与爱情开始。胡同“让背影紧握昨天 / 用病句理解今夜 / 夜　投下我受伤的梦 / 渐失知觉”，此即述说着1990年代初期的社会历史推衍与变异，人们即便走出自己的“胡同”，影子也还连着昨天，过渡到明天的今夜，仍感觉不到南北；对尚不知的白天或未来过敏，表达的只是爱情。此爱情是对恋恋不舍的胡同之爱，是对文化之爱、对未来的社会走向之爱，此即成为20世纪末人的精神写照。杨梓正是按照此种社会历史推衍意识进行诗歌美学创造的，故对杨梓而言，主体世界远比客体世界更为重要，只有精神文化意义上的东西才有价值，他所表明的正是意味造型创造服从主体重于服从客体；此并非具象世界之直接反射，而是诗人精神之投影。

杨梓诗歌美学的意味造型创造探索的是赋予思想一种敏感的形式，但此种形式又并非诗人探索之目的，意味造型既有助于表达思想，又从属于思想。故在杨梓的此类美学表达中，自然景色，街巷胡同，花草树木，人类行为，所有具象世界皆非表达它们自身，此类富于审美体验的外在世界是要体现它们与初发之思想的符号的亲缘关系。因此，作为一个与现实世界无法分离的诗歌美学创造者、意味造型创造的诗人，杨梓是双重观察者。他的审美视线一方面要注视内里，一方面又要观察外部世界；既要体察主体之内在世界，从中滤除美学之丝，又要观察客体世界，从中寻觅出贯穿的丝之美学。但诗人之内里更重要，更具关键意味，他对主体世界之省察愈深微，对外部世界之观察亦即愈透彻。杨梓之所以会成为当代诗歌美学意味造型创造之诗人，即与他的主体性沉思品行有着至关重要的关系。对于他来说，最好的思考方式也许是一个人待在幽静之屋，只身伴着孤灯与诗歌自语，甚至喝上几口小酒，让喧嚣远离自己。杨梓认为诗源于生活，不管自己生活于社会，还是生活于大自然，他自己本身就生活在其中。所睹所闻所触之一切，皆沉淀于他自己的心灵之一角。那么，他只有洞彻他自己。诗人试图从生活中去发现人类精神文化之秘密，并将该秘密融入诗歌美学内核之中。诗人一定要深入地进行考察，有了最刻骨铭心之体验才开始进入创作。逐渐，诗人摆脱直觉，将一只麻雀写成树上唯一的叶子。他从来不追求诗之完美，不愿意扼杀读者的再创造。诗人所言之诗源于生活，并非不要内在主体体验意识，而是不像喻象造型创造那样，把内在主体体验意识提到意味造型创造首位去加以运筹。意味造型创造就是杨梓在主体之静默沉思中达到自由状态，达到对万物之洞察与蕴含之境。杨梓创造主体超越客体世界之广度与深度，成为他诗歌美学中意味造型创造所能达到程度之必然。杨梓意味造型创造的此种特点，体现于他几乎所有的诗歌创作中。可见，诗人在经历了一番内心焦虑后对抽象思维能力之高度重视。因为具备了抽象思维，也就拥有了想象力的自由游戏、强烈情感的自然流露、寻找生命的家园意识等；诗人的此一思想经历，其实就等于跨越了一山又一山之心灵游历，亦即说在世间的崇山峻岭中寻找人生真谛而又不断攀登。经过“精骛八极，心游万仞”之体验，可以说才有了诗人真正的具有超越感的美学。正是由于诗人此种具有超越感的美学状态，从一开始，抽象思维就在他的诗歌创作之中起着不可低估的作用。“我往往需要远离现实超越现实，用诗表达我丧失希望的痛苦和对世界的认识 / 我不能改变世界，但我有权批判世界的假丑恶，给读者展示一个新的世界 / 我的诗，有现实的根基，但与现实保持着距离”（《杨梓诗集·跋》）。此正说明一个真正的诗人，其正确思辨与抽象思维之能力比一般诗人之想象要强得多。

杨梓应该是一个哲学诗人，这是因为他在诗歌美学实践中追求人生之哲理化与主体精神之超越性。正如桑塔耶纳所说：“我们时代有种感觉论或美学，它们宣称，理论是非诗的；好像进入有教养的头脑的所有形象和感情都不会与理论互相渗透。这样一种感觉论或美学的流行足以解释艺术的衰落。理论的生活不比感觉的生活更少人性或更少热情；它的人性更加典型，它的感情更加生动。哲学是比普通生活更强烈的一种经验，正如隐居之处听到的纯净精妙的音乐要比风暴的喧啸或城市的吵闹更生动更强烈一样。由于这个原因，对于并非没有头脑的诗人来说，哲学不可避免地要进入他的诗歌，因为它已经进入他的生活；或不如说，事物的细节和理论的细节同样进入他的诗句，因为二者同样居于引导他走向他的理想的路途之上。反对诗中有理论就像反对诗中有文字一样；因为文字也是并不具有它们所代表事物的感觉特征的象征符号；正是仅仅借助于文字投向事物的新的联系之网，在回忆往事时，诗歌方才产生。诗是原始经验的稀释、重新处理和反响；它本身是亲近事物的理论想象。”（桑塔耶纳：《诗与哲学》，北京大学出版社，1991 年，第 102 页）桑氏之见解也许不太适合阐释杨梓的诗歌美学，特别是不太适合具象造型创造的美学。对于杨梓诗歌美学来说，此段话用于阐释他的喻象造型创造倒是比较合适的。对于杨梓诗歌美学中的喻象造型创造来说，抽象思维不是诗人创造力之衰微，而是诗人主体能力的一个必备功能及其最高、最大之发挥。能到此一顶端之人可以成为诗人，却成不了时代的经典诗人。只有立足于此一顶端，诗歌才能成为一个无限的美学通道，通向历史之核心、人类世界之核心、文化精神之核心，从而闪耀着来自这些核心的智慧之光。杨梓的诗歌美学在此一方面皆已达到，且日臻完美。杨梓诗歌美学的喻象造型创造离不开主体世界之超越，离不开抽象思维能力，此乃不可忽略之事实。

总之，通过以上对杨梓有关诗歌美学方面的讨论发现，越是把诗歌造型中的个别与一般相互融合渗透，特别强调从个别描述出发，越是范型化之造型创造，越是在此二者之间有意保持某种距离，提高一般的位置，从此出发去寻找对应关系，就越是意味造型创造；越是赋予个别以丰富性、复杂性，丰富复杂到与人的现实存在一样完整，越是范型化的，越是赋予个别以特性、集中性，有意忽略人的现实存在的某些方面，与人的实际世界有着差异，就越是意味造型创造；越是将一般性、普遍性放在特定历史、现实的具体世界情境之中去，越是范型化的，越是从特定历史与现实之具体世界情境中将一般、普遍之理念抽取出来，让它浮游在上，尽可能向哲理层次提升，就越是意味造型创造。故，范型化造型与意味性造型各有自己的审美定性与规律。用范型化造型涵盖杨梓一切诗歌造型创造之过程，将意味性造型创造仅仅视作一种局部之手法，或一种诗歌模态、诗歌潮流，是不符合杨梓诗歌美学特质的。只要我们离开文学理论旧有的以范型化造型创造讨论诗人之诗歌创作，以范型化造型创造涵容一切之片面认识，就会发现，站在范型化造型创造对立面的意味造型创造，正是杨梓诗歌创作的一条不断丰富延展、具有明确特色的美学主线。它的绚丽多彩，不亚于范型化造型创造之丰富生动。范型化造型创造与意味性造型创造，正是杨梓诗歌创作的两条美学主线、诗人诗歌美学画廊中相互辉映之体系。

第六章　历史世界中的审美价值格度

一、文化格局中的心灵叙事

杨梓的诗歌艺术深深地镌刻上了20世纪八九十年代中国文化精神之烙印。1980年代的中国重开东西文化论战，一方面是由于当代中国人又从“世界革命的中心”之迷梦中惊醒，文化论战的大多数问题、理论与学说被认为是“五四”新文化运动之延续；另一方面是国人对“文革”的深刻反省。进入1990年代至新世纪，“国学热”回归，传统文化重新发扬光大，重铸新的文化精神之辉煌。这些皆在杨梓的心灵与诗歌世界里留下了深刻的印痕。杨梓立足时代背景，通过史诗之叙述，展示民族历史文化拓辟者多姿多彩的人格风貌，突显他们各具特色的思想创获、艺术规模和心路历程；立足时代背景，依凭史诗之叙述，开始思索：在时代精神和民族精神前，应当怎样选择“现代”及其“以后”？是以时代为经制还是以民族为本位？并且无论是前者还是后者，时代精神和民族精神之认同与批判——这意味着对现代的扬弃和对传统的超越——当有怎样的一种价值格度？在此慧心之提挈与难题之追问上，杨梓在着力提挈当代诗坛人文致思之纲脉和心旅，充分展示诗人的人文情怀与思想创获，潜心深掘诗人在史诗构作上的独特路径。杨梓2000年出版的《西夏》上卷，实际上是《西夏史诗》的前四卷。2004年他将完成的后四卷与上卷合并，恢复原名，该诗作被列入中国作协重点项目，于2006年由文化艺术出版社出版，2018年由阳光出版社推出修订本。《西夏史诗》是杨梓充满青春骚动的人生探寻之旅的一次诗学延伸、沉淀或阶段性小结：是“有我之境”与“无我之境”（王国维语）对自我生命的形而上关怀，也是衡量人的精神发展与否的重要标志。《西夏史诗》写出了宏大的历史世界与诗人对宇宙人生之感悟。我深信《西夏史诗》确是诗史合璧、诗哲交融的，既有浓郁的民族诗趣，也有晶莹的中西哲思。显然，此已非诗学层面上的简单模拟，而是已将外在思辨转化为生机勃勃的眼光与态度，即积淀为有血有肉的情感—审美模态或内在价值定式，故，杨梓能用自己的心灵语言来再创性地叙述西夏历史，并不时道出前辈诗人未曾说过的妙语。所以，我认定杨梓是一位具有永恒价值的中国当代诗人之一——我们“用那些深思远虑的唯美主义者的术语来说，他就是一个‘永恒的旅伴’”（卢那察尔斯基：《论文学》，第142–143页）。1922年被驱逐出苏联的文人尤·伊·艾亨瓦尔德（1872—1928）在所著《俄国作家剪影集》（1906年至1910年）中称，卢那察尔斯基把普希金称为“伟大而可爱的旅伴，永恒的同时代人”。是的，杨梓的文学精神就是引领我们走向未来的一位“永恒的旅伴”。我们即便在此不谈永恒性的问题，也要坚决地向自己提出长久性的问题，而且肯定地说，杨梓是一个生命力极其长久的诗人。一个诗人的生命力之所以长久，主要取决于他的心灵库存，取决于其作品所凝结的意蕴与情调、内容与形式，对民族乃至世界的审美—文化史发展是否具有推动性。

当下是一个文学艺术曝光过于强烈的时期，任何略失审慎之差迟皆会以放大或夸张了的方式显露出它的不堪。况且，在这里，文学往往还须顾及文学之外的紧张，心灵询问本身即意味着某种会牵动那严重得多的感性后果的精神之探险。然而，当我终于有可能把一位悉心考察与感受过当代人深刻的文化震荡的诗人杨梓真正作为研究与评骘之对象时，内心多少会有些忐忑。然而一个不言而喻的前提则是康德所谓的“理性的公开运用”。对杨梓的研究显然有待一个新的开始，批评所展示的是诗人曾经创作西夏历史文化史诗时所具有的审美意识与文化胸襟。只要一进入研究，就不能指望不同的研究者对同一研究对象作出众口一词之论断。也许美学的结论会有相当大程度的“排他性”，在研究对象面前，研究者的心灵应当是坦诚的；他在用思维把握对象的逻辑时，也在用自己的心灵探询那逻辑后面更动人的非逻辑的信息。这需要思索与批评理念相系的“截断众流”的意志的力度，也需要非意志的“蓦然回首，那人却在灯火阑珊处”的灵感之机遇。然而灵感是羞涩的，它常常须有一种情致的引导，这情致是一种心理氛围，至少意味着研究者心灵的舒展、开放与没有太多之畏忌。缪想总会因神思的自由驰骋而萌生，但由神思所引发的，也会由神思处置。理念可能会作为一种代价永远伴随着智慧，但智慧绝不至于因为它坚执的话语遮挡了感觉而消歇。自由之心灵绝不因现实世界的浮躁之象而在本真的诗人之外徘徊。

许多年前，当我第一次阅读杨梓的《西夏史诗》和稍后阅读他的创作谈《寻找原型》时，就曾为杨梓史诗之诠解运思所吸引。“西夏……神秘得充满了诱惑与诗意，悲壮得具备了用长诗表达的潜质。尤其是西夏把不屈的骨骼留在走过的地方——不管是彩塑陶器、敦煌壁画与西夏文佛经，还是西夏王陵、承天寺塔及贺兰山岩画，都放射着穿越时空的荣光，透露着树叶上传递的神话和石头里珍藏的传说。”（杨梓：《寻找原型》，《朔方》2004 年第 1 期）这段描述寻找史诗原型的灵动文字，在我看来，恰构成一种庄重的人文诗思意趣，它提撕着杨梓系于史诗之个性和独立性的某种诗性眷注。发为现实关切，其命意正好与诗人撰写的《试论西夏文学的特色》（《宁夏大学学报》2001 年第 2 期）中的一段话相通：“西夏文学是西夏文化重要的组成部分，是以党项为主，兼有汉族、回鹘、吐蕃等民族共同创造的精神财富，是西夏民族精神的集中体现，更是中国文学园林中的一朵奇葩。”这些并非无关紧要之论说，一经关联到诗人终身信守不移的诗学价值理念——视死如归、情爱自由、崇白尚武等精神始终是西夏文学的主旨所在，一种对西夏民族历史文化观的全然异样的理解在我这里闪电般地发生了。亦即说，由此杨梓全面开始了“这是一种不断运动的美学”（《别林斯基选集》第一卷，第 324 页）的批评。只要我们阅读《西夏史诗》，诗人的灵魂与时代的、民族的文化传统就一目了然，就知道其作品为何会引起读者的广泛注目。在《西夏史诗》里，我们处处可以见到活灵活现的历史生活现象。诗人对灵魂、无意识、意识、人格结构以及意识之间的关系进行了全面呈现。

人的生命在于创造，艺术的生命也在于创造。杨梓艺术审美功能的前瞻性以及《西夏史诗》创作过程中所具有的超验性，均显示出难以估量的未来价值。1993 年初，《杨梓诗集》出版，那是一部具有很高审美价值、值得文学批评界不断进行美学阐释的诗歌作品；诗集通过诗歌的意味造型，向人们展示了 1980 年代中期至 1990 年代初期中国当代现实世界的某种情绪：怀疑与信心。虽然怀疑情绪是一个方面，但信心具有持久性，而此一持久性正是来自诗人自身的思维与情感的无拘无束——独立精神与自由思想。杨梓不屑于做时代精神的“传声筒”，也不屑于表达自我感情世界以外的所谓“伟绩”；他对朦胧诗成为纯粹自我情感宣泄之载体、显现创作个体才情持保留看法，也感到朦胧诗篇幅短小、容纳有限。为了自我认定的审美理趣与价值理想、为了内心世界的广袤浩渺，他重新抬头张望自我以外的物质与精神世界，特别是在回溯西夏文化传统时有了喷吐诗情的愿望，需要以一定的诗体长度来吸纳遥之又遥之情思。所以，在 1994 年冬天的一个黄昏，诗人与妻子散步时偶然在旧书摊发现了一本毛边的《西夏史论文集》，眼前突然一亮：原来诗人早就在注视西夏了——那正是《西夏史诗》之萌动。如今我们讨论的这部《西夏史诗》，虽是寓抒情、叙事、议论为一体的史诗，但在框架上选择了与西夏有关的所有事象与物体的一系列颇有意味造型之片断，而且这些片断之组合、剪辑完全是由叙述主体的心灵体验来决定的，心灵体验的节奏、浓淡、层次编织了这些意味造型之片断，使之成为心理流程的具体显现。故《西夏史诗》这种叙述体，实则在其背后隐匿着某种心理流程，亦可视为“心灵之叙述”。杨梓在这部史诗中围绕着民族历史文化，采取多种艺术视角展现灵魂世界，建构叙述主体自我的心灵感受层次。“这扇神秘的大门已经关闭 / 那扇神秘的大门即将洞开 / 我仿佛看见你 / 从黄河之源的天堂飞进梦乡 // 神啊　请把你的光辉洒满心灵 / 请让她如雪飘扬 / 让他们风行古今与八荒 / 与万事万物一起歌唱 / 一起舞蹈”（《序诗·黄河之曲》）。诗人常常在情感激流中有一种极其宽广的胸襟，心灵感受到古老大地之上的“灵魂”。在心理流程之辗转递进中意识到人的存在的必然与价值，这已是对人自身认定之虔诚的礼赞了。诗人心灵之自由，思想之恒定，使诗的客观叙事与主观感受得到了尽情的展现。诗人睁大灵魂的眼睛，庶几看清了近古民族文化之精义对当代人类生存与价值认定的不容忽视的暗示力量。诗人在叙述民族历史文化景观时也在为历史文化的能量而沉醉和感动，也在对历史硝烟沉落之崇尚中感受人类生命之长存与永在。西夏的历史是英雄的历史，英灵之生与死虽是生命之两极，但二者只是一墙之隔，相互之转换使接受主体感受到“追寻家园的苦难苍凉和悲壮 / 吹响梦中惊醒的伤口 / 吹响天堂的一朵朵白雪”。以无限的“消失”来比照，推及有限生命之无限，杨梓在意味造型的审美法则中截取到自身理念、意识、情感幻化之果实——单纯、生理的人的生与死在宇宙和人类精神之间已变得毫无意义。杨梓的这两种个体情思的自我延伸，已使他走出了传统的、固有的美学天地，开始增加主体的自我精神文化容量了。《西夏史诗》至此已不单纯是史诗了，它已形成多元的文化格局。

二、精神熔铸与本我之踪迹

饮水思源，杨梓在丰厚的中华民族传统文化语境中，既没有按部就班和链条式发展，也没有脱离民族传统文化精神，虽是破“壳”而出，但在意识、灵魂、情感上表征为融合统一，相对于现代文化审美意识，受惠于民族传统文化表现出的划时代的人文精神背景却一目了然。当然，现代世界之孕育不可能切断与民族文化传统这一母体连接的脐带。任何另辟天地、重开智慧之河之努力与激励，仅仅是一种精神、意志而已，而现实世界密不透风。民族历史文化是《西夏史诗》之源头，其固有性、承继性是客观的，乃历史本身之运演，不同形态的传统文化均与具体的地域性相关联。人与自然之关系，人与社会之关系，落实到某一具体的地域，相应的文化形态便可孕育而生。人，作为物质存在与精神存在之合一，在与文化的物质、精神两个方面的关系中，既是载体，又是创体。民族历史文化精神之所以能够延续，就是作为文化主体的人主动与不断对其发展创造，否则，历史文化绝不会有以往的辉煌与后来的艺术脉络之承继。杨梓面对这样的文化，强烈地表现出一种史诗意识与意志精神。一般而言，诗人的灵魂意志与史诗精神是高度融合统一的。恍惚间，诗人对历史的物质与精神存在产生兴趣与疑惑，心理的、灵魂的行为、情感意识顿感震颤，在失去往日历史记忆的内心震颤中寻求安宁的栖息地与精神漂泊之彼岸。诗人在《永远的昭示》中写道："在通天的默鲁山与太阳亲切交谈 / 在狰狞的夜森林与兽群饮血茹毛 / 在旷远的大草原与野牛同歌共舞 / 当她们创造了第一个神奇的符号 / 话语的历史就成为一种纪念 / 直抵永恒的永恒"。真理一经确立，绝对而永恒，至高无上。这里，一方面，历史的物质与精神存在与人的自由天性、本能欲望之矛盾日渐激烈，因历史物质与精神存在而建立的史诗模式、审美价值观念在现代社会人们的精神意识方面失去了支撑点；另一方面，人们对自己的心智更加顾影自怜，杨梓通过《西夏史诗》，在对人们心智的开掘、发现与梳理、规整过程中，越发觉得今天人们的命运不掌握在今天人们的手中，未来的命运之神是谁，亦无从知晓。历史精神，虽较过去迸射出重重光彩，灵魂感与生命意识却更为深厚与沉重。

杨梓从伤痕文学、朦胧诗、寻根文学、反思文学、改革文学中一路走过来，开始面对中华文化沃土沉思，传统文化外在、内在的物化，使他对其产生浓厚的兴趣，他深感自我精神世界需要进一步扩大和凝聚，要在对古老文化传统的反思、剖析和艺术表达中去转换一种当代文化型的个体精神存在。他在《杨梓诗集·跋》中说过"我喜欢屈原、陶渊明、杜甫、李商隐，也喜欢艾略特、帕斯、马尔克斯、艾特玛托夫，还有梵高、贝多芬、萨特、海德格尔等等 / 他们每一个人都是一条大河，我只取一瓢饮之"。通过诗人提供的这份中外文学的大师名单，我们足可以看出，以魔幻现实主义、存在主义、非现实主义等为特征的诗人、作家、哲学家全在诗人的视界之内，可见其极为符合杨梓的文化"口味"。从《西夏史诗》的审美角度而言，其外在的文化营养补充，既符合了受中华传统文化影响的杨梓与接受客体的创作与审美习性，又极大地满足了杨梓更新自我、捕捉奇异、希求创新的心理与接受客体对新文艺现象渴望之需求。值得注意的是杨梓在《西夏史诗》题旨的把握上是要对民族文化作整体性思考，现实世界生存环境中的困惑与迷惘要在传统文化的价值观念系统中去追索解脱、澄清之钥匙。将史诗之根植于古老的西部文化沃土中，有助于解开一些决定民族发展与人类生存之谜。杨梓对自己创作思路作出如此之安排，此与朦胧诗等诗派已相去甚远。杨梓深知中华民族传统文化之根就是《西夏史诗》之根，就是民族地域文化之根，根不深则叶难茂；杨梓也知道他挖掘这个根并不是出于一种廉价的恋旧情绪与地方理念，而是对西夏民族的重新认知，是一种审美意识中潜在历史因素之苏醒，是一种追求与把握人世无限和永恒性的对象化表征。杨梓对自我精神世界重新予以观照，在民族精神和文化特质方面进行一次重铸与自我镀亮。在《西夏史诗》中，诗人不动声色的描述和对民族文化高屋建瓴式的表达，使史诗建立在中华大地上一种隐喻思维和表达方式之上。此种方式无论是对史诗的风格还是对史诗之内容都至关重要。在这里，最要紧的就是诗人的直觉与此直觉在特殊物质中的具体化。对于杨梓来说，史诗之色彩、语词、韵律和节奏等不只是技术手段的一部分，而是史诗创造过程本身之必要因素。在这部民族史诗中发出的每个声音、每次隐喻转折、每个意象之叠加、每首诗的节奏之跳跃都是一件艺术品的独立单元。在每一种语言行为和每一种审美表达方式中，我们都能发现一个鲜明的目的论结构。在史诗的任何一个部分的叙述中，各个主角都真实地扮演着自己的角色，每一句个别的人物对话都是首尾一贯的结构整体的一部分。史诗的语词的重音与节奏，人物声音的抑扬顿挫，人的面部表情，人的身体姿态，全都趋向于一个共同的目的——使人的性格具体化。史诗中的意味造型，凸显诗人的语词以及语像结构之功能。它是由造型、声音、韵律构成的，而这些造型、声音、韵律正如同戏剧诗体（如普希金的《欧根·奥涅金》）作品一样，结合成为一个不可分割的整体。在《西夏史诗》的每一卷中，我们都能够清晰地发现此种具体的不可分割的统一性，这实在是一种很奇特的诗趣。亦由此，《西夏史诗》成为中国当代文学的一个重要收获。

《西夏史诗》对地域性、民族性文化传统的揭示后面，是对理念形态内部机制的揭露，绝不是民族传统文化风俗之展览、仿古之描摹，而是有着精神重铸与自我镀亮的现代审美意识观照，是诗人欲释放现代审美理念之热能。因为在审美判断中，我们并不涉及客体本身，而是涉及对客体的纯粹客观观照。审美的普遍性意味着审美主体不是局限于诗人个人之范围，而是扩展到全部作品的接受者范围。《西夏史诗》的想象并不是任意捏造事物的形式，而是以真实的形态向我们展示这些形式，并使这些形式成为可见的与可认知的。诗人选择西夏历史的某个方面，此种选择过程同时也是客观化的过程。当我们进入了诗人之透镜，就不得不以诗人的眼光来看待世界，从这个特殊的方面来观察世界。这个方面并不是瞬息即逝，而是借助《西夏史诗》已经成为经久不变的了，且一旦以此种特殊的方式呈现在我们面前，我们就一直以此种形态来看待它了。《西夏史诗》对民族历史文化传统进行了美学上之再认识，对现实世界中较落后的传统文化因素与国民性及文化深层心理进行了无情的批判乃至唾弃。从哲学观念与史诗的主题来看，《西夏史诗》对过去文化历史有着较强的内在承继和批判意识，抒情主人公造型之情思宣泄表现出英雄主义倾向，在传统民族文化面前表现出极强的革新意识；同时，又对古代文明与文化充满深情而沉迷；英雄化，反英雄化与自由化，思虑较多的是抒情主人公造型自身之生存境遇与生命释放的价值和意义，这是现代诗人自尊自重、平民意识提升的结果，是把兴奋矛头最后指向人本身的一种必然结果。

《西夏史诗》在审美形态、诗体架构、语词组合上，既容纳了中国传统美学中的应目、会心、畅神、凝神、虚静、澄怀等范畴，也涵盖了现代西方美学中的人化、我思、自然实体本体论、意志冲动、生命本体、存在时间与空间、生命感性等概念，这些均对其直接产生影响。可以说，在《西夏史诗》中，诗人很善于博采中西方现代诗歌美学诸流派之意绪，形成了自已的史诗特色与主张。在杨梓那里，诗充满着一种神奇的力量；史诗之创作面临着古老民族文化的渊谷与现代西方文学的朦胧雾罩。在精心绘制史诗性的审美蓝图之同时，荷马、但丁、歌德、艾略特、帕斯、聂鲁达等的影子偶然隐现其间，特别是英国现代派大诗人艾略特的著名长诗《荒原》。《荒原》虽不过几百行，但它在内容与诗歌造型艺术方面均为世界诗坛带来崭新的气象；它不仅震撼了西方诗人之心灵，也很快地波及到焦灼思考国家与民族命运的中国觉醒诗人的精神世界，在诗歌艺术上狂热疯癫的形而上追求中，其神奇之手在隐隐召唤。杨梓从1995年开始创作《西夏史诗》,2004年完成8卷13500多行。一俟我们悉心观察便会发现,该史诗极大地体现了现代性、民间性、抒情性、叙事性等审美特点。现代性的灵魂体验、感觉色调、崇尚本我和梦幻意识均融合在《西夏史诗》之载体里,诗人的哲学观念、审美意识的表征均充分地体现着。每一卷的开卷诗,假一种开放的文化心理结构的诗句,一是起着在全诗的各章节中拓展诗歌艺术张力的宽度与深度的作用;一是在各种叙述场合下,意识能够观测到通常完全隐藏在无意识中的本我之活动。意识在诗中的拓展是反思的,并且不干预造型的感觉活动,但还是能够暗中探测出本我之踪迹。支配这些行为的不是意识,而是无意识中的东西,是本我,是在诗人描写的各种场合下部分渗入意识领域的审美心理知觉。杨梓注意到,深层状态中人的行为有时也部分地受无意识的心理支配。我们的日常思想不仅取决于已被意识到的自我,也取决于隐藏在潜意识中之表象和已被意识到的表象之融合。“天空的灵魂　大地的肉体 / 光明的元素　黑暗的形象 / 光的史诗　气的颂歌　水的舞蹈和土的岩画 / 以及火的紫莲 / 温暖的月城里的石头 / 你在建设一个梦幻的家园”(《横空出世》)。这些,都可视为是杨梓哲学与艺术灵魂之写照。所谓的哲学与艺术灵魂,最接近于严峻性、古典性与现代性,即本质上表现着平静、单纯、简洁与凝练——最高的强力感集中在古典与现代范型之中。它来自对生命之最丰满的自持与支配,它是生命的原始解放而又有现代性释放的某种节制;它是黑暗与光的对立,又是肉体与灵魂之统一。诗人以自己对“建设一个梦幻的家园”的审美状态的认识为出发点,以人类世界之存在为指归将生命之强力状态与存在进而与哲学、艺术灵魂联系在一起。审美状态是诗人自己投身于其中的领悟与活动,诗人不是外在世界的旁观者,而是始终处在审美状态之中。诗人由此得到一种对历史世界之澄明关系,一种置身于历史世界之中的可见之物的“期待视野”(德国当代美学家姚斯语),审美状态就是诗人之瞻望。在审美状态中,诗人眼中的一切都是清晰可见的,他将审美状态与哲学、艺术灵魂融合在一起,使之成为意味造型状态,这一融合是在美学视域中实现的:将史诗的艺术与历史世界融合的视域。凡是艺术之最高形式,凡是艺术作为哲学与灵魂而被把握的地方,诗人就必定回到生命显现之原始状态。永恒的艺术总是体现着永恒的风格,永恒的风格揭示生命和世界存在之原始状态,生命与世界的原始存在状态就是审美状态,在审美状态中,世界之存在清晰可见,而世界存在之显现就是美,美聚天、地、神、人于一方。在此,美学、审美状态、史诗艺术、世界之存在、美等以哲学与艺术灵魂为核心,融为一个完整的体系,而美作为世界之存在之哲学显现与史诗艺术达到了统一:艺术是哲学自行置入史诗作品里的,而美是哲学在史诗作品中之显现。这就是说,把《西夏史诗》之审美形态简单概括起来,就是浑厚、丰满、单纯、逻辑、永恒、美,这既是哲学与史诗艺术风格之特征,也是杨梓创造的意味造型的美学特征——凡是本我特征显现之地方,就会出现本质丰满的诗的艺术造型。

三、审美重心与精神向度

我在此使用了"本我"之概念,其实,此一概念所涵盖之内容在杨梓的史诗中之表征十分明显,也是其史诗主体性显现的一个审美根基,与其俗见之"个性自我"相比要丰富得多。本我之存在意义,在《西夏史诗》中是围绕诗中某些造型来展开叙述的,一些造型以某个或多个为代表,并体现在具体造型身上。诗人的多元美学观照或哲学思想之凸显均力求彻底思考自己的思想,按照思考的结果去营构自己的现实世界并付诸行动,而各种不同的美学思想往往同它们固有的对象发生冲突,诗人就在此种冲突中描述它们之间的相互关联与相互作用。这正是杨梓着迷的、始终贯穿于他的创作中的那种艺术哲学的实质所在。杨梓的目光主要指向精神存在,对于外在世界与自然世界,他只是从精神层面作出解释。因而他处处都是有意居高临下地看待人的外在世界,也只有居高临下才能更加清晰地看见人的外在世界。杨梓的诗歌美学思想方向,大体说来,应该是现实主义与现代主义相互融合。从 1980 年代中期起，现实主义仍被视为中国当代文学的主流，紧随其后就有人提出新现实主义，但没有形成理论气候；再后来随着“文化热”的讨论，西方文艺思潮纷至沓来，杨梓及中国当代多数诗人的创作观念发生了巨大的变化。由此，杨梓的视线不是指向现实的外在方面，而是指向现实世界的内在方面，其诗所关注的恰恰就是独异的造型、有个性的造型、不平凡的造型。只有对“底层”、对贫瘠而产生困境的人的存在真相之介入才与写实派美学特征相接近，因此，本我之存在意义、性质、权利、地位与丰富性在其《西夏史诗》中日益突出，此被诗人充分利用，本我的哲学与艺术觉醒意义在杨梓看来是非常重要的。本我在杨梓的诗歌创作实践中建构起来并包括实践主体与精神主体两个方面，这些均体现了中西艺术哲学之融合，跨越了文化断裂并且接续了新世纪多元艺术美学的思考与反省。本我意识之本性与审美意识在杨梓的创造能动性方面，以及此种能动性的创造实践所带来的与历史对象(客体)的交融，对其史诗实践乃至社会文化产生了相当大的影响，这是新的审美重心开始归落于人的精神向度上的境界之开启。

美学之门是由命运之探询者叩开的，但此圣殿里的至尊之神不是命运而是境界。命运是一种他在之缘由，窥探此神秘之缘由必致人的心灵孜孜于向外趋求；境界则意味着反躬自问之人向自身寻找人生之理据，它的一个被默许的信念是：人的生命的理由在于人自己。境界的回观指示着一个全然不同的向度，唯有它才足以同命运相对而构成人的又一重终极性的眷注。其实，在《西夏史诗》里处处浸透着诗人之慧眼，此慧眼就在于对人的心灵之确信，这能够证明美、善、大等价值在史诗作品那里正通向所谓世界目的或宇宙心灵。杨梓在他感性的事实背后，转而诉诸对美、善、大等的界说。诗人隐约告诉我们，他的出发点在于：假定有像美本身、善本身、大本身等一类对象存在。假定当然是就逻辑上说的，它的一个不言而喻之前提是假定者对所假定者的深信不疑。这是一种拟制，这拟制虽带有悬设之性质，却并不就是妄庸之独断。依杨梓之本怀，人的心灵中既然有对美、善、大之趣的需求，那么如同循着日食在水中之投影即可发现日食之存在一样，从呈现于人的心灵祈向的美、善、大即可确认那美本身、善本身、大本身之存在。其实，美、善、大对于杨梓来说不过是美、善、大的那种圆满或极致状态，它更大程度地存在于人对美、善、大诸价值无尽追求之祈向上。此可能是杨梓的价值形而上学，亦即价值祈向上的那种形而上学，但对世界终极原因的目的论式的认可使这形而上之美、善、大多染上了某种实在论之色彩。在《西夏史诗》的艺术理念上，诗人把这种形而上学的价值取向与实在论倾向引向了更深微之境地。美学的觉醒开始属意于人的境界，于是牵系于人的生存意义的形而上价值祈向成为杨梓诗歌世界之主题。诗人开始注重并倾力于获得生存、精神的过程描述，这已是对历史与文化强有力的反拨，个体的存在方式与达到存在的社会确认的人生途径为诗人所重视。诗人目不旁视地致力于以多种多样的艺术表达方式和手段来显示生命、精神、个体智慧、宏大与独异，力求达到本我实现的完美境界。

杨梓具有历史与传统文化的双重人格，他的意志与灵魂并不进行本我与外在存在之抗衡、统一与超越，也不明确求觅本我与外在存在关系的种种途径，这是诗人的过程描述，这无疑是现代史诗创作过程中的一大进步。诗人力求追索史诗的永恒性价值，既不受一切变幻或偶然性因素的影响，也不受时间与空间之约束，故其本质亦即灵魂的表现。此种灵魂之表现，默默地传达了对人类的情感和人类的命运的一种认识，其《西夏史诗》就是灵魂之表现，此已成为杨梓创作中所恪守、忠贞不渝之法则。“灵魂观的表现”是《西夏史诗》之创作母题，也是诗人的灵魂情结。诗人提倡进行永恒的沉思，努力让诗歌艺术与灵魂尽力达到默契和统一；诗歌是灵魂的表现，诗人之肉体与精神持久地合一——完全跌落在求新求异求智、求个体生存权宜、求个体精神确认的无限深广的永恒渴求的心境中。面对中国社会现实，诗人只能在此种渴求中去获得灵魂之抚慰、生存之愉悦和心理之满足，在他看来，目的的达到与最终之结果与此相比也无足轻重。此种渴求，有内在的缥缈茫然，有时也会感到些许无奈。此一点，与当代其他诗人相比，可以使杨梓无所顾忌地、缜密地编织自己的意识系统与创作目标，潇洒地摔斥自己理念与情感合一之表述，在表现方法上倾尽心智而很少去理会外在存在之限制，此确有云泥之别。

第七章　历史文化与重叠的意象构图

一、永恒之渴求与审美形态

20 世纪末，人的精神饥渴与本我缺失之程度，随着社会物质的不断发展而增加着。一旦“异化”的概念为生命所灌注，人自身之生存就会引发疑问，人们希望生存本身充满意义，人应该生活在一个有意义的世界中。越是接近世纪末，人们越是感到来自物质的威胁，尽管此种威胁尚有压抑与渴求之分。人们徘徊于电子科技与人文科学之间，人们的思维活动及言行愈加受到媒体关于“物欲”宣传之影响，并产生人际上新的陌生感与隔膜感，一些人变本加厉地崇尚“不劳而获”之社会现象，这只是由一种具体的文化现象与行为勾画出的令智者毛骨悚然的社会风景。人似乎真要滑落到由人自身精心设置的玩偶陷阱里去。黑格尔在《精神现象学》一书中将自觉的意识分为六个阶段，即意识、自我意识、理性、伦理精神、宗教、绝对知识，是一个由初级阶段向最高阶段发展的过程。黑格尔对意识向绝对知识的全部发展的阐述均建构在自我意识异化为对象和扬弃对象，即扬弃异化之辩证运动上。毫无疑问，异化即戴上了“锁链”的现代主义哲学理念，在人与物的本质上感受到了人的对象化正在慢慢湮没人的原创力与天智的自由发挥，同时又因为这一对象化的根本内涵与具象设置的诸种迷宫与怪圈，人对自身之拯救潦倒在对象化的阴影之中，陷落在方向莫辨之迷宫与怪圈里，沉沉地喘息和呻吟。于是，痛苦、忧郁、迷惘乃至愤懑，人格、精神分裂便悄悄地迅速蔓延。面对此一社会精神创伤，杨梓加倍思索，这便使杨梓在求生存的“审美欲望”中寻求自我精神与自尊。在哲学观念与审美形态里，更加感知自我之外世界之迷离、可怖甚至荒谬，本我之寻求就成为杨梓需要尽快解决的一个问题。人的永恒之渴求，成为杨梓的终极目的与终极意义。作为一种宏大的史诗叙述风格，其技法与中心意义均是一种堪称完美的审美结构。作为反映古老民族历史文化的一部史诗，杨梓力求摆脱与反抗以往的艺术表现形态之束缚，很快将新型的自身的审美表现形态奉为圭臬，不断创新、不断转换，这是杨梓不断追索的价值理想。对历史文化的特质、属性的表现无疑有着多样性，有着发生发展的多层次性。极度的个性自由应该是杨梓梦寐以求的终极境界，不管一定的物质与精神怎样加以限定与制约，个性自由都成为本来的想法和欲念。只是人类在极度聪慧时也无法超越自身，倘若崇尚自我、不断创立新的独特的诗歌美学是杨梓意欲企及之境界，那么在主体精神与历史认知的客观现实之间有一段根本不能超越而又永恒存在着的距离，这就是精神与物质的距离。在这一命题之下，历史文化、史诗架构均要深度融合自我、个性自由——这是主体精神需求之建构。这样，不管是自知还是未知，在史诗作品昭然若揭之下仍能全力启动、无畏前行，追索个体精神的充分与主体精神之不受局限，这之于人自身无论如何都是壮烈乃至惨烈之举。

通过《西夏史诗》的宏大诗歌美学建构，杨梓试图重建人的精神，乐观的瞻望庶几透视着其“生命意志”论的学说——尽管他建构的是人的精神与历史世界的协调。需要解释的是，叔本华的“生命意志”论还包括对食物等索取的低层次需要，此处所取之意乃精神与物质对应中其主动甚至绝对的一面。与物质相对的精神因素本身并不包括对物质的需求。（叔本华:《作为意志和表象的世界》，商务印书馆，1982 年）我们说，人只要不失去对非功利性对象之渴求，就不会退回到狭隘的史前意识中。只有此种渴望，才能使人本精神保持它在宇宙中之特殊地位。杨梓知道，人在宇宙中，尤其是在他自己的内心深处与自由想象力构成的奇妙迷人之场景中永远是个猜谜者。宏大和神秘的历史文化是展现个人与社会的心理世界的，在此一基本原则的指导之下，我们多少可以更清楚地把握和理解史诗意象的隐喻功能。杨梓所贯穿在《西夏史诗》中的地域文化历史意识与现代文化意识，其精髓——对精神之永恒渴求是一脉相承的。这样，《西夏史诗》所折射的文化现象，它的存在、影响或流传也就都在我们的意料之中了，它生命本根之绝对性使其可以“历时越久，越是变得年轻、漂亮”，“你越是把它再三诵读，你就越是能够深入它的机体里去，抓住新的、以前没有注意到的特征，发现新的美点，对这些美点更加欣赏起来。这种理解和欣赏的进展是没有限度，没有界线的：这进展可以延长到无边无际”（《别林斯基选集》第二卷，第 195-196 页、第 194 页）。别林斯基的这一说法或许可以证明，杨梓精心营构的《西夏史诗》曾经存在和未来存在的意义。

二、形而上之愉悦与压缩宇宙

诗人作为精神、智慧之存在，在现实社会之环境中，一旦不能摆脱个体需求之缺失，痛苦便会油然而生。此种痛苦对情绪、心理、精神，乃至对具体的物质存在——人的肉体形成器质性的伤害，成为内外一体而一致的痛苦存在。显然，这样一种存在是彻底的、完全的，甚至是干净的、透明的，反而具有超乎一切精神、物质现象的“形”。于是，人的精神、智慧需求之缺失，便转化为实实在在、明明白白存在的伟大与无限，缺失本身倒是与不可被限定的满足相一致。杨梓正是在这样的时代痛苦中感受到形而上之愉悦，绽露出恒久之微笑。因为他知道，谁也不敢肆无忌惮地说：自己获得了精神、物质需求的彻底满足。人的精神、物质追索的永不停止，使人的智慧不但被永远发掘着，也被永远发展着，不可穷尽也不会中止，也许会直到地球在宇宙中毁灭的一天。

《西夏史诗》正是以它自身的人本精神的形式存在着，在不断地被接受、被挖掘、被深化、被延伸着，也正是在此意义上，“你把它读完之后，里面所描写的人物会栩栩如生地出现在你的眼前，神态逼真，须眉毕露，——你可以感觉到他们的脸，他们的声音，他们的步伐，他们的思想方式；他们永远不可磨灭地深印在你的记忆里，使你再也忘不掉他们。作品的整体掌握住你整个的人，完全渗透在你里面，而作品的局部，却只有在对于整体的关系上，你才觉得是牢记不忘和栩栩如生的。你越是把这样的一部艺术作品仔细诵读，你对它的内在精神的理解和掌握，就越是变得深刻、细致、割裂不断”(《别林斯基选集》第二卷，第196页)。所以，人的本质是什么？人之为人的特性就在于他的本性的丰富性、微妙性、多样性和多面性。马克思认为，在其现实性上，人是一切社会关系的总和。此一著名论断表明马克思对人的认识已基本完成。不过一切社会关系的总和作为人的本质，是一个不断变化、发展的系统，就其现实性而言，人的本质在社会中的确认以及使此种确认得以实现之条件正是人对物质与精神之不断需求。而对精神之追索，使《西夏史诗》的艺术形态的美学意义非同寻常地纯正起来，其意象的力量显示出强大的艺术生命价值。此种艺术生命生存在真正的时间里，这种时间将历史与未来融合成一个有机的整体。诗人的执着与自我抚慰，恰恰是人的精神自身在宇宙之中绝不能被替代之特质。历史文化记忆贯穿于整个史诗之中，故在《西夏史诗》中诗人打破了传统的时空理念，将历史的事物与现在的事物、未来的事物融合为一。

在《贺兰山岩画》中，诗人这样写道：“一群仙鹤跳在水的两旁 / 一只山雀从符咒里探出脑袋 / 一对弓箭架起雨后的彩虹 / 一头猛虎的体内栽满栅栏 / 一顶草帽戴在孕马的头上 / 一个长着松树的头颅走在风中 / 一截城墙上摆满盛酒的瓷碗 / 一道蜿蜒的山丘放射着星光 / 一只雄鹰守护着襁褓中的婴儿 / 一个勇士向猎物的嘴里插进双臂 / 一位盘髻的女人怀抱吮奶的羔羊 / 一行西夏文字使出征的羯鼓咚咚作响……贺兰山上，你像穿越历史的万红月……自苦井沟升起于麦如井落下 / 驳马的身上骑着十万将士 // 贺兰山上　一代一代的凿刻者从山上走过 / 没有刻下他们的姓名 / 一代一代的凿刻者把画留在山上 / 自己却躲在画的后面 // 贺兰山上，一次次死去又一次次复活的盲女巫 / 将她的眼睛变成太阳和月亮 / 照耀着开在石头上的花朵 / 刻在骨头上的神话传说”。在此，诗人将夏、商、周历史符号与贺兰山岩画符号以及20世纪人类发掘的贺兰山岩画符号交相穿插，相互辉映；甚至将西夏人的生活习俗与当今人类生活习俗亦交相穿插，相互渗透；将历史时代的精神文化在重叠的意象中熔铸在一起，此乃《西夏史诗》的审美效果在我们的心理体验中产生的一种强烈印象。史诗之真实将人类的普遍性以及人类存在的一切层面与诗人之个性也融为一体。这是一部意味深长与浓缩的作品，这是《西夏史诗》整体意味造型的创造。诚如赫拉普钦科所说：“人，这是压缩的宇宙；心理学，这是压缩的包罗万象的科学。莱蒙托夫在毕巧林(长篇小说《当代英雄》中的主人公)日记的序言里写道：人的心灵的历史，即便是最渺小的心灵，也比几乎整个民族的历史更有趣，更有益，尤其是当这种历史是用成熟的头脑对自己观察的结果，并且把它写出来并非出于博取同情或哗众取宠的虚荣心的时候，更是如此。”(《赫拉普钦科文学论文集》，第 63 页)可见，杨梓创造的《西夏史诗》是一种文学的哲学表现，是支配与浓缩着种族、历史、时代和文化，并使它们可以为人所理解、阐释的一种审美价值观，无论如何也都指向它们的想象，并在史诗艺术里得到体现。诗人通过意象之营构与语言具体表现出来的造型和事件的迅速更迭、延续是清楚明白的，此一运动使我们能够看到个体存在以及人们的心理发展动力。别林斯基说：“世界的生命就包含在统一永恒概念的这种运动中，这种发展中，因为没有运动就没有生命，而运动是必须以发展为目标的，因为运动如果没有合理的目标，那就是毫无意义的、杂乱的骚动，而不是生命。”(《别林斯基选集》第二卷，第 12 页)《西夏史诗》的目的也是发现并认识概念的这种运动。这种认识是可能的，因为认识作为一个运动着的概念，它是自己的形式与本质、精神与生命的表现；这在一切知识领域中均是必要的，在理解民族史诗作品的时候尤其如此。如果我们不能在总体上理解与把握《西夏史诗》，不能在它的细部看到普遍的、无限的概念的显现，就不可能真正理解它。概念同样也是《西夏史诗》作品之内容，是普遍事物；史诗形式是这个概念的局部之显现。如果不理解概念，也就不能懂得史诗形式并充分地欣赏它，这是《西夏史诗》的具体思想在具体形式中的有机表现。

三、诗与思的对话

杨梓开始诗歌创作，就毫无例外地带有对现代性的相应追索之痕迹，此种追索是自觉的也是其自认的；此种追索一直保持至《西夏史诗》之问世及后来的一系列创作中。杨梓的诗是以意味造型为主要特征的作品。意味造型表征的仅仅是认识现实世界的一种手段，要达此目的，则必须通过艺术直觉之暗示，这样能比较接近再现性特征。此与中国传统文化的运思方式——直觉不无关系。实际在现代意义上，激发灵感，突发才智，更能开掘、认识现实世界与自然诸种事物、现象之本质，此乃理性精神达到极致使然。《西夏史诗》中的意味造型受现代性艺术哲学观念之总体影响，往往显现着人的极为隐秘的内心活动，在瞬间之情感表达中透现个体的主观感受，时时透现出创作主体之宏阔与旷达，总体显示的是雄浑、玄远的超然境界。

在《序诗·黄河之曲》中诗人这样写道："你是谁／你还剩下什么／你的手是一支滴血的笔／你的心是一卷铺开的纸／你的灵魂是一坛启封的酒／只为一个古老而遥远的梦／你挥别卜居的沉睡的漫天星斗／穿过广阔无垠的皑皑雪野……你背靠陵塔席地而坐／豪饮着无情的西风和大雪／还有烈性的马啸"。在这段叙述中，诗人深情地表达了为创作《西夏史诗》"寻找原型"时的内心活动。诗人当时单枪匹马，远离喧嚣，独自沉思，偶尔也有孤寂郁闷之情。他以《西夏史诗》之宏大建构，放纵自己，决心以诗之审美形式重塑西部民族形象。"这里有一个优秀的民族／一座辉煌神秘的王国／一位来自天境而轻歌曼舞的诗神／夜色的巨岩徐徐下沉／从舒缓到急切再趋平静／大雪的翅膀自由飞舞／浪迹天涯的诗歌敲响宗教之门／西风　步步生花的西风／带着天的原气和地的影子／奏响绝唱千古的黄河之曲／在有我与无我之间／你飞过灯红酒绿的琼楼玉宇／黄土高原耸立着蒸土筑城的号声／你游过旌旗猎猎的水中之都／萧关内外遍布着九个太阳的头骨"（《序诗·黄河之曲》）。这里，世界（民族）成为图像与人的存在之主体的一个过程，是相互交叉的，对世界的征服越是深入广泛，客体之显现越是客观，则主体也越被突显出来。只有人成为主体之后，才有了什么是人与世界这样一个问题，“这里有一个优秀的民族……在有我与无我之间，你飞过灯红酒绿的琼楼玉宇”。这些对人与世界的思考，是立足于人类中心的对人的本质的追寻，追寻就意味着本质已经丧失了，因为丧失才会有追寻，这种追寻把世界之学说变成了人类的学说，正是有了这样的追寻，才有了人本主义的诗思。诗人营构的是意味造型，这是诗人之审美品质使然。

杨梓这一代诗人阅读了如波德莱尔、庞德、艾略特、帕斯、聂鲁达等人的大量诗作，外在影响与内在审美表达上的需求是完整统一的。诗人将自己所选择的诗歌模态、风格在《西夏史诗》中表现，一个个叠加繁复、情感复杂多变的意象，使人突然间就像踏进了艺术的迷宫，令人眼花缭乱。诗人在现实与非现实之间寻求一种理想，这就是诗歌艺术的神圣之梦。诗歌艺术必须穿越那现实的厚重外壳，必须将那还没有进入现实的非存在者、不在场者带上前来，因而诗歌艺术必须切入那在场与不在场、现实与非现实之间的神秘，看一看万物究竟如何在其中成为本质，这是民族史诗才能承担的任务。非现实的绝不是虚幻之物，而是曾在之现实或将在之现实，融入曾在、现在、将在的时间之流中并在其中洞达那永不停息的涌动者——自然，这就是民族史诗之任务，也乃诗之最终意义。那非片面的、无限的相互归属之整体就是自然，那种无限关系的闪现就是美。这种无限关系，这种作为中心的无限关系，就是诗意的本来含义。唯当诗揭示了此种诗意，并将此种诗意表现出来时，诗才成其为诗。

按照海德格尔的说法，这时诗才实现了它的本质，从而成为诗中之诗；而这样的诗人，就是诗人中的诗人。别林斯基说过：“敏锐的诗意感觉，对美文学印象的强大的感受力——这才应该是从事批评的首要条件，通过这些，才能够一眼就分清虚假的灵感和真正的灵感，雕琢的堆砌和真实感情的流露，墨守成规的形式之作和充满美学生命的结实之作，也只有在这样的条件下，强大的才智，渊博的学问，高度的教养才具有意义和重要性。”（《别林斯基选集》第一卷，第 224 页）否则，作为读者，你即使博古通今，熟知诗学法则，也会闹出

“错过大象，却把甲虫当作宝贝”的笑话来。其原因就在于，“在美文学方面，只有当理智和感情完全融洽一致的时候，判断才可能是正确的”（《别林斯基选集》第一卷，第224页）。可见，欲要读懂并深入阐释一部像《西夏史诗》这样宏大的作品，就不仅需要具备敏锐的审美感受力，而且“必须与时代并驾齐驱，成为当代知识的占有者”（《别林斯基选集》第二卷，第17-18页）。如果你只是抱着一种像阅读一部通俗作品一样的心态去阅读宏大深邃的历史文化史诗作品，那就像列夫·托尔斯泰所指出的那样，“他扶着犁在后边走，用的却是舞蹈的步法，致使犁沟七扭八歪”（《赫拉普钦科文学论文集》，第105页）。所以，按照别林斯基和托尔斯泰的要求，作为一个接受者——阐释者，要把审美的接受与历史的接受有机地融合起来，将表象方式转变为运思经验，也就是将诗转变为思，所以这样一种对诗的阐释当然不是文学或者美学的，而是从思的经验而来的。所以我认为，与其说有一场思与诗之间的对话，不如说是诗在聆听着思之道说，仅仅靠诗是不足以创建那被遗忘之“存在”的。关键在于接受者、阐释者要具有与诗人同样的审美心理状态，具有时代与民族的使命感和对史诗之钟情。这样，才能敏锐地感受到时代与历史的脉搏，准确地把握和洞察历史世界与艺术的发展趋势。

四、时空中生命的瞬间

杨梓在现代审美意识的强烈感召下，使民族历史文化的长篇史诗具有新奇、独特的社会反响；《西夏史诗》在传统审美意识与现代审美意识的融合方面，可谓独树一帜。前文说过，杨梓初登诗坛，其诗之意味造型便非常独特。之后的《西夏史诗》更是卓然独异，有着不拘一格、敢为人先的民族历史关怀，故《西夏史诗》以很具体的审美论、史境论、艺术论、哲学论等发轫之理趣彪炳诗坛。其形态、技法、神韵等手法之独创，已与当代现实世界之内里相勾连，与中国现代史诗如闻捷的《复仇的火焰》等抒写有明显不同或超越，特别是在文本模态、诗体格局、语像形态与造型类型上都有独具特色的新颖之处。关键是其现代审美意识在民族地域历史文化中的承继与融会贯通，创造了新的多元样态的审美意象与独特的审美形式——意味造型模态。这在审美原则、表现形态的精髓方面，与中国传统诗歌美学既相互贯通而又有新的超越，在致思途径及情感表现、审美意境的建构上均有独到之处。

我们的知觉、直观与较为深入分析的概念都是与我们自己的历史文化、语词以及语言形式结合在一起的，要理解诗人史诗意象与历史事物之间的此种联结，我们也要使用一种新的审美意识。当我们领悟了《西夏史诗》之神韵时，总会有这样的感觉：似乎进入了一个崭新的艺术世界，一个有着它自己的理智结构的审美世界。这就像我们在异国他乡进行一次有重大发现的远征考掘，其中最大的收获就是学会了以一种崭新的眼光来看待我们自己的历史文化。所以，在《西夏史诗》里仅就意味造型来说，其在诗人那里发生、传布就使我们感到非常奇异、独特，对地域民族历史文化之开掘和艺术的表达，既偏重于传情达意，又偏重于突出语言自身。前者给人以"得意忘言"之感，此属于实用语言；后者则给人以"得言忘意"之觉，在实用语言交流中的那种语言自身之特性与魅力在史诗之语言中赫然在目。换言之，实用语言与史诗之语言之根本区别就在于，在"得意忘言"中语言没有自身之独立价值，而"得言忘意"正是为了实现此种价值。杨梓史诗艺术的构型过程是在一种感性媒介中进行的，它使创作超出了自身之意义。

杨梓史诗的创作，在外在形态与内在意蕴的结合上十分和谐统一，他对史诗架构的艺术感觉、心理分析的融入，更是一种形态、流派或风格的引入。此处之源，有一部分应该是作为史诗的叙述文本，必对历史世界有着客观的选择、描写与表现，虽是史诗，但可能有主观感觉的表现。民族历史文化史诗之问世，对于杨梓来说有一个过程，从艺术感觉到心理分析，其间经历了新世纪文化跨越前后一个比较开放而百舸争流之时期，如此心理分析与艺术感觉融合之创作，就接受者而言，也有着易于接受之基础。在民族历史文化史诗中融入艺术感觉、心理分析，这在中国现当代文学史上尚不多见，此可视为一种新的美学光环。杨梓在把握史诗的艺术感觉、心理分析、审美印象的创造上确实非同凡响，时空交叉、思路跳跃、通感运用与着力表现艺术生命的奇幻瞬间方面都颇为娴熟。无论是意象的重叠与动静或多层与变动,均使史诗在逻辑性与造型上得到前所未有的紧密融合,水乳交融,同时具有史诗内在之活力——不再是只有一种解释,而是在深处可有多种解释,在广处可以超越史诗本身。

恩斯特·卡西尔说:“艺术不是印象的复制,而是形式的创造。这些形式不是抽象的,而是诉诸感觉的……然而艺术和艺术家必须面对和解决一个完全不同的问题。艺术和艺术家既不是生活在概念世界中,也不是生活在感觉世界中,而是生活在自己的王国中的。我们如果描述这个世界就必须引进一些新的术语。这个世界不是一个概念的世界,而是一个直觉的世界,不是一个感觉经验的世界,而是一个审美观照的世界。我认为我们应该在这个意义上理解康德的定义:美是在纯粹观照中使人愉悦的东西。这种审美观照是客观化总过程中新的和决定性的一步。”(恩斯特·卡西尔:《语言与神话》,生活·读书·新知三联书店,1988 年,第 166 页)按照卡西尔的意思,诗人创造的史诗的艺术王国应该是一个独立自足的形式王国,它并不是一个由单纯的颜色、声音与可以感触到的性质构成的世界,而是一个由形式与结构、旋律与节奏构成的世界。从某种意义说,展现民族历史文化之史诗,最终均是语言、感情、思想与造型,这些都是特定意义上的语言、感情、思想与造型。杨梓十分注意在这部民族历史文化史诗中表现的语言、感情、思想与造型怎样从其他一些语言、感情、思想与造型中发展出来;让诗人感兴趣的是如何去作审美观察:直接从某种状况或印象中产生出的语言、感情、思想与造型,服从于历史记忆的影响与由想象力所提供的综合能力,如何转化为另一些语言、感情、思想与造型,如何重新回到原来的出发点,如何一次又一次地飘忽不定,由于一连串的历史记忆而发生变化;由最初之感觉所产生的语言、感情、思想与造型怎样导致另一些语言、感情、思想与造型,如何越来越出神入化,如何把相同真实的历史印象、把关于未来的梦想同关于现在的思索连接在一起。心理分析可能采取不同的方向:某一个部分最适合对造型的刻画;另一个部分最适合的是现实世界关系与日常生活的冲突对造型的影响;再一个部分最适合的是感情与思想的融合;最后一个部分最适合的是对语言与行动的分析。

杨梓最感兴趣的则是史诗艺术综合的创造形式,它的形态、规律,如果要用明确的术语来表达的话, 那就是车尔尼雪夫斯基对列夫·托尔斯泰评价时所说的:“这就是心灵的辩证法。”〔《车尔尼雪夫斯基论文学》下卷(一),上海译文出版社,1982 年,第 261 页〕车尔尼雪夫斯基的“心灵的辩证法”这一术语极其精确地概括了托尔斯泰创作才能最突出的特点,此处借其意用以评价杨梓,因杨梓同样善于深入民族历史文化之深处,通过多变的心理过程与自我意识搏击来发掘史诗之内在本质。他独具的此种艺术才能固然有其天性禀赋之一面,但更重要的是他为了探求历史的真理和人生之意义,总是锲而不舍地进行自我思索、自我观照。正是这种自我观照使他的观察力变得十分敏锐,内心的祈向“教会他使用洞察万有的目光来观察人们”,因为“谁要是不从本身研究人,他就永远不会对人们达到深刻的认识”〔《车尔尼雪夫斯基论文学》下卷(一),第 268 页、第 267 页〕。

第八章　以史观史与诗之本体

一、造型的最高境界

对杨梓《西夏史诗》之探讨，从诗之美学阐释方面可基本达到逻辑自足。但对此部作品还不一定能够完成充分的审美解读，至少难以顺利地成就此一探索。故在揭示类型化与意味化造型之根本差异之后，困难还在于对杨梓进入新世纪以后的这部经典作品的意味造型创造方式之辨析是否也能顺利进行。因为具体作品之创造与阐释是一个相当复杂之课题。我们发现，灵性作为诗人“自我意识”之对象犹如康德的“自在之物”，它可以不断倾泻出来，但并不能穷尽。从心理深层探析，对杨梓诗歌创作中意味造型的意识与潜意识可进行阐释，但对诗人意味造型中的无意识大概较难把握。诗之知觉创作向非自觉创作启动，也只是突破了知觉之囿才能被诗人所领悟，此时之无意识经知觉而转化为意识或潜意识。即使有部分无意识随着知觉来临而涌出，诗人亦一般只是急速捕捉、实录乃至惊叹不已，而不能达到百分之百的知解。此种令人深思的现象是：诗人主观意图上是依附意味造型之创造方式进行创作的，但在实际创作过程中却有意无意地与类型化之风格特性交融在一起，其造型还是以类型化方式呈现。或者有时相反，试图遵循类型化造型的创造方式进行创作，但此种类型化方式创造出来的仍然是意味造型，唯一不同的是呈现方式有别。在酝酿创作中虽然呈现方式不同，但从创作结果看，仍是意味造型之成功。此类情况正好说明，真正的无意识作为在知解思维线下默默倾泻之心理素材或过程，则如山间清泉被主体所感受。在中外文学史上如巴尔扎克、列夫·托尔斯泰、陀思妥耶夫斯基、罗曼·罗兰等大师之创作中，此类情况比比皆是，他们均创作出不朽的经典名作。从中可以看到，类型化与意味造型是可以相互交融、相互渗透的，它们的特点亦十分独特鲜明，同样具有创作实际之操作意义。因此，辨别杨梓诗歌美学中的意味造型究竟采用了何种艺术创造之呈现方式，有时也不能以诗人自己之主张为依据，而要以具体作品造型之特点为依据。

我们知道，杨梓在《西夏史诗》的创作中，在类型化创造之呈现过程中，逐渐凸显意味造型之特性，并使二者融会贯通、相互渗透。双重性格、追寻家园、精神世界、对话、融合、抒情等，常常成为杨梓讨论意味性造型时之词语与圭臬。显然，杨梓的类似话语是推崇意味性的。此一点，在其卷三《天飘地移·葬雪》中表达得非常明显："这是一列缘河而上默默送葬的人群 / 密密麻麻的白色透不过一丝风声……长发掩面腰裹羊皮的一男一女 / 抬着缩小的孪生湖中的默鲁山 / 和默鲁山上贯通天堂天境人间地界地狱的极木之树 / 向五界之神传递着灵魂的祷声 / 猴面文身遍涂白粉的四个男人 / 肩扛一具画满图案和符号的孤桑之棺……"在此叙事中没有什么多余的东西，森林之河就是森林之河，一男一女就是一男一女，默鲁山就是默鲁山，就是灵魂的祷声，就是涂白粉的四个男人，就是肩扛孤桑之棺。《西夏史诗》是一部地域民族历史的史诗，也是一部民族文化的历史交响曲。这是真正诗人作品所散发出的意味造型与寓言式之味道。

杨梓是一位具有意味造型创造的深邃之诗人，他的创作具有自觉的意味造型追求目标，这部长篇史诗凝聚了鲜明深邃的意味造型。从其序诗开始，即打开了"这扇神秘的"意味造型之门，"我仿佛看见你 / 从黄河之源的天堂飞进梦乡……你从哪里来 / 谁让你来到这个世界……你是谁 / 你还剩下什么……这里有一个优秀的民族……一位来自天境而轻歌曼舞的诗神……奏响绝唱千古的黄河之曲……"史诗一开头就给人一种意味造型之冲击力量。当读到

“那扇神秘的大门即将洞开”时，读者立刻意识到将要读到一种意味深邃的东西。“你失去最后的一方净地”“为什么无处可寻”，很明显是作为一种意味深长之气息来表现的。“从高原到高原再到高原的风 / 追寻家园的苦难苍凉和悲壮 / 吹响梦中惊醒的伤口 / 吹响天堂的一朵朵白雪”。党项儿女长时间英勇搏斗之后一个个死去，在高原冰川中静静躺着，这是“田园牧歌的回音 / 生命最初的啼哭”，英雄的党项儿女啊，精神并没有死亡，而是毁坏了一种大美。由此可见，这部史诗之意味造型意蕴之深远，表达了某种美的毁灭，意味着崇高之消失和英雄之失败。此亦表现了诗人之感伤情怀，是诗人对美、对崇高、对英雄之丧失的留恋惋惜。作品意味微妙，以形拟义。如高原的风，吹响一朵朵白雪，映进我们眼帘的时候，猛然感到其与我们此时的喜或忧或哀伤之情相仿佛、相逼肖、相融合。我们不模拟自己的心情，而将那阵高原之风和朵朵白雪作为传达心情之符号，或者说将我们的心情印在那朵朵白雪上，此即意味造型。围绕此一核心，应该说意味造型有两大特征：一是融合渗透，乃指史诗之情与景、意与象恍惚迷离，融为一体；一是意味无穷，乃指它暗示给世界之意义与兴味多彩而丰富，深邃而隽永。从《西夏史诗》之开篇即可看出，杨梓在诗学方面受到中外诸多诗歌美学之浸润，但可能是担心类型化创造中易于产生造型与理念之割裂这一弊端，故特别偏重于意味造型与意义之有机融合。这是杨梓意味造型美学观之特性，包含了对意味造型的深层审美掘进。从本质上讲，杨梓的意味造型是由于他在创造中完全融入了中国古代心物交流、情景相融之诗学系统，故他的意味造型的美学观也成为中国古典诗学的现代阐释，既保留了意味造型之原始意蕴，又注入了现代新型的诗学内涵。杨梓以“以史观史”为意味造型的最高境界，即是明证。故，我认为《西夏史诗》是一部具有深刻“本体性意味”的历史哲学作品，属于意味造型创造风格极其鲜明独特的一部史诗作品。

按照我们的分析，《西夏史诗》的造型叙事模式与杨梓的创作意图具有一种内在的紧密相连的逻辑暗合。杨梓也许祈望此部作品能获得意味造型之最佳效果，所以他在历史人物造型上，不论是以类型化方式呈现，还是更注重意味造型创造方面，皆遵循着诗歌美学的基本规律。换句话说，他诗中的人物造型是严格从历史世界中提取出来的，并完整准确地保持了他们的历史原态。《西夏史诗》中的人物常常是具有古代部落之伦理遵循的存在物，也就是说具有任何属于明显的人的存在的那些方面的存在物。这是杨梓坚持的一种类型化呈现方式，它融入了杨梓诗歌意味造型的美学法则，正是此一法则使史诗中的人物突显了类型化呈现的美学机制，从而使类型化方式呈现不露痕迹，与诗作融为一体。诗人完全拓开了自己全方位的思维空间，使其成为自己的创作主张。故诗人在主张类型化呈现方式之同时，更是将意味造型运用于创作实践中，诗人最祈望的也就是在《西夏史诗》中将类型化呈现方式与意味造型法则完美融合为一体。由此我们说，杨梓是一位具有高度美学自觉的意味造型创造者。

二、形象化的抽象

那么，《西夏史诗》的意味造型创造到底体现在哪些方面呢？笔者认为主要在于诗中之意味造型具有十分凸显的特质性与抽象性。正是此种倾向性的抽象性增强了作品的力度，提升了史诗的意味造型美学特性。

首先，《西夏史诗》中的整体造型对局部造型具有延伸作用。作品从开篇《序诗·黄河之曲》就描写过“回家路上的党项”，党项人具有强悍野性、刚强有力、爱憎分明、盟誓复仇、挑战苦难等性格特点，作品刻画出一群以勤劳勇敢与创造现存世界、未来世界为主要特征的人。在此，党项之性格特征之刻画，与其说是为了完整地表达如开篇之酋长、董拉等党项群像之身份而设置，不如说主要是为了给党项人提供“灵魂之形貌”，是为了强化党项人身上所具有的硬汉性格而进行的一次自我验证。作品如此写来，意在向天下昭示这一点：党项人能否克服他们的“灵魂性”而具有永远不被战胜、不可屈服的强悍力量。作品集中主要笔墨描述党项人要极力证明自己的生存尊严与力量之一面，就是让人们强烈感受到所面对的不是一个单纯而独立之个体，而是一群勤劳的部落子民，是一群围绕着艰难环境和带着诸多威胁生命之不利条件，渴望创造一个前所未有的栖身之地——家园之人的造型。人的意识在此是存在的，但实在不对人的性格产生任何直接的制约作用。性格与生存之相互搏击，就使党项人有了相当强的精神抽象之色彩，不再是一个具体的完整的某种个体之形象，而成了一种昭示世界的强力、毅力、犟劲与机智的类型。故在《西夏史诗》中，诗人虽说是在写历史、写文化、写民族，实际上是在写人；诗人已把党项人之性格予以形象化之抽象，使西夏之整体史诗画卷紧紧收缩凝聚成为人的深长意味性。从人之角度去理解西夏历史，其除了有着英勇强悍的力量外，还具有自信与“葬雪”精神，此恰恰是党项人对自身荣光与尊严始终如一之维护。

其次，党项人与自然之关系，已非实在之客观关系。人类是通过对自然之依赖或掠夺来建构人类世界与自然之关系的。《西夏史诗》里充满了对人们生活困境、转战迁徙与饥饿之描述，也描写了人们生存动荡、漂泊无定之窘境，此皆为生活所迫，“一次迁徙便是一万次生命的追寻”(《逐水草而居》)，这些描写使作品显得格外引人注目，将读者导入对党项人与自然环境搏击的思考之中。生存危机占据了党项人的脑海，这是支配他们行为的根本原因。仿佛“整个世界的人类和牛羊被一举埋葬 / 像洪水卷走落叶 / 如天空砸进大地”(《光飘孪生湖》)，党项人之生存行为很快就有了浓厚的强大自我力量确证之色调。《西夏史诗》里有相当多人们与自然、饥饿、困境搏斗的衍变过程的描述。他们与各种力量交会甚至交战，逐步变得聪明起来，这样，自然环境即成了一个必须与之搏斗的劲敌。党项人一面保护牛羊，一面杀死它们而祭天，并载歌载舞。在此种变化中，《西夏史诗》里与自然搏斗的行为也就有了这样的变化：从生存开始又超越了生存，变成了确证自我力量与生命之机会，变成了由个体走向群体、由单一走向制度结构、由渺小走向伟大，直至坚强而宏达之灵魂洗礼。如此，与自然搏击这一行为，对接受者而言，也就变得十分纯粹；作品不是把接受者引入与自然搏击之功利性思考，而是由此一纯粹之行为本身与行为过程发散开去，体悟其中之隐含喻义。其一，史诗中出现的意味造型之自然意象，皆为社会共同熟悉的原型意味造型之意象或公用意味造型自然意象。此意味造型自然意象之寓意是在历史世界的长期衍变中形成、发展而来的。其二,历史自然意象之寓意是丰富翔实的,某一意味造型意象与意味造型含义之对应,大多意蕴深邃而具有多义性。此乃《西夏史诗》之特点,作品中之自然环境以及自然意象实际已经成为一种历史之精神仪式。从现实世界之表现某种抽象意象看,此类意象表达了作品的一种超越之结果,对接受者去寻思它的意味之义而非世界之实在之义亦起到了重要的美学提示作用,党项人与自然始终维系也就成为史诗中一个透射更大更远的审美意义的行为。

再次,从卷一《白云出岫》中的许多意象看,作品几乎处处闪耀着意味造型叙事的深邃之光。雪在董拉梦境中的反复凸显,就不仅仅只是这位酋长记忆表象之复活,而是她对力量的估量、向往与崇尚。雪在作品描述中已是一个意味悠远之意象,它在作品之不同阶段出现,可以说是对作品内容的一种意味性之黏合。此种黏合把置于黏合之中的各种内容熔铸成一个整体结构,从而使得那些内容服从于意味造型之意图。故,我认为雪的意象反复多次出现,带有某种审美提醒之效用,带有阐释、收拢其他内容而将它们置于意味造型之光的照耀之下的效用。在《天地一色》中,诗人干脆拟人化命名一个女子——玛雪。从常情来说,董拉不论预言"雪崩的巨响",还是梦见一只会飞的"似雪"之鸟(《光飘孪生湖》),或是梦见能载歌载舞的雪白的猕猴,或是流泪的冰雪之鹤(《一棵世界的草》),皆"越过没有光亮没有声息的雪野"(《黑暗之徒》),让"每一朵雪花落地的声音",皆"落在她燃烧的心上","把自己铺成一条生命的路 / 让未来的英雄从此经过",这"天空的灵魂　大地的肉体 / 光明的元素　黑暗的形象"(《横空出世》),"把自己的灵魂放进寻找影子的火中",就是为"创造一个庞大的诗意的家园"(《火的泪水是黄金》)。诗人在意象设置上给接受者一种审美界定,由此才能观照董拉、理解董拉——由雪而始、以雪而终,不啻是以一种明确的意念收篇。此外,出现于作品中的其他意象如牛马羊群、山河湖泊,亦非完全的写实构想。董拉对它们的迷恋,同样可以解读为对力量之迷恋。牛羊马群实际建构了董拉汲取力量的一个意味造型创造之源泉。作品写到董拉在经过无数个夜晚白昼,翻过绵亘不绝的群山后,又一个大草原在眼前豁然展开。董拉纹丝不动地站着，聆听经历千年的风声……董拉“怎么会哭呢 / 泪水从脸颊大滴大滴地滚落 / 哭声从你的心间喷薄而出 / 与黄河的涛声马群的嘶鸣苍狼的嗥叫汇成一片 / 汇成一曲最有力最强大最雄壮的乐章 / 灵魂的石头遍布荒野 / 永恒如时间之火 / 在盘旋 / 在奔腾 / 在穿梭”(《与河同行》)。这是诗人审美想象中的瞬间捕获，也在意念中提升了失去的生活原态；诗人不以历史原态为依据，较为自由地摆脱了实有历史之拘囿，从诗艺角度与审美高度把握作品，提供了必要的氛围与导引。在此，史诗将历史的细节抽象化，将历史之实在黏合在所有的艺术表达中，作为一种有意为之的美学手段被诗人使用时，它成了假象的逻辑进入审美的意味造型世界之入口处。同时，作品以其特定之历史画卷，提供了无限的特定价值意义，并与普遍意味寓意相关联。

三、原型与审美外衣

《西夏史诗》中人物性格的刻画有着独特的意味性，情节的线索有着极其鲜明的意味造型特性，作品中的意象运用也为意味造型立起了支柱。那么，作品又让接受者如何从中体验到这么做的价值意义呢？比如说，史诗竭尽全力调动各种艺术手段，凸显与强化历史实在中之虚化与抽象而又极力强调历史写实和构建意味造型的完满性，在它之中有意或无意地建构了一条有着能指的“审美线”，要让接受者的目光不仅停留在造型本体上，也要通过这条“审美线”去作纵深与广远的游弋。一方面，《西夏史诗》是一部意蕴深刻、不断被阅读的史诗，从意味造型叙事方面获得史诗之喻义，实属诗人之美学机智。我在长期不断阅读该作品时逐渐感觉到：这部史诗作品，就是以其抽象性的意味造型叙事群像流传于世。关于作品是不是具有寓意性，不在于诗人自己的意图，不在于诗人说出具有寓意性，而在于接受者阅读中的审美感受——得到了诸多说不尽的寓意，如马群嘶鸣、苍狼嗥叫，这些普通的意象恰恰蕴含着极其丰富的意义。在古代社会里，生存条件恶劣，人们不服输的特性是很普遍的，党项部落族人都有此种特性。他们拼搏一生，什么也没有得到，但没有被残酷的现实所打垮。董拉从梦中惊醒,原羊堵在洞口,远处的狼群游荡过来;董拉泪水盈眶,心疼地唤醒俊美的小党项:生命毕竟还要延续下去,为生存仍然要不顾性命地拼杀下去。在《西夏史诗》里,此种造型本身所提供的美学思辨内涵深蕴,此种抽象的思辨美学价值所表达的此种感情的共同性也非常凝练精纯。此正说明诗人在意味造型创造方面是一个成功的范例。诗人有意或无意地取得了自觉的美学成功,更表明意味造型的美学品性不可否认,哪怕是诗人自己出面干预也无济于事。

另一方面,杨梓作为一个意味造型创造的实力派诗人,他的美学目的是综合表现历史世界,不论是写实的手法,还是喻义之抽象方法,其目的总是为了表现历史世界,扩大人类对世界的审美认知,以时代之色调作为美学背景。《西夏史诗》各卷章节之诗题命名,如《白云出岫》《草绿星灿》《天飘地移》《城起高原》《依山荡水》《马驰鹰旋》《风诉雨泣》《红炉点雪》等,是诗人追求喻义性的意味造型效果的一次集中展示。诗题很清楚地透视出诗人自己的此种创作意图:"把握诗歌本质的部分——诸如似有若无,可感而不可言说等,去寻找西夏的原型,寻找诗歌的原型。因为诗歌由原型构成;诗的创作,是对原始意象的激活。"(《寻找原型》)这里诗的原型(题目)皆穿上了审美(意象)之外衣,诗人是想在作品的每个部分的意象中表明造型的抽象状态,使其"似有若无""可感而不可言说",在如此的审美旅行中"去寻找西夏的原型,寻找诗歌的原型",这是一个艰难的审美旅程。但聪明的读者或许能够感觉到在这些范畴的背后有一种深邃的东西需要被激活。促使诗人这种创作欲望的一个重要因素,是中西方两大史诗谱系之启发。针对此两大谱系,杨梓认为中国诗歌传统表现的是"具体的共相",而西方诗歌则表达的是"客体的全部",面对中西方诗歌这两大谱系,诗人广博吸收,试图使其相互渗透、融为一体。杨梓在《白云出岫》里细致入微地创造了董拉这一女首领的艺术造型,诗人在史诗之开篇中欲以女性造型暗示某种更广大的美学思想内涵,也与这个传奇人物包含丰富的内蕴特性有关。杨梓明显地偏向史诗谱系里所折射的"现在"精神,此使其在确定创作主旨时具有了浓重的写实性,并把作品之喻义蕴含在个性解放、自由无羁与社会文明之上，诗人试图通过意味造型创造，通过审美意象之熔铸，表达文本主旨。他这样做，就是欲从具体的意味造型创造中体现隐藏在历史背后的一个民族的脊梁。但无论怎么说，诗人要用一种整体的意味造型叙事方式建构一部相当大规模的史诗作品之意图，已十分明显。

四、意象的凝聚与凸显

一般来讲，创作意图与创作效果基本是统一的，当然也会不统一，甚至相反。杨梓创造的意味造型叙事喻义在《与河同行》一节里即获得了令人满意的呈现。董拉胸怀寻找家园之情，"漂流于大地的双乳之间"，"充满着自豪与欣慰"；作为一个部落女首领，预言的雪崩、分娩的帐房、魔鬼的血爪等，均在她的心灵上留下永难愈合之隐痛，但在湖泊连着湖泊的黄河岸边，在一个白骨遍地的草甸上，她反而安下家来，此环境似乎成为她的理想之地。在她心里"流出的每一时刻都成为最纯真的语言 / 她给怀里的孩子起名为党项"。她在战争中拼杀之勇猛与对族类之热情呵护，以及对事物进化之认同，皆超出一般人之程度与范围；对现实世界之把握与接受，已被对强烈的家园意识的追求所替代。董拉眼含热泪，心疼地唤醒俊美的小党项，给他吃浆果，带他走进山下淙淙流淌的水里，党项来到人间就会说话，望着茫茫无际的草海说："草海啊草海　我是你永远的儿子 / 请你长出一片数不清的马牛和羊群 / 让我做它们永远的兄弟 / 让我与它们一起共建家园"。最后，董拉与久别的火阿妈相遇，阿妈为她点起大火，架起了"通向天国的云梯"，"天空的原气与大地的影子 / 影子的灵魂与原气的肉体再次相融"，此似乎成为董拉生命之全部，成为"光的史诗　气的颂歌　水的舞蹈和土的岩画 / 以及火的紫莲"。此时的董拉觉得阿妈与以前一样，毫无变化，瞬间她们融化为一，不管围在身边的"十三只羝羊一只原羊和九匹苍狼"，她们把"篝火燃成威力无比的太阳 / 与茫空边缘陨落的残月相互辉映"，"直到孪生湖畔尾随而至的苍狼 / 成为黑夜"。

从意味造型叙事之角度看，诗人在此绝不限于表达一种如何战胜困境之喻义，而是借此氛围之衬托暗示这样一个问题：世事既然已经发生巨变，就会一发而不可收，尽管中间要经过无数挫折，但它的前进是任何力量均无法阻挡的。整部史诗之创作意图，带有明显追求喻义性之浓厚色彩；诗人避免了世道变迁给人们带来的悲情心境，摆脱了艰难困境与恶劣环境等条件给人们造成的心理打击，充分表达了党项人对寻找家园的决心与信心。故，诗人不惜以苦心经营之文本架构来负载这样庞大之题旨。《西夏史诗》是依附喻义性之特有造型方式创造的，是类型化的具象构造之产物。它是形象的抽象性，所以它构成了它的意义之本体与自身；它蕴含了所有含义，使得无须从抽象造型之外去寻找对造型之阐释。《西夏史诗》酷似处于抽象阶段的艾略特的《荒原》里关于时间连贯、重叠相融合的美学表达方式，昨天里包含着今天，今天孕育着未来；而昨天、明天又均在今天相遇。这些不同的空间，有的是历史的实在世界，有的是历史的抽象世界，被艾略特给予了极其感性的主观表达。杨梓在《西夏史诗》中亦将一幅幅画卷、一个个场面镜头重叠交错地融会贯通，其参差重叠之方式很像现代绘画中人像的正面、侧面、前胸、后背任意重叠关联，创造了一种接受者的联想机制，使接受者从诗人的一些细节描写中意会历史，并逐步得以理解。此喻义性之表达，鲜明独特。现以卷一《白云出岫》为例，从三个方面进一步予以解读：

其一，董拉的行为与世道之变而引发的部落恐慌这一思想相对应。就董拉造型的描写而言，将其视作一个实在的有血有肉的女性首领有其内在逻辑的合理性，在其身上表现出的特征与世道变迁紧密相连。她拥有一个首领所具有的较为开明、较为灵活且有应变能力的特性。一起寻找家园的人中不乏懦弱者，但与历史潮流的阻力无关涉。董拉与其同僚之共战齐搏，就是历史潮流与阻挡潮流力量的一场较量。在《灵芳》一节中，一个英俊少年从一块闪光的月光宝石上降临，羽翼丰满的翅膀停在半空，散发着肝胆俱裂的暗香，他燃烧的芳唇微微一笑，面对躺在野花竞放的草甸上的党项，他平静地说："流浪了万年的圣猴 / 被折断双翅逐出天堂的天使 / 一个部族永远的英雄 / 你要去完成一项使命……你要击败阻止你前进的豺狼虎豹"，一直向西行又回到自己故乡的孪生湖畔，那里有一尾放牧狼群的鱼——她就是玛雪。为了一种幸福，哪怕是痛苦地发出灵魂出窍之声，也要穿越闪电的草甸荒界与戈壁，痛饮西风里的骤雨。他们不论在内心深处，还是在行为搏击上，精神始终如一。

其二，史诗情节的空间很大。一切皆集中于“你亮丽的含芳的灵魂之诗”中，那一切均始于时间雕刻的每一块流浪的石头。此一时间之穿越塞满了空间的一切，几乎无所不包，把我们带进一个充实的喻义世界，一个必须展开想象的世界。特别是各色人物造型的精神状态的意象化剖白与行为活动惟妙惟肖之呈现，更加强化了这个历史世界的实在性与原生性。这又怎能不让读者的想象之翼在此翱翔呢？在喻义化之过程中，作为人物造型，诗人对其性格进行了意象化处理，便于在集中的类型化之性格描写上指向意味喻义。《西夏史诗》卷一开篇正是向此一方面展开，其人物除了有回忆、内在心理分析之外，其类型化之人物性格获得了充分的拓展。很多人物由其自身之实践来激发阅读联想之机会，作品的一些言外之意纯为诗人之指点。因为这里同样有着历史的真实，有着“感情的真实”，有着“无穷的诗”，有着思想的深刻，作品就“好象从年轻的精力充沛的灵魂深处喷射出来的熔岩似的火热的粗犷的颂诗”（《别林斯基选集》第一卷，第 157 页、第 156 页），感染着读者。此种与人物命运紧密相连的造型本身之暗示，使其意图得以实现。

其三，史诗中成功的喻义性意象营构。在作品卷首中出现的神秘大门、冰雪的神、阳光飘过极顶、一丛丛语言的族帐、一无所系的白云，以及羊群、女人等意象，无一不与作品人物、历史事件紧密关联，并对此种艺术路径之延展起到画龙点睛之作用。在《永远的昭示》中：“永恒的西天门訇然敞开 / 万道金光上的祥云喷薄而出 / 千条瑞气里的鸟羽缓缓飘来 / 你透过圣乐回荡的紫雾 / 一座座神圣的天宫笙歌泠泠 / 大柱上缠绕着金鳞耀目的文鱼 / 传递着神灵的旨意 / 说着草叶说给花朵的话 / 一座座雄伟的宝殿星辰灿烂 / 长桥上盘旋着彩羽凌空的丹鸟 / 会唱所有歌曲的丹鸟 / 把悦耳的歌声放进每一滴雨中 / 望不尽的奇花异草遍地盛开 / 幸福的光芒摇曳着一片片彤红的烟霞 / 数不清的青松翠柏永远常青 / 吉祥的白云浮动着一排排浓绿的修竹 / 你与诸神一道站立于金霄殿前 / 等待着天帝普寞的召见”。从这些叙述中可以看出，董拉与她周围之人、与神灵大地、与自然天象等关系已经相当紧密。这里含有极其深邃之意义，此意义不言自明，并已全盘托出：史诗为了压缩地概括西夏社会的昨天与今天之特质，大量采用了时空错位与重叠之手法。它涉及历史感，此历史感含有一种感知体悟，不仅是对西夏历史性有感知体悟，而且要感知体悟到历史之当下性。历史感不仅让诗人在创作时骨子里有时代感，而且让其意识到一个族类有史以来的全部文学，及它与包含在它中间的本民族的史诗文学同时并存，并且建构一个共时性的美学秩序。对中国史诗文学经验之提供与阐释，使史诗审美形态上的意象组合、跳跃性心理情绪节奏、多重空间架构、格式之变化多端、韵律的变奏等均较易于理解与总结，这是审美形态上潜在的表征，此乃一种深刻的喻义化创造。卷一以《永生》结束："董拉　盼望春天的公主 / 梦见圣猴从天而降的女孩 / 分娩没有阿爸的孩子的女人 / 抱着党项沿着黄河漂流的阿妈……她紧闭双眼 / 感触时光的翅膀 / 她微微含笑 / 谛听灵魂的跳动 / 她双手合十 / 默念神秘的咒语 / 她凝成一尊石头 / 石头化成一股青烟 / 升上苍穹"，此时她发出了"神啊，请让我自由地飞吧"的仰天长叹！在此，我们除了读出诗人让读者明白意味造型深处之隐秘外，还读出诗人在文本中让我们看到了"一切生活和诗歌的因素融合成为一个内容上辽阔无边、艺术形式上气势万千的活生生的统一体。它们包含着人类的一切现时，人类的一切过去和将来；它们是一切时代、一切民族的艺术发展的华美花朵和丰硕果实。你在它们里面可以看到优美而又锤炼的艺术形式，纯洁而又直率的灵感，以及反省式的沉思，客观世界和主观世界互相渗透，融合成为一个不可分割的统一体"(《别林斯基选集》第三卷，第 78 页)。这就是《西夏史诗》一开头就告诉我们的阅读视野与理解视野。杨梓给出接受者的此种视野，亦即姚斯、霍拉勃所说的"因为作品本身使其成为被读者感知的对象"。所以姚斯、霍拉勃提出了建立阅读与理解作品视野的三条途径："第一，通过熟悉的标准或类型的内在诗学的途径去建立；第二，通过它与文学历史环境中熟悉的作品的含蓄关系的途径去建立；第三，通过虚构和真实、诗学和语言的实践功能之间的对立运动的途径去实现。这一途径对于那些有头脑的读者将阅读作为比较的机会时，尤为适用。”我们必须“从作品本身得来的例证或符号来完成期待视野的重建”（姚斯、霍拉勃：《接受美学与接受理论》，辽宁人民出版社，1987年，第342−343页）。

《西夏史诗》开篇的诸多意象以及围绕着它展开的多方面的描写，造成了各种意象的高度凝练与凸显，从而产生喻义性联想。诗人选择的这一审美形态，在主体自身之思维模式、心理时空、运思方式等方面皆有一种凝思的变化组合，使诗的寻求有着独到的创造性推衍，让史诗作为人类具象与抽象的审美形态有了崭新的生命力。这既完整地统一了空间架构，又匀称地梳理了条理结构，表达了某种理性精神，在致思的途径上选择的是直觉与感悟，二者形成内在之统一，造成心理时空的灵活与机智。观以上引诗，明显看出史诗很讲求内在的知觉表达，并尽力缩短接受者与史诗之关系距离，让此一关系尽量多层级化、多流动化。让诗人、诗、接受者之间进行双向流动，逐步达到审美认知，变成动态的“审美线”，使审美时空处于立体与溶解状态，这就势必让诗走向蓬勃焕发之生命状态。故史诗采取开放性结构，允许意象作多向选择，引入时间，使史诗节奏流动且呈多向度辐射之态势，增大其中之审美变量因素；运思方式则让直觉与感悟不再是“透过现象看本质”之简单、垂直型运行，而是交叉、汇流与多向整合，直觉与感悟有了厚度与柔韧性，能够触及模糊现象与事物的本质。这样，审美主客体进入共存的审美时空，由于其是流动的结构形态，存在多向选择之可能与机会，故主客体任何一方均可以采取任意之组合、择取与对应，产生多种多样、深浅不一、局部与整体的审美结果，史诗进入审美主客体共存的审美时空也就焕发出无穷之活力。《西夏史诗》开篇，正是在审美模态与运思方式上进行了融合，或由于史诗形态引起接受者对此方面的注意，才使得史诗一开篇就闪烁着神奇之光，充满着美的奥秘，为使之成为“有意味的形式”，即获取与内涵相统一的能唤起审美情感的心态，喻义、意象组合、心理情绪之跳跃等之运用、采纳亦即顺理成章了。因为“仅仅只认出艺术品中哪一个部分和生活中的熟悉事物相一致或相对应，是不可能引起审美感情的。只有‘有意味的形式’能够做到这一点”（克莱夫·贝尔：《艺术》，中国文艺联合出版公司，1984 年，第 153 页）。其实，克莱夫·贝尔指出的此种现象，也是我们在《西夏史诗》自身审美时空建构中所感所见的结果，是通过史诗之意象自身的变化直接影响到审美时空之建立。此种建立可以引起心灵的极大想象与快慰，因为情感与思考的强烈欲望与向深层掘进，使得诗人心灵世界之展示丰满而充满幻境，神奇之光从心灵之深处幽幽放射。此种意象之确立，也是诗人由“以眼观物”至“以心观物”之飞跃性掘进，诗人通过对历史中大量信息之滤化、增删、变异而再造的审美心理模态进行转换，并在此基础上进行意味造型创造，以此对历史世界进行审美观照，这是人的审美需求发展的必然结果。因此，“艺术品中的每一个形式，都得让它有审美的意味，而且每一个形式也都得成为一个有意味的整体的一个组成部分，因为，按照一般情况，把各个部分结合成为一个整体的价值要比各部分相加之和的价值大得多”（克莱夫·贝尔：《艺术》，第 155-156 页）。也就是说，只有当诗人创造的整体意味造型丰赡厚实时，此种造型才会对作品的审美情感有所强化，整部作品处处都有意味的巧妙设置，这部作品才能成为意味恒久的作品，此种造型才是意味造型，才能达到象征一种更大更远的审美情感的目的。为使作品既有意味性之蕴含，也有特性化之贯穿，诗人采取淡出淡入、抽象凝聚、时空转换等手法，把史诗之各个部分凝聚成一个整体之一部分，此亦即说明类型化与意味化的艺术规律完全可以融为一体。我的看法是：酷肖现实世界不是诗歌创作的审美圭臬，它只是体现类型化的一个方面；当然，游离于现实世界亦非诗歌创作之不良倾向，它正是意味化创作的一个必然条件。

在《西夏史诗》中，有类型化也有意味化，在类型化中有意味化，在意味化中有类型化，二者难分难解，西夏世界与史诗世界之熔铸，是历史世界与审美世界之熔铸，亦是其思想内蕴与审美高度抽象性之飞升。我们不必担心游离会脱离历史世界，其实，它是从更高层次上与历史世界对接之统一。康定斯基曾就绘画艺术说过一段非常深刻的话：“如果在伟大的现实主义绘画中，现实因素显得特别大，抽象因素显得特别小，而在抽象绘画中情绪恰恰相反，那么，归根结底两大极端是互相等同的，在这两个对立物之间可置以等号：现实主义＝抽象主义，抽象主义＝现实主义。极端的外部差异，能转变成最大的内在相等。”（康定斯基：《论艺术的精神》，中国社会科学出版社，1987年，第83页）杨梓在《西夏史诗》中采用的合二为一的类型化与意味化艺术手法，从表面上看，是创造不同造型的不同方式，但从本质上看，皆是为把握历史世界而为之，它们相互区别又相互统一。鉴于人们已经较多地讨论过诗歌创作的一般共性，我在此通过诗人的具体作品对它们的相异、相依、相融略作探讨，以求既强调类型化与意味性各自之特性，而又强调它们彼此之间相融相合之本质。

第九章　多重造型中的互融结构

一、融合性与可触性

上文说过，类型化造型主要作为一种呈现方式而体现，而意味造型主要体现为一种造型手段，这样才使得《西夏史诗》造型之天地阔大辽远，双向河流终归合一。但是，此种情况并不意味着只出现一种单一之审美格局，也就是说，只要诗人选定了类型化（写实）的艺术呈现方式，他就只能创造出具象性的作品；一个作品只要被判定是写实性的，它就绝不会含有喻象之因素。相反，只要诗人按照意味（抽象）造型模态去创作，他就只能创造喻象性作品，在此作品里，只有喻象之架构，与写实不会沾边。从类型化造型体现方式与意味造型创造二者融合来看，《西夏史诗》之创造已经否定了上述单一审美格局之假设，就是因为以类型化造型呈现方式与意味造型创造方式相互渗透、相互融合而造就了一个更为精彩、更为丰富的审美世界。在中国诗歌艺术史上，《西夏史诗》乃新型创造之典范。因此，我认为，审美对象之创造虽然有着模糊式之区分与对立，但此种区分与对立并不意味着它们之间就断绝了一切联系而不存在必要之融合，为了表达某种更大的创作意图或更充实的思想价值，在类型化造型呈现方式与意味造型创造方式之间常常存在着不同程度、不同格局之借鉴、吸收、融会，此乃杨梓诗歌美学中造型创造的一条宽广途径。诗歌艺术造型之创造，本就是多重性的。正是在它的多重性中，杨梓的诗歌美学才走向不断丰富与不断衍变上升之路径。

对朦胧诗艺术思潮之兴起与发展，杨梓持有冷静、思考、反省的态度。杨梓是一位抽象、细腻的抒情主义诗人，他不仅强调诗与人生之关系，而且强调诗思与诗人之“眼光”的相应性。“选材，就是要对某个景物或某件事情之后所隐藏的诗意有所感触，甚至要看见。比如雕刻家面对一块石头，他首先要从石头里看出一匹马，看出马或静立或奔驰的姿态，他才能进行雕刻，去掉石头上非马的东西，从而雕出一匹栩栩如生的马。反之，如果从一块石头里没有看出一匹马，而硬要雕刻一匹马，雕到最后可能就不是马了，或者不是一匹完整的马。所以选取什么样素材，考验的是诗人的眼光。一般来讲写什么，就是写熟悉的生活、想象的世界、向往的地方。”（杨梓:《诗歌创作漫谈》,《朔方》2016 年第 5 期）因此，杨梓直言不讳地批评一些诗人“小气有余而深厚不足”，他说“随便翻开一本诗歌刊物几乎都是一副江南才子相，连北方的诗人也婉约得要命，似乎由于缺钙而得上了软骨病或者骨质疏松症”（杨梓:《宁夏青年诗人创作漫评》,《朔方》2002 年第 7 期）。他指出一些 20 世纪六七十年代出生的“个别诗人在创作上出现自我重复的现象，缺乏突破和创新”之原因，可能是由于地域偏远，遮蔽了诗人之视野。那么，究竟如何走出狭窄天地呢？他认为:“关键在于要坚守诗歌这块净土，必须打破自我封闭的格局；要坚持本土化，必须摆脱地域的束缚；要坚守民族化，必须学习其他民族的优秀文化遗产；要坚守传统化，必须掌握现代诗歌创作手法。”诗人之观点非常明确，只有符合诗歌艺术品富有诗意之特点与富有诗意之条件的，才能使诗歌艺术“由原型词汇的单纯走向意象的丰富，由诗句的冗长走向人生意义的探求”（杨梓:《宁夏：六七十年代出生诗人的崛起》,《新文学评论》2013 年第 2 期）。他认为不能任意抬高利已主义使之成为一种追逐，“真正痴心于诗歌的诗人只有永远地处于边缘状态，不断提高诗人的自觉创作意识，超越名利，彻底从心灵上脱贫，方有写出好诗的可能”（《宁夏青年诗人创作漫评》）。他认为对一些青年诗人表现出从一开始的激情性诗歌创作逐渐走向沉思稳定的创作倾向，之后才“日益显示出沉静、淡泊、向内的潜质”（《宁夏:六七十年代出生诗人的崛起》)。杨梓对诗歌创作一贯倡导并提出新的创作思想。他认为,中国诗历来有一个抒情传统,诗人就是“以日常生活为内容,通过个人瞬间的经验来表现普遍的象征意义,即‘具体的共相’,是将日常生活诗意化、神圣化,具有形象性、音乐性、多义性、抒情性、朦胧性、象征性等特点”(杨梓:《汉诗:世界诗歌的中心》,《骊歌十二行·代序》)。从杨梓对诗歌创作的这些理念足以看出他对意味造型创造方式之重视。即使他批评某些诗人之缺点,也是指出他们创作中的造型意味不浓,倡导诗人要创造出意味浓烈的造型来,其造型当有一种可触摸性。所以,《西夏史诗》里的自然景物、人物活动、各种具体的历史事象之描绘,均不是可以感知的造型的外在形式而已,其作品的美学担当均在于它们浓烈的意味造型创造。当诗人确定了“诗的创作,是对原始意象的激活”时,立即就觉得“一个生命的诞生让人欢喜”,诗人感到此种富有意味性的意象具有一种奇特之色彩,它可以根据语境之不同,随时让人物一会儿兴奋,一会儿忧郁,一会儿发出预言似的梦呓,有时模糊、有时清晰。所有这一切,皆是用一些奇特的、跳跃的意象性丰富的词语为诗之造型创造透射出一种特别的节奏或声响来。故杨梓说:“我想用党项人的眼光凝视太阳,喊出一个蕴涵生命的字。那个字可能是赶羊出栏,可能是与神对话,或者那个字本身就是一个恋人。我想如婴儿一样啼哭,寻回那种纤尘不染的感觉,让我投身于汹涌澎湃的大海而听到雪落红炉的声音。我想在祖辈的一声吆喝中耕耘大地,从一粒麦种看见一万对饱满的乳房,看见一个民族的脊梁。”(《寻找原型》)

二、隐喻性结构

《西夏史诗》作为一部鸿篇巨制,杨梓在其意味造型创造方面可谓煞费苦心。诗人为何在一个旧书摊偶尔发现一本毛边的《西夏史论文集》兴奋不已,而“眼前猛地一亮”呢？原来,诗人觉得自己“在西夏故地上土生土长,总觉得西夏如鹰的眼睛在高空朗照,那光芒里流淌的是碧血”。诗人在这里分明表达的是一种历史使命感。正是此种使命感,让诗人“看见一个民族的脊梁”,“伸手可触的原型一闪即逝”，诗人四处找寻，“努力寻找与人类、历史、诗歌有关的原型——一种原初的、纯净的、质朴的生命状态，一双自由的、飞翔的、透明的灵魂之翼”(《寻找原型》)。“这扇神秘的大门已经关闭 / 那扇神秘的大门即将洞开 / 我仿佛看见你 / 从黄河之源的天堂飞进梦……神啊 请把你的光辉洒满心灵 / 请让她如雪飘扬 / 让他们风行古今与八荒 / 与万事万物一起歌唱 / 一起舞蹈”。这些描述，气势磅礴，直达心灵，由此决定了诗人必定要进行一次美学的长途跋涉！“董拉不顾一切地飞奔着 / 夜风扬起她浓密凌乱的长发 / 也扬起她悲痛欲绝挥洒不尽的泪水 / 草滩上的融雪山峰上的坚冰一闪而过 / 一头健壮的岩羊跳越峭壁 / 一只飞翔的雏鹰疾如闪电 / 轻巧敏捷地跨越着天堂与地狱 / 她找到酋长占卜的羊胛骨 / 倒在被血染红的预言里 / 望着粉身碎骨的牦牛和冰块 / 她仿佛在死亡的边地看见对岸的影子 / 寂静的夜晚战栗着每一段将至的坎途 / 最后的暗示回荡着所有流逝的岁月 / 她与阿爸离别的悲伤 / 被毁灭世界的大雪崩 / 轻轻埋葬”(《光飘孪生湖》)。在诗人之笔下，有被摧残的雪山发出骨碴相磨的声音，有创造未来的酋长，此乃典型的意味造型创造的活动。雪山在此时已不是实在之雪山，牦牛也非实在之牦牛，它们皆是喻体，它们与历史上那些真实的英雄不死之精神完全融合在了一起。在整个史诗创作过程中，杨梓对此种意味造型架构皆一直在不断强化，尽管以大量的史料为史诗内容，或增加某些描写历史世界之场面，但淡化了以党项族为代表的部落生活与封建统治下的实有社会场景等，淡化了一些历史实有人物作为意味造型之可能，尽量选择、提取一些含有抽象意味的历史语境中之意象，建立叙事架构，并在此架构中融进形而上之艺术哲学因素。序诗与尾声部分出现的被关闭与即将洞开的神秘大门，即暗示了党项族主要人物的命运——西夏历史的命运。同时，神秘大门、黄河之源具有无穷的神力，此正是党项主要人物及其精神之鲜明写照与比喻。董拉、玛雪的灵魂、生命、家园，由近及远、由少及多、由弱及强的夜莺之歌唱，既有烘托党项人之抗争、拼杀的悲剧气氛之作用，又可以看作是党项人的精神不死之意味。在《西夏史诗》中，杨梓尽力采用写实效果与抽象效果相融合的造型模态，使史诗作品蕴含更为深远、绵长之意味。

诗人在《复仇》一诗中采用的意味造型创造方式十分突显。史诗描绘了成千上万的吐蕃人从丽石山南缘向松茂地区进犯的故事。信使中的勇者颇超敦发誓要杀了偷走他十六头牦牛的仇人。于是,他便在一片甲叶上刻下仇人之头骨与十六头纯白的牦牛,并日夜背在身上。因为“吐蕃又来进犯他们水草丰美的家园 / 他只好向他的仇家打马而去”,他等待仇人阿妈的祭期过后,他与仇人一起出征,一起抗击吐蕃。“以拓跋多多为核心布出了猛虎下山的阵势”,神速穿过寂静的呼吸的森林。“原羊站在阵前如一把石头的弯刀 / 夕阳的眼睛和七月的骏马 / 生命的翅膀和空气的牧鞭 / 火焰的弓箭和紫莲花的脸 / 无边无际的等待里填满了风暴的鼓 / 和人皮大鼓上骤起的风暴 / 以及盲女巫风暴中的祈祷 // 党项的大酋长拓跋多多 / 党项的英雄好汉 / 党项的一草一木/ 现在请跟我一起祷告吧”。颇超敦肩负起领导战斗、保卫家园丽石山的重任。他发誓要赶走进犯者,为众多死去的族人复仇,“让我们的英雄 / 跨过刀箭 / 跨过鲜血 / 跨过死亡”。颇超敦死了,他巨大的甲叶被箭穿过,他死在仇人的怀里,“一滴泪水从眼角滚落”,那泪水包含着他的全部与整个世界。在这里,颇超敦与他的仇人既是对立的,又是合二为一的。仇人分明是自己的敌人,是邪恶、艰难险阻之意味,而颇超敦则是党项之英雄,是伟大、善良与勇敢精神之象征。是颇超敦领着人群去驱赶吐蕃,也带领着人群征服了自身之懦弱。杨梓的此一艺术造型,正是试图以意味造型创造之方式,暗示与传达出他对人、对人类的一种总体的看法:你要战胜一切敌人,你也要战胜自己,而此一切皆得依靠你的坚强意志、无畏精神与超群智慧。此意味造型方式,意旨深邃丰富。

因此,《西夏史诗》最主要的审美特性就在于它的意味造型体系。也许,此乃诗人有意为之。也许,杨梓个人之特性本就具有双重性,以及把精神性的东西与肉体的东西融合于一身的特性,这些是我们不能忽略的;因为史诗之推衍是无定形的,我们讨论史诗之价值也不能停留于题材上,而是要从题材到思想、到诗人致思方面。简单地说,对《西夏史诗》之讨论,既是文学的也是美学的，无论如何皆要作美学的处理，而意味造型创造又不得不为此理性意识所牵连。前面谈过，由于题材之缘故，《西夏史诗》采用类型化造型呈现方式与意味造型创造模态相融合之方式，故在史诗里广泛运用意味、喻义与暗示。如《火狐》中玛雪的造型，其意味性就很突显。“磨亮万物的声音从峡谷滴落 / 与天浑同的荒原凄美地平铺而去……党项和玛雪像一片水草”，向这片无生命的荒凉扑去。然而，是风在干裂的嘴唇空旋，是阳光坚硬地砸在垂死挣扎的高原，仿佛是一块石头被点燃，一块与自己一样的石头，滚动着金光的冰，一道闪耀着涛声的电，眨眼就消逝为没有自己的风。玛雪嗅到了死亡滑过荒野之气息，一根根脱落的枯枝砸向来自雪域的原羊与大鸟。凄凉的月光覆盖了玛雪，流泪的狮子舞动着长发，西风敲打着命运之神；此时她的孤独已经化成流水，梦幻已经长成石林。为了驱逐伤害，玛雪在自己身上开出最红最美的花……党项与玛雪，一方面意味着力量极其强大，另一方面又意味着非常羸弱，苦苦创造种族的党项，“心灵碎裂地歌舞了几度岁月”，为玛雪的孩子沉浮着自己，否则就不会发出“神啊　请护佑我的玛雪和孩子 / 只要玛雪平安 / 只要孩子活着 / 我宁愿死去”。这些场面与“人物”采用了不同的意象叠加。火狐、石头、月光、荒原、水草、舞蹈、花、神等，无论是描写清明纯洁的自然，还是叙述历史故事；无论是陷入迷雾和混乱状态中，还是反映出人物不同时候的不同心理状态，无不显现出意味造型之效力。玛雪是古典美的意味造型，“离开母亲”的五个孩子是预示着希望的意味造型，杨梓在此将类型化呈现方式融入意味造型之中，带有对人类历史、族类生存状况的美学思索，带有灵魂与个体、羸弱与强大、平常与升华、毁灭与成功的双重对立因素。而此正是建构意味造型创造体系之绝妙前提，由于诗人对西夏历史之深挖掘进彻底改变了此题材之原有特性，所以才将类型化造型之呈现方式融进了意味造型创造之中，使二者有机结合、融为一体。诗人对此历史题材之实在性并不作哲学式处理，此种建构皆可从作品中看出。应该承认，阅读者道不完、说不尽的《西夏史诗》，与其类型化呈现方式与意味造型相融合折射出意义的复杂性、多重性有着直接关系。《西夏史诗》成为经典作品，与其创造的意味造型体系亦不可分。

以类型喻象创造的此种艺术造型模式已成为历史并就此达成共识，意味造型创造已被诗人广泛接受与运用，并成为杨梓的一种开放性、常态性的美学自觉。20世纪中国现实主义文学是在继承世界文学精神之基础上形成的，现实主义作家大都采用类型化创作与呈现方式，他们尤其重视各国各民族文学中的类型化创作技巧，这就形成了他们作品的写实性特色。然而随着美学文化的时代变迁，即便是一些很擅长类型化创作的诗人作家也在不断地从意味造型创作模态中汲取营养，反过来讲，一些擅长意味造型创作的诗人作家也在不断从类型化创作中汲取有用成分，以丰富自己的艺术作品。杨梓无疑在这些方面进行过深入探讨，他始终奉行诗人要为一种历史或时代之使命去写，为人生的主张去写。那么，究竟如何去写，写什么，诗人也给出了明确答案："大千世界，万事万物都具有诗意，只是有些人能感到，有些人熟视无睹。那么何为诗意，从理论上来讲就是诗的意境，即主观情思即意与客观存在即境相互对应并且融合，具有隐秘性、联想性、歧义性、不确定性、难以言说性等特点。诗意就是隐藏于语言后面的意思或者意味或者意境，给人提供想象的空间、意义的可能和回味的余地，令人产生美好而遥远的联想。"（《诗歌创作漫谈》）杨梓在《西夏史诗》中将意味造型与类型化呈现方式融为一体，创作出了中国新世纪以来真正现代意义上的一部史诗，这正与他在艺术造型方式上的奇异独特有关。他所主张的主观之意与客观之境之融合，其造型的"隐秘性、联想性、歧义性、不确定性、难以言说性等"，也正是现代意义上的《西夏史诗》之造型特质，这部作品正是以其意味性造型特质为接受者所称道。这部史诗中激情坌涌而又冷隽之句式，峭拔的诗之格调，群雕式人物造型，剧诗性音乐，处处对应着那意味深长、意蕴深邃之意义结构，以其浓而不烈、淡而味深的意味造型色彩营构了异样之风格，使人初次阅读就感觉有种不可言喻之价值。不论是抑还是扬，皆不能不承认诗人在写《西夏史诗》期间，均将意味造型这个"审美武器"紧捏在手里，运用自如。诗人自己是明确意识到此一点的，他说，写《西夏史诗》断断续续用了十年时间，就是为了纪念与祭奠一个消失的民族——党项族。十年营构一部作品,可谓煞费苦心!读者在阅读中深入仔细地琢磨这部史诗中每个意象的采纳与微妙细节的设置,推敲每个章节中之字句与节奏律动,就会感到它是一部具有很高审美价值的作品。它与时代对诗人之赋予也不无联系,而此种结果就是产生了在美学上如贝尔所说的一部"象永不枯竭的溪流,那源远流长,世代流淌的溪水时而宽,时而窄,时而深,时而浅,时而快,时而慢,连它的颜色也始终变化着"(克莱夫·贝尔:《艺术》,第27页)的史诗作品。当玛雪的心骤停时,罗都感到了死神麻悉弗的窥视,并无处不在隐现;独角豹跌入地狱,长裙曳地的西风拂过灵山与兰湖,此时之党项似乎已发出了内心之生命遗传之秘密:"孩子们啊　你们不要寻找了 / 我和玛雪已经訇然倒下 / 你们不要回避生命尽头的恐惧 / 我们已经合为一体无所不在 / 孩子们啊　你们看哪 / 那泉水是我的眼泪 / 泉水里的金子是我闪光的眼睛 / 那洞穴是我的鼻孔 / 洞穴里的风是我轻轻的呼吸 / 那峡谷是我的嘴唇 / 峡谷里的白玉是我坚硬的牙齿 / 那山峰是我的乳房 / 山里的石头是我孤傲的骨骼 / 那草丛是我的毛发 / 草丛里的牛羊是我不枯的爱 / 那江河是我的血液 / 江河里的乌龟是我不老的心 / 那灵山是我的根 / 灵山里的鸟是我飞翔的灵魂 / 那兰湖是我的源/ 兰湖里的鱼是我创造的生命 / 那天上盘旋的光是我的原气 / 原气里的影子是我美丽的玛雪 / 孩子们啊　你们要学会爱啊 / 爱一鸟一兽一草一木 / 就像爱你们的孩子一样"(《故事的手》)。由引诗可见,史诗这条艺术的"永不枯竭的溪流"在各个时段之流向、流量也不尽相同。这条史诗之艺术溪流缓缓流淌,有时则激流勇猛,一往无前;有时则时慢时快,戛然而止。诗人则要调动渗透进他所处时代的某种潜在精神之影响,在造型架构中选择恰合此意的意象,并在意象与意象之融会贯通内构成喻象体,即汇聚优质文献而作审美配置的语像结构。事实上,在此史诗之艺术溪流中,"又有谁能确切地标出这些变化的分界线呢"(克莱夫·贝尔:《艺术》,第27页)?有时,我们在这部史诗作品中真的很难区分哪一部分采用的是类型化呈现方式,哪一部分采用的是魔幻艺术手法。因为按照黑格尔的说法,史诗"把外在现实事物的形式当作把在精神世界已发展成的整体展现给内在观念去领会的手段，在这方面诗采用了造形艺术的原则”。也就是说,史诗是通过对客观世界发生的事迹的忠实描述来揭示其内在发展规律的，诗人自己并不露面,“其中事态是自生自发的,诗人退到台后去了”(黑格尔:《美学》第三卷下册,商务印书馆,1981年,第98-99页)。所谓事迹,即“一个本身完整的动作以及发出动作的人物”,“史诗的任务就是把这种事迹叙述得完整”,“就是按照本来的客观形状去描述客观事物”(黑格尔:《美学》第三卷下册,第99页)。史诗的描述周详细致、节奏舒缓,“它的进展却保持着客观的平静”,“便于我们在所发生的事情上流连,对事变过程中某些个别的画面深入玩索,对描述的周密鲜明进行欣赏”(黑格尔:《美学》第三卷下册,第108页、第107页)。

杨梓在《西夏史诗》的创作实践中明确扬弃了黑格尔的诗学理念,汲取黑氏史诗理念之有用元素,也吸纳了抒情诗、戏剧诗的传统文学之诗性与建筑、雕刻、绘画、音乐等艺术体系中的元素,构成了此一完整的《西夏史诗》作品。在这部作品中,无限的绝对精神已明确地跳出了历史外在世界之形式,与此历史现象世界暂时相对立，它不能在有限世界中直接找到表达自己的造型,此即在某些情境下又形成一种崇高的意味深长的美学造型。崇高的意味造型一般表达一种无限的目的,而在表达历史世界方面,其价值在崇高的意味造型美学中可以获得新的内在机理,可成为历史世界本身之实体,此实体就是意义的审美体系。诗人运用纯然的语义性营构之意象或意象与意象之叠加来表达感觉世界中的历史存在,表达某些隐蔽起来的历史事实,甚至以此来表达那些无法感知的潜意识。诗人正是凭借这些进入思维、记忆,进入描绘的历史世界,呈现历史世界中之各类关系,从而揭示历史世界之规律。诗人也正是凭借此,才让人物对话、交流、沟通,从而透射出一种新的审美信息,反映出与知觉造型或审美理念造型之联系。这是因为历史实体本身已超越了具体的感性事物,但要将它变为可供观照的实有事物的造型,诗人选择了以历史之具体事物介入,即创造史诗之力量之源,同时又借此历史事物的可感形象获得审美意象。故,这里所说的《西夏史诗》中之崇高主要是指内容与意义上之崇高。其中意义本身是明确的,即意义已超出外在的历史世界,杨梓的意味造型所体现的就是此种意义之超越。故,意义与造型之间产生的“一个美如死亡善如空幻真如灵魂”(《西夏史诗》,第100页)的造型就变为崇高,具体就表现在史诗里。史诗把西夏的历史看成是无足轻重、无独立性的世界,只是为突显神之荣光而存在,许多赞颂神之诗章即属此例。诗人以有限造型来表现无限意义,而无限意义又超越有限造型,变为某种崇高之意味。

意义与造型之间还有一种必然之联系,这并不完全取决于诗人之有意营构;自觉的意味造型创造方式则是崇高的意味造型方式之统一,它的意义与造型之所以被诗人联系在一起,主要还是取决于诗人之主体性,取决于诗人之精神渗透到一种外在历史世界里的情况,以及诗人之聪慧与造型能力。这里,诗人对所要表达的意义的内在本质与用以表达意义之外的显现形式的性质皆认识得清清楚楚,而且自觉地把自己所发现的二者之间的类似点融合在一起,予以造型创造;同时,意义也不再是绝对的实体与无限本身,而是诗人自己选择的有限历史内容。此类意味造型美学就是喻义。在杨梓看来,此种喻义虽然自觉却并不能形成更高级的意味造型形式,因为它虽然清楚但比较直白,在内容上比较狭窄,在形式上过于松散,既缺少那种真正意味深长的造型深度,也缺少崇高的那种审美高度。故诗人在作品中表达历史世界之衍变、曲折、起伏时,有时就把意味造型方式自觉地当作一种外在历史世界之喻义。即以外在历史世界实体现象为角度,把其中包含的意义价值提炼出来予以凝聚、推衍,以此表达历史世界的某种一般意义,此时的诗人主体性还不甚明显,意义似乎蕴含在造型之中。寓意、喻义、隐射语、格言与变形等即属此类。如《葬雪》描述自然界的生物与非生物的状况,展示出与它们极相类似的人类的情境、情绪与个性特征。带有剧诗色彩的《石头里的爱情》亦属此类。此类喻义性或意味性造型意义还包含在客观历史事物造型之中,诗人只要把意义从造型中提取出来即可,其艺术化的表达程度已经明显,主体性也已经充分体现。

另外,诗人直接从审美价值角度强化造型中之喻义性,此完全取决于主题的作用。诗人欲表达一种思想、感情、意义，就得寻找或借用一个与之有相应关联之外在世界之意义，并把此种意义造型转化为可以观照的，让意义通过外在于历史世界的造型而获得生命，同时凭借诗人主体作用去阐释一种历史世界存在之意义，把此种历史世界联系到原来属于精神之范畴、情感与思想方面。这里，意义起着统帅造型之作用，造型只是解释、表达乃至呈现意义的一种方法，只是隶属于意义，成为意义之一种审美手段。于是寻找意义与造型的某种相似点便成为此类喻义之关键。《西夏史诗》中剧诗、寓意、隐喻、意象喻义和显喻之运用均属此类。如寓意或是将抽象人格化，赋予爱、正义、风、水等以“神”的造型，或是用武器如刀、矛之类来表现战争，用花来表示季节。在隐喻和显喻中，意义与造型的喻义关系更直接，显喻用如、似之类词点明此种关系，隐喻则不予指明，如“雪在天地间秘密谈话”“奔马在萧萧的风上喷吐着夏日的火焰”“他们把大自然的天籁撕成碎片”等皆是隐喻。总之，《西夏史诗》中的意味造型艺术是意义与形式完全互渗、互相契合的一种美学形式。在作品进展之整个过程中，不论是怎样的意味性造型阶段，它的意义与造型、精神与物质皆已完全融合在一起，此即说明《西夏史诗》的意味性美学的自我永恒再向前进展就成为史诗美学的辉煌了。所以，我说《西夏史诗》是中国当代诗坛盛开的一朵真正绚丽多彩的美学之花，也是杨梓在作品中创造的一串丰厚的意味性造型独特的美学之果。

三、造型中的美学灵魂

杨梓是当代中国的实力诗人，他以一种深邃新颖的诗歌创作风格建构了一种崭新的诗歌美学体系——意味造型。他善于观察社会、历史与人生的各个层面，他已经成为一种独有的诗歌美学流派之代表，他创造了意味造型，使意味造型与类型化造型呈现方式相融合。他始终遵循的是古典与现代相融合的一条现代主义诗歌美学规律，始终坚持的是一条诗歌美学造型之路，此已成为杨梓诗歌的基本美学特色。他那卓尔不群的董拉及党项群像，就是意味造型创造中的类型化呈现，那些来自历史深处被称为党项后裔群像之造型，皆如同历史生活中之实有人物那样鲜活，成为凝注历史矛盾又饱含着对此矛盾的某种阐释在内的艺术生命。正是这些极具意味造型之群像，让诗人付出了既冷静分析又热情关注之心血。意味造型中之类型呈现，主要是体现其作品的某种典型性。杨梓揭示过历史世界中许多特征性生活事象，在一些爱情、狩猎、战争等实有之造型中广泛运用意味造型手段，尽力突显、丰富意味造型之表现力度与效果。杨梓所表现出来的这些包容性与开放性思维，正体现了诗歌美学造型创造之丰富与灵活。具有多元性色彩的意味造型对于他而言，已经成为一种惯常的艺术思维与美学自觉。

在杨梓的现代性史诗创作中，总是或多或少、自觉不自觉地采用一些类型化呈现方式。不管诗人明确主张如此，还是坚决反对如此，但对于以意味造型创造为主导特性的杨梓来说，他绝不会偏向一隅，而是多种艺术技巧和多种艺术表达方式并重，尽力让作品显得丰厚而意蕴深邃。杨梓正是这样一位苦心经营的诗人。在《西夏史诗》中，杨梓虽然采用神秘、怪谲、含蓄幽深之审美特性，但他也恰到好处地运用一些写实性呈现方式，以此略显类型化之特点。直接表达诗人对历史世界之看法，属于地道的类型化即具象造型范式。如《梦儿》中开始展示的就是卫慕力石在皮帐门口转来转去，心神不宁，在悬崖边已经等不下去了，正在此时，一个洪亮的声音响起——他被拯救。此处表现的是卫慕力石的思想矛盾、内心犹豫不决的性格矛盾。那个洪亮的声音飞进夜空时，碰疼了儿子的啼哭，力石的朋友费听那迎着儿子的哭声打马而来。当年卫慕力石骑着黑马抢走了费听那的阿妹，费听那请了邻族的妇女焚毁了卫慕力石之家，阿妹却端来盛酒的髑髅，他俩饮下血酒后成了兄弟，几十年后阿妹费听毛卓成了力石帐里的女人；毛卓的儿子成了卫慕家族的小王子，成了他们头顶上部落的万红月，随后被铁马驮进了太阳的酒罐里……此情此景，也明显带有一些类型化呈现色彩，让“历史人物”也带有一些部落族人的气质和情绪。故，杨梓在诗中传达了部落族人既宽大又狭隘、既分裂又统一的胸襟与心情：“当儿子还没有出生时 / 他们就找遍了众人的话语 / 始终找不到一

两个合适的音调 / 直到儿子诞生于四月 / 四月是山青水绿百花盛开梦想绵绵的季节 / 毛卓的阿妈从梦草甸匆匆赶来 / 梦草甸是毛卓生长的地方 / 她们还未见面就想到了一起 / 想到的都是梦的声音 / 梦儿 / 就成了儿子的名字 / 叫一声卫慕梦儿 / 恰好叫着力石的一个梦 / 一个水草丰美牛羊遍野族帐灿灿的梦/ 一个被党项创造又延续党项的梦”。这也是一种典型的抽象中的具象造型艺术手法,它的一个意外获取的结果,就是诗中人物与自然、历史世界等模糊现象之应和。诗题为《梦儿》,即可证明诗人叙述的历史世界中之此一现实为虚拟,而虚拟之中的历史细节又成为一种现实的实有,即抽象中之具象。诗人描绘的毕竟不是思想家或军事家，而是一个部落之行动与理想——为了一个共同的目标而不顾其他一切。历史现象决定了诗人审美对象之创造。因为诗人之总体目标是要揭示出民族历史的本质特性,张扬的是历史文化不灭的独有精神存在,故诗人在感情上倾向于“阿妹费听毛卓 / 成了力石帐里的女人”这一行为,费听氏内心是矛盾的、忧郁的,又似乎不得不如此。因为这是“一个水草丰美牛羊遍野族帐灿灿的梦 / 一个被党项创造又延续党项的梦”。你看诗中描绘的是一幅多么真实、多么动情的历史图像。诗人可能久久伫立沉思,也可能踯躅而若有所思,但皆在深沉地、含蓄地而颇有张力地叙述着历史时代之事件与发自内心之情思。诗人之一片向往之情、一颗赤诚之心跃然纸上,同时浮现在读者脑海之中。这说明意味造型创造高手杨梓同样擅长类型化呈现、具象造型,直接体现审美情感。他不仅会把接受者引入一个阔达无边、幽远深邃的宇宙时空中去,也会将接受者带入一个实实在在的人物与事件面前,让你揣摩此人物与事件之实际历史社会意义,使你能够感同身受。

所以,我认为《西夏史诗》是一部描写人对家园追寻的名作,是一部诗人自觉的美学创造。看表象,该诗作似乎截取的是一个有近二百年历史的西夏王朝的故事,一时间领会不出该史诗里的概括意义,然而,其意味造型创造赋予了该史诗以重要的审美价值。人同自己历史命运之斗争,成了这部史诗之最幽深之精髓。诗人之艺术取法非常宽泛,诗的一些篇章结构之严谨、节奏之轻重缓急、音乐之生命律动、意象之蕴含之美，让我们联想到希腊悲剧与莎士比亚的悲剧。我们之所以称这部史诗作品是一部经典作品——较之任何其他诗人的作品更为令人惊叹，就是它整体的诗歌美学创造是通过历史细节，把诗的审美特性展现出来，也就是说把民族历史生活方式之真理摆在读者面前。正如我们所期待的一样，诗人率真的热情与意味造型创造之喜悦以异常之力量表现了出来，而我们的意图最富有表现力的美学标志就是从诗人的史诗开始的。因为杨梓是现代诗歌美学的预言性诗人，是擅长抽象架构的抒情诗人，也不愧是表现主义诗人。他试图取消或限制个性之冲突在诗中之作用，他借助历史人物之性格达到一种诗的审美意象之密度，其中包含着历史意识，让史诗尽力显得丰富而具有造型深度，并能够被读者接受。故杨梓为实现自己的创作目的，不管采用什么艺术方式、表现手法，均将此方式、手法融合在他的诗歌造型活动中。无论是当初的抒情诗创作，还是后来的史诗创作，他均将一切艺术手段加以融合，并在融合里或多或少感到自己之所长，凭借自己的诗思与激情，尽力将它们融会到他个人的诗歌美学当中。所以我们在杨梓的诗歌创作中既可以看到类型化呈现方式，也可以看到抽象化创作方式，更可以看到具体的意味造型模态。人们从《西夏史诗》里最有类型化呈现的章节中可以读出意味造型之特点；在他最具意味造型创造的章节中，又能读出类型化呈现特性。一个是抽象性之造型创造，一个是现实性呈现特性，可谓相得益彰。无论读者对此阐释是否感到恰切，但在此种阐释中之“天飘地移”现象，也许正是诗人之表达方式、艺术手法的真实写照。

无论如何，杨梓这位当代实力诗人一直在拼命挤干历史世界中之实有水分，而取其精华来作为创作之素材；他描写梦一般的生命意义，使其他一切变得次要，使它们以别的方式逐步退却，由民族历史世界中凝聚的精华，由诗人自己的那个梦，向意味造型之深度掘进，建构了杨梓诗歌美学的基本特色，使他成为一个运用意味造型方式创造诗歌美学的诗人。只有通过意味造型创造之通道，或许方能触摸到杨梓诗歌美学的灵魂；只有从意味造型之角度，才能进入杨梓的诗歌美学世界。杨梓是一个沉迷于艺术世界之人，大胆做梦，艺术幻想，但他毕竟不能离开现实世界，故在他的审美情趣与笔下，也就不能不采纳现实世界中之意象，将此广泛“拿来”，融进历史世界。正是此一点，我们在解读杨梓时，才有了对他的双重肯定：或者说他把类型化呈现方式与寓言结合在一起，实现了他的艺术独创性；或者说他由于对现实世界中之意象筛选特别严格真实，才令那些纯写实性的作家也羡慕不已。当然，杨梓本身朴实真诚，表达对现实世界的关爱时同样非常朴素无华与自然而然，甚至可以将其列入类型化呈现特性的诗人之列；从截取一个历史时段作为史诗题材看，杨梓似乎属于类型化呈现特性之作家一族。《西夏史诗》在更高之程度上把握与反映历史世界时，把原本的东西与基本的东西、把对前所未有的事象的惊异表现得非常强烈。我认为，在杨梓的诗歌美学建构中虽然流露着类型化呈现特性的创造意绪，但在其作品中所彰显的意味造型创造明显高于其他创造。此即说明杨梓确实不是一个单一之诗人——他一则使用类型化之呈现方式，一则营构意味造型之审美律动。事实上，杨梓把类型化呈现特性与意味造型创造作为建构自己诗歌美学世界的两根柱子，在不同地方加以采用。

在艺术方式、技法的多样选择上，杨梓的精神与中外许多作家之精神相通。他系统钻研过古今中外的史诗文本，“中国有《格萨尔王》《玛纳斯》《江格尔》等少数民族英雄史诗，有史诗色彩的叙事诗，但没有达到西方史诗长度的汉语史诗文本。在中国诗人的心目中，史诗是故事或者小说”；“西方诗歌是以‘荷马史诗’为代表的史诗传统……《伊利亚特》《变形记》《熙德之歌》《神曲》《罗兰之歌》《失乐园》等史诗文本，重在叙事，缺乏抒情”（杨梓：《汉诗：世界诗歌的中心》）。他也十分敬佩列夫·托尔斯泰、莎士比亚、卡夫卡、歌德、海明威、帕斯、博尔赫斯、弗雷泽等大师。这就是他能够运用并融合多种艺术方式来进行意味性创造之基础，故他也是一个拥有多种创造诗歌造型方式的诗人。我的小结是：在具象之外求喻象，在喻象之外再求具象，或者是在具象之中包含喻象，在喻象之中含蕴具象，是杨梓诗歌意味造型之一种美学常态，也是一个富有永恒生命力的美学创造场域。杨梓三十多年的诗歌创作能够提供多种创作风格,而每一种风格似乎皆与具象和喻象不可分割,它们之间的联系可能会有程度上的差异,但无绝对分离。

第十章　诗与历史之间的审美张力

一、诗境中的美学景观

具象与喻象、类型化与意味性、写实性与抽象性之渗透、交叉、共存，形成了杨梓诗歌艺术的三种主要美学景观。

着眼于诗歌创作之嬗变，第一种是，诗人在选定类型化之呈现方式以后，又逐渐在意味造型中融进了多元性因素，类型化呈现蔚为壮观，意味造型创造更加绚丽多姿；第二种是，诗的意味造型创造途径在审美旅程中不仅形成了一种幽深的艺术隧道，而且逐渐显现出历史精神的丰富色泽性，在造型与历史之间形成了一种诗哲交融的审美张力。此种审美上的变化，并非杨梓作品的造型存在扬此抑彼之现象，也并非杨梓作品存在造型方式不多、美学路径不宽的现象。它向世人昭示的恰恰是诗人的诗歌造型是丰富的、无限的，造型之建构是多元的。对于杨梓来讲，他可以直陈，也可以暗示。他使用类型化呈现方式的时候，有必然写实之原因与意图；他坚持意味性或暗示性创造，那是他的主要美学创造特性，当然就有一种内在的驱动力与目的。类型化抑或意味性，全凭诗人之审美需要与机缘。

以《西夏史诗》来看，诗人从历史具象开始美学建构，但在其诗歌美学建构过程中大量采用或融入喻象建构模态，这是诗人在此史诗美学建构中的一个重要特征。在诗人处于自己的第一个选择之际，史诗在诗人脑海中处于造型的类型化状态，因为此时诗人正处于史诗之初始酝酿状态，必然要深入历史世界之重要事象与细节之中。在确立诗歌美学在民族历史格局中之地位后，如何确定历史与史诗之美学走向，诗人不能不深入思考。杨梓是以《西夏史诗》来达到此一点的。在此部史诗中，杨梓不再如早期创作那样充满某种浪漫激情气息，一切均以人生与大爱为依据，揭示1980年代的思想解放、心灵自由、新奇追索、大胆创造、社会变革、文化变迁等，而是以民族历史为依托，运用全新的艺术手法，打造了这部经典史诗。突然出现在无定河的独臂牧羊人在岸边郁郁孤行，陷入回忆：他从小就跟着党项大酋长拓跋思恭；他只射黑雕不射兔，只猎豺狼不猎鹿；他十五岁时就成为一名铁鹞子，随着绀青的狼烟离开赫连勃勃的白城，被活捉黄巢的呐喊卷进长安；他高举的月牙弯刀还未落下，即被凭空飞来的剑剁掉了右臂，他因剧烈的疼痛似幽咽之灵魂在天上飞翔；还是一双女人的手抚平了他身上的鳞伤，他的那只断臂也留在了异地，就如八千精锐的一半留在了长安，帮助汉人攻伐另一部分汉人，收复的是唐朝皇帝的国都，换回的是原本属于党项人的五州之地，和拓跋思恭在五州称王的权力；中原赐予先祖拓跋赤辞的李姓，再次赐在夏国公的头上，而他从一名英雄回到了牧羊人。独臂牧羊人可以算作是一个英雄，一个对拓跋思恭不乏尊敬、拥戴与对羊群体贴宠爱的部落男性。羊群在他眼里应当就是一抹“晚霞”，一块“石头”，一颗“灵魂”。当他从英雄回到牧羊人的时候，又好像看见夏州栅栏里的羊群与黄昏中茕茕孑立的右臂，仿佛那是他寻找家园的孩子，他丢失的右臂即如丢失的羊群，他丢失的羊群比他当年丢失了自己的右臂更加令人心疼；他离开了自己的战马与疆场，却碰到了一位如自己右臂一样亲切的女人；他丢失了大酋长的羊群，就如丢失了自己新婚的性命。可见，羊群就是独臂牧羊人之生命与灵魂。在最关键之时刻，独臂牧羊人没有去疗伤，没有去寻找被砍断的右臂，而是心中装满羊群；他溺爱羊群，因为那一百零八只山羊带走的是他的灵魂，他的目光穿过黑夜，眼前的石头似乎都是他的羊群。“牧羊人是耶壮的子孙 / 但他不能像耶壮那样 / 在大地的边缘找寻丢失的牛羊 / 牧羊人在无定河岸郁郁孤行 / 不敢再想他的羊群回到了夏州 / 仿佛从牧

羊人回到了人本身 / 从无定河回到了黄河”。然而，牧羊人似乎震惊了、清醒了，他冷静地认识到自身之衍变，因而不敢再想“羊群回到了夏州”“回到了人本身”。作品十分生动地反映了历史变迁中之生活现状与人、历史之命运，因而成为历史过程中一声勇敢洪亮的呐喊与呼唤。觉醒的牧羊人也成为一切被束缚、被支配而追求“人本身”部落的象征。是人本身从无定河回到了黄河。意象的组合、造型创造的语境中包裹着的是浪漫飞扬的神采，诗行里跳动的是按捺不住的心灵。杨梓的历史文化意识是要努力去探索、变革，牧羊人的孤独自我之体现与大爱意识之倾注，往往是诗人主观体验之自现与流露。意味造型在此可以解读为对历史世界不作干预而专注于主观体验的审美观照，并且隐含于梦呓、钟情、徘徊、孤独、忧郁、英雄与人之间。此与诗歌的主体性关系莫大，诗所获取“有意味的形式”（克莱夫·贝尔语）、提升美感度，与创作主体对自身心灵世界之审视与不断探寻之程度相关，在主体决定于客体的前提下，主体应具有更大、更强烈的自主性与灵活性，诗人之于诗是独立的，此乃史诗获取永恒生命之根源。《西夏史诗》同样来自诗人之心灵体验，作为人之权力、意志、正常要求的载体，它其实是现代文明社会开始共同寻找人的主体性的涟漪而已。杨梓在独臂牧羊人身上之主体表征，使创作主体在史诗实践中获得了从未有过的痛苦和愉悦，体验到心灵时空之无限邈远与奥秘之存在，人的生命被激活了。《西夏史诗》之成功与广泛影响，正是来自诗人对历史生活一丝不苟之汲取与严格的艺术书写。史诗之魔力还在于：它揭开了人类历史往往蒙在人们头上的那层温情脉脉之面纱，即不为人知之一面，也暴露了历史面目上的某些污垢，这就难免让人们赞颂之后而面面相觑。故，杨梓的此部史诗对历史世界之穿越，是把人们的真实的历史生活处境展示给那些原本生活在猜测、虚幻之中的人们。《西夏史诗》之力量之所以如此强大，显然与诗人对这一历史世界之描绘和采用的类型化呈现以及意味造型之艺术融合有关。

在《坚守夏州城》中，诗人采用带有剧诗色彩之形式，描绘了城外后唐大军与城内党项人激战之侧面；《杀鬼招魂》则描述了拓跋德明开拓河西走廊之一面;《宗哥之神》则勾勒出元昊击败回鹘攻下肃、瓜、沙三州之场面。这三个侧面负载着各自的使命,证明古代战争对普通民众如蝼蚁般之蹂躏,也揭示了封建统治者对庶民之生存置之不顾,也歌颂了古代各部落为寻找自己家园而献出生命的不屈不挠的精神。故,我们综合起来细读这些史诗章节,就会发现其恰好构成了西夏建立前后的一幅真实生动的画卷。不论是党项人盲女巫,还是拓跋氏,或是元昊之征战等,这些造型都充满了人性之光彩,其坚忍不拔的英雄气概成为呼唤各部族勇敢进行斗争、追寻家园的一种强大召唤力量。这些叙事构型模态显然融进了类型化之呈现特性,在具有类型化呈现色彩之章节中,盲女巫是史诗由始至终的灵魂人物,她在先锋折回的地方建了一座逼肖甘州的城池,在城头扎了一个命名为夜落纥的草人,万子太保与军师张浦都射中了九箭,年仅五岁的元昊却一箭就将草人射落城下。此时,一代代盲女巫祖露出她们迷人之风采与青春风韵,众将士一片欢腾,群马也爆发出呼唤声,德明把元昊抱到夷枭马上,仿佛看见儿子将甘州城一举拔掉了。一时间,他们感到有了希望,在欢呼中跳跃,在欢呼中歌唱,“听见向西逃窜的回鹘 / 唱着匈奴当年唱过的歌 // 我失焉支山 / 我的牛羊无光泽 / 我失胭脂山/我的女人无颜色”。后来击败回鹘攻下肃、瓜、沙三州时,似乎感到完成了祖父两代之遗愿,才把兴州之右手伸到玉门,在大庆元年冬,元昊经过近半年的养精蓄锐,再度大兵压境,渡过刺骨的宗哥河,当他的军马误入深水溺死一半时,元昊一阵眩晕,滚到岸边,他看了一眼即将结冰的宗哥河,又一次觉得宗哥河是神的河流。“来自青海湖畔汇入黄河 / 正如党项汉人和吐蕃来自不同的源头 / 但都是黄河的儿女 / 都流淌着生命的本性 / 激荡着部族的气节 / 放射着神灵的荣光”。

史诗作品至此已经涉及了一个敏感的话题——战争。由于战争的艰苦卓绝,部落各族难免产生心理冲突与摇摆,战争导致部落之间冲突的蔓延、扩张,这是实实在在的历史存在。诗中借宗哥河这条神河,道出了外在的人之个体与所处战争环境的搏斗,在刹那间转换为个体内在精神世界之冲突,但或许是由此一造型表现在审美宽度、长度上皆给人一种“视觉惊奇”,亦由此一造型本身具有的内在思想因素,我们可以暂时找到一种“神智性”的满足。这些拟人的心理描述,是诗人试图在一定的战争情境中表达人的苦难与思想的深度,更多带有神智的自觉性。《西夏史诗》之形态是开放性结构,时空转换已无古今中外之界限,董拉、独臂牧羊人、盲女巫、张浦、元昊等人物造型在不同时段登场,各种心理(内在)活动与生死拼搏(外在)交相呼应,互为映衬,加之剧诗特性杂糅,使得一般性军事演练之意义变得深邃远大。杨梓在审美形态上的理性创作实践, 也使史诗形态在接受对象看来是可以产生种种变异、惊奇之美的客观存在。《西夏史诗》几乎全部投入到对历史与审美形态自身要求的实践中,在叙述方式上采取结构中的结构之方法,让接受对象为其结构形态之奥妙所晕眩,而其背后则是创作主体在叙述文本上的展现,这就是现代主义的审美意识——叙事方式的变化与奇绝之表达。杨梓在其史诗之创作形态上几乎竭尽全部智慧与才情,让史诗变幻莫测、不拘一格,形态之接受对客体对象来说,愈来愈像一座艺术的“迷宫”,史诗创作形态上的各种方式方法之吸收融合,似已淋漓尽致。与此同时,杨梓在一些章节上也选择了与接受对象在特定民族文化背景下更能相互沟通之方式——给读者以好读、实在(具象)之描绘和易使读者精神兴奋的细节或情节。党项人与汉人、吐蕃人虽然来自不同的源头,但毕竟祖辈“都是黄河的儿女”,其体内“都流淌着生命的本性”。“来自积雪山脉和白高河源的党项”,“自古到今永葆纯洁的原色”;党项以白鹰、白羊为图腾,董部酋长与天河秘密对话;党项崇尚白石和白骨,山顶发生一场剧烈爆炸,“炸飞的白石落到世界各地”,“每一块白石都传出婴儿的啼哭”,其“白色的石头上刻满了传说”,其“白色的骨头里流淌着血脉”,“为一口气而活的党项”,永远追寻着反复被焚毁的家园。一代代党项人并不是为自己活着,而是为了追寻家园这一具有重要意义之实事——一种精神,一种灵魂而活着。落到世界各地的“白石”之意象,具有深远阔达之思想意义与审美意义。这使我想到陀思妥耶夫斯基在他的小说《卡拉马佐夫兄弟》中,借卡拉马佐夫兄弟之口讲到的一段话:“我想去一趟欧洲,因为我知道,那只是墓地,但却是最宝贵的墓地。就是这样。有价值的死者躺在那里,墓地上的每一块石头都载明过去那炽烈的生活，载明他们对自己的功绩、自己的真理、自己的斗争和自己的科学的热情信念。我预先知道，我走到这个地方，将吻那些石头，并在它面前流泪——那时我将用整个的心灵确信：它早已成为墓地，决不是别的。”建设家园是一件壮丽的事情，然而还有更壮丽的事情，那就是追寻历史世界之真理。不是经过家园，而是经过历史世界之真理走上通天之家园之路。元昊虽然创建了西夏，但他根本不懂在宋、辽之间怎样立足，他明明感到一场灾难正在孕育，但他找不到灾难的源头。当韩琦大将军收起残兵败将，挥泪掩埋死去的将士时，几千名父老乡亲捧着士兵穿过的衣服，撒着纸钱，站在寒风中一声声撕心裂肺地喊着“归来吧　我的爹爹”“归来吧　我的夫君”“归来吧　我的儿子”(《招魂》)。这些苦情，没有一种不是因为战争。所以，西夏人为寻求自己的家园而不断拼搏，为其他民族带来巨大的灾难。然而，除了这些战争之因素以外，诗人之笔触涉及了更为复杂的历史社会现象，提出了更多的历史社会问题，其造型创造之基本方式就是范型化与意味性之融合。诗人对此部作品之表白，充分证明了这些。他在《序诗·黄河之曲》中反复表示：“你从哪里来”“你向哪里去”“你是谁”；“你”带着纸、笔、酒，“只为一个古老而遥远的梦”，“在有我与无我之间”，看见“一片片叶子与王国一起沉落”；又“从阿妈熠熠闪光的名字里 / 探寻山之根和水之源的本真”。诗人对历史命运欲从多方面进行揭示，不是单纯的历史学描述，也没有一味地进行战争纪实叙述，或进行伦理说教，而是综合了历史、民族、心理、社会环境等因素构成一部史诗。对于历史群像的造型创造，杨梓不相信简单的历史造型，实际上是反对历史造型创造上的类型化倾向，即对人物造型进行概括性之解读，如此人愚蠢、彼人粗野，此人嫉妒、彼人吝啬等；他提倡美丑并举，并在艺术践行中尽力将人物造型创造得更加丰富多彩，此乃对范型化造型的丰富复杂之认同。故处于历史世界之隧道的杨梓，依然是一个典型化的倡导者。他以强大的历史观照力量显示着史诗之特色。“他有一把剑 / 但他不知道剑来自哪里 / 他记得一位侠客吹剑如笛 / 笛声涉及之处电闪雷鸣 / 他梦醒之后漫天飞雪”。所以我们又说，杨梓的史诗作品既以绘制历史生活画面见长，也以充满幻想、幻象之多重意象造型而著称。这是诗人之审美幽思始终踩踏着民族历史的脚印去寻求更深更远认知之意味。

二、意象中的审美幽思

杨梓是一位审美意识十分阔达的诗人，像一座永动机。他的激情之火一经审美调动即无法熄灭。在《西夏史诗》创作中，他就以大写意之神功，全力描述历史世界中人物的内心冲突，在审美表达上具有精炼与简洁之特点。诗人由对历史世界问题之把握，逐步转向对人类命运与普遍意义之探寻，以具象历史世界创造为依托之表达逐步衍变为抽象的意味造型创造。以历史世界为主导的史诗建构渐趋淡化，党项人的精神、性格、形貌以及心理意识逐渐被抽象的意味造型所取代，直至凸显为构筑史诗的美学支柱。如此，史诗强化了引发人们对历史世界进行理性思考的力量。这样，作品中的人物造型、审美意象、历史事件除了突显它们各自的意义外，事实上已成为某种思想感情、某种历史经验、某种精神文化活动之外在显现与载体。通过这些人物造型、审美意象、历史事件，读者深切地感受到这部史诗作品的深刻意蕴，其中显露出某种神秘色彩。这是杨梓诗歌美学一以贯之的特色，充分说明杨梓是一位非常具有审美创造能力的诗人，这不仅使他可以在具象造型创造上获得成功，而且在意味造型创造方面更具有一种超强的能力，以此来探索人的精神世界。

在《与酒同醉》中，对酒的描写本可能成为展示酒之特性的内容，但此类描写实际上已被大大减弱，不再具有客观的物理意义和实用性质。“一朵白云　你嗅到的一股酒香 / 仿佛青藏高原的蓝天都飘向祭祀的火焰”；作为一个大酿酒师，“青稞在皮绳紧箍的木桶上 / 升起一双透明的手 / 一片鸽子眼里的天空”；俯视江河的黎明，酒的“灵魂已被吮吸”，酒的力量已逐渐开始挥发；“你和那朵沉醉的云一起沉醉/ 在沉醉的风上放开穿透死亡的羌笛 / 你就是党项啊 / 就是青藏高原不落的旌旗与太阳 / 党项人永远祭拜的祖先和神灵”，这就是党项人“与酒同醉”的表达。在内心，他们的精神并没有死亡，他们

“浸泡于沉醉的酒中”，和着笛声唱着一首呕心沥血的歌。当象征着精神力量的酒和着笛声去征战时，党项人却“永远醉在酒飘舞的灵气里”，此时仿佛“只有酒才使他通体亮成一片鸟羽 / 在蓝天白云间自由不羁地飞翔”；此时的酒，又成为党项人一种新的精神与激情，只有酒才酿造了他们真诚的生命，才看见“酿酒人的酒源源不断地流成江河 / 流向北去的黄河　流进南下的白高河/ 党项人与事物对话的心扉被酒打开 / 鹿和水草都会唱出石头里的歌谣 / 无边无际的酒站成原始森林的火焰 / 飘舞的气息一如顶天立地的酒旗 / 党项人的额头上闪耀着神灵的光辉 / 数不清的太阳和酒一起跳着鹰旋之舞”。党项人终于登上了新的极顶，酒开始流向黄河；酒给了党项人与外部世界对话的勇气与智慧；酒酿成森林之火焰，给党项人挂上了酒的旗帜，党项人的额头上也开始闪耀着神灵之光。诗在此的寓意相当丰富、深刻。从嗅酒到飘香的酒，到逐渐上升为酒的力量看，党项人即将迎来一个新的时代，让寻找家园的内心有了些许黎明之曙色。党项人的精神力量似乎已超越了他们的行动力量。作为酿酒人，从不饮酒的党项人仿佛此时才开始意识到自己光辉的历史使命，这完全是一种历史的必然。党项人永远不会死，他们“已经莅临松潘星光灿烂的夜空”，给酿酒人一个壶罐，盛满天地的乳汁、血液和骨髓，“洒下一片返回天真和家园的歌舞”，“怒放的花朵传出啾啾唧唧的乐声”，这里的酒、你、沉醉的云、羌笛、飘舞、壶罐、骨髓、乐声、灵气等围绕着酒的各种意象，象征着至高无上的精神追求。“酒”意味着党项人的一种内在精神力量。党项人只要用整个生命、全部热情去追求，就能铸就一个巨大的精神空间，就能获得一个至高无上的神灵世界，最终就能寻找到属于自己的理想家园。

《盲女巫与白骁马》一诗，则将时间之百年凝成历史之一瞬，让幻化出的盲女巫与天帝普寞的使者白骁马同置一处，加大加深了史诗所要表达的时空容量。此诗之重点，是对党项人追寻家园的苦难与灵魂的歌唱。白骁马来到躺在碧草丛中的盲女巫身边，盲女巫说：“我知道你会来到 / 我不会骑在你的身上 / 我知道你主宰着我的命运 / 我的眼睛看不见这个世界 / 我用灵魂观看一切……我看生命的酸甜苦辣 / 命运的白骁马啊　请告诉我 / 我怎样才能看见

过去和未来 / 看见天堂天境与地界地狱”。白骁马对盲女巫说:“你看见什么就是什么”。盲女巫所处之地,乃大酋长党项之属地,一望无际的草海上有牛、羊、马、猪和帐篷,空气清新,阳光明媚。故盲女巫告诉白骁马,自己“看黄花虫唧和酸甜”,幸福得像小溪、岩石、星星,但她也看见了人的灵魂深处的丑恶,并不断思考,还请白骁马告诉她,她何时才能从痛苦的深渊中走出来。白骁马似乎在安慰盲女巫,“把你放回你自己里”,“你的命运 / 是不逝的祈祷 / 是不死的歌舞”。美丽的盲女巫说着类似的梦话。一瞬间,她似已失去了生活之欲望,真话反而成为疯话;白骁马以使者的身份安慰着她,没有多余的话。人与人之间相互明白对方之心思,又在进行着一场精神之旅,你要问我你自己的命运如何,我只能告诉你你就是你自己的命运。盲女巫知道自己在母亲腹中就是盲孩,不知道阿爸是谁,自己出生后就失去了阿妈;自己曾与世界万物对过话,包括太阳月亮星星、花草树木鸟鱼虫兽、江河石头、雷电风雨、春夏秋冬、痛苦死亡等,最终欲与神灵对话,可白骁马告诉她只能沉默。盲女巫的一些要求虽然自身不清楚、不明白,不知道究竟能有什么结果,但诗人在创作活动中强烈地表现出个体自我灵魂之突显、主观意绪的深刻感受,并刻意强化历史深处的动荡,同时注入一些哲思理念,形成诗哲交融之画面。

寻找家园(包括物质与精神)是《西夏史诗》思考与面临的根本命题之一。其物质与精神主体的不断对象化造成寻找家园的民族历史极端化,作品中人物的焦虑近乎绝望,诗人不得不以诗之形态聚变、抽象等来确证历史存在的价值,此也是近代文明社会存在的基本问题之一,甚至演变为不可挣脱的、具有广泛意义的一种历史精神。不过,即便试图超越历史本身存在的价值,而在物质与精神存在的逻辑、规律中搜索能与主客体产生和谐关系的可能性,寻找自身总是在“长如百年短似一瞬的日子”,“凝成一尊石头的咒语”,“幽幽地吐露着真纯的芳泽”,总是如“影”如“身”相随相伴。否则,寻找物质与精神家园之存在将失去意义。诗人不能安排盲女巫与白骁马跃入如此一种理论境遇中去,而只能在具体的物质与精神中寻找,只要在审美形态里裸露出其灵魂,即已达到逻辑自足。这也证明个体存在的最基本而又表象化的价值意义——

活生生之灵魂能在历史世界中独立运思。“没有亲情友情爱情的盲女巫 / 永远激发着男人的爱情 / 创造着心的家园 / 诗一样冰清玉洁的盲女巫 / 永远升腾着灵魂的歌唱”。诗句间注满了强烈的坚毅精神，其中挺立的却是一个处境艰难、精神无望、向世界挑战的党项人物造型。挑战是勇往直前的精神动力，在无形之神灵面前，盲女巫还是要让白骁马告诉她“我的命运”，自我疑问之提出，正是在心灵震颤中形成的。“你”只是一名被当作“永远升腾着灵魂的歌唱”者，“永远狂舞着精神的原气与影子”，而且永远隐蔽在弱者的心灵深处。因此，这些灵魂的歌唱、精神的狂舞已成为一首意味性造型的象征之曲，它是借梦幻世界“浮出高原的呻吟”。它是荒地隆起的碧草花丛，只有在未来，才会有和煦的阳光与干净纯洁之爱情，才会有物质与精神之家园。诗人在类型化的呈现特性上颇显成功，让盲女巫、白骁马立在眼前，在意味造型的抽象凝聚上强化幽思。诗人在此两个方面之渗透与融合，对于当代中国史诗来说，是一个独特的创造。

三、灵魂关切与历史终结

杨梓的诗歌创作历来重视意味造型创造，他比较广泛地受到过西方象征主义诗人之影响，故在诗歌创作中历来比较重视意味造型。在《西夏史诗》中，由于诗人是在历史深处进行审美体验，所以其意味造型机能始终全力支撑着史诗的美学架构。前举盲女巫、白骁马造型，即是突出之一例。诗中“高原的风”“追寻家园的苦难苍凉和悲壮”，以及伤口、白雪、迁徙的歌、血色的荣光、被鹰“驮向不落的太阳的旗帜”等意象，皆系意味造型机能。其中“不落的太阳的旗帜”，喻示着党项人对物质与精神家园之追寻与热爱，对美好未来世界充满憧憬。人物造型的精神境界与勇往直前的不断追寻，通过其造型创造得到了简洁、明晰、丰富、厚重之表现。《永远的昭示》一诗，别开生面，别具风格；《太阳根》《蓬勃向上的山脉》等诗，均以对古老历史文明的呼唤、对古老历史文化的颂赞为其旨要；在《修行榆林窟》《与雪同在》中，用意味造型机能创造着崭新的审美天地。杨梓的这部史诗富于哲学意蕴，从诗中可以体验宇宙人生。诗人的一些意向组合、叠合、重合，读来实在令人感佩。诗之幽深意味之美，皆蕴藏在一些意象与造型之中。杨梓曾在多种场合讲过诗是不能说明的，“诗的本质是简约、节奏、意境等”，“诗性语言是物象内心化、感觉具象化了的语言，是情思与具象融合的语言”(《骊歌十二行·代序》)。杨梓的《西夏史诗》是一个启迪人寻根溯源、认识历史的潜在性和趋向性的审美世界，具有一种远大无限的审美意味功能。史诗之世界无论是处在现实世界之窗口，还是处在历史世界之深处，皆以其鲜明的意味造型创造，揭示了人的内在生命世界之奥秘。所以诗人所谓“诗的本质是简约、节奏、意境”“物象内心化、感觉具象化”“情思与具象融合”等观念，皆是指诗之意味、诗之造型、诗之呈现等。《盲女巫与白骁马》已经不是在描绘一个实在之部落半人半神的人物，诗人是在写盲女巫此时此刻内心的一种尴尬感，即由盲女巫所折射出的人之个体性被历史所抛弃之认知，或者说被抛弃感。

《西夏史诗》是对西夏历史之凭吊或审美歌吟，多取类型化历史写实精神予以呈现，目的是为了表达意味造型创造所蕴含之喻义。《女栅》以一幅岩画上男孩布云与女孩的恋爱为诗之架构，意味深长地表达了诗人对爱情之美、文化之蕴、生命之力之吟诵。故诗中之十六的月亮在泾河上洒下的那一片岩画，已非石壁上实有之岩画，它是对人之诱惑；诗中之烧制的彩色陶罐已非实有之陶罐，它是存在于人的精神中之一种文化符号；诗中沁人肺腑之花瓣、随风摇曳的青草、布云与女孩仿佛在跳连臂舞、模仿比翼鸟之飞翔等，亦非实有之历史事象，而是党项人在特定境遇中的一种灵魂表述。党项人在追寻家园的历史循环中，希望与困境伴随始终，历史时代之动荡与灵魂之升降便衍生出深重而沉滞、美好而自由的人本意识，即党项人为追寻家园之独立、前途命运而焦虑，为寻求物质与精神而奔走。杨梓深切地感受到“一切历史都是当代史”(克罗齐语)之深刻含义，在历史社会中，党项各个部落之间以及人与人之间均需要一种互相尊重、相互协同、相互信任之表现，诗人要对人进行倾心探求，表达对人的灵魂关切。杨梓对人倾注着全身心之情感，既是对推动历史世界前行之透现，又是对现实世界感受之重新审知，借此挖掘人原本存在之美、善，表达出人心向善之人文思想，同时又是对人类理性与情感之探究，重塑独异于其他人之形象。《女栅》就很好地体现了人本诗学的这一侧面。杨梓多是带着历史的个体心理体验与审美镜像走进《西夏史诗》的。“你背靠陵塔席地而坐 / 豪饮着无情的西风和大雪 / 还有烈性的马啸”（《序诗·黄河之曲》）。此种人间豪情之背后，实际蕴含着诗人沉重的历史思考。我想：民族历史之所以会对诗人有特殊的吸引力，可能与诗人采取的那种特殊的意味造型手法有关。意味造型的独特音律也使诗人感到莫大的兴味。此部史诗之意象营构十分奇特，其蕴含之美让人流连忘返，其中之意象既是一种意味造型，也是一种喻义暗示。他的抒情章节往往采用低回、婉曲、悠长之音律来隐隐约约地表达自己的意绪。他叙述西夏历史，即站在时代之最尖端鸟瞰人类，特别是看西夏人是如何走过来又如何应对人所面临的一些问题，最终如何立志追寻自己的家园。在艺术表达方面，诗人采用意象之重叠交融，在一个母意象之下根据具象之辐射效应选择子意象，在一个子意象上又映照着另一个或多个子意象，使子意象之间互相渗透，成为一个新的意象群，使意象在互相“对话”的同时，仍保持着各自之独特功能性。此方式颇类似于西方立体主义绘画中之图形，你中有我，我中有你，相互渗透，相互重叠。此即意象映照下史诗的意味造型。20 世纪的中国经历了 80 年代各种文化艺术思潮之洗礼，进入 90 年代后，本土传统文化艺术逐渐回归，古典语文之神韵在语义层面上被杨梓赋予了深刻而有无限力量之认知与创造，成为诗中意味造型之手段与喻义符号，其人文意义被转换成美学价值。在时代之赋予下，诗人环顾生命之荒原，久久伫立在王国之废墟前，决意要在贺兰山之心脏重现党项之家园。于是 20 世纪末，历史文化史诗《西夏》上卷出版。“你成为一朵朵含苞待放的雪 / 随着一个旷远空廖的声音 / 一曲倾诉不尽的羌笛之乐 / 在贺兰山脉环绕轻翔 / 黄河上下高亢低回 / 天上地下漫游流徙”（《序诗·黄河之曲》）。史诗中的意味造型手法娴熟，意味性喻义丰富多元，审美寓意深邃悠远。对西夏历史的深入揭橥，对历史话语的直接介入，已使史诗成为历史生活之一种感应神经。史诗之创造，给人们带来的是一种广阔辽远、幽深神秘的美感认定，表明不论使用何种艺术方式、选择何种题材的诗人，均能以综合性的审美手段打造自己的精美造型。从最初“似梦非梦的幻境”，到看见“这里有一个优秀的民族”和“一座辉煌神秘的王国”，诗人一直处于历史语境中，从梦幻、彷徨到清醒、沉醉、激荡、燃烧，诗人以其诚挚、热烈、激昂、深厚之历史诗章，加入了历史与文化的美学大合唱，经历了一场审美心路历程。摆在读者面前的此部史诗，显得那么凝重厚重，直接抒发了诗人对西夏历史的思索，对中华民族历史文化刻骨铭心之热爱。西夏人为追寻家园，对自己心灵之摧残令诗人心碎如焚，诗人那颤抖的手掌在抚摸着西夏残存之废墟：“谁俯视着他们的每一次迁徙 / 冬眠的牧草于积雪深处睁开双眼 / 浮冰撞碎摩崖的巨响震碎落日 / 谁看见漫天乌云裂开一道道光芒的伤口 / 一群野马天崩地倾地驰过山谷 / 刚强有力的马蹄击打着家园的方向 / 谁把天空的巨手指向南方 / 大地被阵阵狂风卷起又重重抛下 / 远去的冬日长出一片诱惑的色彩 / 猎牧的民族开始迁徙 / 告别可可西里 / 你苦难的历程从此开始”(《永远的昭示》)。这里充满深情的抒写，强烈地表达了诗人内心之震颤，他感受到了西夏人即将开始的那场苦难之旅。“这是怎样的一次迁徙啊 / 一次迁徙便是一万次生命的追寻 / 不管哪个方向萌芽的芳草都是同一种信念”。西夏人对自己的未来充满希望，所以为了“同一种信念”，哪怕“是跨越生命的生命”，也要寻找到“丰美的家园”(《逐水草而居》)。杨梓的这些具象中有抽象、抽象中有具象的艺术创造皆属于意味造型系统。总之，杨梓的意味造型创造以类型化方式得以呈现，以此构建了他诗歌美学的多重景观。

另一种诗歌美学景观，就是史诗创作过程中的一些特定章节之特征展现。在此类章节中，具象、喻象共时存在，类型化呈现与意味造型之营构融会贯通，此两方面之有机融合形成了史诗之特色：既不同于具象创造，也不同于喻象创造，而是二者兼而有之。故对此类章节作品，我们很难分类。说是具象，喻象元素也很多；说是喻象，具象元素也不少。此种创作景观，表明《西夏史诗》造型之多重性与灵活性均被诗人发挥到极致。一部长达 13500 多行的《西夏史诗》，浓烈地体现了杨梓诗歌意味造型的多种方式与多样手法，必定有诗人艰难的探索与融合精神。在《神啊　请你君临》中，其审美空间相当广大深远。此诗采用剧诗之特性——领唱、合唱之方式，围绕党项人为了熬过“最残酷的七月”而深情祈祷神助力之故事，展开了人与神之对话，并由此对话产生了追寻家园之精神内在动力。现实世界为党项人以及“羊奶果子里长大的英雄们/牦牛狼群里长大的一个个家族”和“西羌吐蕃吐谷浑女人里长大的一座座部落”，一起向各种神祈祷赐给他们食物，集中揭示了党项各部落族人思想观念与现实之冲突。人们幻想着有“猛烈的阳光为箭镞涂上一片金黄”，曾经的陷阱也潜伏着芳香，曾经的力量也浸透了各种刀具；一头挟风而来的虎，被拉杰术名一棍砸出“喷薄的朝霞”，“雪陷进雪中/党项仿佛从雪中升起”，人们看到了未来之希望，各类美好、善良之造型跃然纸上。此类描写，实际均是党项各部落族人幻想的现实世界之存在，是诗人借助幻想所建构的一种特定历史语境中的审美对象。故在此首诗中，历史生活之写实与幻象梦境之捕捉、历史生活与理想追求构成了一个双重的审美世界。它有历史世界写实之一面，此种实有复现了历史世界之事象。领唱者与合唱者对党项人追寻家园之呼唤，以及对所处困境之倾诉，对神之崇拜与祈祷，正是以抽象中之具象方式体现的。同时，它又是意味造型之创造，通过党项人之领唱者与合唱者的故事，与幻想神之故事，暗示了党项人从诞生起直至未来的某一天皆是善良、仁慈、坚毅的。党项人之间应该“依偎着一丝淡淡的希望互相取暖”，“每一个部落的子民”都要祈祷神原谅他们的过失，赐火种给他们，“并且一代一代不熄地传递”下去。部落酋长象征着传统的、原始的宽大仁爱，党项子孙后代象征着未来的更高意义上之真善。在人类历史进程中，个体有时显得很无奈，没有生存之食物，没有生存之空间，只要肉体存在，就要强打精神进行生死搏斗，历史传说的肉体虽灭，但精神永远不死，表示着现实困境之逼迫不能彻底泯灭人对真善以及生存家园之追求。这使《神啊　请你君临》体现和暗示双重审美意义，既充分揭示了历史社会中人的生存困境，也深入地探索了人类历史的艰难、衍变与发展。

此一倾向，在杨梓的《西夏史诗》中始终在延续与强化，显示出奇异独特之色彩。历史内容与线索时隐时现，它完全埋藏在艺术的审美殿堂四壁。作品中除人与历史以外，有对野生动物的捕捉与保护，有虎、狼、狮、豹辗转迁徙求生存之垂死争斗，有大鸟、大雁、大鹰临危不惧之受难和痛苦之精神求索，有部落族人之间的冲突与合作，有浴血苦战的历史叙述，有爱情婚姻之甜蜜与苦涩之体味……对这样一部作品，作某种单一之评价已无可能。它很像一部西域地理文学作品，江河湖海之呈示演绎从始至终占有重要篇章；它又像一部描绘各种动物、植物的文学作品，动物、植物之间的“对话”性场景在各个章节中都有比较充分的描述；它又像一幅世俗历史生活图画，不同的部落带着不同的性格特性，在此作品中也有丰富的描写与刻画。其实，它已是一部关于民族历史文化的诗歌艺术群芳圃，有实在的历史描述，有历史所激起的天光地色之叙述，借此建构了虚实相生之诗歌艺术整体。故史诗之造型创造方式仍是类型化呈现与意味造型，它创造了民族历史文化独特的审美境界。诗人描绘民族历史时，没有放弃对历史社会的关注与批判，在追求史诗艺术丰赡之同时，审美特质是诗人考虑的重点。在《祭天》中，部落酋长董拉面对喷涌着漆黑的怒火，急切地催促孩子们尽快离开，此描写体现的就是在特定历史语境中逃逸之思想；“山里的每一块白石里都有一个可爱的婴儿 / 她与荒山野艾喁喁对语”，党项人内心世界神奇奥妙的毅力开始涌动起来，开始重新寻思走向更远的世界；董拉面对西天长跪，颤动的双唇郎朗祈祷，体现的是党项人完全在梦境与潜意识里畅游，审视着世界冷暖的主题；玛雪的梦长出双翅，董拉的目光流出一丝丝血红的忧伤，表达的是党项首领对他们的生存与追寻家园的沉沉担忧，提出了西夏历史社会所面临的种种问题。同时，史诗又充满寓意性，不仅是在描写各个部落的生存困境与追寻家园之艰难，而且通过史诗作品中对某些具象事件与人物和动物命运之叙述，暗示了很重要的一个方面：人类历史在不断前行之同时，人类自己也在毁灭自己。人类对动物的使用，是在割断自己与自然之间的和谐关系；而人类滋生出的一些欲望，正是人类戕害自身之写照。特别是西夏立国造成西域部落民族之间互相残杀之悲剧形象地注解了人类的悲剧正是人类自身之贪婪欲望造成之结果。苍狼燃烧着复仇的目光，一步一片灰烬地逼向原羊，穿着羊皮骑着野马握着弓箭的饿鬼们向董拉吼道“你当年从我的手心逃掉/我没有吃上你儿子的肉而痛苦万分”,这绝不只是个体生命意义之沦丧,而是对整个人类弱肉强食之掠夺。史诗之劝谕性是:人类啊人类,西夏之路就在你的面前,是沿着继续行走,还是绕道过去全凭自身。我们可以从《西夏史诗》中感受到一种传统的力量,以及史诗影响人们朝着黑格尔和马克思预言的“历史的终结”方向发展的事实。人认知社会及选择生存方式的理性成长与人的身心成长、经验积累及无法逆转的灾难教训,在《西夏史诗》中都有着象征、隐喻和类比关系。具象创造与喻象营构,直接表达的意义与间接暗示的意义,使史诗具有一种独特的审美价值:使人神思邈远,思考人对自身的、对自然的、对宇宙的终极认知态度。具象描写不可或缺,有其自身的造型价值,也是对意味造型意义之一种有形呈示;喻象之手法也不能舍弃,它提升与凝聚了历史世界中实有之价值,能让作品超越有限事象之羁绊,把人推向一种灵魂深邃之拷问。对杨梓《西夏史诗》之审美价值建构来说,它的复杂性与丰富性证明其史诗造型已经超越人们对具象或喻象之单一认知模式。

第十一章 历史精神与史诗想象

一、存在之本源与诗性言说

杨梓《西夏史诗》的创作，受到多种艺术营养之滋润，他的史诗显现出写实性与抽象性，特别是审美心理因素与艺术技巧不断渗入。审美需要与诗歌的整体造型需要、审美尺度与理智尺度、艺术技巧与诗歌品质在诗歌创作中越来越趋向融合，增强了诗歌创作中审美因素的作用。《西夏史诗》的意味造型由现实摄取到艺术提炼之转化、推移，以及由史诗创作到阅读者接受之反馈、回流，不断拓宽审美通道，提高审美能力，推动人类沿着美的历程走向那越来越绚丽多彩的美的世界。此一特性，乃诗人长期修炼与蓄积之产物。而杨梓无论采用具象还是喻象，其审美中轴不会移动，史诗仍呈现出更多西域的自然色调。这是诗人长期根植于现实世界，对充满神奇的西域大地产生的历史事象不断采撷之结果。杨梓属于抽象写实主义诗人，他的《西夏史诗》为他赢得了声誉。当我们阐释这部现代史诗时，不能不提及诗人将其归结为与"现实"相连的话语："白日就是白色的可兰石吐出的白气 / 是白气上升变成的白色的鹤 / 是白鹤向上旋飞而燃成的太阳女神忽亘爰 / 白日就是白鹤留在大地上的白色的世界之卵 / 是从白卵中走出的太阳腿女子 / 是成为世界上第一个人的白身黑头顶 / 白日就是白鹤化身于人间的董拉 / 是在白骨遍野的草甸上安家的党项始祖 / 是白光闪闪美轮美奂的阿妈"（《尚白》）。"该书（《圣立义海研究》）还记载了很多人物，其中有一位名叫罗都的阿爷，他不想做小事，只想着干大事……拓跋继迁一出生就有两颗牙齿，为了称帝，他在七个骑士的陪同下来临。似乎他们之间有着某种必然的联系。这些神话传说在西夏文学里是弥足珍贵的，为党项族的来源提供了有力的证据，可以说是开创了西夏文学的先河……一个在党项人手中传递的石头，其含义可能是一首歌，一个神话，或者是一种祭祀仪式。”（杨梓：《试论西夏文学的特色》，《宁夏大学学报》2001 年第 2 期）所以，在抽象的写实主义杨梓笔下，直接体现与间接的意味造型创造方式，不仅是其史诗造型创造之两个方面，而且怎样融合此现实与抽象两种方式，即在史诗作品中什么语境下采用写实方式、什么语境下又采用抽象方式，已成为一个相当难以辨析的问题。杨梓带着古老西域民族之精神传统去摄取历史世界中之具体事象，或以史诗形式去阐释历史事象时，既完成了对历史世界之写实性抽象凝聚，又完成了抽象性的意味造型创造，由此建构了一个神秘的、光怪陆离的审美世界。那个不平凡的党项部落之来历，那块在党项族人手中传递的石头，皆沉重地诉说着王朝之兴衰，皆是传说中实在之蓝本。作为一种杨梓式的“审美呈现”，它很清晰地体现着古老西域民族之历史进程。史诗以诗人之居住地为底色，是与诗人之生活世界与历史体验有关的一种审美创造。在史诗中，诗人展示了古代西域乃至整个人类争取独立、争取自由、争取进步的社会历史变迁。史诗中体现着古老西域之飓风暴雪之描写，体现着党项各个部落争取自由独立、各自寻找家园、殊死搏斗的精神，体现着给古代部落生命带来极大破坏的连年迁徙，体现着由自然灾害而产生的民族生存困境与命运之悲剧，体现着古老西域民族的风俗习惯与人伦，体现着动物与人之间的冷暖和存在，等等。

《西夏史诗》这部作品，既不像传统的写实主义诗人（如闻捷的《复仇的火焰》）那样，按照真实的历史故事，再现历史世界，也不像法国的史诗作品《罗兰之歌》与普希金的诗体小说《欧根·奥涅金》那样，紧紧围绕着现实世界——人物造型——反映现实世界。杨梓与他们不同的是，在抽象般的历史棱镜中，清晰映照着古代西域部落生活之场景。甚至可以说，杨梓本人以其严谨的创作态度，使其史诗作品在很大程度上体现了一种在抽象的镜像中透视民族历史的真实性。这正是用意味造型创造折射历史世界，用意味造型创造表达主体思想感情，这是《西夏史诗》审美形态的特性。我们通过阅读得知，为精心创作《西夏史诗》，诗人查阅研究了大量书籍，包括建筑、绘画、雕刻、占卜、治病，动植物种类、地形地貌、历史遗迹，以及与西夏有关的宋史、辽史、金史、元史，甚至到党项人曾经生活的地方考察，等等。比如大家习惯叫李元昊，可在史诗中称为嵬名元昊，是因为“他削去唐宋所赐的李赵姓氏/改祖辈的拓跋为嵬名自称吾祖已有六年”。此类详细而厚实之创作准备，对作品的情节、人物行动、历史细节等不无重要影响。阅读《西夏史诗》，仿佛目睹了西夏历史世界之产物，故诗人之创造的确是独特和新颖的，能感觉到诗人在创作前，脑海中一定储存了一大堆有关西夏的各种历史物象，然后在此基础上开始了自己的艺术梳理与审美创造，我们可以毫无疑问地将《西夏史诗》视为一部对人类历史进行隐喻或暗喻的作品。因为此部作品虽然是有关西夏历史世界的史诗书写，但在架构上只是选择历史世界本身的一系列颇有意味的审美链接，并将此链接组合、剪辑、融会贯通，此由诗人之体验来决定，心灵感受之节奏、浓淡、层次，构建了有着非凡意味的史诗篇章，使之成为历史世界之具体显现。因此这部史诗在其历史语境中隐匿着诗人之心理流程，也可视为诗人之心灵体验与心灵叙事。史诗始终围绕着两组词“家园”与“生命”在建构叙事主体自我之心灵体验层次。在《西夏史诗》中，一些极富美学色彩的意象被诗人直接摭拾，总体充满着象征色彩，自始至终写在各卷首的那扇神秘的大门一直处于“已经关闭”与“即将洞开”之状态，显然不是按照写实派方式创造的。它是一个艺术审美之虚像，此虚像并非为反映某地某个院子之神秘大门而设置，而是为西夏历史的整个家园而创造的意味造型。与其说它是家园世界的某个地方之大门，倒不如说它是历史世界的某种精神状态——从始至终“我”看见的是“飞进梦乡”。所以，那扇神秘的大门充满着党项人冲动之力，是他们的心理欲求与颟顸幻象状态的一种鲜明标志。来往穿梭于那扇神秘大门的各部落族人，可以通过各种充满惊异之眼神，观察剧烈动荡之世界，并且甘愿接受出现在眼前的一切，但沉重的部落特性使他们并不能驾驭、排遣自身世界之混乱，最终仍在颟顸强盛之民族根性之中消融自己的能量与生命。各部落族人经过数代繁衍而滞留在天下各地的子孙，则喻示着西夏人此种精神状态，以及他们的生命力与对未来的憧憬。虽说他们的“家园无处不在”，但“追寻家园的苦难苍凉和悲壮”，却在时时“吹响梦中惊醒的伤口 / 吹响天堂的一朵朵白雪”，诗人在《西夏史诗》的尾声中写道：“党项啊，我仿佛看见你 / 从黄河之源的天堂到青藏高原的子宫 / 从白高河岸的毛屋到陇山峡谷的来路……从塞上江南的佛塔到松潘草原的归途 / 从绿林深处的古冢到贺兰之巅的地狱”。在这里，“我”仿佛看见党项的“子宫、来路、归途、地狱”不停地飞进梦乡，而又从未飞出任何一个梦乡。只是“你把一个个梦乡串成一个大梦 / 多少年来　你创造着这个大梦”，超越万物，没有时空，“你”始终被这个大梦充实着，却没有自己的身体和灵魂，“你只是你自己”而已。此即对西夏人精神的某种总结性之评价与提示。西夏这个存在于人类历史长河之中的一块礁石，与其说是物性之存在，不如说是流动的精神郁结，并成为接受者领略史诗作品更大更深寓意的一座审美“天桥”与审智过渡。神秘大门是意味造型之创造。此种意味造型创造与其具有的写实图景一起，共同分享着对宋、辽、西夏历史世界之拥有，意味造型在这里囊括着人类历史上之精神世界、类型化方式，呈现着西夏人的历史世界。精神世界与历史世界相交融，意味造型与历史写实相渗透，诗人借此把历史精神符号形神毕现于《西夏史诗》中，凝聚在神秘大门这一多重审美造型上。

在意味造型的色彩方面，《西夏史诗》以黑色或白色做寓意，预示现实处境与美好愿景之冲突。只要诗中出现黑影、影子、黑夜、黑色或紫黑色等意象，一种不祥之境遇就会随之降临；只要出现白色或以白命名之物象，如雪、月亮、月光等，那表达的就是再生之歌或灵魂的再次之舞。先帝驾崩，留下一摊黑红的凝血；夜泣的夏都变成一座死城，“无边无际的白色渗进黑色”，或许是黑夜过去而白昼来临。这是“多么美好的白色啊”，是“党项人崇尚的本色”，是“白色的石头上刻满了传说 / 白色的骨头里流淌着血脉……白色让白色以外

的颜色净化为白色 / 白色让白色成为透明”，“一位白光闪闪的美轮美奂的阿妈 / 飘扬的旗帜覆盖了夏都”……诗人在为白沉醉、感动，也在对黑之不祥的推崇中感受历史精神之长存与永在。白与黑虽是价值与生命之两极，但二者只有一墙之隔，相互之转换，使接受主体感受到了“辉煌的沉醉”。以无限之黑来比照，推及有限生命之无限。杨梓在意味造型中始终显现着一种主体之心境，让阅读者的情绪也感染上一种有色彩的、比较持久的情绪状态。这是人类在宇宙和人类精神之间产生的主观态度与体验。诗人的此种个体情感自我延伸，已使自己走出狭小的地域表达，尽力增加抒情主体之自我精神文化含量。《西夏史诗》至此，已形成审美世界的多元格局。《西夏史诗》作为史诗作品，不同于历史生活，如果历史生活中之人与事相类同，文学就会显得多余。

二、色彩的生命意义

当然，《西夏史诗》的整体造型就是一个历史过程，史诗之目的就是使其描绘的世界与展示世界的形式让人耳目一新，形成一个崭新的认识、理解民族历史的审美世界。什克洛夫斯基认为，列夫·托尔斯泰不用事物之名称代指精神，而是像描述第一次看到的事物那样去描述它，“首次”与“描述”也成为杨梓史诗意味造型之两种方式； 列夫·托尔斯泰对于通用名称，“像称呼其他事物中相应部分那样来称呼”，用的是反常之称呼，加强文学的象征性。什克洛夫斯基写道：“那种被称为艺术的东西之存在，就是为了唤回人对生活的感受，使人感觉到事物，使石头作为石头被感受。艺术的目的就是把对事物的感觉作为视像，而不是作为认识提供出来：艺术的手法是事物的‘反常化’手法，和予其复杂化形式的手法，它增加了感受的难度和时延，因为艺术中的接受过程是以自身为目的，所以它理应延长；艺术是一种体验事物创造之方式，而被创造物在艺术中已无足轻重。”（什克洛夫斯基等：《俄国形式主义文论选》，生活·读书·新知三联书店，1989 年，第 15 页）在《西夏史诗》中，杨梓依照历史风俗中颜色的含义，又根据情节发展的需要，将颜色所蕴含的意义，通过色彩与历史生命和人的价值的对应，赋予作品一种奇特的审美效应。《红炉点雪》

是全书最后一卷，此卷体现了一种大美大爱与厚重之哲学生命意识。这说明，《西夏史诗》的美学创造，从头至尾皆以意味造型创造凸显。它与中国古老的历史文化有关，杨梓欲借助文学形态对古老历史文化予以反思、剖析，并在诗歌审美创造中凸显一种文化型的个体精神存在。在《与雪同在》中有这样一段意味深长的描写："这是怎样的一场大雪啊……覆盖了党项雄鹰飞翔的天空和骏马奔驰的大地 / 却没有覆盖你的一个子民 / 几百万英雄的党项人去了哪里 / 怎么会于一夜之间消失殆尽 // 党项啊　你在哪里 / 难道还在金川河谷苦思冥想 / 把自已想成山崖上的白石 / 然后创造出另一片蛋清的天和蛋黄的地 / 让你的孩子们尽情嬉戏 / 在你的发丛中放牛牧羊 // 盲女巫走在空无人烟的旷野上 / 漫天大雪发出震撼心灵的哀歌 / 落在她的身上的雪找到了故乡的雪 / 找到了雪里跳动的火苗 / 和她紧紧地拥在一起 / 流成一野西夏的泪"。这是一种非常令人深思且感动的具有高度审美意识的造型。史诗从头至尾对雪的深情描写，引起接受者的极大兴趣。雪在史诗中之含义，有历史世界之因素与非历史世界之因素或特征，极为符合杨梓诗歌审美建构的特质。因为从叙事角度而言，它既符合接受中国传统历史文化影响的创作主体、客体之写作与审美习性，又极大地满足了创作主体调整自我、捕捉奇异、希求创新与探索的审美需求。值得注意的是雪的意象在题旨的把握上，是对历史文化作整体性反思。是反思，就要有继承，就要有批判，甚至是反叛，历史世界生存环境中之困厄与迷茫要在历史文化的价值观念系统里去追索求解和澄清，这是反思的一把精神钥匙。杨梓在《西夏史诗·跋》(修订本)中说："她站在一边是冰雪一边是鲜花的高原，望着一群骏马向着东方奔驰，一只白鹰向着太阳飞翔，一枚回不到故乡的落叶悬在半空。""她抵达贡嘎山麓、雅江两岸，远离黄河而成了一块洁白的石头。至今依在，备受祭拜。"所以，《西夏史诗》将雪与白、红、紫、黑等色彩交融在一起的整体意象反复组合、重叠，使史诗之结构形成多层性，让史诗之造型植根于传统的历史文化沃土中。只要接受者将史诗中之色彩意象，与其他相关的动物意象、植物意象以及江河湖海等意象，结合历史世界之事象予以解读，就会解开历史衍变与人类生存之谜。亦因此，《西夏史诗》

之色之根之型，就是西夏历史文化传统的特征、根系和精神实质。此色此根此型植根于历史文化传统之土壤，根深故而叶茂，五彩缤纷。这不是诗人的迷史情绪与地域观念，而是对民族历史的重新认知，是一种审美意识中潜在的历史因素的苏醒，一种追求与把握人类无限与永恒的审美再造，也是诗人对个体精神世界的一种重新自我观照。在历史传统与文化精神方面，诗人吸吮了生命养分，作为一种象征，它们的存在意味着延续并且丰富生命，却不会否定并隔绝繁殖、滋养与补给生命之形式。诗人之审思，就是释放现代审美观念之热能，来重铸自我与生命。因此，"一枚回不到故乡的落叶悬在半空"，至今依在的那块"洁白的石头"，乃完成党项这一造型创造最精彩的意象。这里显然不带有历史传说之色彩，但在传递美之不可毁灭而又属于人类这一意旨上，此意象之设置，既恰切而又令人欣慰。

从以上分析即可看出，《西夏史诗》在总体诗歌审美造型创造上，在作品的具体人物刻画与具体的描写方面，视不同的内容采取了不同的造型方式，以及不同造型手段之融合使用方式，使史诗造型创造本身变得丰富多彩，其造型闪耀着不同的美学光彩。具象、喻象与类型化、意味性之融合造型手段，在具体创作中的确不易把握。将这些造型手段相互渗透，融为一体，这可能也是《西夏史诗》引起人们广泛注目的一种独特美学风貌。此正表明杨梓诗歌美学不是单一，而是丰富；不是固定，而是不断变化；不是互相绝缘，而是相互融会贯通。正是这些变化、融合、共存，建构了《西夏史诗》之丰富多彩、复杂多变、幽邃意深的审美空间，而这正是《西夏史诗》追溯历史文化的本源意义和本源作用——作为认知与思考之本源性，在纯粹的诗性言说中，被言说的民族历史存在是本源的，而言说之方式是审美的。在杨梓这里，史诗就是关于史诗的言说方式，也就是史诗中充分揭示的西夏历史文化的状态，生存、变化、融合、共存，声调、顿挫、节奏、律动等，以审美方式表达出来。杨梓对史诗与民族历史文化关系的揭示已很清楚，史诗是对人类审美心理的阐释方式，以便给接受者以审美启迪，令其领悟其中含有的深意，同时言说民族历史文化本真心态与思想。这可能是《西夏史诗》引起读者极大审美兴趣和探索的魅力。

三、意象符号与审美再造

杨梓诗歌美学中的具象与喻象表达、类型化呈现与意味造型创造，皆存在着相当复杂的交融状态。就史诗作品而言，具象与喻象之间到底是以一种什么样的方式进行融合与互渗的呢？对此，我们主要从两个角度予以阐释：一是从具象立论，讨论具象对喻象之接纳；一是从喻象立论，讨论喻象对具象之包容。在讨论中，我们将按照其各自的建构功能之特性，考察分析渗透之作用与意义。

首先，值得我们关注的是杨梓诗歌美学中普遍而广泛存在之细节互融。细节之互融，并未改变作品的总体风貌，甚至让人忽略此种总体风貌中已经含有的不同色调。但是，细节之移入，有时候就改变了作品的结构，如同晨星在天空闪耀，有了晨星之闪耀，那湛蓝深远之一片天空就会显得不再那么单调孤远。面对晨星之吸引，观者也会遐想不尽，从而丰富了他们对苍穹宇宙之想象，使他们对天空宇宙之感知更加阔达。故细节之互融，是具象和喻象创造之间进行审美嫁接的一种行之有效的表达手段，此在杨梓的史诗创作中多种多样。我曾说过，《西夏史诗》堪称当今中国诗歌创作之经典，无论是言说方式还是造型手段，抑或整部作品所显示的美学力量与历史生活面貌，均不同于或超越了 1949 年以来中国所有史诗性诗歌作品。在《西夏史诗》中，诗人紧紧围绕党项与西夏不断追寻家园，迁徙、搏斗、死亡，突显此一历史状态与内外历史环境之关系，以矛盾冲突与生死搏斗来铺展自己的审美世界。实际上，史诗在整体历史语境中勾勒出了西夏历史世界之横切画面，并让一个不屈不挠、顽强拼搏的艺术造型成功站立起来，又将其粉碎。诚如诗人所言，为“你”饯行，又送“你”回到天堂。这符合鲁迅先生所表达的“真正的悲剧是，把美好的东西撕碎了给人看”(《再论雷峰塔倒掉》)的美学思想。《西夏史诗》是一部以民族历史世界为直接描写对象的作品，也是一部以党项族造型为基本支柱的作品。这部描写历史世界与党项部落兴衰的史诗，还不断扩展、延伸、丰富着抽象造型。历史造就了党项部族的悲剧性命运，也为诗人提供了悲剧性的史诗基调，故诗人让党项人来自黄河之曲，这是一个不可忽略的喻象性细节。

气势磅礴的黄河不同凡响、勇往直前，就是黄河所孕育的党项部族不同凡响、勇往直前的精神之象征。党项部族的性格是坚强不屈、百折不挠的性格，他们的精神是光耀世代、永存不废的精神。杨梓认为，《西夏史诗》是在“具体的共相”与“客体的全部”之间创造的一部史诗。这符合《西夏史诗》总体历史与审美情调。“他们如一群苦苦追寻家园的孩子，从黄河源头的玛多，到天下黄河第一曲的析支；从银夏的黄河，到塞上的黄河。他们视黄河为永远的阿妈。”（《西夏史诗·跋》修订本）黄河是这部史诗中的一个总体历史文化的意象符号，它凝聚了史诗中党项部落族人之灵魂与命运，喻示着灵魂的坚强、阔达、隐忍、豪勇、刚烈等特点。有了此画龙点睛之细节，此部史诗作品不用其他阐释，即有了一种气势磅礴之格调。在《西夏史诗》中，滔滔不绝的黄河，正是党项部落族人性格的一种暗喻和凝聚，也是史诗意味造型创造之圭臬。

在卷四《城起高原》中，《英雄的悲剧》一诗所蕴含的喻象细节不仅是阐释性的，并且已经具有对作品内容的凝聚意味。在此诗中，党项的英雄山遇惟亮在宥州的镊移坡被五花大绑，面对元昊与弓箭手，山遇惟亮知道自已必死无疑，他紧闭双眼，默默想念着妻儿亲属；他从小与元昊一起玩耍长大，他曾作为元昊的先锋，智慧地攻下了甘州，现在却要抛尸夏宋边境，还落个党项叛臣的罪名，不禁悲从心起。此时，山遇惟亮反而觉得心中掠过一丝安慰，因为元昊攻伐延州的借口从此不复存在了，他以自己与亲人之死，换取了党项和汉人之和睦相处。诗中写道：“惟亮看着一支支箭射向自己/射中的却是一座英雄的雕像/据说山遇惟亮至死站立/望着贺兰神山的眼睛白光四射/全身的九个箭孔/流出洁白的乳汁”。史诗在此，仿佛以特写的镜头，呈现了西夏内战激烈之一幕。元昊在取得了一些战果后，对部下之猜忌、怀疑使危机潜藏，构成史诗重要的叙事情节。

诗人精雕细刻，描绘了部落内部各类人的心理活动，塑造了历史阵营中比较丰满的各部落人物形象。山遇惟亮的人物造型，则表达了党项族英雄的勇敢、智慧、献身与精神之坚毅。山遇惟亮因谏言反遭元昊怀疑，眼睁睁地看着不愿离开故土的八十多岁的老阿妈在大火之中被焚烧。这些描绘,相当写实地把握并呈现了民族历史的脉络。山遇惟亮的阿弟惟永、元昊的阿舅卫慕山喜、元昊的亲生阿妈卫慕长兰等,均是民族历史脉络中一份宝贵的艺术记录,也是西夏历史社会中一些人物的典型艺术掠影。但是在此一写实性造型创造中融入着极其丰富的抽象造型内涵。譬如诗人写道:"你是来自积雪山脉和白高河源的党项 / 是河源头颅上的一山白雪 / 是白雪骨髓里的一位雪山之王 / 是雪王祖先珍藏的一点纯白 / 是自古到今永葆纯洁的原色 / 是拒绝污染坚守神圣的本性";"你是太阳创造的党项 / 太阳是你永远飘扬的旗帜""你是以白鹰和白羊为图腾的党项""你是凶猛如鹰又柔善似羊的党项";"从山顶炸飞的白石落到世界各地 / 每一块白石都是掌管生育的山神玄灵比的影子/ 每一块白石都传出婴儿的啼哭";"白色的石头上刻满了传说 / 白色的骨头里流淌着血脉";"追寻创建焚毁再追寻着永远的家园 / 白气是党项天境的精神";"这是与你一起崇尚白色的子民 / 是触聚中离翔的男人 / 是流徙里卜居的女人 / 是独穿白衫的元昊 / 愿立白金西方　构筑万乘之家 / 把你灌入党项人血液里的白色 / 举到天空 "(《尚白》)。此处的排比式描绘,具有多层寓意:

首先,凝聚与概括了党项族之本质,它如同一个无所不包的古老宫殿一样正在分崩离析,但在土崩瓦解之过程中,又在不断地建立与瓦解各方秩序。此处概括性地反思了党项族的祸与福、凶猛与柔善之本质。

其次,概括出了《西夏史诗》中党项族各部落的命运与选择。在此黑暗笼罩之朝代,党项族各部落正带着他们各自的继承与各自的选择奔波着。然而无论是反抗、投降、挣扎,还是逃避、追寻,他们皆只能是此一历史社会之牺牲品,难以拥有美好的命运与前景。

再次,包含着对各派势力之间的龌龊混战之揭示。尽管古老宫殿雄伟,在其坍塌之际,如雷轰鸣,气贯苍穹,但此种轰鸣毕竟是崩塌之际之轰鸣,也只是在毁灭中产生的尘末;它的轰鸣是落地又升起的云,是吐故纳新的呼吸。此处,诗人巧妙地照应了党项"流落他乡的八大部落"这一造型,以白代表真善美之党项子民，其可以永生，其精神必定发扬光大。因此，诗人在此审美幻象中对党项之精神仍予以一种乐观之张扬。在《西夏史诗》中，党项子民拓跋德明所处之位置特殊与重要，虽非史诗之中心，但它们仍然成为史诗中一个引人注目的部分，成为解读作品、阐释造型创造之重要一环。此喻象细节对全篇起到了画龙点睛之作用，让人阅读至此流连忘返而久久地沉浸其中，以领略艺术的微妙与精深。《西夏史诗》中的此一艺术幻象，实在是史诗造型的一个诗眼。喻象细节能在写实性画卷中发挥如此审美效能，舍此而他求，似不可多得。

在《西夏史诗》中，诗人在寻求外在叙事与内在叙事的巧妙融合方面有着非常独到的审美运思。此时，具象造型创造虽然仍在叙述之中，但在此造型创造中巧妙设置喻象性之细节，堪称神来之笔。如在《发丛如火焰》中，“他”的阿妹被朋友抢走，“他”从此走在黑夜，走在火焰里，仿佛看见阿妹眼睛里的泪水；“他俩”从小一起长大，故“他”感到自己被刺折断被火焚烧被气窒息的疼痛。于是，“党项流传千年的习俗闪烁于鹰背 / 他请了邻族的妇女 / 请她们大吃一顿 / 请她们放火烧毁他的朋友的家 // 他的朋友不会与妇女争战 / 与妇女争战是不祥的事情 / 他的朋友也不能救火 / 救了火便是违背了神的旨意”。这里没有报不了的仇，也没有忘不掉的仇人，“他俩”共同饮下血酒，便大声发誓：“如果背信弃义再复仇 / 全族男女秃发长癞疮 / 牛羊马猪鸡狗全死光 / 晚上睡觉毒蛇入帐房”。党项人的誓言比命贵重。此处被抢走的阿妹，显然是喻象细节之巧妙设置。此处主要呈示的是党项部落在纷繁的历史混乱中之毁灭。阿妹以及邻族妇女之造型，皆是美善与生命之化身。“水洗的是万物 / 火洗的是万物的灵魂”，梦想之火一次次熄灭又一次次点燃，他们的灵魂经历了一次次的烽火洗礼，均是为了重建美好家园，并且不惜代价，循环往复。从史诗的造型创造与审美视角来看，阿妹被抢走是一个至关重要的细节，深刻反映了党项部落之间化解矛盾或化敌为友的关系，并对其历史命运走向也起到了关键性作用。换言之，不论在民族历史命运走向上，还是史诗之审美呈现阶段上，此一细节无疑起到了承上启下之铺垫作用。这里构成党项人活动的背景，除了映照党项人之命运外，还使读者从史诗中看到这些党项人之梦想、失落与他们精神上的无家可归。在此，杨梓为具象中之喻象细节之互融提供了不同于上述情况的重要类型：喻象细节虽然不对具象创造中之人物事件进行较为直接之说明或呈示，但有说明与呈示之暗示。看起来喻象细节往往是史诗之某种情结、某个人物、主要情节的一种烘托，一种简洁含蓄的委婉表达与呈示。如果缺少此种喻象细节之映照，主要人物的心灵奥秘、性格特征就有可能失去一种鲜明特殊的显现机遇，作品中的历史社会就有可能缺少一次真正有力的推衍进程。映照性之喻象细节乃具象造型创造中一个不可忽略之实事，它对审美活力的增强有着独特的价值，杨梓在此一技巧的运用上显得娴熟圆润。

对于喻象造型创造来说，兼具具象性细节同样为诗人所重视。此类融合之具象细节不会在整体上让喻象之特质变异。故有无具象细节，对于喻象创造之价值与意义来说，作用不言而喻。其实，成功之喻象创造往往将具象细节置于不可忽略之地位，并通过此类具象细节，为喻象创造之实现提供必要之保障，为史诗的喻象创造阐释提供契机。我认为，像具象创造中之喻象细节会起到诠释、呈现与映照效应一样，喻象创造中之具象细节亦有诠释与提示效应。

四、隐喻结构与党项马群

《西夏史诗》的整体创造往往给人一种如梦如幻的感觉，历史情景与地理情景皆是选择性的、跳跃性的，人物相互之间也很难有明确的关系。其实，《西夏史诗》之特质就是将整体神秘梦幻造型与写实性情节融会贯通，或者说，史诗的艺术世界本身就是一个梦幻世界。当然，展示此一梦幻世界的历史语境是真实可信的，亦即陈寅恪“史有诗心，诗有史笔”之特质。在史诗中，历史文化是神秘的、梦幻的，可以感到的西夏，是永远也无法身临其境去体验的西夏。这个梦幻世界所暗示的人与西夏之间的隔膜与冲突是历史性的。杨梓通过极为富有典型意义之写实性情节来凸显西夏历史梦幻之真相。其实，我们很难在诗人的笔下轻易滑过这样的描写：在宋景德元年五月初五的黎明，匍匐如蚁的人皆在恭候心中的太阳。此时一声婴儿的啼哭响彻云霄。这是继迁之孙、德明之子的啼哭，这个男婴儿诞生于黄河岸边的西平府，诞生于祭河的太阳初升之时，他就是元昊。刚刚出生的元昊，见到的却是爷爷的最后一面。西平王继迁中了吐蕃六谷部首领潘罗支的毒箭，他叮咛儿子德明一定要与宋、辽和睦相处，嘱咐军师张浦一定要极力辅佐，望着孙子元昊说了一句“拓跋氏后继有人大业有望”后，便溘然长逝，年仅四十一岁。党项部落官员及其幕僚与臣民，他们凭借自己的势力，通过一次又一次的战争，来维护自己的王权统治，战死的各部落族人不计其数，稍不留意就会命送黄泉(《死与生的降临》)。史诗的此类情节，描写生动，人物造型鲜明，深刻地揭示了维护王权，并使之代代相传之历史片断。我们不能忘记对拓跋德明的描写:拓跋德明斜躺在病榻上，已经病入膏肓，双眼紧闭，宣布立国的使命只能留给后代。想起自己一生与宋、辽息兵戈，谋万世之业，遗憾的是河湟流域与肃、瓜、沙三州仍在吐蕃与回鹘之手，此乃他心头之病痛。此处之情节，将拓跋德明复杂的内心活动展现得淋漓尽致。因此，对于杨梓与《西夏史诗》来说，此类写实性情节在支撑史诗架构方面起到了极为重要的作用。它们的出现，不仅证明了杨梓对西夏历史有着深刻的理解与认知，也再次证明了诗人《西夏史诗》的造型是具有高度抽象性的审美创造。此创造也只有在历史世界的内里密切渗透，才能对写实性的具象描写有真切实在的把握。亦即说，诗人在史诗中的意味造型，是具有抽象性的历史文化思想的高度凝聚。诗人只是把西夏历史内核揉碎后掺入他的造型之中，然后再进行凝聚——审美创造。诗人在审美创造中对造型进行定格、定调，对各部族与各方冲突的描绘，恰恰产生了将西夏定格为历史与审美融合的效果。此即揭示了西夏的神秘性、梦幻性与精神性。在诗人笔下，史诗中的有些情节、所创造的历史人物造型是实实在在、活灵活现的，均显示着巨大的精神能量。故杨梓的《西夏史诗》整体是以历史事件叙事为前提，这是一种对西夏历史世界的直线型审美体验，史诗整体、造型创造之相互联系、篇章结构，皆是按照审美体验创造的。如果我们把杨梓的史诗创作比作一条梦幻之河，那么作品中的具象情节就是这一梦幻之河延伸出的细流，此一坚硬而又柔软之细流，说明诗人的史诗作品吸收了广大、深厚的大地养分，使得此梦幻之河呈现出一派震慑人心的力量。《西夏史诗》之成功，与诗人通过写实性具象情节对历史世界进行深入的把握与洞悉有关，与诗人将此种具象情节置于抽象意味造型创造中有关。

杨梓在创作《西夏史诗》的时候，正处于诗歌创作之成熟期，对具象情节之描绘有着深刻鲜明的审美重构能力，在这一方面，诗人颇具匠心。在史诗作品中，不论是明朗还是含蓄，皆很注重在喻象里增加一些具有重要作用的具象情节，用不同一般的包含特别意义的情节去暗示接受者应当注意的东西。如《绝食的党项马》就很明朗，其中的情节简洁明了。作品叙述了中兴府弹尽粮绝、准备投诚时，将士们宁愿饿死也绝不杀食一匹马，可三百三十匹党项马成了蒙军的俘虏。此处没有写党项马艰难困苦之场景，也没有写它们冲锋陷阵的场景，只写党项马与蒙军的对立情绪。不管蒙军把豌豆放在马皴裂的嘴边，还是在马耳畔说着听不懂的话语，马匹均如一尊尊贺兰石雕，永远伫立在夏都一角，身上笼罩着天使一般的光环；头马似乎在默默祈祷，祈祷众兽之神白骁马从天而降，带着它们飞向梦中的青藏高原，回到它们祖辈繁衍生息之地。蒙军以为得手的党项马会成为他们自己的战马，却没想到英雄的战马同样表达着一种宁死不屈的精神。作品在此的意蕴是什么？它暗示着这样一种思想：历史在纷乱中毁灭着人类所向往与追求的美好精神。得出这样一个论断，我们也不是轻而易举的，因为作品在表现党项马群之英勇精神方面运用了许多意象叠加之诗句。如将蒙兵踢翻在地的是“一群全身乌黑额头有一菱形白块的千里马”；它们在都城里狂奔了半天后，“大口喘气 / 被火点燃的咽喉 / 正如青烟袅袅的烽燧”；它们把盛满清水的木桶踢到一边，“反而缓解了心头的干渴 / 洒在地上的水让马群感到无比的清凉”；蒙军新添的苜蓿却成了小花棘豆——“一种五月开花八月结果的醉马草”等。此类意象叠加之史诗性描述，让党项马群作为英雄精神象征的造型创造更加凸显其价值意义，故党项马群作为历史精神象征之造型十分突出。特别是“一匹党项马缓缓倒下 / 只是蹬了几下蹄子便翻出了白眼 / 它的身体渐渐冰凉";"所有的马都默默地站着 / 干透的身体流不出更多的泪水 / 但每一滴掉在地上的泪水都发出沉闷的响声",诗人借此说,"那不是泪水 / 是一颗颗死守故都的心"。这就再一次表征,党项马群之精神与人的精神高度完美一致,人马融一的精神,就是党项族人的精神,就是西夏历史文化精神的象征,其造型给人们带来的审美力量非常强大。此诗最后写道:"月光凝聚星光放牧的积雪山脉 / 名叫析支的天下黄河第一曲 / 青草摇曳野花怒放的玛曲草甸 / 载着逃亡到此的主人 / 找到属于自己的蓝天和草原 / 领着它的马群自由不羁地奔驰 / 与漫山遍野的牛羊一起嬉戏 / 给党项人的牧歌添上几个响鼻 / 和几声荡满山谷的长啸"。这些关于绝食党项马的描写,加深了作品的内涵,增强了造型的力度,表达了一种高度的审美感知力。因为党项马与我们的审美感知力产生了心理上的情感关系,所以马群形象在此已成为一种强大的审美主体力量的象征,也是史诗所创造的审美对象。党项马之绝食这个写实性具象情节正是由此构成:一是马将围追堵截的蒙兵踢翻,将蒙军将军重重摺在地下;二是马将盛满清水的木桶踢倒,反而缓解了自己心头之干渴;三是马被拴在马槽旁,面对豌豆没有闻到丝毫清香。前后几次的交代,寥寥数句,却使党项马拥有了与人一样的英雄气概。当诗人将此画面与夏都的意象叠加在一起,予以反衬烘托,党项马之绝食事件也就变得意味深长、蕴厚意远。也就是说,马的绝食行为已不单纯是一种生理意义上之绝食活动,它们的绝食所引发的人们内心的敬佩之情,已成为历史社会的文化心理活动。党项马绝食与蒙军将士对马之劝慰,实际上出自人类之同一种心理。马与党项人之悲剧是历史的悲剧,马匹之消亡与党项部落之消亡同是对西夏历史的毁灭。诗人的此一营构,的确是能够激活作品的审美张力、引发接受者审美想象力的重要一笔。

《火狐》的表达就有些抽象。"磨亮万物的声音从峡谷滴落 / 与天浑同的荒原凄美地平铺而去 / 白骁马的蹄印羁留于冷酷的天外 / 党项和玛雪像一片水草 / 触摸这片没有生命可以死亡的荒凉 // 风　从干裂的嘴唇空旋而起 / 庞大的云群噼啪作响地游来荡去 / 阳光　一根根脱落的枯枝 / 坚硬地砸在垂死

挣扎的高原 / 仿佛有一块石头被点燃 / 被赤裸裸地点燃 // 石头　你看自己一样的石头 / 一块滚动着金光的冰 / 一朵飞翔着暗香的花 / 一道闪耀着涛声的电 / 眨眼间消逝为一股没有自己的风 / 你猛然想起守护的原羊和大鸟 / 月光凝聚积雪山脉的地方和阿妈漆黑的预示 / 你把熟悉的水声刻在心上 / 策马在心上奔驰 // 玛雪注定有一次灵魂的约会 / 她嗅到死亡滑过荒野的气息 / 如一根羽毛从夜色的眼睛疾飞而去 / 一片片凄凉的月光覆盖了她 / 流泪的狮子草叶舞蹈着时间的长发 / 西风如泣如诉地敲打着命运之神 / 她急促地呼吸陷入空谷的回忆 / 让最后的孤独化成流水 / 让一切的梦幻长成不朽的石林 / 她将伤害的荒芜还给更纯粹的伤害 // 吻　在她的身上 / 开出最红最美的花……那是前方黄河的水声啊 / 白骁马跪倒在地 / 玛雪泪如泉涌 / 党项放声痛哭 / 你感到一种水草丰美的亲切 / 想在火狐的怀抱倾倒九死一生的苦难 / 而一现即逝又无处不在的火狐 / 只留下一条水声的雪线……”作品中提供的情景隐隐约约,较为晦涩抽象。为了创建自己的家园,他们疲于奔命,虽然注定了玛雪有一次灵魂的约会,玛雪的世界与抽象的梦幻世界将会进行一次神秘莫测的灵魂沟通，但打破把我们与那看不见的世界隔绝开来的神秘大门时,我们仍会禁不住微微战栗。她嗅到死亡滑过荒野的气息,似有某种模糊不清的东西攫住了我们的思想。这是一条从朦胧到渐渐明亮起来的审美隧道,在隧道之黑暗与阴影中出现了“草叶舞蹈着时间的长发”,那些灵魂中一动不动的面孔变得清晰了,被一种新的光芒所照耀,他们活动起来,精神之世界对我们开放了。于是,玛雪通过梦幻世界找到她理想的世界、欢乐与爱。史诗中的历史世界与梦幻世界显得水乳交融,十分和谐,二者之间的过渡转换也颇显轻松自然。

杨梓描绘历史世界就如描绘日常生活世界一样，时时体现着修炼于心、彻悟在心的一种“唯心是求”的艺术精神,达成历史世界与史诗梦幻世界之间的默契关系。同时,又用适合梦境之意象来暗示真实的历史世界与人物造型创造。正是此种意象与呈示方式呈现出某种整体的历史世界图式,让史诗作品达到某种深度和实现对历史世界的整体把握,甚至在史诗作品中追求个体与人类的拯救;正是此种强烈的向往构成了史诗的基本叙事冲动和主导创作动机,也正是《西夏史诗》的艺术魅力。梦幻世界是一个自由的世界,因为处在梦幻世界中的人,理智对其不起任何作用,人也就有可能获得彻底的精神自由。杨梓把梦幻当作是一种能够深入并把握另一种历史真实之形式,而此种真实比日常历史生活还要真确,因为在此种世界中,没有任何东西受到逻辑与陈规旧习之压抑和强制。杨梓把探索潜意识、思想、审美奥秘等的真正作用作为诗歌美学的重要任务,而梦幻形式为其提供了完成此一任务的有效手段。从史诗的字里行间我们读出:他是把一种梦幻般的世界原原本本地叙述出来,凸显了梦境者的真实的精神状态与抽象化的原初景象,不假思索,没有犹疑,一切皆是毋庸置疑的。

梦幻般之叙述与描写,构成了《西夏史诗》之另一种重要美学活动。书归正传。"梦　死亡永远的恋人",玛雪并不是一直处于睡梦之状态,再说她醒了之后,也往往记不起梦中之情景。不过抽象中之原初景象似无关紧要,史诗的造型创造者觉得人醒着的时候同样可以做梦,同样会产生幻觉,而且此种梦幻景象更有一种质感——一种历史世界不加意识形态化与抽象化的美学意义。此时,人恰恰介于睡和醒、潜意识与意识之间,人可以最大限度地发挥想象力,并且通过想象力来揭示历史中被淹没的东西。玛雪看见了"亮丽的火焰的狐","你们被火狐凝固于没有生命的边地";山峰诉说着血脉,心中熟悉的水声是黄河的水声;白骁马跪倒在地,玛雪泪如泉涌,党项放声痛哭,此时他们感到了水草丰美的亲切,想在火狐的怀抱中倾诉苦难,而火狐稍纵即逝,但又无所不在。此处表明,党项、玛雪和白骁马的精神似乎已达到了与潜意识的连接,无法辨析火狐是在还是不在。它仍保持着抽象化了的具象化造型,玛雪与党项变成了历史之内容,很富有感染力。它们具有视、听、触等幻觉的性质,我们感受到了史诗美学造型之全部力量。我们不但无法"指挥"这些造型,反而还要被这些造型支配与驾驭。无论是黄河的水声,还是玛雪的泪如泉涌和党项的痛哭声,皆为精神之象征。然而,我们通过这些具象细节的凝聚力量,深切地感受到它们真实的存在。

我们看见这些象征性造型从一种状态转变为另一种状态，此种转化使我们认识到它们的价值，也使我们了解了它们的性质。在《火狐》结尾，诗人写道：“从残冬到残冬 / 荒原越过荒原的狼群远远而去 / 牛羊是光芒是雨露是追寻的家园 // 从此岸到彼岸 / 比黄河还长的水声透出一片鹿鸣 / 鹰在鹰群中长出拯救灵魂的翅膀 // 从党项到玛雪 / 膜拜火狐的啼哭已被风干 / 你们把时间神称为伊司仄 / 把你们的摇篮称为析支 / 把你们称为山河”。从这些叙事景象组成的史诗之骨干历史架构看，它们皆与死而复苏之主旨有关。在这样的骨架上，诗人能够将历史世界中的各种生与死之命题片断构成史诗之血肉之躯，说明《西夏史诗》本身就隐藏了一个神秘结构。对于史诗之整体来说，它意味着既有表层的情节结构，又有深层的隐喻结构，而表层情节就可能只是一种手段，诗人之目的可能是对人类生存深层模式之探究。这部史诗是客观历史世界与诗人主体相平行的一种“艺术的真实”。对客观历史世界进行分析，摄取相关的零碎片断，而后用抽象的意味造型结构将其统一为一个整体的审美结构，这是诗人把隐喻当作修辞手法加以应用的一种创作手段。当隐喻无法实现时，我们才会发现隐喻在语言中非常重要。当我们不说一个事物本身，而直接说出隐喻，接受者就无法懂得我们说的是什么。当诗人说“从党项到玛雪 / 膜拜火狐的啼哭已被风干”，诗人说了党项、玛雪和火狐，但风干的啼哭是什么？这无法解释，但我们从中感到的是一个丰富的艺术造型一开始可能就具有一种偶然与随意的性质，接着又从艺术造型转化为实在的历史世界。

我始终认为，离开审美想象就不可能引起与确定此种艺术转变，故梦幻之真实性在《西夏史诗》中是一个无可辩驳之事实。黑格尔的辩证法鼓舞诗人应该否定与消除梦幻与生活之间表面上的割裂。西夏历史在诗人看来就如一场梦幻，而梦幻也反映了历史的嘈杂纷乱，而且除去被一些修史者所掩盖甚至被歪曲的历史事实真相外，史诗的西夏又比历史的西夏更为真实。当我们经历着梦幻的时候，梦幻和我们清醒时置身于其中的那个世界一样真实；当我们神智清楚地置身于光天化日之下的时候，却又发出“鹰在鹰群中长出拯救灵魂的翅膀”和“膜拜火狐的啼哭已被风干”之感叹。诗人让党项与玛雪追忆自己历史世界中的某段经历，体验此一时期之梦幻，并且在梦幻中再现他们所追寻的理想与希望，以此显现历史文明之真相。只是在清醒状态下，常常自觉或不自觉地加以控制与掩饰之欲望又强烈地表达出来而已。所以，《火狐》表面上似乎完全对立的梦幻与清醒状态实际上是彼此相通的，恰似两个连接的容器，它们有一个共同的主导力量，那就是历史世界中人的欲望。《火狐》充满着历史文化的价值意义，它揭示的是西夏人的性格与文化心理。作品此处之所以令人心智阔达，首先是作品对历史世界之深刻挖掘，其次是作品对历史世界真实之把握与揭示。这里，主要是运用抽象中之具象细节来展示西夏历史世界的真实图景。因为从此处发出的历史之光，正是作品扑朔迷离之中烛照一切之聚光点，感觉到了它们，就能感觉到整个作品的灵魂。这再一次表明在《西夏史诗》中，具象细节对喻象造型创造之作用不可低估，喻象造型创造欲要直面历史世界进行思考，欲使作品包含更多一些历史世界之意义，欲使作品日臻最佳审美接受，欲使作品更加深邃丰厚，使用具象细节当为创作之一途。

第十二章　隐喻、具象叙事架构中的审美特性

一、历史命运之多舛

在具象造型创造和喻象造型创造中，细节之互渗互融与叙述之互渗互融都有体现。相对来说，细节之互融互渗更具粘连性，它依存于作品的整体造型，主要起到阐明意蕴与提示意蕴之作用。叙述之互渗互融虽与作品之整体造型维持统一，但具有相对独立的效用，可对历史世界进行某一角度之揭橥，亦更能展现诗人的某种审美意图。故在具象造型创造或喻象造型创造中融合对方之元素，虽然不及细节互渗互融那样广泛而引人注目，但对杨梓来讲，乃孜孜以求而漫长的追寻，他正是经过此种互渗互融的叙述路径，扩大或加深了史诗之底蕴，以达到更大范围或更深层次上表现民族历史文化之目的。

在《西夏史诗》中，广泛存在着具象系统兼容喻象叙事之现象。在天都山的一万匹马怔怔地互相望着，都想从对方的眼睛中找到蓝天，头马刨着黝黑的土层，一匹女真马载着金将兀术挥师南下，一匹契丹马载着梦想的宫殿，所有马都认定党项马是未来的头马，它会载着嵬名乾顺，接纳金兵去追杀辽国遗民(《马放天都山》)。以党项为首的万匹马的内心活动，是其具象造型系统之主干。而其他马匹所营构的叙述模态，在此以具象造型创造中巧设的喻象叙事模态与氛围烘托。这里有一种双关之隐喻，诗人在此之本意并非追求历史世界之写实。头马、契丹马、女真马之呈现，是《西夏史诗》之类型化呈现系统

中一种抽象的意味性融入。从春到夏、年复一年，马群一直都在盼望着什么，可是盼望的晋王察哥与一万士兵均未出现，只有中兴府长出的一朵灵芝似乎在诉说着什么。

这些马匹代表着党项的儿女，它们对党项之忠诚与对外部势力之抵触情绪，也表明它们作为党项马无法割舍自己的思想个性，象征着党项儿女不屈不挠的精神存在。为了让西夏人延续生命，马群吃着越过寒冬的草，将母马与马驹围在中间，并用雄壮的脊背迎向呼啸的西北风，此即暗示党项部落为取得成功而维护自己生命之基础。西域的寒冬，狼群嚎叫，牛羊瑟缩，犬吠四起，人们裹着毡毯四散，骏马受到惊吓而奔下天都山。此处暗示西夏王朝命运多舛，在历史大潮面前，短暂另立的割据王朝最终会奄奄一息。党项黑压压的饥民走在荒野，显出蜡黄色的脸庞，成千上万的党项人几乎同时起义，他们穿过死亡裂开的缝隙，他们没有多么伟大的梦想，只想用自己皮包骨头的生命，换取儿女们成长的蓝天和沃野。他们点燃火把，把岁月的伤口留在原地，把血色的故事立成未来的怀念之林，他们打着自己不朽的五色旌旗，在淡蓝色的目光下默默行进。党项人坚贞执拗，为了给儿女寻找一个完好美丽的家园，甘愿牺牲自己的一切(《荒野上的麦穗》)。此仅仅是党项人的一种美好愿景，是由静态(守护)文化圈进入动态(奋战)文化圈所必然产生的精神上的状态。此种动与静的辩证关系，是对历史命运状态的一种诗意呈现。

一滴雨点落到平静的睡眠，就在它碰到睡眠但又未和睡眠融成一体时，美就显示了它的力量。我的意思是说，当事物处于动态和静态的结合点时，最容易唤起人们的想象与联想，而且具有最丰富的内涵与最多样的变化可能，故最能激起美的感觉。《西夏史诗》在此处的美，就是想象之产物，诗作以神奇的力量激发人们的想象，不断地使人产生希望与期待。党项人“举着干枯的头颅 / 望着流火的铁在荒野上空飞来飞去 / 所有挂着星星的草丛都已折断 / 他们乘着天风之波沿着黎明的狼血 / 潜入岑寂的最底一层 / 大地龟裂而又隆起”(《荒野上的麦穗》)。尝到最初之胜利果实，会有一种甜蜜之感；失去果实，但只要王权存在，也还能有些安稳感。但党项人仍然在荒野上穿行，空荡荡的马车在沼泽地里辗过白骨,人们的呼吸之气均充满血腥。此一方面意味着党项人对新的世界有着强烈的渴望,一方面又意味着党项人面临的历史命运无法抗拒。他们实际上是踩着迁徙如蚁之人群在行进,他们自己也都一个个倒在荒野。荒野的梦撞击着他们的心扉,令他们格外遭受煎熬。这里的造型意象群表征着党项人的艰难困境,他们生死相依,与自己的精神意志拼死搏斗,梦想着一个独立自主的世界。特别是他们有一个永远都无法走出的“荒野”,含有不尽之意。《西夏史诗》具有抽象意味的造型创造相对达到了多层级、多复合、多样态,作品不断进入历史世界之实写性表征。

但是史诗已借各类意象之叠加,极为简洁地突显了一种历史的真理:封建专制王朝之衰亡一定不可避免、不可逆转。这在史诗卷六《马驰鹰旋》里得到充分的展现。在此,诗人如果只追求历史具象叙事,只呈示西夏文明之种种辉煌与衰亡,不摄取一些抽象意象的意味造型予以表达,作品之内涵一定削弱不少。而兼有此一叙述,无疑强化了史诗对西夏历史世界之纵深掘进,加深了史诗的历史亲历感与审美兴味感。通过喻象叙事与具象呈示,史诗所传达的是审美世界承载着历史世界、审美世界蕴含着历史世界这一意旨。此表征了史诗在具象叙事中设置一种融入喻象造型之叙述,其作用具有双面性,借此满足诗人之双重审美需要。

不过,《西夏史诗》中的一些篇章兼有喻象造型叙事。喻象叙事有时会被具象造型系统所消解,具象造型时也可运用喻象叙事。这样,在某种情境下史诗的历史表达,依然是局部与特征性明显的历史表达。具象造型以喻象方式进行叙述,最终以另一种类型呈现出来。按照逻辑顺序,此时之喻象叙事仍然是具象造型艺术世界之一部分,但喻象叙事不是被具象造型叙事完全覆盖,而是有覆盖具象造型叙事的性质,与具象造型有关的事象、人物或情感意绪往往笼罩在喻象叙事的审美光环中,直至作品阶段性结束。《马放天都山》一诗就是如此。现代主义的史诗语言与写实主义一个最主要的区别就是隐喻倾向鲜明——写实主义诗人喜欢用人名、地名等作为意象进行叙述,而现代主义诗人则不同,他们更喜欢用隐喻性意象进行叙述。如《马放天都山》中的“想从对方的眼里找到蓝天”“沉默良久的马群如同炸开的花瓣”“你叫它一声闪丹亚 / 它就成了党项话里的一头白虎”“中兴府生出的一朵灵芝 / 从天都山的上空徐徐飞过”等，此类造型与叙述架构在《西夏史诗》中随处可见，不胜枚举。我认为，至少在杨梓的史诗中不分析隐喻、具象等造型与叙述架构，就无法讲清楚他的史诗的审美特性。

二、生命中的依托

在史诗整体架构的造型系统中，由于喻象叙事处于作品架构中具有起承转合及统摄性作用的关键章节，故造型意旨的传达对喻象叙事之依赖逐渐带有普遍性。《与雪同在》这首诗，也是一个典型的例证。雪下了很久，从西夏灭亡的八月一直下到现在，覆盖了党项雄鹰飞翔的天空和骏马奔驰的大地，却没有覆盖你的一个子民，几百万英雄的党项不知去了哪里，只有漫天大雪与盲女巫紧紧地相拥在一起。作品叙述了西夏灭亡后的一种世界镜像。其中将党项与雪作为具象的意象加以叙述，就是“隐喻性的”和“转喻性的”（隐喻和转喻是语言学中的两种修辞手法，也是20世纪诗学理论中非常重要的两个术语。简单说，隐喻和转喻就是当我们欲描述一件事物时，不直接说出这个事物本身，而是用另外的东西来描述这个事物的方式）。从对党项部落的精心刻画，即从西夏历史走向与党项子民的命运，可以读出西夏文化精神之色彩。诗作呈现了西夏封建王朝统治下人们坎坷与苦难之遭遇，深刻揭露了封建王权统治的残酷无情，具有震撼人心的典型性。由于运用了隐喻和转喻之方式，诗章反而更强烈地透露出一种爱怜、苦寒、自嘲之语调，使得此种呈现与批判不那么剑拔弩张，但此种苦涩隐喻中之喻义传达是深邃的、强烈的、刻骨铭心的。故“异彩纷呈、独具特色、千古流芳的西夏文化，是党项、汉、吐蕃、回鹘等族共同创造的文化，是中国文化重要的组成部分”（《西夏史诗·跋》修订本），在此被真切准确地传达出来，由此史诗作品反映出那神秘而宏大的人类性命题。

但是，作品中围绕“与雪同在”而展开的一系列叙述是一个抽象的意味造型叙事架构。把握党项人之意义，就是把握雪之意义；把握雪的意义，就是把握党项人的意义，此即隐喻和转喻之效用。从作品的描述可见，雪是一种不起眼的自然物象，一种被人视而不见的自然物象，隆冬的西域，漫天遍野，无处不在。可是落在火中的雪能发出几声鸣叫，成为火焰；贺兰山上的白雪女神看见所有的雪花都奉献了一生的光芒；看见了雪，就是看见了党项人的灵魂；雪无意宠辱，不求荣达，默默而又尽力地去融化于万物之中。“雪落在鸟儿的身上就跟鸟儿一起飞了 / 雪落在羊羔的身上就跟羊羔一起咩叫 / 雪落在桃花的身上就跟桃花一起盛开 / 雪落在她的身上就跟她一起哭在路上 / 雪落在地上就化了 / 只有草丛藏起一朵一朵的白”。雪落无声，镇静自信，此种描述之意图是什么呢？那就是诗人以雪的意象进行了一种隐喻式的造型创造，让雪蕴含着历史精神和文化命运，显示着一种超越历史的美学精神。诗人在此经过审美对象——雪的意象叠加，微妙地改变了我们熟知的自然世界，让雪之隐喻造型来创造另一个历史世界。雪成为表达党项人精神的一个精美文化符号，只是传递的方式不是采用写实性之描绘，而是用抽象的具象明喻，此乃意味造型之整体架构在接受者心中再创的一个历史的审美世界。此处，诗人的意味造型架构不是要通过自然之变化来创造另一个世界，而是通过雪来看见或发掘出另一个历史世界，同时寄寓了诗人对历史精神的盛颂。诗中雪的喻象造型叙事的作用很特别，不是它依附于具象造型叙事，而是具象造型叙事依附于它。故，不是雪成为党项人之陪衬，而是党项人成为雪的“身影”；不是党项人的精神涵盖着雪的精神，而是雪的精神映射着党项人的精神，即党项人与雪是精神之高度合一。党项人之造型创造，虽是史诗之主干，却是按照雪的思想内涵在予以叙述。作品写过党项人与战乱、艰难困境之殊死搏斗，对外族势力之憎恨，对内部分歧的埋怨，是以历史事象来阐明党项人并没有达到雪那样淡然从容、处惊不变的自然境界。其实党项人正是在与雪之“同在”中，看清了自己，逐渐走进雪的境界。因此作为对照与隐喻，雪是置于高处而俯视党项人之对照与隐喻。诗作最后告诉人们：“雪只剩一把骨头 / 但心里的灯一直亮着 / 雪在点燃自己的刹那 / 便扑进了大地的怀抱 / 满地的雨都是血燃烧的骨灰/那里有雪从未说过的话”。这就解释了雪已经成为党项人之精神境界,并融进了民族文化精神之源泉——具有一种视死如归的奉献精神。此结果就是《与雪同在》虽以民族历史性主题作为主要书写对象,但此一主题并非作品之最终价值、意义。由雪呈现出来的那种充满民族文化精神之意蕴就隐伏在史诗之主题深层内核之中。杨梓用“与雪同在”给诗命名,彰显了隐喻的深层结构,也可看作此隐喻已经成为他对人类生存本质和境遇之领悟能力,这也证明了史诗中的深层结构就是隐喻结构。《与雪同在》本身就隐藏着一个寓言性结构,这就意味着史诗既有表层的历史情节结构,又有深层的隐喻结构,而表层的历史情节就可能只是一种手段,诗人之目的可能就是对人类生存深层模式进行探究。

由此可见,像《与雪同在》一样,杨梓在具象造型创造中采用隐喻结构叙述,以突显深层之探究作用,使史诗精神能在具象造型创造中产生一种特殊的审美力量,引诱接受者逐步向史诗之整体隐喻性结构靠拢。故在具象造型叙事与喻象造型叙事的互融中,此即成了一种最近似于隐喻的结构方式,这对于史诗性质亦无甚差异。我们对它的阐释,既不能只看其抽象性的意味造型,也不能只看其具象造型之展示,而是需要从史诗之整体造型着眼,深入解析隐伏在内里的隐喻性结构。

当然,喻象造型系统中亦有具象造型叙事之融合,此种融合对作品所产生的效果,进一步加深了史诗与历史世界之间的联系。因此,喻象造型系统中蕴含着具象造型叙事,往往是在一个较为抽象性的意旨之中融合了一种较为写实的能指。经过此种比照或融合,抽象性意旨具有写实的能指特性,这样更容易为读者所接受。所以,喻象造型系统融合、涵盖着具象造型叙事,乃《西夏史诗》最具艺术魅力的方面。如《火的泪水是黄金》一诗即颇具融合之特性,尤其是诗人创设的“火”之意象,新颖而奇特。在此,董部落以火为尊,以火为荣,人间之水与地狱之火在土中相遇成为寓言;而从东南西北聚起的风神,把火载向四面八方,随后又消失在火的烟雾里,成为火仰望天堂的眼睛,以及袅袅升起的泪水;火是最冶艳的紫莲花,像翻滚的石头追逐翻滚的水,把烤熟的食物放在董拉和男孩经过的地方，将四周的严寒变成春天，把刺骨的寒风吸入自己的心里。因此，火穿越时空，疯狂奔跑，成为黑暗之火回到天堂之坦途，让一双双月光的脚印踩在火神艾旦丙凄美的肩膀上，再把自己的灵魂放进寻找影子的火中。从这类描写可以看出，火是慷慨的，拼命“追逐翻滚的水”，宁愿将寒风吸进自己心里，也要这个世界变成春天。这一切均是为了体现追寻一个诗意家园的终极目的而设置的造型意象。火在遨游中不断放开他的灵魂，让他跑向灵山北麓兰湖旁边的溶洞，等待魔鬼放出苍狼，他从火光中看见自己像一头强壮、神奇的原羊，耐心等待苍狼之到来。此节诗之意旨很清楚，就是要默指一种深意：党项历史的某种走向被一种力量所左右、所改变，诗人对此也无可奈何。为了体现史诗之创作意图，诗人在此意味美学世界之创造中实际设置了这样一个超越历史的历史世界，作为具象造型叙事，为党项部落提供了截然不同的另一个历史世界。“火在触聚中离翔 / 以树的形式倒在荒原的身上 / 四肢上火红的汗毛箭一样射向远山 / 秃发的头颅如同游向原始森林的巨蟒 / 火无穷地放大着躯体 / 把无数的根扎进岩石 / 火伸出巨大的舌头舔着无泪的云和羽毛 / 猛烈地歌唱　猛烈地舞蹈　猛烈地盘旋 / 把一座山放进火里也会成为烈火 / 把一场暴雨放进火里便有烟云飘过 / 把整个天堂放进火里只能剩下传说 / 火触到的一切都是灰烬 / 火永远在熄灭中重获新生 / 在死亡中分娩遍布天地的婴儿”。这实际上就是一幅党项人未来之自画像。火在诗人笔下已不具有火原有的性质，火目极八荒，可容纳万物。诗人对拟人化之火的内心作了层层剖析，倾诉了火兼容世界，力图从历史世界之混沌中挣脱出来，奔向一场剧烈的燃烧。火注定了只能永远濯洗万物的灵魂，濯洗地狱里人的灵魂，“一点一点洗去灵魂上布满的虚伪贪婪和罪恶 / 火却永远找不到自己的灵魂和家园”。值得注意的是“永远找不到自己的灵魂和家园”的描述，已经不是在写党项人的命运，而是指向人类的“虚伪贪婪和罪恶”的灵魂，以及如何才能拯救人类的灵魂。“火不知道自己为何而不熄地燃烧 / 火伤心地流下了泪水 / 火的泪水就是黄金啊 / 火的灵魂就是烧不毁的事物啊”。

杨梓常用此种历史运动中人与事物之特性进行审美建构，此处呈现于我们眼前的拟人化的火之物体，从来都不是静止不变的，而是处于突显与消失的不停顿的交替之中。因此诗人之使命不是描摹静止之历史运动，而是着力表达永恒的运动的历史感觉。在诗人笔下，燃烧的烈火不是静止不变之物，而是有着狂风般急速之行动。诗人无意按照历史时序去建构，而是摄取历史运动之瞬间，全力凸显处于不停歇运动中之历史给予人的感受。因而诗人别出心裁地将火作为历史时空之一隅予以审美再造，作为一种史诗审美之依托，排除先验之成见与既定模式，不是按照事物之原型去反映，而是敏锐地、迅疾地捕捉历史运动着的、变化着的世界之形态特征，在一种抽象的、变异的、逼人的感性力量中，表现出历史的生命形态与历史世界之动感、节奏，表达出历史世界作用于人的感官世界时产生的主体印象与审美之冲动。杨梓采用历史运动的手段，应当说拓宽了史诗审美体验之领域，丰富了艺术的表现力。如此构建的运动中的人之造型与历史风貌，自然比用俗见之手法能够产生更生动、更强烈的艺术效果。这或许正是诗人在以意味造型为主干的架构中进行审美创造的显著缘由。

三、主体与历史沟通的桥梁

在卷二《草绿星灿》中有一首《复活》，是通过梦幻、梦境的意象造型来呈示党项历史的纷繁世界，“复活”党项部落族人的生存命运。史诗在此所表达的主要是微妙地改变接受者习见之审美思维，并通过审美创造显示党项历史传说的形变，创造一个审美中的历史世界。其中，造型是表征思想感情的一种审美特质，杨梓的方法是，不直接对历史传说进行勾勒与描绘，而是采用抽象隐喻中之具象明喻叙述，用不加阐释的造型叙事，在审美中创造一种新的思想与感情。

杨梓并非要经过历史事象之形变来创造另一个世界，而是要在有形历史中发掘出另一个世界。诗人之所以采用此种手段，主要是让接受者从党项历史世界中获得一种新的认知，要从党项历史世界中去发现一些新的特质，从人所皆知的历史事象中发掘出无尽的令人感到神秘与惊诧的东西，从抽象的造型当中看到某种具象的世界奇迹。在杨梓的诗歌世界里，党项历史并非依附于物质的物理属性，而是依附于审美世界之创造。因为，面对人类现实世界，诗人之创造智慧是无穷尽的。当诗人欲道出党项历史的本质时，他对栩栩如生的党项历史表象不一定感兴趣，而是致力于自己的艺术创造。

他为什么要创造，创造出什么呢？创造，在杨梓这里，就是既要走进历史，又要超越历史，用思想与语言文字的隐喻，创造出历史中所看不到的东西，创造出只有在审美世界中才能体验到的东西。只有通过这种审美创造通道，才能体验到真正的历史。因为，西夏总是与神秘相关联，而史诗之创造，则是借助历史的火石电光，燃烧起创造者的激情，这就是以审美来关照历史。为达此一目的，诗人多采用梦幻之手法还原党项历史图景："你离翔或者触聚于事物的根源 / 朴素得像风走过树林雨回到大地 / 原气在故园的血管里守默 / 影子于迁徙的裘褐里放纵 / 无处不在无所不有的梦啊 / 站在一片草叶上摇曳着过去流向未来的光中之光 / 你望着被黑暗渗透的析支"。此诗题为《复活》，意思是党项人之守默、迁徙、放纵，一直都被黑暗渗透，但一种远景之梦想总有一天会成为现实。"那是一种丧失了灵魂之光的黑暗 / 积雪山顶高举着余烬纷扬的头骨 / 沧桑的皮肤上结晶着夜的血与泪水 / 黄河之曲布满了厚厚的饥饿 / 一群回不了家的牛羊断断续续地呜咽着 / 青藏高原如一顶漆黑与寂静搭起的帐篷 / 只剩下各种各样跪拜的身体 / 离翔或者触聚于神灵与众人之间的盲女巫 / 用羊毛和冰块寻找火焰 / 在触及又未触及语言之躯的时刻 / 她看见一面精神的旗帜 / 飘扬着寒光"。诗人在此叙述了党项部落曾经之破败与黯淡，到处都布满饥饿，牛羊不断呜咽着，高原一片死寂，跪拜的人群在祈祷神灵到来拯救他们。但是党项人并没有放弃追求美好之憧憬，还是在火焰中看见了精神的旗帜，虽然是飘扬着寒光的旗帜。这正是诗人建构的党项人的另一个世界。承认党项部落处于黑暗渗透和笼罩下，却写出了另外一种有关精神世界之属性，它不是死寂、黑暗与无奈之摄录，而是审美造型中党项人经历之前后过程。它不是模拟党项人之状态，而是融会在审美世界中诗人创造的历史意象。它似乎是在用一种下意识的梦境一般之意象进行叠合。此即用一种非历史的客体世界来表征历史的主体世界，或者说把历史表征为非历史世界之图景，亦即表征为所谓超越的历史世界。于是，在杨梓的视野里，党项部落的一切都变了样：时间之神伊司仄从身上撕扯着巨响的石头，他每年向大地扔一块石头让春天开始，每月向月宫扔一块石头让月亮盈圆，向日宫扔石头让太阳升起。就这样，党项与天地和宇宙类似，成为诗人造型美学中的核心。于是，党项的历史就变成了这个样子："历史由此流动"，他们扔掉的石头全变成了星星，"他被鱼一样梦一般的星星围困着/他整天整夜一年四季地沉沉睡去/忘掉了天堂天境人间地界地狱所有的事"。这其实是诗人将历史精神之意象融入造型当中。党项部落似乎无所不能，被黑暗紧紧捆绑着，却快乐地生活着，整日盼望着去寻找那永无尽头之家园"和他所有做成的梦"。因为，在诗人心目中，梦境、梦幻只不过是一种豁达开明的精神高地之痛快的反射罢了，此处之造型叙事，既让人痛苦莫名，又让人豁然于心。诗人正是用一种想象之造型世界去复现真实的历史世界，此种依托历史而又乐观地以想象世界去超越历史之意识，乃《西夏史诗》意味造型中一种独特的隐喻手法。

"这是一座灵石堆起的祭坛/一堆永不熄灭的通向天堂的营火/一首盲女巫忽明忽暗吟诵的诗/雪野上弥漫出一片不敢目触的神圣/你穿过漆黑与寂静织就的帐顶/越过艾草徐徐唱响的紫烟/散发着烤香的羊羔和牛犊跪在两旁/一个盛满血酒的髑髅天才般立于祭坛中央/还有一位仰面而躺头朝东方一丝不挂的少女/像一朵迎风怒放的雪/一经触摸便能融化整个世界"。在这里，诗人采用了各种不同的意象，意象在此起到了对历史开挖深掘之作用，通过各类意象叠加及联想来描摹神话传说情貌。此处的意象似乎代替了诗人，或者说，意象可以作为主体与传说沟通的桥梁，并通过此一桥梁建构，将诗人与接受者以及整个传说世界联系起来。就像诗中"像一朵迎风怒放的雪/一经触摸便能融化整个世界"一样，这些被诗人的知觉所凝聚在一起的意象，瞬间能在一个有生命力的审美造型中爆炸，此种意象比那种"两句三年得，一吟双泪流"的专门寻词觅句的表达要高度凝练很多。这实际上也是诗人对逻辑思维在串联审美意象之珠时所产生的线性作用。这样，意象既能在外力的作用下产生审美效能，也能在诗人的造型中扩大审美辐射效应。

所以，诗人将有意不言的意象，如“留下一野遮天蔽日的疼痛和遗憾／从大地的乳头驾云而去”，表现幻觉特性的意象，如“世界仿佛是一棵冰缝中努力成长的草”，抽象的具象化意象，如“牧羊女领着羊群走在泥泞而光滑的盼望里”等叠加，形成一种构型力，它把个别的极不可能聚合在一起的意象凝聚，此种审美引力结构，往往像一个倒立的金字塔，以一个词或一个隐喻开始，然后在构型力的作用下，集聚更多的词并将其引向一连串的意象。灵石堆起的祭坛，就是一堆永不熄灭的通向天堂的营火……此一连串的意象，就是如此产生自由联想之审美结果。然而，此意味意义之获得当然是与民族历史合一的，故为了史诗之造型，也为了作品的历史性，杨梓在抽象架构中不时穿插着历史世界的具象叙事，以此具象叙事对作品意蕴进行充满审美张力的阐释。“因风的传递接纳了党项人的膜拜／杀死妖魔克虏射落灾星抢娶吐谷浑公主／而成为党项八大部落酋长的拓跋达措／率领成千上万的众人面东而跪／祈求你像太阳一样升起”。这些具象情节之作用非同小可。这些皆表明，史诗作品之意味造型意义来自民族历史，并且告诉人们，不达美学目的之诗歌追求，实际上是执着于历史世界，但又对历史世界本身无可奈何的一种困境性选择。因此，这是一种独特的审美把握，是包含着诗人对历史世界挚爱的很特别的一种审美超越。

我感到，杨梓此一类型史诗创造之所以能够引起接受者的强烈共鸣，就是因为其中蕴含着对历史困境之哀怜之声，是气势磅礴之中的如泣如诉。而此一点，正是在党项部落的具象世界叙述中有力发出来的。这不是悲观，这是历史事实。此具象造型叙事与整个史诗作品之喻象造型创造融合得严密无缝，对喻象造型功能之发挥也起到了美学支撑、灌注与发散合作用。

四、神性氛围中的景观

《西夏史诗》是一个庞大的喻象造型世界。诗人作为史诗的主人公，仿佛历经天堂、人间和地狱三个世界，创建了它的审美造型机制，暗示着个人与人类怎样由历史的苦难向着理想世界超升。在史诗中，意味美学造型与理性精神对诗人之能指意味着美学与理性精神对人的引领，表征只有在美学与理性精神指导下，人类才能进行省思而醒悟。《西夏史诗》实际上是一部在当代神性美学氛围之中创造的经典史诗作品，就其喻象之建构规模、意味之深奥来讲，在当代诗歌美学史上几乎没有可与之媲美的作品，因为其自身就建构了一种独特的意味造型美学景观。

这部史诗由传说、梦幻、历史事象、历史生活构成。其中，传说与梦幻不言而喻成了意味造型的有机成分，就连其中的历史事象和历史生活也受到诗人喻象思维之笼罩，放射着意味的美学光芒。此梦幻世界，是他内在时空幻觉的营造，或者说，是杨梓诗歌美学中的一种诗学视野，并通过此一视野，将其融入精神整体与激情之中，揭示了一个更为深刻的历史真理。诗人把历史与诗学储存于大脑中，去粗取精，升华为一种美学信仰。此种凝聚，不但使这些历史事象与历史世界保持了它们作为史诗内容的丰富性与连贯性，而且完全保持了它们作为历史世界的具象描摹的基本性质。故，它们仍具有具象造型叙事的鲜明特性，以具象造型叙事来呈现历史社会之境况。那些在不同章节里反复出现的历史或历史的情景描摹，以具象叙事方式对史诗外之片断性、零散性、复杂性的经验世界进行融合，以诗句排列组合方式，营造一种内在时空的梦幻，正如戏剧场景也是一种幻象一样。诗人将它们融合在一起，使史诗在整体审美构造上有一种连贯性与连贯价值，所以《西夏史诗》是一部整合民族历史生活的诗学画卷。

杨梓在建构意味造型的美学系统时，对历史与生活之整合，对封建历史丑恶之批判，对封建历史时代各部落势力之间斗争之揭橥，以及对地理诗学和历史生态变化之追寻，都在具象维度上进行叙述。特别是对党项、西夏的神话传说、史料、风土人情、典型事件，以及对党项部族家园的追寻、创建、焚毁、再追寻的苦难历程等的精彩描绘就是鲜明的例证。曾经，那是充满美丽愿景与希望的西夏世界图景："日月楼已经醒来 / 几声轻微但很遥远的咳声 / 试图唤起雄鸡的一片啼鸣 / 野利仁荣打开面南的房门 / 满目的青草送来泥土的芳香"（《创建文字》）。这是一幅多么美丽的画面啊！"他拉开东面的丝绸窗帘 / 迎面扑来的黎明把一桶清水洒在地上"，他伫立在窗前，望着太阳把酒洒在饯行的白云上，一点一滴地把他浸透，从血管涌到他布满沧桑的手，栖息于每一个犹如符篆的文字上，让他依旧凝视东方，在冥冥之中超越现实历史和梦想。他伸手梳理了一下头发，一股熟悉的香味从身体飘出，嵬名元昊造出第一个字时的那场大雪又在日月楼的汉籍上纷纷扬扬。创建西夏文字，是诗人创造的没有历史对应物的意向性客体，诗人的创造与意味性建构的造型指向关系，皆是一个美丽的象征性客体。故野利仁荣创造番字的五年时光全是幻觉，是在纸上创建一个王国，然而历史十分残酷。诗人写道："一部用番文翻译的汉籍 / 正被阳光照出树叶上的斑点 / 番字是元昊和他模仿汉字而造 / 笔画却比汉字更多 / 他的心头一阵战栗 / 复杂的西夏文字与单纯的党项话没有融为一体 / 似乎注定了一个王国的神秘 / 和一个部族的命运"（《创建文字》）。此前后史诗的心理造型对比，整体性地透视了西夏历史之变迁。

寻求民族之历史，《西夏史诗》当有十分成功之描述。杨梓是生活在尘世的诗人，其《西夏史诗》是超越西夏历史的史诗。史诗要在人类的认识高度上来审视历史，这正是诗人对历史的深刻体认而产生此动力的结果。从此一方面来讲，像《西夏史诗》这样的鸿篇巨制，在整合传说、梦幻等叙述当中仍然包含着具象造型叙事，此正好揭示了诗人特定的审美思路：《西夏史诗》是无法用具体故事（如普希金《欧根·奥涅金》）描述的，必须从总体上把握史诗之叙述框架，如具象造型叙事结构，将它看成一个局部性寓言、一个总体象征性结构，史诗才可能获得真正的阐释。史诗的每一个细节，只有纳入到这个整体象征性结构中才能获得意义。从这个意义上讲，杨梓是以民族历史文化为根基而进入诗学层面的，史诗叙述是以具象为造型基础展开审美再造的。其中，西夏历史被升华了，具象造型叙事也被提升了，但民族历史文化精神的显现，总体上是不完整的、残缺的、截取式的，它形成的是一种斯蒂芬·欧文所谓的“断片的美学”。《西夏史诗》对历史的复现只能以断片形式、以象征性的具象叙事形式、以个别的意象形式表达。这可能就是杨梓史诗意味造型叙事之特征。

第十三章　叙事符号与史诗图景

一、给党项人昭示了什么

细节之融合，叙事情境之渗透，具象叙事与喻象叙事的结合，是一种对称性融合活动。作品被融合的范围与叙事情境产生的效应是十分吻合的。细节之融合，是从史诗叙事的某一角度作用于作品。情境之渗透，虽然对作品的支配力有所增强，但它往往只是作品内容的一个方面，是构建作品内涵的一个层级。故细节与情境之融合，还只是影响史诗局部的艺术方式。在具象叙事与喻象叙事的造型中，还有一种非对称性融合方式，就是融合的内容与篇幅与其在作品中的作用并不匹配。虽然这种融合有时只是片言只语，但此片言只语能对作品起到画龙点睛之作用。当此种融合已经带有普遍性时，此类普遍性范围之内容只是作为一个填补性的造型要素融入其中。此种融合也能够影响史诗作品之整体，但它不会改变史诗作品的基本品质。重视史诗之此类功用，对我们阐释作品乃至阐释诗人当时之审美构想皆有很大帮助。我认为，此乃具象叙事整体上的喻象叙事氛围，是喻象叙事架构内与具象叙事的融合，这是诗人史诗创作与实践的一种方式。

《西夏史诗》如果只在具象叙事中设置喻象叙事氛围，那还属于具象叙事，创造出的还是类型化审美符号。但诗人显然不满足于此一点，而是又在具象叙事中融入了喻象叙事符号，或阐明党项人之心理，或揭示西夏的历史命运，或营造历史冲突中某种特定的情景，这些都有助于理解这部史诗的象征性内涵。杨梓的这部史诗与一般的象征性叙事作品不同：一般的具有象征性色彩的作品都会在叙事情节中透露出作者想表达的深层意义，但杨梓描述西夏历史的这部史诗不一样，史诗情节中没有透露这种深层意义，没有提供给我们任何哲理的暗示，构成史诗的是一连串的意象以及不同类型的造型叙事。我们一般所理解的象征，是以真实的存在来证明理念的存在，就是说从具体的象征意象是可以理解它象征的理念的。而在《西夏史诗》中我们面对的是一系列历史文化符号。杨梓在这里创造的意象性历史文化符号，其实就是他象征性的美学理念。

象征性色彩的叙事氛围笼罩着具象叙事的历史世界，如同浓雾弥漫山峦。拨雾是为了窥见山峦之面貌，但由于山峦已被雾所笼罩，故对山峦之感知与云雾难分。此具象叙事整体中的喻象叙事符号，实际上产生了对具象叙事的某种涵容性效用，只有把握住了此种涵容性效用，对具象叙事的阐释才能更清晰、更丰富。杨梓就是一位善于创造喻象叙事氛围的现代主义诗人，《西夏史诗》是其具象叙事的经典之作，却又借助此种喻象叙事，来显示更深层次的审美效果。

就《西夏史诗》之各类造型叙事氛围来讲，诗人颇为精细，他将古代西域自然界之现象与历史情境之演化紧密联系起来，用以表达历史人物之间、部落与部落之间之关系，起到了以一当十之作用。史诗中既没有描述西夏历史概貌，也没有叙述历史背景，而是将党项各个部落放置于历史进程中的情景里，“这扇神秘的大门已经关闭／那扇神秘的大门即将洞开／我仿佛看见你／从青藏高原的子宫飞进梦乡”。此神秘大门仿佛密不透风，神秘莫测。“在通天的默鲁山与太阳亲切交谈／在狰狞的夜森林与兽群饮血茹毛／在旷远的大草原与野牛同歌共舞／当她们创造了第一个神奇的符号／话语的历史就成为一种纪念／直抵永恒的永恒”。此场面多少让人有些惊恐。蓦然，永恒的西天门訇然敞开，传递着神灵的旨意，说着草叶说给花朵的话，彩羽凌空的丹鸟把悦耳的歌声放进每一滴雨里，望不尽的奇花异草遍地盛开，让人心情豁然开朗。

这是在同一历史环境中写出党项部落所处的各种情境、心态与生存状态，将党项部落面临的种种矛盾及其命运多变等直接传递给读者。有时需要“飘雪的黑夜”，有时需要“浮冰撞碎摩崖的巨响震碎落日”，当董部庞大的部落摇曳着紫色的晨曦，大地被阵阵狂风卷起又重重抛下时，远去的冬日长出一片诱惑的色彩，猎牧的民族开始迁徙，告别可可西里，告别神圣宫殿，“你”苦难的历程便从此开始了(《永远的昭示》)。这正是诗人给党项人的一种永远的昭示。

在《月光的月光》这首诗中，所昭示的内容亦复如此。“淡紫色的小雪飘飘扬扬 / 白银与五彩石的碎片飘成旋律 / 党项和玛雪的子孙们在黄河曲的一角 / 倾听着天空丝丝缕缕的声音 / 与月光共舞”；“党项的灵魂啊　你苦苦恋着的月光 / 一朵忧郁高悬的云雾之草 / 在临风而立的石头平平仄仄地绽开”。我想，落在人们心里的将是一种复杂落寞的哀叹，而真正让人油然而生的希望是那浩浩荡荡前进的马蹄声，象征着英雄未来蓬勃之生命。这是对“月光的月光”的描绘，是一种喻象造型叙事符号，在史诗中占有重要的位置。《西夏史诗》的这种多重性符号确实有多重意义阐释之可能，但是这种多重意义之阐释性焦虑在于这部史诗本身就是一个无法企及的迷宫。“月光”这个符号在不同情境中出现，就是为了创造一种遥远而闪烁光明的叙事符号，与各种人物对照，从而呈现出它的多重性含义，此种以光明作为造型叙事的审美符号，它的价值当不言而喻。

比较而言，在《回到析支》一诗中，其喻象叙事符号表现出渐强、递增之特点。在一开始，诗人只叙述吐蕃的亲弟兄刚刚创建了白仙鹤的家园，却又要到中原去帮助汉人攻伐另一部分汉人，但“他”与弟兄们跳着鹰旋舞，只想回到青藏高原月光的故乡，这让人感到党项人内心之另一面；“他”沿着黄河第一曲逆流而上，很快就到了阳光高原的边缘，越过大地的骨骼，一位吐蕃女孩骑着神灵的白马飘然而至，女孩接过行囊，拉起“他”退缩的手，用羞羞答答的党项话说“到家了”。在党项人返回的路上并没有遇到阻拦，一切都很顺利圆满。在一家吐蕃人铺着羊皮的炕上，“他”与女孩的阿爸盘腿而坐，铜壶里的酥油茶飘出家的气息与温馨，此时的“他”感到“真的到家了”，家在透明的青稞酒中，仿佛纯真的生命又回到原初，“他”把青稞炒面与酥油茶抓到一起，无论抓成什么形状，放到嘴边都是泥土的香味。可见，家在党项人的心目中是多么重要和多么美好，青稞酒、炒面、酥油茶等意象符号预示着党项人对追寻美好家园的渴望。在此诗中，贯穿始终并得到反复渲染与描绘的美好景象，给史诗作品涂抹上了一层浓烈的象征意味色彩。回到故乡与史诗整体的造型叙事发展相吻合，与党项各个部落势力之冲突也相一致。因此，对故乡的描绘，给人们造成了一种不断加强对美好家园之构建与向往之感觉。作品有了它，就好像有了一种更为神秘、更为强大、更为精深的艺术生命力量。此一节诗的具象叙事也因家园追寻之意识笼罩，具有更隽永之韵味和更丰富之色调。当家成为作品造型之叙事氛围时，随着叙事而趋向浓重时，它加强了作品整体冲突的尖锐化；当家园之追寻成为史诗中某个阶段特殊的情境与个体之写照时，它使人物个体之刻画与心理呈示变得更为充分、更为鲜明，又将其融入整体史诗作品之中，融入党项各部落势力之中，转化为历史力量或历史精神。

追寻、重建被毁灭的美丽家园是富于幻想的，在一个没有尽头的无限追寻之路上，党项人对此种追寻一直充满着美好的憧憬。一代又一代的党项人历尽艰难险阻、刀兵水火，仍然没有觅到一个安宁温馨的家园，即便如此，他们心里也只有一个念头：只要党项人在，就永不放弃追寻家园的决心。吐蕃人走过的地方留下一串串鲜红的血滴，在草尖上熠熠闪光。“吐蕃人在向更高的高原走去”，难怪他们告诉党项人说自己“是回家路上的孩子”。这结局多么令人悲痛，然而又多么令人回味无穷，它显示出了这样一个逻辑：旧世界的末日已经到头，新世界的希望就在眼前。

二、生命中的人性觉醒

在《西夏史诗》中，如果没有此种喻象造型叙事符号，仅仅只以战乱的情节来展现历史世界，表现几个部落族人内心之痛苦，那《西夏史诗》就难以产生交响乐般的审美效果。诗人对此格外看重的是：“西夏，一位云层里来回滑翔的沧桑老人，流干泪水的眼睛依然照耀着故地。那是洞穿一切的光芒，是无处不在的气息，是普天而降的甘霖，滋养着与汉、藏、蒙古等族融合的西夏遗民。西夏，把深深的脚印留在走过的地方，不管是彩塑陶器、敦煌壁画与西夏文佛经，还是西夏王陵、承天寺塔及贺兰山岩画，都放射着穿越时空的荣光，透露着一枚树叶上传递的神话和一块石头里珍藏的传说。”（《西夏史诗·跋》修订本）彩陶、壁画、佛经、陵、塔、岩画等历史文化符号，虽然不是党项人的直接描绘，但它们均是党项族各个部落的生命意象。“他们不畏强暴、侠肝义胆、视死如归的气节，体现于冲锋陷阵的党项马和宁折不弯的夏人剑上”（《西夏史诗·跋》修订本）。这正是艺术生命中的人性觉醒，是时刻涌动着的党项人的生命意识，诗作不是以集中的情节来透射史诗之思想，而是以深厚浓郁的精神凝聚来展开叙述，此正是史诗所饱含的思想与格调。《西夏史诗》被民族文化与历史精神所笼罩，创造出的那种神秘紧张、舒缓幽深、磅礴悲怆、奇特灵动的思想含量，是在丰富复杂的历史叙事基础上形成的一种审美效果。

《打开天空的鸽哨》中的喻象叙事氛围同样浓重、连续。诗的主体部分是描摹在一个寒风凄雨的二月，一队来自陇山的宋兵在将领任福的带领下穷追夏军的情景。当先锋抵达好水川川口时，发现了十几个泥盒散落路旁，里面传出砰砰跳动的响声，当几名士兵小心翼翼打开泥盒时，一群鸽子突然飞出。一百多只鸽子腾空而起，在宋军的头顶上盘旋成一道冬日的风景。鸽子排成整齐的三角队形，越飞越高，一百多个绑在鸽腿上的哨子被风猛地吹响，所有的战马都在驻足倾听。这仍是一种点燃，诗人通过宋军对鸽子的凝视倾听，表现出宋军的“镇定”。“宋军沉浸于惊疑之中 / 一声巨响炸开好水川的平静”。紧接着，诗人从点燃变成渲染，宋军从空白中看出了死神，也看见了夏军从两面山上黑压压地猛扑而来，眨眼之间铁骑四合，被团团围困又被大片撕裂，宋军陷入西夏伏兵的包围之中。“从上午激战到黄昏 / 任福身中十箭枪中左颊绝喉而亡 / 他的儿子惟亮亦战死疆场 / 一万八千人马全军覆没”。一位刀口流血的夏兵似乎听见了鸽哨，“漫天的雪花飘飘而下 / 一瓣一瓣地落在他滚烫的脸颊……在一片鸽哨的轰鸣中 / 他缓缓地闭上眼睛 / 把一野白雪留在身后”，全诗至些结束。一方面,这是历史事实,是写好水川之战,百余只带哨家鸽飞起,恰为夏军发出合击的信号;另一方面,鸽哨是经过诗人精心选择而凝聚的意象,给读者的印象十分强烈。在此诗中,兼具鸽哨意象的造型叙事,表明史诗对封建历史世界之批判与否定是在彰显美好未来历史发展之前提下进行的。故史诗已不是单纯对封建王权专制的批判,而是一首对生命充满无比热爱、对历史世界尽情展示、对民族精神极力张扬的现代史诗。鸽哨这一意象符号,不仅面向历史世界,也面向人类历史之未来,诗人不仅把历史给了接受者,也将理想给了接受者。鸽哨这个意象造型,确实是一个很有价值的历史文化符号。

三、喻象叙事中的历史表达

在此,让我们对喻象造型叙事中的具象符号略作分析。此类方式仍是喻象造型的方式,只是其中融入了具象符号的叙事,使整部史诗作品更具有象征性意义。为了表达此意义,诗人将具象叙事符号作为喻象造型的辅助并使之融合,从而使喻象造型的肌体更加丰满,意象意义更加丰富完美。可以说,由于把握了具象叙事符号的融入,喻象造型的叙事整体上才变得更加清晰。故此类具象叙事的融合,已成为杨梓史诗作品之整体象征意义的符号编码。此种现象,正是诗人与接受者之间存在的一类审美中介,如欣赏惯例、阅读符号等,读者必须调动自己的知识库存,才能破译史诗中之符号编码,从而体悟其历史精神与文化生命。

在此一方面,《蠕动的白蟒》作为喻象造型叙事性诗篇是毫无疑义的。“一条白色的巨蟒撞开兴庆府的城门 / 恰是太阳从黄河里一跃而起之时 / 黄中透红的阳光打在白蟒的身上又被弹到半空 / 碰洒一群鸽子的哨音 / 一直飘向天空的深处 / 向西蠕动的白蟒似乎与太阳同步 / 或者正是太阳一只独行的脚 / 天上没有一朵云彩　地上没有一株青草 / 荒凉的正月只因白蟒的穿越而稍有生气 / 春天的第三天指向贺兰山麓”。这里意味着党项人之精神在不断蜕变,意志力在不断衍变、深化。但这里仍有语焉不详的感觉,需要进一步弥合才能使人明白。那就是:党项人为什么是一条白色巨蟒？白蟒的境遇究竟如何？仅凭这个喻象符号叙事已不足以表达此种意义。而此喻象造型内含有的具象叙事符号,才是最能表达此种意义的符号。对白蟒蠕动前行的描绘,以及党项族人发出的各种混杂不清的声音,均显示了这一切。在微风中有铜鼓声,有马啸、牛哞、羊咩的声音,有孩子的啼哭声、女人的哀号和男人的悲咽,还有狼嗥、猿啸、鹤唳、乌啼夹杂其中。这一切都在预言党项族人忍耐着艰难与痛苦在前行。作为党项族人,他们使命重大,长年累月奔波在深山峡谷,倾听着这些如泣如诉中透出一种清厉寒气的声音。但他们毅力仍是坚定的,声音虽被山顶的积雪所覆盖,但在渐趋正午的阳光照耀下,反射出一片白皑皑的锋芒。离开兴庆府向西蠕动的白蟒,好像被阳光切成无数的碎片,刹那间这白蟒变成了密密麻麻的人群,他们正是党项族人。可见,历史中的党项族人,是在追寻家园之希望中奔波,为了家园,勇于冲破各部落势力的围困。白莽的双关,表明党项族人不可能把意义与物化分开。这首诗表现的是物的自主性,物是唯一的具体现实,连党项族的精神也是通过“蠕动的白蟒”表现出来的。这就是《蠕动的白蟒》表现的物化之现象,目的是反抗物化。无论诗人采用的是具象叙事还是喻象造型,都是为了创造一个更实在、更直观的历史世界,让物的姿态以它们的存在去发挥作用,从而继续让人们感觉到党项族人的力量之存在,并形成巨大威势,此种威势的物化,折射在一条白蟒身上呈现出来。故被物化的威势与蠕动的白蟒,正是党项族人历史世界之维度。王国内斗压力是否缓解？也没有。其后的四套马车上站满了各种神灵——太阳女神、月亮神、火神、山神、水神等,正欲腾飞;其后的马车上高耸着一座金光闪闪的棺椁,渐渐成为大地上西移的另一个太阳,车上载着八个仰面而躺的女孩,她们身上只盖着一层轻纱,八朵一经触摸便立刻融化的雪;党项族人为追寻家园付出了艰辛的代价,在如此艰难的困境中也很无奈,萦绕在他们心中的依然是家园的明天、族人的安定生活。在追寻家园的过程中,各种神灵均出来为其助威。“大地神另于勒体现着天帝普寞的每一种变化 / 贺兰山一样的山神玄灵比身披绿阴 / 黄河一般的水神花处临溅起浪花”。似乎这一切,最终成为八朵融化的雪花,成为党项部落人的精神意象。

马车的后面还有一百零八位僧侣,均是步态蹒跚的白发老人,他们在大声诵经;一百零八个女孩端着盛酒的髑髅,她们在轻声唱着逝者生前最爱听的歌曲……七百八十人的鼓乐演奏,惊天动地,最后是哭泣的八千八百八十人,拖着几个磨破衣服的孩子,他们是逝者的子孙,用所有的力气拖住前行的白蟒。在党项部落里,白蟒似乎也遭受到了一种压力,命运也显得凄惨,但白蟒并没有成为党项人的负担,也没有成为党项人的障碍。于是,白蟒一直走到贺兰山下,太阳落山葬礼进行之时,盲女巫与没藏讹勒举行了一番神秘的仪式之后,所有送葬者五体投地,拔地而起的鼓乐震耳欲聋,撕心裂肺的恸哭使降临的黑夜阴森恐怖。其实,白蟒正是党项部落之引领者,引领众生来参加嵬名元昊之葬礼。蠕动的白蟒在阴森恐怖的黑夜与众人的恸哭声中完成了自己的使命。它给党项人带来的已经不是痛失亲人的真正悲哀,而是摆脱因“白蟒蠕动”而造成的困境与重负的实际上的轻松。最能体现此一点的是,“在一野神秘的漆黑之中 / 逝者像一粒种子被埋进大地深处”。此表达的是:过去的都让过去吧。党项族人会永远在此生根,对未来充满无限的祈望。尽管贺兰山麓一夜之间隆起了三百六十五座王陵,人们也不知道元昊葬在哪里,但他们丝毫没有放弃走向未来的决心,甚至可以说还加速了历史的进程。所以,蠕动的白蟒不是悲剧,是历史的也是伦理的,是历史异化与伦理异化之双重产物。这个双重产物的意义是多重性的,而多重性意味着不确定,但确定的是党项人所追寻的客体:白蟒。它似乎是具体的实在之物,它就屹立在贺兰山上,但党项人永远不能接近它。

作为追寻的客体、目的,它被搁置了,因此史诗之意义域变得不自明了。史诗叙事的某种荒诞性在根本上正因为追寻客体的不自明,白蟒在史诗中肯定有象征意义,但杨梓的深刻处正在这里,他悬搁了意义,或者说史诗中的意义呈现被无限期地延宕下去,这恰恰类似于胡塞尔所说的现象学意义上的加括号。白蟒的真相被一个括号括上了,这个括号给白蟒带来了无形之屏障,党项碰到的只是屏障本身,而白蟒象征的意义最终不可企及。因此,党项人的追寻注定是一种失败的追寻。他们越是努力，距离自己的目的就越是遥远。在这个意义上，白蟒之于《西夏史诗》，可以说是对经典的追寻模式的一种戏仿，在本质上是反追寻模式的，而对一种史诗类型真正具有颠覆力量的正是对它的滑稽模仿。经过诗人如此一番精心叙述，《蠕动的白蟒》作为一首象征性符号叙事诗章，其喻象叙事架构含纳的具象写实精神，把党项部落族人的异化力量进行了刨根见底的揭示。喻象造型叙事使整个作品超越了对个别性的表达，而上升到含纳整个历史世界精神的高度，甚至含纳整个人类历史精神的高度。具象符号叙事之融合，让历史世界变得真实而令人深信，为历史世界的某种异化现象提供了惊心动魄的历史场景。《蠕动的白蟒》的具象符号叙事融合是强有力的，它使喻象叙事充满了审美活力，成为一种更加催化人心的隐喻结构。

四、化实为虚的远景造型

在卷五《依山荡水》的《修行榆林窟》一诗中，其造型叙事更加丰富而复杂。此诗之开篇图景，主体虽然是摹写性的具象叙事，但它有一个喻象造型叙事符号笼罩其中，故此诗依然处于一个象征性的意味造型维度，在喻象叙事架构内融合着具象符号叙事，此具象符号图景为喻象造型所含纳，呈现的是具有历史超诣之精神意义。在《修行榆林窟》中，作品的喻象造型叙事由“隐逸”“沉郁”“默诵”“超越”“飞翔”“幻化”六个象征性意象构成。《隐逸》对阿育王寺的释门赐紫僧惠聪和六名随从走进万佛峡的描写，主要暗示的是西夏的幸运或灾难与生俱来，“在一股青烟中飘向晚霞盛开的天穹 / 受伤的流星带走他们整整一个秋天的步履 / 滚滚红尘的起点亦真亦幻地浮动 // 他将长着一百零八角的太阳留在塞上 / 任凭西风在荒凉的头顶堆起沙丘 / 月亮的另一半被天空埋葬 / 榆林河里的鱼从他雨后空气的伤口一跃而起 / 他扯过紫色袈裟隐身于光风霁月的岩洞……”这些描绘，将西夏历史生动地展现于世人前。人们如何面对今后之挑战，则意味着一种历史文化之选择，以及由此选择所蕴含的历史文化精神。“在一片混沌之中触摸雪的啼哭 / 想象旭日的婴儿通体

透明 / 一只三条腿的梅花鹿尾随从容西行的羔羊 / 与风浪迹　有家难回的泪水 / 在每一个足印里开出紫色的莲 // 他感到自己静若处子又奔如脱兔 / 想穿过阴阳之界拥有那个轻盈的冉升 / 却不敢撞入刚刚出浴的处女般的晴空 / 只望着大藏经从高耸入云的树上哗哗坠落 / 六字真言默如惊雷……他在即将冰封的榆林河里化身为鹤 / 孵化不肯出世的卵石”(《沉郁》)。被陈寅恪先生称为“内典”的《大藏经》,在此似乎成了一道看不见而且很坚固的堤坝,让人感到一阵内心深处的安乐。这在神秘动荡的西夏历史中是一种“动中求美”,是以诗的呈现方式精心构筑的美学大厦本身。杨梓以此种方式探讨了人类内在心理时间的统一性,而在探讨内在心理时间统一性的同时,也就建构了自我的内在统一性。“他打开一扇天地之间的门 / 静泊于象征的虚幻之外 / 盲女巫的颂歌被温馨的记忆挤出岩缝……从大地深处抬起烟云之颅 / 搜寻那朵永恒的充满回音的莲 / 一片片蝉羽舒展于木鱼钟磬与低诵默读之间 / 他闭上昼夜之眼从洞窟走向洞窟 / 走向洞窟的洞窟”(《默诵》)。“他”悟出了新的道理,走出迷雾,寻求新的生存家园仍有希望。(《超越》)党项部族的精神不倒,由此可以代代繁衍壮大起来。他们可以飞越智慧之谷,盘旋上升,可以“同天地为常”,沉落之后也可以一次次飞翔。其结果就是天长日久,党项人的力量越来越强大,他们像雪一样“飘入西海　春的舞蹈弥漫云间”,在安澜的海面上与雪共融(《幻化》)。这就告诉世界,党项人代表的历史文明与文化精神,是一种依托坚强意志力的内在文化精神,是一种宁死不屈的刚毅文化精神。因此,结合借这六个意象造型叙事的段落来看,《修行榆林窟》绝非一般的具象叙事诗作,在整部《西夏史诗》中,此诗的人物、情节之具象穿插融入绝非可有可无。它可让史诗作品的来龙去脉更加清晰,让史诗的象征性造型意义更加凸显。它的主题句由此可以概括为“自我凭借诗的呈现方式追寻西夏失去的时间”,诗的方式在杨梓那里最终升华为把握西夏历史的方式、建构“此在”的方式,也就成为确证自我的方式,或者说主体获得拯救的方式。在此意义上,《西夏史诗》最终探讨的是人的主体存在的内在性与整一性能否存在或如何存在的问题。这就定下整部史诗作品的某种基调,规定了史诗之情境,创造了史诗所蕴含之美感，体现了史诗的情境美学，使此部地域性很强的史诗作品包含了深刻、内在的美学价值。《修行榆林窟》作为象征性意味造型的一组作品，正是以喻象叙事为特征的作品。

从榆林窟的修行可以看出，党项部落族人的精神世界是丰富的，甚至可以称之为博大深厚。修行，可以使神话从岩壁脱落，可以使蝴蝶之梦飘成瀑布，可以使古乐回旋于整个洞窟。他们能看见陨石的话语穿越隧道，听见干枯冰凉的鸣叫飞出壁画，能触摸雪的啼哭，能看见从容西行的羔羊，让有家难回的泪水开出紫色之莲……他们具有顽强的意志力，真正成为党项人大仁大义、无所不能之化身。党项人之生命历程是超越西夏历史的。在党项部落里谈不上个人幸福与欢乐，此不能直接归咎于仁义，却不能不归咎于党项人的文化选择。因为此种选择给他们带来了命运困境，也带来了生存灾难。

在党项人之修行过程中，正是由死而实现了他们的仁义，因为党项部落除了给他们送葬以外，又能做些什么呢？只能是"穿过阴阳之界"去"拥有那个轻盈的冉升"。此虽然不能将民众之灾难归咎于党项部落中任何一个人，然而，不正是党项族人当初的选择及以后的继续前行而造成的王权统治迫害了他们吗？在卷七《风诉雨泣》的《金川里的故事》里，诗人借盲女巫讲述党项的故事，一部党项史实质上是一部迁徙史，一部西夏史就是一部战争史、一部宫廷争斗史，党项人不禁要问"王国到底被谁毁灭 / 几百万党项子民到底被谁杀戮"。党项人之悲剧在于，他们从建立王国的文化选择中获得了此种遗传性，却没有获得更好的思想营养，他们的灾难已是偶然之中的必然。党项人为了死难之无数民众而在榆林窟修行，正是民族文化之历史悲剧，也正是诗人创设的一种复杂的悖论式现象。

在《修行榆林窟》中，如此庞大的具象造型叙事符号，对理解作品的喻象造型意义是不可缺少的。它既把民族文化圈的历史困境揭示出来，又把该文化圈的封闭、保守、落后、愚昧之特性折射出来。对于杨梓来说，史诗中的主题和西夏历史图景不是最具有决定性的，重要的是他采取了一种历史美学的关照姿态，在此关照中表现出诗人自己的心灵与观念的结构与形态，这正是我们对描述民族历史的史诗美学分析更加关注的原因。《西夏史诗》之美学建构在杨梓心中之最终目的还不是表现民族历史及其命运，而是表现人类的命运。诗作之所以具有经典性，也在于诗人对这种表现人类命运意识的自觉。他知道此种追求要在脚下的这块土地上实现，就必须化实为虚，超越空间和时间之局限进行创造。所以，史诗中的黄河两岸、河西走廊、贺兰山等都是历史的某种远景造型，是史诗的地理支柱，而现代性在杨梓的《西夏史诗》中提供的正是这样一种远景。至此，我对《西夏史诗》作品中喻象造型叙事与具象符号相互融合之考察基本告一段落，它们包括三种类型：细节融合、叙事融合渗透和不对称渗透融合，其审美功能各异，因而也就创造出了各具特色的审美对象。

第十四章　诗哲交融与美学沉思

一、写实性与超越性

具象叙事符号与喻象造型叙事符号、类型化与整体象征性意味造型符号之间互融互渗之现象，不仅是杨梓的一种艺术表达方式，而且是影响史诗美学品质的一个维度。诗人能否进行多元艺术方式的融合，是对诗人能否运用多元视角表达历史世界能力的考验。我们不必认为能融合多种方式创作的作品就一定伟大，在具象叙事或喻象造型叙事之间，专注于任何一种方式创作的作品都会产生经典作品。但有一点是不容忽视的，那就是多种方式之互融，必然带来诗歌创作上新的美学特质。故在分析了杨梓《西夏史诗》中具象叙事符号与喻象造型或象征性意味造型等多种方式的融合以后，有必要对作品所产生的新的美学特质作一简要分析。比较起来，具象叙事符号、喻象造型与意味造型代表着杨梓对现实世界与历史世界之两种美学建构方式。其区别有如下几点：

首先，具象叙事符号建构，代表着杨梓对现实世界与历史世界的近距离审美观照；喻象造型建构，代表着杨梓对现实世界与历史世界的远距离审美观照。近与远，虽是相对而言，但近距离表明在眼前浮现着写实性世界图景，故在具象叙事中，现实世界是清晰可见的，其作品因写实性世界图景的关系而总是令人产生阅读的兴趣。远距离则意味着喻象造型叙事的作品比较抽象而意涵深长，与写实性世界图景相比显得比较遥远，或相对抽象一些。杨梓以喻象造型叙事为特征的诗歌作品，由于拉开了与写实性世界图景之距离而显得更加超越、空旷，对现实世界观照之自由度、自主度也明显增强。

其次，具象叙事符号是对写实性世界图景某个方面的聚焦性透视，喻象造型叙事则是对世界图景之远距离透视。远距离透视，可对世界进行超越性的全方位概括关照。具象叙事符号属近距离关照，对现实世界有一种直感，故具象叙事能把人们引入那具体的人生世界中，使人有种身临其境之感。具象叙事如同一个万花筒，它把世界之丰富多彩摄在镜内，让丰富多彩的直感构成一个具体的美学世界。聚点透视是对世界进行特定的直击，并深入关照，不对世界进行远距离之扫描，却对世界进行具体的精深钻探，由此来衡量世界之价值。故它在让人领略世界之外在精彩方面不及喻象造型那样明晰、亲近，但它的具象性更有利于人们透视世界之精髓。喻象造型如同聚光仪，能将世界之光吸附过来，而它辐射出来的新的光谱，已凝成可以穿透一切之光束，透射着世界之精神。在杨梓的诗歌美学中，此穿透力是强烈的。

再次，具象叙事是对世界之有限把握，即对世界之局部的有限意义之探索。人与事的历史性与现实性往往能够具体关照。在具象叙事中，历史感与现实感显得强烈、执着，回答历史与现实的关切成为杨梓的一种美学自觉。故发掘、凝聚出世界之历史意义和现实意义，往往成为他追求的目的和意图。喻象造型叙事则是对世界之无限把握，它并不一定完全满足于对历史意义和现实意义之发掘，而重在对历史与现实世界意义的超越性把握，常为善于抽象思辨的诗人所推崇。具体的人与事，具体的时空，对于喻象造型叙事而言不是限量，只是起点。故喻象造型叙事往往是借用甚或根本就不借用具体的人和事以及具体时空来建构美学，它偏向于突破具体时空，超越具体人和事来把握世界，表达世界的意义。喻象造型叙事由此给个别读者的印象是，没有具象叙事那种实在充实、具体可触的感觉。当然，这与接受者的审美习性有关，与作品本身的艺术表达方式无关。

杨梓的诗作中，具象叙事符号与喻象造型叙事是有机结合的，有力地扩展了他作品反映世界的功能。在《西夏史诗》中，诗人给我们展示的就是此种功能折射的一个密实的史诗世界，因为史诗在具象与喻象叙事的融合中，充斥着一些既是具体的、又是抽象的，既是感性的、又是理性的，既是实体化的、又是虚拟化的意象与场景。而当一种叙述完全由此种密不透风的具象或喻象事物构成时，它直接折射的就是一种理性观念之光，这需要进行深度阐释。这是因为，我们在一种叙述中对史诗不同类型的意象词汇的解读决定了叙述被理解的难易程度，《西夏史诗》抽象性的意味造型叙事在很大程度上决定了史诗世界的具体性。

在《西夏史诗》的叙述中，不同时间与空间的场景、人物随时切换，时空跨度之大、转换速度之快是惊人的，而且从来没有时间标志，分不清哪一段是情节时间，表现出过去与现时共时存在的共时性特征。史诗中许多新型的审美创造，有关民族历史的写实性，在此上升到了富有一种精神力量、意蕴深邃的境界。我认为，这正是杨梓史诗美学的奇特之处，他既能在一种抽象的造型中将现实或历史世界具象化从容不迫地叙述出来，又能够从历史或现实世界具象叙事中抽象表达出深刻的思想，使诗哲交融、美学沉思尽力凝聚在文本当中。

二、史诗造型的格式塔质

从杨梓的诗歌美学创造来看，他的确是一位能够把握现实世界与历史世界有实力的诗人，其笔下的人与事撷取自如，精雕细刻，形成了他独特的美学风格——深邃之境充于内而雄浑之气贯于外，从而确定了他在诗歌美学创造方面的地位。杨梓具有透彻、敏锐地把握现实世界与历史世界、大起大落或琐碎细微方面的艺术能力，在他之前没有哪位诗人能够把西夏世界的历史图景，按照它本来的面貌以史诗之方式叙述出来。从《西夏史诗》提供的 8 卷 152 篇作品的造型方面，皆可看出他在此一方面的艺术表现是何等的强大与娴熟。

《西夏史诗》正是以其深邃之境充于内、雄浑之气贯于外的表达著称。在全诗中，几乎没有历史战乱的强烈正面冲突，也无曲折离奇、惊心动魄的故事讲述，一切如同日常历史世界那样平静地铺开。开篇《永远的昭示》即已昭示人们，西夏历史就是“多余的历史”的神话传说，党项人把无数个从前铺成一条通向天堂的路，每一次的迁徙都冲向那家园的方向——“你苦难的历程从此开始”。党项部族别无选择，强大的躯体照样被家园意识吞没，并向外部不利的困境“宣战”。故他们只能在不断的迁徙、不断的战乱中度过他们一代又一代人彷徨与无奈的岁月，不知道还能不能为家园创造出一点希望和未来。虽然，一代一代的党项人失去无辜之生命，可此一迁徙、追寻让他们产生了英雄的精神气概。诗人描述了王国创建的历史故事，一代代党项人在苦苦寻找家园的过程中，胜利与失败交错，付出巨大的生命代价。

史诗对历史的衍变与戡乱、悲壮与卑微均有艺术呈现，但对成功或失败之情景叙述并非轰轰烈烈，对历史世界之批判或颂赞也不尖锐严峻。不论是《不屈的毡帽》《血凝》，还是《漂浮的紫莲花》《鹰背上的剑》，或者是《亡国之君》《家园的反光》《右臂寸断》等诗，同样是刀火兵燹，但似乎没有打破整部史诗给人造成的日常历史世界的氛围。在《不屈的毡帽》中，诗人描述的是党项部落中一个不起眼的十二岁少年，他不断跪拜毡帽，就是愿为大德之人赴汤蹈火。诗人如此写来，就是为了表现党项部落及普通人物为了共同家园而牺牲个体命运的主题。作品展现的小人物与王国之间的无奈冲突是存在的，却很难说此种冲突不会因为力量相当而呈现势均力敌之拼搏，诗人对普通人无处安身、无家可归的生活进行了淋漓尽致的描述，发掘并拓展了历史世界中的普通一面——普通人的普通心愿。《血凝》写嵬名纯佑的帝位被镇夷郡王嵬名安全所废，深刻描写了嵬名纯佑被软禁以后的苦闷心情；《漂浮的紫莲花》则描写嵬名安全称帝后与成吉思汗大军决战，嵬名安全为讨好成吉思汗将自己的女儿献给成吉思汗，表达了嵬名安全既怜惜女儿又不能战胜对方的内心焦虑。嵬名安全的女儿嵬名察合泪流满面，“只为她心爱的人被箭射死 / 不知被大水漂到了哪里 / 她也想漂到水里 / 可被四名夏兵围在中间 / 连死都无法选择　生命还有什么意义 / 既然已成行尸走肉　她还惧怕什么”。这些浮现在眼前的历史世界表达了西夏人英雄气概的沉沦，对家园的追寻已遥不可及。《鹰背上的剑》所透视的依然是历史世界自身的逻辑力量粉碎着嵬名安全女儿嵬名察香的理想愿望，“她等来的不是神兵……她没有哭泣 / 只是乘卫兵放她解手之机 / 拔出卫兵佩带的剑 / 刺向自己的心窝”。也只有死，才能显示她的灵魂与精神。应当承认，杨梓通过史诗践行了他的美学原则，“我探寻西夏的原型，只因史诗由原型构成，史诗创作是对原始意象的激活……我只能将党项、西夏的历史予以横截，取其点面，客观再现”，并以此建构自己的美学观，“我想飞身跃上一匹烈马驰骋沙场，遍体鳞伤而勇往直前，身陷绝境而视死如归……我想在默如黄金的泥沙里参悟人生的价值，流过满面的泪水洞穿血液；于阳光似乳的洗礼中提升自我的境界，透过滴血的伤口凸显傲骨”（《西夏史诗·跋》修订本）。《西夏史诗》正是以其具象叙事，通过各种不同的意象组合所构成的民族深层的文化心理结构的形式，反映了民族历史中那苍凉、悲怆、沉重里人们物质世界与精神世界之状态，以及历史人物被囿于战乱、兵燹中的多舛命运。故《西夏史诗》以既磅礴而又平缓之语调，既雄浑而又纤秾之格调，深入揭示了民族历史的真相，从而帮助人们认识民族历史，也使人们看到了自身的创造能力与改造世界的巨大力量。杨梓表达历史世界之幽深在于，他的诗歌美学创造如钻头一般，要钻进历史世界之深层，要发掘出历史的深层意蕴。

实际上，杨梓在突显其作品的描摹功能之际，对史诗抽象性的意味造型功能也紧握不放。在《西夏史诗》中既有整部作品的意味性造型叙事，也有局部的意味造型叙事，局部意味造型与整体意味造型融为一体，相得益彰。格式塔心理学有个著名的公式，它强调知觉世界之整体性，即整体大于各部分之和，意思是说主要造型（主角）创造作为审美图景之聚焦亦含有此种整体性。如《西夏史诗》中党项人整体造型之原貌，虽皆能在历史世界中寻觅到踪迹（原型），但党项部落造型创造又毕竟不是诸多原貌碎片之简单重叠，杨梓对历史世界之总体思考已促使其想象在历史原貌之间重新构建某种新的联系、纽带或整体连接，此种整体连接恰恰是历史原貌所不曾有的。此即与格式塔走到了一起，因为格式塔也主张知觉世界不是感觉元素之集合，知觉世界有一种在任何感觉碎片中皆找不到的整体性，犹如把许多单个文字放在一起确可以组成一篇文章，但文章并不存在于单个文字中，它流转在文字与文字之间的字义连贯、起伏与转折上，正是此种富于整体动力感的字义连贯、起伏与转折，才使无数单一文字获得某种新质而呈现出流芳百世的经典辉煌。（舒尔茨：《现代心理学史》，人民教育出版社，1981 年）《西夏史诗》的美学造型就其心理活动形态而言，要比知觉完型复杂很多，但它蕴含的格式塔质则是无疑的。《不屈的毡帽》一诗中的那位少年愿拜有学识的人为师之造型，意味着生命之热情、不屈之意志、不倦之追求。此处不仅是诗人对党项人精神文化的一种审美构建，也蕴含着对历史世界、对人类理想、对未来的一种巨大的向往之情。

三、感觉世界与观念世界

只要有世界存在，就应该有征服世界的勇气存在。《不屈的毡帽》等系列诗作所揭示的不仅仅是历史世界之现状，它还包括历史世界之理想、哲学、伦理等。在《鹰背上的剑》里，嵬名安全的女儿嵬名察香随从父王出征打击侵犯河州的黑塔坦，不幸被敌军围困，父王被护卫救走而察香被俘虏被囚禁。她受尽耻辱却没有哭泣，只是趁卫兵放她解手之机，拔出卫兵佩剑而自尽。察香对美好家园之向往，不能仅仅看作是对舒适、安逸生活环境之不满而出征。此处诗人概括的绝非察香一个人的苦境，它表达的是西夏历史上整个人类的一种生存苦境。与黑塔坦的战役失败，流露的是西夏人对新家园的追寻总是难以实现的人类自身之怅惘，由于他们所处的历史环境所迫，西夏人对家园之追寻是他们生存世界之全部，是他们生命和梦想之全部。察香虽死犹生，她化为一只白头鹰，带着盲女巫之嘱托，去寻找那把失踪的贺兰神剑——一把能被月光照出紫莲花的剑，剑上散发着公主凝成琥珀的体香。《鹰背上的剑》不妨可以说是眷恋家园、眷恋幸福、眷恋生命的一首咏叹调。历史的世界在此被杨梓巧妙地从西夏人眼前的世界中抽取出来，完成了他史诗的意味造型叙事。

杨梓之所以能够成为一个充满深厚哲理意蕴的诗人，成为一个不会因所描写的历史世界遥远而影响接受者的诗人，一个主要原因就是他历史叙事与审美再造的体现。审美再造与历史叙事使史诗作品在某种程度上超越了现实世界的限制，上升到拥有现实、洞悉历史真谛之高度。《西夏史诗》总是让人感到厚重而气势磅礴，这是其中写实世界之具象叙事引发的效应；又总是让人感到韵味无穷而隽永，这是其中抽象性意味造型叙事在接受者心里产生审美发酵的作用。他的史诗之所以有一种永不减退的艺术魅力，正是因为他对现代诗学观念不断变革的意识。此种变革意识的一个最明显特征就是他的个体性，他的风格就如罗兰·巴特所说每个人都有自己的指纹，别人无法冒充一样，他的风格绝对是个人化的。杨梓的作品彼此间越来越缺少通约性，作品越来越成为他个人精神的游历与形式的探索。读者在他的史诗中不仅能看到历史与现实世界本身的波澜壮阔图景，还能看到他更倾心于史诗叙事之本身。

《西夏史诗》中的近与远、散点与聚焦、抽象与具象等，呈现给读者的一方面是一个片断式的经验世界，是一个永远漂泊不定、没有归宿的西夏世界；另一方面，在这个片断式的经验世界里给读者的感觉却是一个真实的甚至完整的历史世界。这是因为，优秀的作品总是以局部显示整体，以作品细部支撑整体架构，以少胜多，这是优秀诗人惯用之手段。史诗中的各类造型叙事显示的总是某种整体的历史世界图式，追求的是一种深度模式，是对民族历史世界的整体把握，甚至在史诗中追求个体与人类的拯救，同时正是此种对整合的向往构成了史诗基本叙事冲动和主导创作动机。这就使他的史诗具有两个平面，一个是感觉世界的平面，一个是观念世界的平面。简单地说，就是用具象表达抽象，或以抽象表达具象，二者是一个统一体，互为前提。《西夏史诗》此类例证比比皆是，作品中处处是象征——意味造型，譬喻之后又譬喻，总是难以探测到渊底，最终让史诗在建立具象世界与超验世界方面成为一个统一体。

四、远与近的审美聚焦

杨梓既注重具象叙事，又醉心于抽象造型叙事，并将二者融合，以此作为延展自己作品容量的叙事方式。《西夏史诗》是一部优秀作品，它既有一种诗哲交融的直观性，又具有一种历史的写实性；既有具象又有抽象，既有厚重又有深度，也有审美世界对历史世界之“变形”；史诗明显在暗喻人类对以往历史世界的探索与发现，并由此建构一个超诣幽深的审美世界。史诗的具象叙事与喻象造型叙事相互整合，使作品整体显得丰满充盈。具象叙事包含在整体性意味造型叙事之内，成为意味造型之局部。这些叙事的背后又涵容着言外之旨、象外之意层面：首先是一种心理机制与意识行为，史诗中表现为“我”在叙述，整部史诗都是叙述之产物；其次在史诗中，叙事同时是结构情节的方式，是叙事形式，也是一种主题模式，也就是说，杨梓是以叙事来结构《西夏史诗》的，叙事也成为一种艺术主题；最后，叙事也是一种诗学方式，它使《西夏史诗》超越了具体的史诗本身，而升华出关于叙事的一些普适的诗学范畴与诗学元素，上升为对人类叙事机制的全方位的美学探索。

史诗作品凝聚了深刻的思想内涵，并带有一种普遍性的审美意蕴。按此意，《西夏史诗》中的《日月石》《葬雪》《歌唱有风或无风的毡帐》《问询一棵生命的树》等诗篇，均属抽象性整合的意味造型叙事方式。作品虽然具体地描写着诗人选定的意象，但这种意象是在抽象的意味造型叙事中运用的意象，故作品自然具备一种直观性。这也是喻象中的具体性，实在中的审美性，抽象中的寓意性……作品由此深邃，耐人咀嚼。《日月石》写党项族看似如石山那样平实，却又像偈语一样深远。《葬雪》的造型叙事属于明显的抽象意味造型叙事，并不晦涩朦胧。在《歌唱有风或无风的毡帐》中，“他恍然如梦地从雪地上站起 / 扯过仅有的半块羊皮扎在腰间 / 风却扯过黎明前的黑暗穿过他的身体 / 穿过红桦树留下淅沥不止的疼痛 / 掩面的长发树成猎猎飘扬的旗帜 / 冰蓝色的风绕过一顶顶凋零的族帐 / 女人颤抖的歌声里泪滴滚动 / 在他的心上滚成一只只燃烧的羔羊”。诗作写毡帐上落满了火箭，党项人失去的是家园，留下来的是傲骨、精神与灵魂。《问询一棵生命的树》乃诗人见解精要、意在颂赞历史生命的话语，是诗人在抽象性意味造型叙事中融入的具象叙事，刻意探求的多层级审美建构凸显——实与虚、物与意、景与情等融合互渗，充满着历史的写实与审美精神。此种植物谱系的描绘，体现着植物的意象特性与党项人内在的统一，是党项人刚健顽强、粗犷不屈的精神体现。诗人通过植物谱系的意象，写出党项人即使遭遇铁骑“砍伐”也仍体现出一种生命境界，并永远充满希望与力量。亦即说，此诗不但写了象征党项的高原大地之树，而且写了历史世界中的党项之树、文明之树。

杨梓是一位以深邃审美世界建构为创造特质的诗人，他对抽象性意味造型叙事之体味精微。因为他悟出了抽象性意味造型叙事之独特功用：审美层级的升华与深化，常常通过借象寓意、以意造型来呈现。此在他庞大的《西夏史诗》造型叙事中体现得淋漓尽致，西夏历史世界中的超越意味蕴含在诗人的造型里。深夜之星空，有一种寂寥之感，不论是“日月石”从党项人头顶飞过，还是落雪之碎片飘向为党项人送葬之人群；不论是一顶顶分不清是女人还是月光凋零之毡帐，还是一棵棵穿越天堂天境人间地界地狱的生命之树，均是意味造型建构的外在形貌。此是诗人在提醒自己：在走进历史世界、阐释历史世界、表达历史世界时，一定要把超越性造型即意味造型叙事作为自己建构美学大厦之重要手段。只有在造型叙事中蕴含着深刻的历史精神时，史诗才能到达历史的超越境地，才能真正地、审美地把握与表达历史世界。所以，我们试图进入杨梓的史诗世界，是无法从传统的现实立场和现实角度进入的。他的史诗展示的是一种“存在”的历史可能性，从可能性维度总体把握《西夏史诗》，可能是比较恰当的一个角度。

以抽象性意味造型叙事达到史诗的超越性，是杨梓融入具象叙事符号的重要选择与追求。这其中所显示的是意味造型的叙事模式首先把历史世界的空间适当拉开，对其进行远距离的审视与聚焦，而具象叙事又将历史世界适当予以贴近，对其进行近距离的观照与摄取。其结果是，对西夏世界的远距离审视与近距离摄取的交融，导致史诗作品既有一种幽深无限的寓意让读者领略，又具有一种身临其境的体验。因为杨梓在《西夏史诗》中揭露了封建王权的专制性、党项族人为寻找家园之困苦及其精神的坚毅性，故他的史诗代表着当代中国史诗美学生命的形式与艺术的形式。对历史意义的探求始终是由叙事者承担的，有了一个站在终点的叙事者，就可能使叙事者在其后从外部的超越角度高屋建瓴地观察自己。作为当代历史精神的破译者，与其说杨梓在作品中批判了封建王权统治者对庶民痛苦的无所顾忌，倒不如说，杨梓对饱受历史困境之苦的党项人有一见如故之感。

五、绝境中的历史选择

在《在此岸伐倒彼岸》里，我们看到的是党项人对家园渴望的落空，被外族势力追杀之无奈。《待命》则是国相张元带着几十号夏兵奉元昊之命在萧关待命。他们把进兴庆府的希望寄托在元昊的一声命令之上，因为路途遥远，如果去掠宋境的牛羊，几十号人马岂不是自投罗网；如果打道回府，元昊怪罪下来岂不丢了性命，况且无法实现他们的心愿。于是他们派人去镇上买酒，不到半个时辰就买回来三坛酒。夏将张元久久地抚摸着酒坛，脸上掠过一丝微笑，他透过高原的阳光，仿佛看见一队汉人走来，一辆驴车上装满了酒，并看见走在最前面的是自己的父亲，他看见了吴昊的妻儿，看见了他和吴昊的几十号家眷，向萧关走来。此处之待命不是待命，而是一种希冀。宋、西夏尽管对峙过，但都是在中国大地上发生的事情，是一块“桃花石”。作品采用剧诗之特性与人物对话方式，突显了历史事件发生的氛围，思想的极度抽象化，使其成为一首名副其实之意味造型之作，对历史世界进行了高度凝练的概括。诗人的构思非常奇特，作品把人们引向对历史人生、历史生存的思考，在此方面，充分发挥了作品的意味造型之功用，以便能使读者不局限于历史生存世界中的具象之事，而看到历史人生之最高意义。作品又没有使人们离开历史生存境遇，并且将人们引向了对历史生存境遇中“待命”意义之追问。在此方面，诗人以具象叙事符号激发人们对民族历史文化的反思，同时警醒人们以历史世界观照现实世界。此结果就是抽象与具象之融合渗透，使《待命》的特性更突显、更真实，玄远犹在目前。抽象的意味造型叙事将作品的历史意义提升了，具象叙事将抽象性的意味造型意义阐释了。因而诗作让接受者既有身临其境的历史现场感，又体味到作品的超越性历史价值，由此成为抽象造型与具象叙事融合之佳作。可以说，《西夏史诗》正是以其独具特色、幽邃深远的艺术魅力感染着读者。

《西夏史诗》中的历史世界斑斓多姿，意蕴深厚。诗人的最巧妙之处是从历史中发掘与提炼出最富意味的意蕴，并将其凝聚为抽象性的造型，融入具象写实的符号，并将此作为建构史诗的主要手段。西夏几乎跨越了整个中国西部，链接着西部高原、黄河、祁连山、贺兰山、沙漠、戈壁，直至青藏高原，党项各部落为吐蕃势力所迫，进行了艰难痛苦的大迁徙，为自己的生存而不断寻觅着生活资料。在几百年的历史进程中，各部落势力之间及与其他部族势力之间有刀兵相见，也有相互合作，一代又一代西夏人穿越历史隧道，长眠于茫茫戈壁、莽莽群山或苍苔败叶之下。《西夏史诗》所描绘的以党项人为主体的西夏部族，显然有着多种意义指向。就个体而言，它表达的是历史的命运之途，历史的精神与文化生命之途。《西夏史诗》暗示人们：当个体不能掌握自己的命运，不拥有自我命运主宰的权力，一任历史力量的支配而无法选择或根本不能选择时，生命、家园、精神之颠覆无法避免。西夏各派势力经历了决裂与共同抵御外族，明知迁徙、前行无路，却仍付出生命代价，在追寻家园理想信念的燃烧下，产生了更大的热忱，决心担负起创造美好未来的重任。西夏人坚信自己的方向是正确的，一定能顺利抵达幸福生活的彼岸——他们在阴翳中努力保持辨别方向的能力，坚韧地向前挺进；他们经历九死一生的磨难，奄奄一息地爬上一座座山峰之顶；他们遥望人寰，却无法回到人世间。其结局的悲惨，昭示着这样的道理：尽管有着英勇、坚韧、无畏的追寻家园之精神，但一旦处于无法选择的历史命运之中，生命的英勇、坚韧、无畏也就附着在无望的目标之上，只能成为殉道者而无法使生命获得拯救。

就人类而言，《西夏史诗》除了写民族历史文化的厚重与精神的深邃外，还写了部族生存之迷误、文化之迷误。西夏之建立，毫无历史衍变之科学依据，立国者们根本没有考虑到此一历史推衍必将造成人们生存之困境。党项人很早就意识到此一点，“党项又见同阿妈避难的溶洞 / 灵山北麓落水潺潺的溶洞 / 兰湖旁边众芳菁菁的溶洞”，这些都是他们“永远的精神的家园”，“党项啊　流浪了万年的圣猴 / 火神艾旦丙唯一的儿子 / 屡受妖魔克虏和苍狼的迫害 / 让你承受众神承受不了的委屈和耻辱 / 让你成为苦苦寻找夜晚的白昼 / 让你历尽磨难创建家园创造部族”（《天地一色》）。党项人是把天地当作生存家园来追寻的，这使党项族留下一曲“生命挽歌”。正是此种精神，鼓励着他们的豪情壮志，也使他们对自身生存缺乏清醒的认知而狂妄地推衍历史命运。史诗集中描写了党项族人之困境与无奈，他们将自己置身于无路可走的绝境之中不能自拔，正是对人类此种狂妄无知、推衍历史进程的嘲弄。党项人之厄运正是西夏人之厄运。这是对漠视历史进程中历史科学规律的一个巨大警告。党项人都是受害者，像中了魔法似的迁来徙去，就是苍天的惩戒。《西夏史诗》对人类生存与文化发展的把握，是有着现代人在思考人类的生存和文化发展时的恢弘气势和清醒认知的，它借党项人之命运，将生存迷误与文化迷误对人类的威胁反馈给了人类。故《西夏史诗》也是一部叙述人类之生存迷误和文化迷误的悲剧性史诗。

《西夏史诗》对历史迷误之表达，是对历史世界更为深远也更为内在的表达。对造成迷误历史原因的表达，就是对世界较为直接之描摹与阐释。《西夏史诗》所写历史是宋代时期，尽管向前延伸到创世，向后延续至今，但集中于西夏建立的 189 年间，此乃中国西域一个一切不以人的意志为转移之巨变时期。党项族首领拓跋氏因大宋历史巨变，为建立王权统治，造成部落大迁徙，各派势力争夺地盘、刀兵相见，西夏王国终被推翻。“所有的秋风都诉不完国灭的惨烈 / 所有的暴雨都洗不掉脸上的灰烬 / 所有的黑夜都挡不住逃亡的脚步 / 所有的江河都流不尽满腔的血和泪水 / 死里逃生的西夏遗民散落各地 / 被铁蹄扬起的灰尘层层掩埋 / 但埋不住一个部族生生不息的力量 / 和一双双金光闪烁的眼睛”（《百年预言》）。生存资料的极度贫乏与精神世界之极度畸变，成了党项人的日常特质。可党项人正是在动荡中生存，在动荡中涅槃。除了在动荡中找家园、求生存，他们还能有什么别的选择呢？所以，《西夏史诗》既是一部赞颂党项人“生生不息力量”之史诗，也是一部讨伐那个历史时期王权专制之史诗，它是将那个历史时期送上人类理智法庭进行审判的一次证据确凿的指控。在此方面，作品的不少地方均有明示。无论是外部的战争，还是宫廷之内斗，终遭灭亡的是党项人的生命。理性与非理性的力量钳制着党项人之一切，有如梦幻一般，日复一日地扭曲，任谁有美丽之憧憬，皆不可能成为自己所希望成为的人，像虬蔓附体，不能自拔。党项人无家可归，四处逃亡，普通人不能成为正常之人，英雄不能成为正常的英雄，走到哪里，哪里就是他们的生存之地。此皆说明在特定的历史时期、特定的生存环境，人常常无法抗拒那种强大的异己力量。《西夏史诗》中此类图式显得辛辣、尖锐和严厉。它没有给历史进程中荒谬之年月统统套上辉煌的光环，而是将它呈示于当下，让接受者去反思、去分析、去批判。它主要传达的历史意蕴是意味性的，以“迷误”作为作品之伏笔穿插其间，在抽象性意味造型叙事的历史世界婆娑闪烁中，不断地闪现着时代之剪影，以富于特征性的丰富细节、图景，将一个历史时期的某些荒谬揭示出来。如此庞大、精湛的一部史诗作品，既有对历史世界之思考，又有历史世界之多彩呈现；既有对党项人生存之宏观把握，又有对历史世界之微观捕捉，是对史诗作品表达历史世界审美功能之极大拓展。

总之，民族历史的史诗创造，是杨梓在诗歌美学上不断追求精进的一个自觉的美学果实。杨梓的诗歌审美世界由两个维度共同维系：一个是远距离审美与抽象造型叙事，一个是近距离审美与具象叙事。意味造型统领着这两个维度，它们相互融合互渗，展示着一种无限广阔的审美景象。

六、史诗的人本精神

《西夏史诗》作为描述地域民族文化历史的文本，它的表达的确是艺术的、审美的、理想的、超世的。《西夏史诗》首先是时代文化开放性结构之营构；其次是意味造型之运思方式、审美形态与中国传统诗歌美学之融合；再次是诗人在个体认定与个体表达上有着较为深邃之追求；另外，充满现代人本主义的哲学精神，并进入形而上的思维层面，现代情绪、现代意识、人本精神等若隐若现地渗透在史诗的字里行间，显得颇为纯朴自然。但是，在中国传统诗歌美学中，诗歌是一种记载历史、哲学、伦理道德等的艺术形态，说中国诗歌发展史是中国历史文化发展史，便是看重与强调了此一层面之意义。历史就意味着过去，那么过去又意味着什么呢？当然，唯有人才有历史，人同时是文化的存在与历史的存在。换言之，历史对人来说意味着人类过去的文化。近两百年的西夏王朝的覆灭，当然也属于过去、属于历史。随着时间的推移，许多历史事实、事件与活动消散，对今人来说变成了需要加以注解的"谜"。但西夏人在自己的发展历程中创造了西夏符号，如语言、图画等，这就有可能把过去一去不复返的历史记录在符号这一载体上，并保留下来。进一步看，西夏历史符号的出现，不仅使史实从单纯的内心记忆状态转化为物化的符号状态，同时强化了人的历史意识，更强有力地唤起了人们对自己以往文化的亲切感与认同感。所以，自古以来关于历史应属于科学还是艺术聚讼纷纭，莫衷一是。这倒提醒我们有必要注意作为语言艺术的《西夏史诗》与历史的密切关系。还有一点尤其需要强调，那就是在艺术领域中存在着不同类型的多种艺术，与历史最为接近的恐怕非文学莫属，理由很简单，历史和文学均直接诉诸语言媒介，都是在时间流逝中开始叙说。鉴于此一点得出一个推论：作家即史家。从发生学角度看，这种看法是显而易见的。

无论是在中国还是在西方，古代均有文史不分家的传统。比如中国先秦诸子百家，就既是作家又是史家，所谓"文章之材，国史之任也"（刘劭语）。《西夏史诗》既是史又是诗，此即明证。在《西夏史诗》中，史与诗之成分皆很重，亦史亦诗。更有趣的是，"历史"这个词在希腊文中源于"叙述"这个词，所谓"历史"，在语源学意义上乃叙述往事。福柯在他的知识考古学研究中发现，学科之分化是随着人类文化发展而出现的，在人类文化的早期并无不同的学科。"学科"这个词不同于科学，准确地说它是指知识的领域。在西方传统的学科分类中，文、史、哲同属于人文学科。正是伴随着此种分化，不同的话语形式才逐渐形成，诸如诗的话语、历史话语与科学话语等。正像早期诗、舞、乐不分家一样，早期的文、史乃一家。换言之，历史地看，作家的最初文化角色乃史家。可以这么说，作家与史家一样都是往事的见证人与记录者。正是通过见证与记录，一去不复返的过去被保存在符号之中并流传下来，从而使得后人有可能去"回忆"和"重演"往事。这里，发现、描述与解释对作家和史家来说都是一样的要求。杨梓的职责之一就是通过《西夏史诗》把那已逝去的民族往事找回来，让历史上的英雄人物仍然"活"在这片土地上；他们虽被千年的历史烽烟湮没，但他们的精神仍然存在。这需要诗人去寻找和发现，也需要诗人观察和体验外部世界与人们的内心世界，需要诗人寻找丰富多彩的历史生活，并赋予这些转瞬即逝的过去以活生生的当下。这就更进一步触及如何以史诗性文字将民族往事描述或叙述出来——诗人在描述和叙述民族往事的同时，总是自然而然地解释着描述的内容或历史事实。诗人不断透过他那富有历史意识的慧眼去看待过去，这样本身就包孕了作为历史主体的诗人对过去的理解与解释；更重要的是在这样的发现、描述与解释活动中，合乎逻辑的想象与推测是不可或缺的，此一点对杨梓来说尤其明显，因为诗的话语本身就是一种想象之建构。故不论是西夏历史史料，还是史诗所面对的生活世界，其意义绝不是自明的，材料之间的关系也并非显而易见，只有合乎逻辑的主体想象才能使意义与关系昭然，这个逻辑正是杨梓的一种自觉的历史意识。值得注意的是，杨梓在《西夏史诗》中将再现并追求诗的实感与表现、强调对情感世界之揭示巧妙地融合在一起，既表达了客观再现历史世界真实面貌的意图，体现了写实主义倾向；又以审美的直觉看重自身之体验与认同，显示了表现主义风格。这明显是杨梓将福楼拜与乔治·桑两种风格融合在一起的典型写照。在法国文学史上，乔治·桑是一个审美的作家，她劝福楼拜无须掩藏个人情感，"是不是与其说成美学原则，不如说成信心缺乏？心里有一种哲学，偏不许它露到外头来，就办不到"。因为"艺术不仅仅是描绘。而且真正的描绘，充满推动画笔的灵魂"（伍蠡甫主编：《西方文论选》下卷，上海译文出版社，1979 年，第 209 页）。因而她对描写本色事物与生活中的实际遭遇不以为然。相反，福楼拜则坚定地主张作家不该在作品中暴露自己，应注重事实感，并以冷静客观的态度来看待世界。他在信中概括了自己与乔治·桑不可调和的区别:“你(乔治·桑),事无巨细,一下子就升到天空,再从上空降到地面。你由先见、原理、理想出发。这就是你对人生宽厚的原因、你心平气和的原因,把话说正确些,这就是你伟大的地方。——我呀,可怜的东西,胶着在地面上,好象穿的鞋是铅底;一切刺激我、撕裂我、蹂躏我;我上去要费老大的气力。假如我用你的方式来看整个人世,我会变成可笑的,如此而已。因为你白向我布道,我不能另来一个我的气质以外的气质,或者另来一套不是根据我的气质发展起来的美学。”(伍蠡甫主编:《西方文论选》下卷,第 215 页)由此可见,要将两种气质、风格作家的差异性融合在一起是多么不易!但杨梓在其民族文化史诗之创作中将两种角色合二为一,融为一体。

于是,《西夏史诗》实际上也就成为西夏历史及其意义之载体,历史在史诗文字符号中被精心地保存下来,将过去转化为当下,永远向后人昭示着民族历史的意味。《西夏史诗》中的历史是意味造型的历史,是审美的具体化了的历史,形象地记录与描绘了人类的过去,把人类在历史时期的生活凝聚在丰富多彩的史诗当中。从《西夏史诗》中,我们“回忆”或“看见”西夏先民之日常生活、战争与建设,了解到他们如何在黄土高原上栖息耕耘。显然,《西夏史诗》作为既是文学又是历史的文本,为我们解析或重建西夏历史提供了极其重要的证据。所以,杨梓在 1990 年代选择西夏作为史诗的表述对象有着深刻的历史必然性,将来不论时代发生什么变化,《西夏史诗》文本仍然是后人了解宋代和现今时代人们生活、行为方式与思想观念的重要途径,也会成为地道的、形象的、审美的历史备忘录。《西夏史诗》文本作为民族历史的备忘录,不但描述了西夏历史,还反映了当代特定历史时期人们对民族文化历史的思考与理解。进一步说,它揭示了作为历史的叙述者——诗人对往事的评价与看法。这就意味着史诗文本在把历史具体化时,不但把作为对象的外部世界的面貌呈现了出来,而且将人们对这个世界历史性的看法间接地具体化了。所以,杨梓的《西夏史诗》在把握民族历史文化的脉搏和意义时,丝毫不比历史文本逊色,甚至比历史文本更深刻更鲜明地揭示了历史的内涵。

那么，杨梓究竟如何才能把《西夏史诗》的叙述做得与历史学家一样好，甚至比历史学家更好，或者说历史史诗之文本如何能像历史文本一样敏锐而深刻地把握过去的意义与历史之脉络？亚里斯多德认为历史是叙述已经发生的事情，诗则描述可能发生的事情，因而诗比历史更富有哲学意味。对可能性与普遍性之揭示，恰恰是《西夏史诗》所以能把握过去意义的独特性之所在。事实上，在《西夏史诗》中已经体现了许多有关人与社会、人与历史、人与自然，以及人们的日常生活习俗、礼仪、风尚和人性的知识，而历史则因受惠于杨梓的史诗才深刻洞悉了整个西北人类之本性，故历史史诗的创造目标比历史更崇高。史诗中不仅可以发现历史最重要的东西，而且可以找到历史最纯粹最精美的源泉。诚然，我们没有必要在历史与文学之间臧否，但有一点是确凿无疑的，那就是杨梓的《西夏史诗》在揭示历史的深刻内涵方面做得和历史一样出色，即《西夏史诗》确实是文化史中不可或缺的历史备忘录。作为语言艺术的一部史诗之所以具体化，还有更深一层之含义，即史诗文本在记录与解释西夏之同时，本身也成为一个历史事件，进而加入历史之中，并且构成民族历史起承转合过程中的一个环节。每当后人回首西夏历史时，就会注意到杨梓及其史诗文本出现的历史价值。正是由于《西夏史诗》文本之存在，西夏历史才是一个完整的丰富多彩的过程。而《西夏史诗》文本作为历史事件加入历史之中，才使得西夏历史本身是一个完整的连续发展的历程。

通过对《西夏史诗》文本之阐释，以及对史诗文本与其他文本互文性的粗略考察，我们才完整地理解了民族历史，理解了人们对过去的理解，即理解了西夏历史。也正是由于人有这种自觉的历史意识，所以才有追求历史知识的欲望，想要了解自己的、民族的乃至人类的过去。然而，往事对后人来说并不是自明的，也就是说历史的意义不是自然而然地显现出来，它需要后人之发现，史诗的价值之一就在于揭橥西夏历史的内在意义。进一步说，对西夏历史意义之发现不只是个别或少数诗人之特权，而是所有人应享有的权利。那么对那些并不专事历史发现与研究的读者来说，他们又是如何去“回忆”或重建历史的呢？显而易见，除了对人们日常生活中的传统反思之外，“回忆”往事的一个主要渠道便是了解或解读符号的历史。而对此种历史的把握,相当大程度上又是通过杨梓的《西夏史诗》文本实现的。所以,从严格意义上讲,此种具体化了的历史最终是在读者对作为历史备忘录的史诗文本之解读中完成的。从语言交往行为上说,诗人写下的史诗的语言所构成的文本,还只是诗人对过去描述与解释的意义之载体,意义的最终实现有赖于诗人与读者经由文本而进行的主体间对话。"一首诗的意义只有在周而复始地不断再阅读中,才能展示自己。每一个读者,都熟知这一经验。读者在不断发展着的审美感觉的视野中所接受的一切,能够作为阐释的反思视野而清晰地表达出来……进而言之,阐释又成为应用的基础,更准确地说,出自过去年代的文本不仅关注它与它的基本语境的关系,而且也对当代形势下文本可能具有的意义的解释取一种开放的姿态。"(姚斯、霍拉勃:《接受美学与接受理论》,第 179-180 页)这就是说,文本中的历史意义处在潜在的沉默状态,必须经由读者解读,才能从潜在状态转化为现实状态。换言之,最终的具体化是由读者完成的。"审美理解视野在重复阅读或历史理解的帮助下也能获得。审美感觉不是无时间有效性的普遍的密码,而是像所有的审美经验一样,交融着历史经验。因此,对其他文化中本文的阐释,西方传统中诗歌本文的审美特点,只能起到启示性作用。文学阐释必须得到诠释过程的三个成果(即理解、阐释、应用——笔者注)的补充。事实在于审美感觉本身隶属于历史交流。因此,通过审美理解,可以增长历史知识,通过自由的应用,构成一种对其他被条件和选择所限的应用的矫正。"(姚斯、霍拉勃:《接受美学与接受理论》,第 186 页)从这个意义上看,我们完全有理由相信,对《西夏史诗》文本之解读,具有历史重构之功能。诗人的文学创作是西夏历史的发现与重演,而读者对《西夏史诗》文本之解读则是对诗人发现之再发现,对西夏历史重演的再次重演。换言之,这是对具体化的历史的最终贯彻与实现。较之于纯粹的西夏历史文本,《西夏史诗》文本由于其诗的语言之本性,亦即它的情感与直觉性,往往更完整更生动地再现了西夏历史的复杂面貌,更有力地吁请读者自觉地参与历史之重建。此种重建不像史学家那样要求理性推衍和繁琐的实证,而是诉诸读者的想象力,从感性直观上去体验一去不复返的往事，阅读《西夏史诗》，我们回到了党项人的生活之中，不知不觉地进入了封建社会后期的生活画卷。正是在这种想象性的重建中，读者不但复现了过去的生活，也站在自己脚下的土地上重新解释了过去。读者对西夏历史的重建，把一去不复返的过去转变为“现在”，变成活生生的当下体验。于是，西夏历史没有消逝，它留驻在我们心中；于是，我们再一次清楚地意识到，我们不在西夏历史之外，而是自觉地生活在西夏历史之中。

总之，民族历史文化与杨梓的《西夏史诗》是我们认识自我的一种研究资料，是建构人类世界的一个必不可少的工具。依据此，我认为《西夏史诗》的话语深层结构确实存在着某种异质同构关系。史诗深层结构的实现，就是外部世界可能性在想象性的史诗世界中的映现与昭示。这也就等于说，史诗之话语与外部世界的同构关系绝不体现在二者表层结构的直接对应上，二者的表层结构之间存在着差异，诗人是把外部世界的现象加以“变形”而融入史诗的话语之中。二者的深层结构却是同构的。更重要的是，此种有意的“变形”并不是为了抛弃人们赖以生存的外部世界，而是一种披沙拣金、发现潜在可能性之过程。对《西夏史诗》来说，同构不是一个自然发生的过程，它是一种艰苦的劳作，是一个创造性的探求与发现之过程。可以断言，现实世界的发展是没有止境的，这就提供了越来越多的可能性。据此，《西夏史诗》的话语深层结构之发现与营造历程也同样未有穷期，新的审美元素将不断经由诗人的创造而涌现出来，并以新鲜独特的视角促使人们更新自己对发展着的世界之认识。“路漫漫其修远兮，吾将上下而求索”，此正是杨梓语言劳作之真实写照。

第十五章 “乡”文化的美学建构与阐释

一、文化与生命之根脉

尽管我们在以上章节已讨论过杨梓诗歌美学创造的意味性造型透射对意味接受与解读的作用，但是，杨梓诗歌美学的意味性阐释所存在的复杂性、歧义性问题远未解决。某种透射只能为诗人的作品提供一种解释，并且是从诗人之愿望出发的，它能否被读者接受，本身就是一个未定数。实际上，透射作为对杨梓诗歌美学之窥探，也有着一定程度的局限性。这好比为一个很阔达的花园打开一扇窗口，固然可以让人一睹园内风光，但窗口毕竟是窗口，仅仅通过它来看花园，难免会有遗漏，甚至会遗漏相当重要的景观。故，依靠透射来体悟意味性造型寓意时，只有在透射恰到好处地提示了意味性造型寓意的情况下，接受者才能在窥探、审视中真正获得作品的真义。但是，诗人也无法保证意味造型透射每一次均安排得十分恰当，这样，意味性造型寓意的把握也就会变得摇曳不定，让人雾中看花。此外，并非每一个意味性造型作品，诗人均有意味性透射之自觉安排，或者虽然有了此种透射布局，但诗人的此种意图并不一定能够被接受者所感到。出现此种情况，接受者的理解就成为一种比较艰难的精神历险活动了。面对杨梓诗歌中意味性造型之奇诡怪谲，不同的接受者会有不同进入堂奥之方式，也会有各自的体悟。从根本上讲，读者是可以领悟到杨梓诗歌美学意味性造型之奥义的，但相互之间的理解可能会有分歧。所以我们感到:杨梓诗歌美学的意味性造型叙事,虽然不是一个解不开的“绝谜”,但又很难说它是易解的“浅谜”。我们说,杨梓诗歌美学的意味性造型叙事的内容非常丰富,也是比较难以掌握的诗歌美学修辞手段。它的内容如此丰富,掌握却如此困难,所以才导致它的寓意的不确定性,这就像一块白玉在慢慢转动的不同角度下放射出不同的色彩。但杨梓诗歌美学的意味性造型手法的确打破了写实性描写和直抒胸臆的传统表达方式,诗人往往设定一组组意象符号,接受者可以将自己的阅读体验逐渐加入其中,由此也可能会因接受者审美情思的不同而产生多个“谜底”。对于杨梓诗歌美学意味性造型之解读,就好像在品尝一道美食,需细嚼慢咽、细品其中之味一样,此乃一缓慢消化之过程,任何接受者在此过程中皆可调动自己的味蕾,任审美想象驰骋,任思想遨游。

阅读杨梓的《骊歌十二行》,我感到长虹横空,异彩纷呈。全书由《以梦为乡》《独在异乡》《空手还乡》《四处皆乡》四卷构成,凡三百余首诗。我们看到,诗人此部作品四卷皆以“乡”之意象建构意味造型,足见其意义明确而深远。“乡”,明确地表达着诗人追寻生命之根性,此根性只存在于变迁的现代世界之外,而具有纯洁心灵之人仍会努力去追寻,因为人类的情感与想象会因遨游在“乡间”而变得更富足、更纯洁。以“乡”建构的诗歌美学,不论是在梦中,还是独在异乡,不论是在梦呓之国,还是在西域内外,皆需要寻找。但最终是否真能找到并不确定,“只是希望出现奇迹, 在此相遇”,“为了一片大漠上的绿洲”,诗人还是“独自开始一次心灵的跋涉”。但是诗人刚刚开始上路,“就被泪水碰断目光”,“只好闭上眼睛 / 却见荒原上一棵即将枯死的树 / 只因一滴泪水而发出新芽 / 奇异的芬芳将我埋葬”。“乡”意味着生命之根 ,只有自己在牺牲中才能得见。但此根系非永久可以把握的,所以“乡”还是未能得见。21 世纪之初,杨梓仍在探索人类生命之根脉究竟在哪里,对他来说这种认识更加深入了。诗人之“乡”,应该包含着多层意义,它既是独一无二的人类生命之根性的体现,又饱含着大自然之奥秘,既体现着人类精神上的根脉,又体现着人类物质上的根脉,既关系到现实世界,又关系到未来世界。诗人用“乡”这样具体的意象来表示抽象之理念，就是要表明人类生命之根的存在。虽然我们总不得见，以为其距离我们很遥远，但经过千难万险，最终是可见并可坚守的；即使会得而复失，也能再次找到。我们在分析诗人追寻人类生命之根时，认为“乡”的造型寓意——凸显了人类生命之根——就在我们身边。然而，“乡”之生命之根的造型创造意味深长，“乡”所蕴含的对现实世界之批判意味也十分明显。即使在《自然之泪》里，诗人兴奋地用理想塑造着理想，但“我被紧锁的门和漆黑的墙围困 / 被烟城和雾都囚禁 / 我正在失去自己的蓝天和阳光 / 我患有鼻炎咽喉炎和气管炎的身体 / 承受着日积月累的污染 / 我畸形的喊声穿越时空 // 我要逃跑，却逃到了另一个世界”。此处，诗人对现实世界存在的某种问题，特别是污染作了深刻的批判，故我们又可以把“乡”当作带有浓重批判色彩之作品来看。我们说，“乡”是一种理想，一种信念，一种生命之根脉；也可以说，“乡”是一种文化，也是一种个体意识和全体意识，是一种精神记忆，是一种文化传统……此系列诗作，深切地表达着诗人的意味造型美学，既富有抒情性与剧诗性，又以丰富的想象与读者交会。意味造型叙事在此有着一种抽象的、人道主义的性质，相信人类自己、相信未来、相信精神文化之根性、相信人类能战胜历史进程中的一切问题，这一切给他的诗歌美学带来了乐观主义的情调。因此，我们既可将《骊歌十二行》中“乡”的意象建构解读为对人道主义理想之寻求与对现实世界之批判；又可将《骊歌十二行》的诗歌创作当作是一个乐观主义诗人精神之记忆。我认为，要理解这几类观念，均需在《骊歌十二行》中寻觅，具体说，“乡”之意象皆已融合在《骊歌十二行》中了。不论是将诗人之记忆解读为乐观主义精神，还是对理想之追寻或对现实世界之批判，“乡”皆是关于真理之意味造型创造，或是诗人强大信仰的精神意象，这里与其说它是信仰的精神意象，还不如说此真理带着信仰之色彩。人类寻求真理之过程，正如寻找故乡之过程。所以，诗人关于“乡”的美学造型意象，本就可作多种审美阐释，其中没有高下与优劣之分。

对“乡”的解读，诗人不惜一切代价，一直在追寻的路上。“在黄昏的小屋里 / 我品尝着残冬的味道 / 胸怀你火炉一般的芳名 / 反刍稀疏的往事 // 一只小鸟从窗户飞进/碰到另一扇的玻璃/我赶紧打开窗户　小鸟来了又去/留下一根羽毛和几声鸣叫//只因小鸟的突然造访/我这一天才有点意思/不管小鸟是因为寒冷还是其他/但都启示我去敲你的窗"(《小鸟飞过》)。我们无法确定"小鸟"这个意象在此的意味造型寓意,却还是需要不断加深对它的理解,这是为了让我们的解读从模糊中更接近清晰。当然,诗人的意味性造型越是不确定就越是需要探讨挖掘，越是探讨挖掘就越是觉得审美价值巨大。多义性的造型在杨梓的诗歌创作中比比皆是,不胜枚举。小鸟的飞来,意味着某种生命信息之到来,是作为"乡"的造型创造的一种神秘暗示。这也是我们对"乡"纯然作一种美学上的考索,通过小鸟之造访,让诗人之想象更接近对真实世界之思考,其中包含着一种文化精神之暗示,表现了社会变迁中诗人心灵之震颤。《往事如烟》《到处寻找》《第五个季节》《大荒蔓延》等组诗,表达了诗人在中西文化碰撞中的那种持续不断的审美探求精神,"到处寻找",是要进入西部文化神秘之心脏去探求,此种探求必要时要求诗人敢于独自"走进一片荒野",哪怕"荒野上风声鹤唳"。但是,此种探求也表现了人们在中国西部这块英雄的土地上与西部文化中看到的那种悲壮豪气。此处的小鸟,显然是一种富有意味性的造型创造,小鸟象征着人类的温暖与美好乃人类之本性使然。故小鸟实际上象征着人类的精神意识对自我天性之"乡"之追逐,对"乡"理念追求之认同,它让社会变迁中之无乡意识屈从于自我的有乡意识。不管是因为寒冷还是其他,对"乡"之追逐一直是内心的一种巨大存在,哪怕自我灵魂之船沉没了,此种毁灭都将启示人们扬帆启程,去追求美好的日子。"一只麻雀是树上唯一的叶子/更是我痴痴的等候/透过空寂的树隙　冬天已碎/碎玻璃般的小路闪现无数个太阳"(《一段路程》)。此种破碎,是对旧有生活秩序之破除,意味着新的美好未来必将到来,因此诗人写的是社会变迁中旧时代即将过去,一种新的精神文化时代即将来临。

二、精神文化上的承袭

21世纪前后,杨梓的诗歌美学颇多显示社会变迁与精神文化之色彩。从

《骊歌十二行》中诸作品之命名看，其均是对大地故乡之认同，对过渡时期彻底丢弃家园意识甚至放弃和破坏家园文化秩序之愤慨。杨梓以如此明确的各类意象重叠营构作品，并以人们十分熟知之动物、植物、山川大地等构筑诗作，完全可以解读为诗人看到并预示了社会变迁时期一种精神文化复杂之局面，目的是要唤起人们对不以自己意志为转移的过渡后的社会的一种记忆与怀想，也暗示着人们的浓浓乡情会遭吞噬。在此，诗人非常娴熟地将人们熟知的西部土地之山川树木、鸟兽等凝成诗歌意象，从而建构自己的诗歌美学大厦。“我不知道自己在码头站了多久 / 跑向渡船时差点掉进黄河……不忍再看渡船越来越远 / 遂将眼睛一闭　把你的倩影 / 锁在心的最底层”（《渡船》）。在社会大变革中，人们往往有一种双重之内心痛苦：一种是对现存社会之僵硬性感到厌倦，希望变革，在一种崭新的空间世界生存；一种是不忍心丢弃已有的生存世界，“不忍再看渡船越来越远”，此乃一种怀乡情结。此两种内心体验，即纯粹精神文化上一种难解难分之内在关联。诗人以此进行意象重构，将作品之内在含义表达了出来。如果说杨梓的《骊歌十二行》写的是新与旧之精神文化纠结，应该也是讲得通的，而不是一种唯心之阐释。诗人通过此种曲笔，抒发他对社会过渡时期精神文化损失之遗憾或同情。经过此种阐释，杨梓的《骊歌十二行》的意味性造型美学又成为时代变迁过渡时期之社会表征，虽是意味造型美学之建构，但寓意极具社会变革时期精神文化之色彩。当然，再巨大的社会变革，也难以隔绝精神文化上的承袭，固有的精神文化就如历史的河流一般，从古至今源源不断地流淌着，即便是河口改道，河水也不会改变，它会永远流淌着。从此意义上讲，《骊歌十二行》又是一种超越时代之象征，“乡”是固有精神文化之意象。所以，诗人也是以此意象来展示一种超社会、超时代和人类历史推衍的人文映照。作品客观上表达了时代进程中人们的犹豫与困惑。故，对“乡”文化如此关切，也是诗人对过渡时期生产方式的一种抨击。“燃躯体成绿色的火焰 / 化灵魂为黎明的呐喊 / 从海岸冲向高地 / 让一切的一切重新开始”（《献给大地的忏悔》），诗意中已包含了人类社会进程中之血与泪，从此意义上讲，杨梓的诗歌美学也包含着一幅社会性的世俗世界图画，它与具象造型叙事之区别，仅仅是使用了意味造型之隐喻手法。

三、隐晦与抽象之特性

在对杨梓诗歌美学作多种阐释之同时，我们要问，究竟哪一种解读更符合诗作之原意呢？此真是很难说清楚。此正应验了王尔德的话："艺术把生活当作她的一部分素材，重新创造它，在新的形式中改造它，艺术绝对不关心事实；她发明，她想象，她做梦，她在自己和现实之间保持着不可侵入的栅栏，那就是优美的风格，装饰性的或理想的手法。"（伍蠡甫主编：《西方文论选》下卷，第113页）即便对杨梓诗歌的意味造型美学进行了阐释与探索，我也不能轻易断言自己的结论就很准确，幸运的是此种接受为读者提供了自由想象的广大空间。艺术就是"在新的形式中改造"生活，其实就是对意味造型美学的理解，王尔德是真正把意味造型美学理解的特性说透了。

为何说对杨梓的诗歌美学阐释不能做到准确无误呢？众所周知，对诗歌美学之阐释，只能传达出原意之一部分，这是因为诗人专注于审美意识的边缘，越过边缘，意义依然存在。对于不同的读者，一首诗之含义在他们那里可能会迥然不同，而所有的含义有可能不同于诗人所希望表达的含义。如诗人所创造的可能是在他看来与外界本没有关系的某种独特的个体经历，然而在接受者看来，此首诗可能表达了一般情况或接受者自己的某种个人经历，接受者对作品之阐释可能会不同于诗人本人之阐释而同样有效，甚至更好。一首诗之内涵，可能会远远超过它的创作者所能意识到的，所有不同的阐释也许只是一个事物的局部说明。我们对杨梓诗歌的阐释，之所以不能说绝对准确，就是因为此一事实：杨梓诗歌美学包含的要比普通语言所能传达的更多，尤其是从意味性造型创造之角度探寻，杨梓的诗歌美学与意味性造型之特质之关系显然更为重要。

其一，杨梓诗歌美学中的喻象建构、喻体与喻义建构之对应、分离，为我们阐释他作品的多义性提供了最充分的可能性。意味性造型之含义并非造型自身固有之意义，杨梓又只创造了喻体，而将喻义留待接受者去参与解读，这样，接受者必须展开自己想象之翅膀方能翱翔，在翱翔中才能去领略与追寻意味性造型体系背后的喻义。而当接受者从喻体造型出发，去意会喻体造型暗指的喻义时，不同接受者在自己的想象中得出不同的体验在所难免。为什么对于杨梓《骊歌十二行》中的许多作品我们不能认为断定准确，就是因为诗人没有明指“乡”意味着什么，这给了不同接受者得出自己结论之机会。如果诗人点明“乡”即精神、文化根脉，对它的阐释差异就会不大。因此，对杨梓诗歌美学意味性造型阐释之困难与复杂，首先与意味造型中喻体与喻义之特殊关系相关联。

其二，即使杨梓在诗歌的某些意味造型创造中已经给定或提示了意味造型之喻义，此也不能保证接受者在意味造型理解中不出现差异性。给定喻义，只解决了意味造型理解中的一个问题，即不再推断喻义是什么，并不能保证接受者会在此种喻义的诸多特性方面取得一致。因为，杨梓的诗歌意味造型创造还存在着另一个基本特性：高度的抽象性。诗人可能说出了喻义，但说出的那种喻义是抽象的；诗人可能为此种喻义之表现创造了相对应的造型，但诗人创造的造型是特性化的。结果，抽象之喻义由于只是用特性化的方式暗示出来的，仍然较少具体实在的社会语境之限定，因而在被读者理解时，还比较容易出现不同读者的不同想象与解读。譬如，《大荒蔓延》由《荒路》《拓荒》《逃荒》《草荒》《荒蔓》《田荒》《原荒》《心荒》八首诗构成。从“我走进一片荒野”到“一群开拓者走进荒野”，“逃出死亡的夹缝”，“一片草原被耕得支离破碎”，只留下一片荒凉，再到所有“想象之中的处女地 / 都被贪婪的日子所开垦 / 没有一方草木葱茏的空白 / 留给孩子”，“青山被铲平　种上森林般的烟囱 / 田地和果园被一叶叶地蚕食 / 唯一的孔雀湖被山石填平 / 一个超级市场拔地而起 / 在市场的大潮中 / 我的家乡变为城镇”。最终是“绿色在燃烧　荒野在蔓延”，“所有的一切都是为了物质 / 而不顾心灵的安危”。诗歌表达了人们对绿色田园与家乡之歌赞，而对环境之破坏予以坚定之批判，这是符合作品实际的。因为单纯的物质追求与城市的扩张化这个过程，均反衬了“我”对绿色家园之追寻。可是，如若进一步追问，追寻绿色家园是为了什么，接受者的回答却是仁者见仁、智者见智。或说是追寻传统文化,或说是追求返璞归真之自然力,或说是追求田园文明之实现。就后一点说,因为人类已经在城市化扩张中走得很远,那还能不能实现这些宿愿呢?此是对人类的一种严峻考验。所以,能不能挽回已经失去的美丽自然与绿色家园,仍然是一种探险。

我认为,杨梓《骊歌十二行》的诗歌美学造型创造越是隐藏喻义不言,越是具有高度的抽象性,其意味造型之解读越是复杂多样。特别是当意味性造型接近某种符号之单纯时,此种解读上的复杂性就更为明显。因为,借用此种符号表达某种思想意念之可能性增大了。总之,杨梓诗歌美学中隐晦与抽象两大基本特性与意味性造型不可分割,接受者对意味性造型之接受与解读也就永远拥有一片非常广大的自由想象空间。

四、指向性与相似性

对意味性造型之解读也许永远都摆脱不了复杂、差异甚至歧义,但有可能在此纷乱复杂的差异中体现出某种共同的认知规律。关注它的外在状态,我们可能感到它复杂多义,毫无规律可言,但透过此外在状态,又有可能感到有某种规律在冥冥之中起着作用。此好像在河边观看一条激流,无数个漩涡令人目不暇接,只停留在对激流之漩涡的惊叹上,会说那些漩涡忽生忽灭,显得杂乱无章。如若占有此处的全部水文资料,分析水流之方向、流速、力度与此处的地形地貌,那些漩涡何时出现、何时消失,一定又有着各自的特性与规律,它们与水流之规律相吻合。我们对杨梓诗歌意味性造型之解读,有时也会遇到各种各样的“漩涡”。在分析阐释杨梓诗歌美学时,不但要考虑到喻象造型中之暗示性、指向性与方位性,而且要看到其意味性造型阐释的方位特性,符合艺术造型实际与符合艺术接受实际。喻象造型之暗示机制作为杨梓诗歌美学自觉之创造物,是诗人艺术思维有意营构的结果。所以,它的指向性必然受到喻体与喻义之间相似性的制约,是一种大体已被诗人框定了的指向性。当然,意味性造型的暗示机制并非必然能够完成此种指向性,要完成此种指向性还有待于接受者的想象力和知解力之参与及协同,接受者的想象力和知解力只有在受到诗人所建构的暗示机制的制约以后才能发挥作用。因此，接受者对意味性造型之解读，已是对诗人所建构的特定指向之解读。比如说，阅读杨梓的《大荒蔓延》中的八首诗，接受者尽管可以自由地展开想象之翅膀，在诗人所提供的那个美学空间里翱翔，推测事情主体之具体追求，得出各自不同的人生经验、与审美意趣相联系的不同回答，但诸种回答似乎皆不能跳出“家园”之范围，皆免不了带有淡淡的哀伤的情绪。诗人想象的目标，并非接受者可以任意超越。再比如诗人的《献给大地的忏悔》，不论是“我过上了物质的幸福生活”，但“跌入精神的万丈深渊”，还是“我仍然空虚　我没有信仰”，诗中之“天蓝水清”之家园感，总是你心理体验时潜伏在意识深处的触媒，想象是羁绊自由之界线。喻象造型暗示不可能具有随意之指向性，故我们在探讨杨梓诗歌美学时，只有在考虑到喻象造型暗示这一“聚点”是被设置好“聚点”方向的审美高度与方位时，“聚点”之说法才是恰当的。

另外，我认为杨梓的喻象造型暗示是由诗人自己之设置影响而获得意义与价值的。我们可以认定，诗人意味性造型之价值与意义同样是有解读者的体验因素渗入其中的。因为，杨梓诗歌美学中的每种意味性造型都可能具有任何类型之感觉形态，它可能具有一种情感、一种声音、一种画面的形态，一种滋味或运动的形态等。我之所以这样说，意在讨论杨梓诗歌美学建构区别于其他艺术类型的文化特质。从此一角度审视，意味造型乃诗人发挥自己艺术运思之全部潜能才创造出来的，用“设置影响”似不为过。但从深层来探索，不论是讨论杨梓文化意识中的意味造型构成，还是讨论杨梓诗歌美学中的意味造型构成，诗人与接受者对意味造型之影响皆很难只用“设置”加以确定。此种“设置说”只有一定的合理性。从杨梓诗歌美学中的喻体到喻义之过渡，确实有赖于诗人与接受者之介入，但无论如何，从喻体上营构出喻义，皆无法脱离喻体给予接受者的特定刺激。来自喻体之特定刺激，乃构建特定喻义的出发点与制约力。面对一个死亡的意象，一般来讲，人们不可能产生新生之联想。我们对《骊歌十二行》诗作之诸多阐释中，为什么没有将“乡”看作是表达理想主义的意味造型呢？因为“乡”的意象中走向漂泊的途程，几乎没有提供此种激发欲望，故接受者对喻象造型暗示之影响并非完全取决于接受者自身而与喻体毫无关系。接受者对喻象暗示之影响，只有在正确地感受与把握喻体之特定刺激、暗示以后才能有效地实现，才能被设定在喻象造型机制当中。喻体与寓意之间的相似性仍然对接受者起着重要作用，接受者对喻象造型暗示之影响，不如说是一种认同中之影响。如果将此处的影响看成是随心所欲之干预、解说，那是不符合杨梓诗歌美学实际的。

五、极限中的阐释

其实，我们对杨梓诗歌美学意味造型创造的阐释是有极限的。在极限之中的阐释是合理的，超出某一极限之阐释很难自圆其说。我认为，只要细致并耐心地寻找诗人喻体与喻义之间之相似性，观察并分析不同阐释之间的某种相同性，一般来说，皆会察觉诗人意味造型创造中有一个阐释的极限主宰着喻象暗示的指向空间。此阐释之极限并非始终只指一种阐释，即一种喻义，而有可能包含几种阐释、几种喻义。但此种阐释解读中之多义性，不是对相似性之违背，而是对相似性之共用与分享。因此，从杨梓诗歌美学意味造型之多义性的本质上看，它仍然是对喻体与喻义之间相似性之印证，只是此种印证采取了不同之方式与路径。看起来似乎有些歧义，但透过此一现象，又有可能感到它的某种相同的方面，我们对此的阐释，至少可以有以下几个方面的呈现：

第一，对杨梓诗作阐释的几种喻义虽然性质相异，但又有可能在不同之中呈现出一定的共同性，此乃对相似性之平面展示之共用。“乡”之阐释可以如此定位：追求人类生命之根性，追寻精神文化生命之渊源，追寻“乡”文化主体认知的主动与不断对其推衍的创造，但其中“乡”之意象是共同的，此即使几种不同阐释带有了相同之色调，在相异中有了相同之一面。比如卷二《独在异乡》就为我们提供了此一方面的有力例证：此卷诗作均以中国大西北为其底色，诗人深切描绘了这片土地上众多物象之特征，我们可将此卷诗作阐释为对大地的颂赞。因为诗中有《始于长安》《须弥牧歌》《回到玛曲》《敦煌钩月》等组诗。此部分诗作，就是诗人对大西北“乡”文化世界变迁感到惊异之抒怀。

我们可以将此部分诗作当作“自叹”之辞，属于骚人墨客所谓的“惊叹迷离”一类，这些诗作将诗人对脚下土地变迁之惊异吟诵出来，也把大西北“乡”文化世界之变异吐露了出来。我们也可以将此一部分诗作看作是与社会发展及环境保护有关的作品，诗人无为历史前进“献计”之术，徒为发展与环保所累，可又眷恋故乡，心怀楚思。我们也可将此一部分诗作理解为牧歌诗，在一系列诗作题旨上透着对自然生命之执着热爱，有着崇尚生命之纯真意识。我们也可以认为此诗作是诗人自我心灵之叙事。诗人漫步于大西北，深感自我表现力赶不上时代之变化，内心世界与神奇奥妙的图景有点模糊起来，遂决定由“内”向“外”，重新举目眺望自我以外的物质与精神世界，特别是在回溯古老“乡”文化时，有了喷吐的诗情。诗作选择了具有意味造型价值的片断进行组合、剪辑、浓缩，使之成为心理流程之具体显现，故可视为自我心灵之叙事。不管作何阐释，仔细琢磨，此不同阐释中亦有某种相同性，皆与“乡”有关，都是对社会发展如何与故乡、家园保持同步前行之感怀叹息。家园的毁坏与大地之污染，原有的“乡”文化世界逐渐消逝，均是丢掉了不该丢掉的东西。所以，诗人作品虽可作多义性阐释，但其中又有一线相贯通，那就是诗中对故乡、家园之透视，把握住诗人对人的精神文化之根性予以立论。作品虽具多义性，精神内核却相同。对《骊歌十二行》中“乡”文化世界之阐释，从其主导方面看，虽多义却有极限存在。此表明，对意味性造型寓意之把握，虽然可以多种多样地拓展，但因为共用了某一相似性，纷繁中不乏同一，多义中不乏共识。

第二，我们对杨梓诗歌美学中几种喻义进行阐释，主要是对喻象暗示在不同层面之揭示。此乃对诗作相似性纵深之把握。在不同层面上利用相似性，会得出多义之看法，层面虽不同，但由于所利用之相似性不变，此多义性之阐释也会有某种相同性，阐释极限依然存在。我们从《独在异乡》的一些诗题的意象即可看出。黄陵、黑水城、额济纳、胡杨林、一把藏刀、小梅花鹿、青海湖畔、塔尔寺、敦煌钩月、玉门关外等，从这些诗题意象所显示的含义看，似乎是在描写大西北各地的见闻，可诗人想到了时下人们的精神文化所面临的处境，他预感到在此一片蓝天之下之清洁大地也会被无尽的城市化扩张逐渐吞噬。因此，这些诗作表现了创作空间之推移流动，以及此种空间推移流动带给世界之诸多影响，如果仅仅停留在此一字面意象上，这些诗作只是一些吟咏时空之作品，在此吟咏中流露出的是人们对时空快速变动之感叹。然而，当接受者一旦展开想象之翅膀，并细细品味诗中之某种意象设置与情思时，就会发现在此意象意义的背后蕴藏着更为深邃丰富之含义。一层是诗人谈世事变迁之快速，诗人感到人的生命其实在急速地流失，正如同空间推移对世界之笼罩，将使世界失色。人们感到“明天”正在逼近自己，也即感到生命衰亡正迫近自己。故文化跨过不同的空间，正在向人们走来，诗人感到故乡精神文化虽可以印刻在人们心中，但面对世事巨变也绝不能常流永驻，此乃诗人对处在不同时空中的人们的精神文化面临消失而提出的质疑。另一层是谈历史时代之诸种消亡，从诗中地理名词之设置可以看出，它们由东而西。诗中选用之地名不是古老大地之遗址，就是著名文化废墟。世事之变异，一个个地吞噬了它们，即暗示着脚下这片土地、这些文化虽然盛极一时，但都已经过去，逐渐蜕变。今天，在中国现代文明的进程中，古老文明也面临着某种厄运。精神之消退，文化之消逝，在此成为时代之消逝，历史之消逝。因此，对这些诗作如此之阐释，至少已包含三层意思：第一层写故乡精神文化在世事变迁中之过渡或变异；第二层写不同时空中之精神文化面临着巨变，时空在流变；第三层写时代、历史之消失，时间在流逝。此处，我们阐释之结论虽有异，但此种阐释只是利用了一种相似性而作出不同解释，此相似性就是时空在流逝。我们的阐释只是利用了诗人时空在流逝之描写内容，展开想象之翅膀，由眼前之世界延伸、深入到未来与过去，从而得出了多义性之答案。因此，此时之意味性造型寓意在多义性答案中虽有不同，但无论哪一种阐释也都没有离开时空流逝这一点。此种阐释并非对阐释极限之否定，相反正是对此之证明。

第三，喻义不同，对杨梓诗歌之阐释似已陷入对立之局面，可细加分析却会发现：看似对立之阐释，其实是对相似性的相反相成之利用。我们对杨梓诗歌作品之观照点也可以处于相反的位置上，这样结论必然相反。但因为杨梓作品正是利用某种可以双面立论之特性而建构的，故从双面去阅读作品，皆可能是对作品的发现。此时，阐释出的寓意即使相反，它们也包含相成之特点在其中。阐释之极限，就在此相反相成之中被肯定、被显现。《骊歌十二行》中有一首晶莹玲珑的诗《断桥》，我们对其就可以作相反相成的阐释，其意蕴十分美妙。“一股染上暮色的风从天边驰向原野 / 我那颗失落的星依旧激荡着歌声 / 荆棘之途在静静的失眠里 / 展示一片没有答案的天涯 // 蝙蝠夜游　如我远航的思绪 / 只因陷入爱的荒漠　雨在心中僵立 / 小镇便成为我的无形之棺 / 敞开她从未有过的迷人 // 我淡淡地望着 / 让所有的眼睛都凝固于此 / 让时间与空间作一次最有意味的吻 / 让夜找到我的小羊羔　奉献于神”。这首诗里隐含着“空手还乡”的无限感慨，诗人把“还乡”的文化愁绪阐释为“一片没有答案的天涯”。照此理解，这首诗是感伤的，诗人吟咏的是“乡”的文化生命的某种寂寥空虚之感，表达的是时间与空间之移动、爱之寻觅，精神与文化之转型造成人的意识之虚妄：人生是什么？爱是什么？“乡”文化世界是什么？当然，此诗之意味造型底蕴具有相对性，诗中之“还乡”文化意绪重在“相对”上。诗人在《骊歌十二行·代跋》中说，从根本上讲诗歌“就是要创造另一个时空。这个时间快似闪电，慢如花开；这个空间比针尖还小，比宇宙还大。从大地到月亮，从现在到秦汉，从一颗心到另一颗心，只在眨眼之间，一个新的世界便创造出来”。这就是杨梓的相对说。此诗所写的“我”具有此种相对之性质。虽然“我”远航的思绪之主体，用蝙蝠夜游、爱的荒漠、雨在心中僵立之幻象表现时也是主体，可是当“让所有的眼睛都凝固于此”时，本应具有主体地位的“我”反而成为客体之物。对杨梓的诗无论作何阐释，都是对诗作中“我”的主客转换这一点的阐释。所谓“相对说”就是着眼于“我”的主体哀愁立论，故把相对之“小镇便成为我的无形之棺”的客体视作诗之主旨。相对说着眼于“我”失去自主性时之实事立论，因为相对说把失去自主性而成为小镇之点缀看作是生命之哀绪、自我之暗淡。但是，就杨梓的诗歌美学阐释来说，无论作何种不同思想意蕴之阐释，其间所依据的喻体造型特性均为同一对象，深入体味此一意象设置会发现，相对正包含着对客体之认可。因为不论是梦乡、异乡，还是还乡、四处皆乡，皆是相对引起的结果。从另一个角度说，相对也包含着对主客体的承认，相对的表达，必然是主体因为相对失去自主性，而只能充当客体之物。正是基于此一点，我们在对杨梓诗歌阐释以后认为，诗人关于诗歌创作的另一空间之说的见解，也只是个人的一种见解，难以阻挡接受者对其作品作多义性之阐释，此二者与其看作是矛盾的，不如看作是统一性之互补。杨梓的“乡”精神文化意识重在以梦为乡、独在异乡、空手还乡、四处皆乡之“乡”的意象造型上。我的理解虽可作多义阐释，但并不妨碍我对诗人阐释价值的肯定。在对《骊歌十二行》之分析中，我试图作多种阐释，看似有歧义，实则统一。我虽作不同阐释，但皆从“乡”精神文化意象出发，这有可能南辕北辙、各奔东西，但皆不能跳出极限，皆会在无形之中被那根极限之线所羁绊。

第四，我们在不同的阐释和喻义造型中似乎难以看到相互之间的共同性，但它们又都是以喻体造型为中心，对喻体造型不同侧面加以引申。现代化发展代表着未来，但对我们的环境构成了威胁，构成了对“乡”文化命运的挑战。尽管对“乡”精神文化可作多义性阐释，但围绕“乡”的精神文化意象，从“乡”造型辐射开去，对其与人对立这一主要特性加以阐释，则是多义性美学阐释之起点。因此，对“乡”精神文化意象之多义阐释，又是围绕“乡”，始终未离开“乡”的精神文化特性之多义性，其中之共同性仍可揭示出来。对《不想》之阐释，亦与以上诗作之阐释类似。“我只是一个最普通的行者 / 此刻只想让自己沉静下来 / 想象一汪止水一块无人发觉的石头 / 或者一座寸草不生的荒山 / 但这些并不能代替自己 / 心依然在想就不能沉到宁静的底 // 于是　我像一座泥塑的佛 / 不闻窗外的声音不看石垒的墙 / 不想任何的事情 / 但不想也是一种想呀 / 我浑身一阵颤抖 / 大喊一声　好险啊”。我认为：首先，《不想》描述了一代人本想安定自若，但又身不由已的心理变化，阐释人生理念之几种选择，但结局相同，不论怎样皆逃不脱密封的小小世界。其次，《不想》是让人在面对纷繁变迁的精神文化冲击时，先可以镇静下来观察，等待时机成熟后再参与其中，是一首关于“等待”之诗。其实对《不想》之阐释，还完全可以有其他观点，比如可以将《不想》看作是对人生选择多样性之肯定，也就是说人生之选择可以不同，但每一种选择都艰难曲折，可谁也难以否定这不同的选择皆有可能产生不同的结局。诗中之“我”坚持几种“不想”之模式，就是不对几种选择作出轩轾区分，而认为它们都是自足、完善的。

阐释之极限何在呢？就在于由不同到同一。不同是“大喊一声”之“险”，同是石头或石垒的墙。不论对此诗作何种阐释，皆在此一极限之内对诗意进行了奇异之探索，每一种结论，皆有真实可信的感觉。我认为通过以上几个方面的分析，可以看到对杨梓诗歌美学阐释之极限在意味造型寓意之理解中起着不可忽略的作用。阐释之极限不仅制约着阐释者的想象取向，也成为阐释是否有理可信之依据，故在意味造型之理解中，不出现多义性阐释是不可能的。关键在于，只要此种多义性未离开极限，是植根于喻体造型所提供之相似性的，那就不是理解的混乱，而是理解的正常形态。不过，我也觉得，要保证意味造型之理解不超出它应遵循之极限规则，此种理解就不能是率尔操觚而为的一种随心所欲之阐释行为。在意味造型之解读中，有以下三个前提应当遵循：

一是外延周全前提。对杨梓诗歌美学意味造型寓意之确定，要置之于作品当中，用每一部分去加以印证，唯有每一部分之阐释与对作品整体寓意之阐释不相冲突，此整体寓意之阐释才有一定的可信度。否则，从作品的不同部分得出的结论与作品之整体寓意相互矛盾，此整体寓意就给人不够真实的感觉。所以，杨梓诗歌美学意味造型寓意被确定以后，若能包括整个作品而无大的出入，作品立论才能恰切。

二是相似指代前提。杨梓诗歌作品的喻义造型与喻体造型之间应该具有较为恰当的相似性，这就能使得诗人使用喻体造型充当喻义造型的指代物。此种指代关联的出现，虽然并不意味着诗人作品的某个喻体造型只指代一个喻义造型，但既然可以指代，表明诗人之喻义造型要与喻体造型有同构同质的特性。如小鸟之造访即代表生命之信息，给“乡”的精神文化世界增添了新的活力，诗中“你的窗”与“我的窗”具有相同之物理属性，故其符合相似指代前提。如果失去相似性，喻义造型之可信度将会大打折扣。

三是美学认同前提。对杨梓诗歌作品喻义造型之阐释，要全面估量美学传统,因为意味造型创造一般会在自觉或不自觉的状态下闪现出传统美学精神之特性。故对诗人意味造型之解读会形成一个特点:在可以联系到某种特定的美学精神时,不能轻易忽略诗人的此种美学命脉。丢弃此种美学认同而作其他阐释,其阐释性往往也会失去有力探索诗人意味造型寓意核心之机运。在对杨梓作品意味造型之阐释中,美学认同前提是阐释者应该谨守、铭记与不断运用的。

在对杨梓诗歌美学进行阐释时,我们试着作了其思想意蕴多义性之阐释,可能有的会引起歧义,有的近于情理,也有的不近情理。当然,理解难以统一也在所难免。对杨梓诗歌意味造型之阐释,可以说是其多义性中的内在同一之表达。其多义性是向人类主体美学提出的挑战,并为人类的审美运动提供了多种可能性,故不肯定其多义性,是人类主体美学认知规律之损失,也是人类审美主体性之损失。其极限性是对人类主体美学认知规律之确认,说明认知活动与审美维度对杨梓诗歌意味造型之依赖依然是牢固的,故不肯定其极限性,是对人类美学认知活动的放弃,也是对人类审美活动的放弃。没有多义性之极限性是不可能存在的,没有极限性之多义性也是不应该存在的。在对杨梓诗歌意味造型之阐释中,它们应该统一。只看到多义性而未看到极限性,或只重视极限性而不重视多义性,皆无法恰切阐释杨梓诗歌意味造型之复杂性与重要性。

六、多义性阐释的干预

对杨梓诗歌意味造型多义性之阐释,是解读其诗歌美学中意味造型一个值得重视的问题。意味造型的多义性阐释,指的是杨梓诗歌美学中的一种现象。我认为,首先是异质性思维引起的阐释干预使诗人意味造型阐释产生多义性,这是一种很突出的感觉现象。此处的异质性思维指的是我们的思维方式迥异于意味造型创造之方式,也指诗人的美学维度给我们提供的多种阐释之可能。其实,我们在阅读杨梓整个诗歌作品时庶几均有此种体验,只不过《骊歌十二行》给我们的此种体验更为强烈而已。为什么会出现此类情况呢?

这是因为我们阅读思考的方式与类型化造型叙事、意味性造型方式有别。

我们分析解读诗人作品时，一方面不得不遵循诗人独特的美学表达方式，另一方面又不得不遵循阐释者解读的心灵轨迹，为达到这一目的，阐释者不得不窥探诗人作品之全部细节与其主客体之统一性。所以，《骊歌十二行》在创造“乡”的精神文化意象方面已经超越了现实世界，超越了客观世界。它不是从具体方面去把握现实世界，而是站在客体世界从抽象美学方面试图表达在现实世界中如何迎接未来文化这一问题，从而产生了多义性之阐释。从此一角度探讨《骊歌十二行》，多义性之共同性就是：把“乡”的精神文化意象作为意味造型之一维，接着从意味造型的现实美学维度分析意味造型中“乡”的文化现实性与未来性，由此得出杨梓诗歌美学创造具有抽象性、意向性、超越性等结论。此正说明，阐释者既遵循作品实际与特性，又遵循阐释者个体所持之美学理念。所谓具体、现实、客观等准则，施之于类型化之叙事创造解读，本是恰到好处的，但用于意味性造型创造解读，却不够全面或比较片面。《骊歌十二行》中“乡”的意象架构确有超现实的一面，有抽象美学之特性，这使其成为意味性造型创造的独特作品。

其次，阐释者之审美错觉也能成为意味造型创造解读中之干预。审美错觉之干预，往往发生在阐释者还未全面认识到杨梓诗歌美学意味造型的价值时而作了另一方式之解读。我认为，审美错觉造成的对杨梓诗歌美学的多义性阐释是一种好现象，因为作品越是富含多义性，其价值就越高。无论是哪种阐释解读，都是其作品的深刻意蕴所在。《骊歌十二行》中的《与雪同在》由二十首诗组成，令人奇异的是此组诗的每一首诗均由一个“雪”的意象组成，如小城的雪、回家的雪、时间的雪、故乡的雪等。我觉得此二十首诗均采用了意味性造型手法，通过写时间、节令、自然、地理等各类不同的雪，并采取从古至今之方式，来写我们今天的故乡。故乡大地是美好的，只是冬季来临鸟儿远去了，“在墙角　在田埂　在枯草丛中”，看见雪犹如神灵一般蒙着一层淡淡的灰尘，似乎有点儿与此不合。故此组诗实以意味造型创造表达了 20 世纪末人们面对历史文化变迁时的徘徊心态，颂赞了人们绮丽美好的憧憬。

然而，此二十首诗用的不是铺陈其事之赋来表达诗人此一情思，故显得有些含蓄、抽象或朦胧，可能不大符合一些读者在具象性解读中培养起来的审美习惯。但实际上，我们不能从具象之角度来审视，而要从意味造型的审美创造维度来解读这二十个“雪”的意象。如梨花的雪、月亮的雪、语言的雪、红炉的雪、黄昏的雪、惊蛰的雪、精灵的雪、断翅的雪、小窗的雪、灯笼的雪等，从诗题的意象审视，此“雪”的意象与各类物象之间之联系结合均属艺术上之通感通约，乃艺术想象世界中的审美再造。面对杨梓诗歌美学中的意味性造型意象，如果仍使用具象摹写之解读方式，结果只能是离题万里了。所以，对二十个“雪”的意象的审美解析，是阐释者能够顺利有效地走近审美对象的不可逾越的一个方面。如此虽对杨梓作品意味造型之解读有了一些涉猎，但还是不够，这样也会造成误读。此类现象，可以说是意味造型阐释中审美错觉的弱干预。虽说是弱干预，也有可能使意味造型阐释不完满，使人不能充分领略诗人作品的深刻意蕴之美。我们随意翻阅杨梓这二十首“雪诗”，单首阅读时，非常清晰可辨，但如果将组诗全部合在一起阐释，就得花费一些功力。诗人每一首诗的文字并不按照寻常习惯设置，所以它的造型就感觉很奇特。阐释虽然颇费功力，音调节奏却十分和谐，懂音律的耳朵是能感觉出来其律动之美的。应该说，杨梓的这些诗非常美，在反复吟咏中，只要把握住诗之整体造型，还是很好解读的。二十首“雪诗”所使用的意味造型皆很连贯，均被一种相类似之性质连缀在一起，故给我们的审美情绪反应是统一的，使之集中在一种悠远、感伤、真挚的氛围之中。诗中则将故乡的精神生命成长、梦幻之幽思和盘托出，但此一切仅能回忆罢了，现实世界将它们掩埋了。所以，此组“雪诗”，是对“乡”之传统精神文化生命之留恋，是“乡”之传统精神文化生命之低吟哀泣。因此若不拘泥于杨梓诗歌作品之细节，就整体题旨而言，只要不离开诗人意味造型的美学特性，我们就能够做到将杨梓的诗歌作品予以深入的审美阐释。

再次，阐释杨梓的《骊歌十二行》时，智力结构也会引起阐释干预，这也是意味造型阐释中理解不能到位的一个习见的因素。因为杨梓诗歌中的意味造型叙事植根于文化传统的深层，是汲取文化精神之深层意蕴形成的意味造型寓意，如果没有相应的智力结构，往往很难彻底揭开其造型意蕴的全部密码。因此，杨梓诗歌中的意味造型体系有其独立的接受群体，这个接受群体具有敏感的心灵体验，此体验不论是诗性的还是直观的，在阅读中都会有事物与其对应。如果外界有某种事物对阅读体验的透射有反应，那么，就有可能在阅读体验与诗的造型之间建立和谐的统一。更为重要的是，接受者的阅读体验与外部世界交相辉映，其迅捷与惬意被融进了诗人的造型之中。阅读优秀诗人的作品，你可以体验到诗人能自由出入外界，出入宇宙与人生。入则能描述，出则能深思；入则鲜活有力，出则品味非凡。这样，诗的境界就不再分为有我之境与无我之境。诗人不但可驾驭万物，也能疼爱万物。

当然，我们对于杨梓的作品必须潜心阅读，阅读之想象力也不应该仅仅停留在复现诗人暗示出来的思想上，而要善于深入诗人意味造型的深处，体验其审美价值。因此，没有理解意味造型作品所必需的智力结构，对杨梓作品的解读就极易脱离作品实际，或不能深探作品的审美意蕴，或对作品作出令人难以置信的评述。故智力结构引起的对杨梓意味造型之误读，也应引起警惕。我大体浏览了这些年来国内文学批评界对杨梓诗歌作品的评论，感觉有的文章即属于那种智力结构所导致的解读。尽管批评文章对杨梓诗歌作品艺术特征的体味有其精到之处，但批评原则与诗人作品相去甚远。他们的批评原则是什么呢？就是典型环境与典型特性的反映论。所以，对杨梓一些诗歌作品的艺术分析显得逻辑自足不够，属大写意性评述。原因就是他们在解读杨梓诗歌作品时，恰恰没有带着具有抽象美学色彩的意味造型创造思维去介入，也没有引入传统儒、佛、道文化精神结构，未能深入作品之内核作真正的探险与观照。故我认为，只有对杨梓诗歌作品意味造型之认同与对儒、佛、道文化精神结构之引入，才能真正揭开杨梓诗歌美学的本质。

智力结构的干预也与智力结构之模式有关。若阐释者的智力较高，但其智力结构与杨梓诗歌作品所包蕴的内涵不相吻合，此种智力结构之引入，也并不能揭示杨梓诗歌作品的美学真相，其结论亦往往不能令人满意。所以，在理解杨梓诗歌意味造型的某些寓意时，我感到有的阐释者就出现过此种偏差。从对杨梓诗歌中一些不同的造型之寓意解读来看，我们可以知晓，要想正确阐释杨梓诗歌的意味造型寓意，具备此同构同质的智力结构，乃必备条件之一。对杨梓诗歌作品意味造型之解读，是一种对阐释者的智力结构要求比较苛刻的阐释活动，阐释者只有像诗人那样深深植根于同一美学土壤中，才能较为准确地阐释其美学精神；阐释者只有如诗人那样思考历史与文化世界时，才能窥探到诗人对历史与文化世界之揭示。故，我们在对杨梓诗歌美学的意味造型进行阐释时，一旦跨越了民族，跨越了历史时代，跨越了文化美学类别，皆可能造成智力结构之差异，阐释就会带有某种潜在的危机。为了克服此一偏差，我们在阐释杨梓不同类型作品的造型时应尽量调整自己的智力结构，使之与诗人作品的特性相吻合，最终使阐释与诗人作品的意旨趋于一致。

总之，对杨梓《骊歌十二行》之接受与阐释，就应当以意味造型创造思维为主导，以对杨梓意味造型之敏锐体验来解读其作品，在与杨梓作品意味造型保持智力结构的同构同质的特性关联时，尽力揭示出其意味造型蕴含的价值。因而，能成为杨梓诗歌作品的合格的接受者，也就会成为对诗人诗歌意味造型美学创造的自觉的认同者，此并非人人能够充当。但只要充当的是此类角色，他的心灵就一定深邃玄远，因为阐释杨梓诗歌的美学造型对于我们来说是一种挑战。我认为，这首先是对我理解接受的挑战，此种挑战是无法避免的，而要接受挑战并取得成功，摆脱误解，亦当为我们所警惕。

第十六章　时间的美学

文学艺术创作是个体心灵物化之过程。不同的创作个体往往拥有极不相同的主客观条件，各个创作者对艺术方式常有各具特色之运用，这是非常易于理解之事。从杨梓丰富多彩的各类诗歌作品中，我们能够解读出一些不同思想、不同审美意蕴的特性，但不论是何种思想与美学风貌，都在表达方式上显现出基本的趋同性。归纳起来，基本的美学方式有两种，一种是《西夏史诗》之叙事方式，一种是《塔海之望》之叙事方式。

《西夏史诗》的叙事方式以个别与普遍、具体与概括、奇特与一般有机融合为基本特征，其意味造型是在具象中显现抽象，又在抽象中融入具象。大千世界，林林总总之个别具体物象因数量之多、形态之复杂，尚需深入研究。每一个个别皆或多或少、或强或弱地显现着一般，每一个具体物象皆是个别与一般的自然统一。在《塔海之望》的《时间献诗》中，把时间性直接引入现实世界，或者说，从时间之角度来介入现实世界，此乃杨梓此类诗歌美学的独到之处。如果说现实世界之基础是杨梓诗歌向我们开辟了一个纯粹显现维度的话，那么这一显现维度只能从时间之角度来把握，因为无论是显现还是生成，作为一个过程它们只能在时间这一发生维度上显现出来。我们所强调的现实世界的非现成性认知，只有在时间这一发生之域中才能够实现。作为思考现实世界问题的根本认知，现实世界的人类问题、真理问题、历史性问题也只有在时间性之角度才能显现。在时间性中，现实世界成为人类世界，时间成为一块透明之域，只有进入其中，现实世界与时间在终极美学层面上才能被揭示为“统一”。现在我们直接切入主题，把杨梓的《时间献诗》引入诗歌美学领域予以阐述。

一、时间与人

在所有的艺术美学门类中，诗歌是最富有时间性的美学。诗歌与绘画的区别之一就在于它们所用的媒介不同。绘画的媒介是线条、形状与色彩，此类造型美学的媒介总是同时在空间并列呈现。诗之媒介是语言，语言是线性排列的，只能在时间的递转过程中存在。因此，杨梓《时间献诗》的诗歌美学属于时间的美学，对其中诗歌的阐释就有必要集中在时间之范畴。《时间献诗》的一百七十多首作品也的确是从时间层面进行创作的，其诗歌之时间性包含了历史世界与现实世界的各个层面，其含义不只限于美学结构或内容等方面，而与历史性、现实性密切相关。

时间是一个永恒的美学命题，杨梓的《时间献诗》创作，不可避免地要思考此一问题。“只要人出生与灭亡前的这一段 / 不管女娲在抟泥捏人之前 / 盘古怎样酣睡在一万八千年里 / 也不管上帝在创造亚当之前 / 怎样为人建造了一座地狱 / 而把建造天堂的使命留给了人 // 在此，不管有人之前的生物 / 时间之于动物只是昼夜 / 之于植物只是季节 / 之于石头只是历经的风霜雨雪 / 之于大海还是大海 / 时间只为人而存在，并且显示意义 // 也不管有人之前的时间状态 / 时间是人创造的一条大河 / 却像神一样完全主宰着人的命运 / 从一个人出生地流向离世处 / 甚至连没有出生或者已经死去也不放过 / 时间因为被人想到而流动 / 没有在意时，时间也会停滞 / 在同样的时间之内 / 漫长莫过于悲离，短暂莫过于欢聚 // 人在竭力认识和把握时间 / 可时间对人最为无情 / 白驹过隙或度日如年只是感觉 / 谁都不能把朝霞挽留到中午 / 把过去的一秒捡拾回来 / 人可以把物质折弯，甚至空间 / 通过镜片使光线弯曲 / 但不管怎样也不能把时间折弯 / 即使在黑洞中、虫洞里时间也不会弯曲 / 只是时间之差而扭曲了时空 / 而时间永远笔直地奔流而去 / 流向每个人的身后，

而且没有 / 任何方向，任何痕迹，任何声响”(《时间之情》)。

诗人在此宣告了时间与人的存在因素密切相关，而并不存在实在物那样的时间。诗人在此也提出了在空间与时间上延展的美学观。在诗人看来，人的知识来源于两个方面:感觉与知性，前者使对象呈现在主体面前，后者使主体能阐释对象。在这个美学认知格局中，知性乃使感觉经验被组织起来的根源，而知性中又有若干不能源于感觉经验的先验美学范畴，时间乃先验之美学范畴。另外，从诗中我们还可以读出在生命美学中，时间与物质运动似乎无关，完全属于主观之审美体验。在诗人看来，时间与空间是分离的，时间是主体的内在审美体验，它是延绵不绝而又不间断的。反之，空间却可以分割与度量，它是外在的、物质性的。杨梓对时间的美学思考很重要，他把时间作为一个抽象美学范畴来思考;更为重要的是，他把时间作为一个具体的与人的生存有关的美学范畴加以考虑，其中有许多值得思索的问题。

在《时间献诗》中，时间被视作对人的存在的理解，之所以重要是因为其处于核心地位。时间既是一种连续的不可逆转之过程，也是规定主体有限性的标志。生与死是人之存在的始与终，因而存在本身就是二者之间的时间跨度。诗人认为“人一旦出生 / 就不是一团火、一粒土、一滴水和一缕气 / 人就是人，就在时间中，就在空间里 / 而要认识到自己的本来面目 / 这需要历经修炼，达到知止之境 / 不断净化自己，并且甘愿奉献 / 彻悟空性，抵达无我 / 从而成为一团热情的火、一粒宽容的土 / 一滴纯净的水和一缕清新的气 / 并且做到以己为灯，成为一道明媚的光 / 一道关涉思想、精神和灵魂的金色之光 / 穿越一切，净化世界”(《时间的零》)。诗人将人的出生与时间、与空间的万物融为一体。

人有其时间性基础，杨梓让时间性绽放出人的本真的意义，人与时间均有一切可能性、实际性与力量强大的无可估量性，人可以通过后天之修炼达到净化世界之程度。可见，人与时间性不仅意味着过去、意味着当下，也意味着未来。于是，归根到底，对时间的历史性的阐述，只不过是对杨梓诗歌时间性美学更具体的探究，故时间性绽放为历史世界性与现实世界性。现实世界性在历史性的阐释中欲要显示的是：此现实并非因为处在历史世界中才是时间性的，相反，只因为它在现实世界中的根据是时间性的，所以它才能够历史性地生存着。此种显现出现实世界之历史性的时间，全然不同于时钟时间。因为此种纯粹客观的时间不属于主体，它包含了某种外在性，是一种非内核化之过程。同时，诗人所表达的时间也不同于审美学的主体性时间，因为现实世界之时间性是美学生命内在性与有限性的标志，是历史性的。杨梓所认为的此种时间不是我们所推衍的那种连续过程，而是我们所有的时间，亦即有人存在的时间。因为通过了解作为对象的人自身，人也就把自己内设于此一时间之内，并在时间中找到人自身之位置。诗人说："有人活着，精神却是一片荒芜 / 在愚昧贪婪中成为行走的尸体……你和我一样都是单程 / 一个向东，一个西行 / 你如无数的浪花不停地盛开而又凋谢 / 我却像一朵野花，只能绽放一次 / 你的过去已经逝去，现在正在经过，未来正在路上 / 而我的过去和将来都不存在，只有现在还在 / 但现在也已不在了，已在你逝去的前一秒里"（《女神之爱》）。

杨梓此种高度思辨性的时间解析是非常值得我们注意的。诗人以"女神"的意味造型方式对时间予以深入思考——对个别、具体的人的造型描绘，并不遵从、利用客观现实中个别与一般、具体与概括、特殊与普遍的天然联系法则，而是以表达主体人的体验、认知之需要为轴心，努力创造一种有意味的一般造型机制。诗人写道："世界上所有的语言也不能说清时间的形态 / 只能用一条河来比喻时间的一去不返 / 而时间的颜色、时间的声音、时间的味道 / 在整个宇宙，在所有的语系中，连比喻都没有 / 无形、无色、无声、无味的时间 / 无觉、无情、无性、无我的时间啊 / 似乎已不存在。但又像神一样无处不在 / 是的，时间就是一位主宰万事万物的神 / 时时刻刻给一切事物刻下时间的痕迹"（《吱》）。这实质上是诗人在强调对事物的独特观察，目的在于把握真谛。在意味造型方式的表达过程中，杨梓建构、描述的个别、一般皆有更大程度的改造、再创，改造的依据是暗示一般、普遍的需要。此一点，在诗人的后续时间性诗作中看得更清楚。意味造型之叙述性诗作之时间，常使人感到不是真实的时间，但意味造型中充满了时间因素。时间在整个宇宙中似乎已不存在，“但又像神一样无处不在”，时间确实是“一位主宰万事万物的神”，给人世间之万物“刻下时间的痕迹”。在意味造型之世界里，世界之逼真性被大大地稀释了，稀释之目的是为了突出有利于暗示喻义之方面，更好地表达具有普遍性意义的东西。此类诗作的宇宙人生图画，无一例外属于间接暗示之喻象机制，其表示的意义总是超越造型自身固有之含义，而直接指向更为宽广的时空。

二、主体对时间之体验

杨梓的《时间献诗》矗立在人类的历史起点上，正如万物之存在一样，“就像时间，我可以沐浴你的光芒 / 让你永驻心间，但你的心里会有什么 / 恐怕只有空。也只有空，连空也空 / 方能容纳所有——无数个平行宇宙 / 无数个无量年无限伸展的你本身”（《在心》）。也许，陡峭的小路直冲而下，我们并不知道它通向哪里，通衢大道在时空中四通八达，但在我们的眼里它总是不见踪迹，但是它可以“把你的一天延伸为两天甚至三天 / 像赎罪一样赎回逝去的光阴”（《女神之爱》）。在这里，一切皆无比美好，灵魂与灵魂可以尽情舞蹈，而我们总喜欢琢磨那不可探求的彼岸的秘密。“你快如闪电，我的等待却慢如花开 / 你漫无边际，我却犹如梦幻，比梦还要短暂 / 你普通如石子，我用所有的财产也不能换取一秒 / 哎，你最无私，可谁爱你，谁就能得到你的恩赐 / 你最无情，又像阳光一样普照着一切事物 / 你最无我，属于所有生命，唯独不属于你自己 / 哎，你无处不在，我却常常把你遗忘 / 你在我心灵深处，我又觉得远在天边 / 你可爱至极，我却只有永远敬畏 / 敬畏我永远的女神”（《女神之爱》）。杨梓的这些诗句既描述了意味造型世界里的宇宙人生图景之特征，又表达了人类的某种共同体验。意味造型方式所创造的时间以及它所连接的彼岸，确实给人以神秘、陌生而又熟悉之感，任何试图进入其中之人皆会遇到路径难求之困惑。不论是长诗，还是短诗，杨梓这些引入时间的大量的意味造型的诗作一直吸引着我们去不断解读与阐释，并对其底蕴进行探求，体会、见解有时会出现歧义。无论如何，我们对杨梓的诗作发出的感叹，也恰好道出了诗人造型的美学魅力。

正是在对杨梓诗歌美学的时间性分析中，我们才感到：首先，时间是世界之表征，时间性就是历史世界性。尽管一般来说时间是连续不间断的，但从杨梓的诗歌中可以划分出历史世界、现实世界与未来世界三个维度。人类的现实世界是敞开的，它就按照这三个维度拓展，唯其如此，人类才有在现实世界中把握未来世界与阐释历史世界之可能。所谓历史世界，是指人类在对历史世界与未来世界之眺望中呈现出来的某种自觉意识与反思意识。当然，在我看来，我们有必要将个体的历史世界之时间性延伸至社群、民族乃至整个人类的历史世界、现实世界和未来世界。因为个体总是存在于社群的交互关系中，历史世界对他来说就是在个体中所意识到的社群、民族乃至人类之时间性。历史世界之时间性，说到底就是某种距离或间隔，正因为有时间距离的存在以及时间向未来世界开启之无限可能性，人们才有可能意识到自己的历史世界，意识到现实世界与历史世界的差异，并且将历史世界同一个崭新的现实世界联系起来，从而发现这个历史世界，然后通过艰难之探索，把迄今为止仍隐藏在历史世界深处之奥秘揭示出来。如此，历史世界就不可避免地要进行无数次修正。如此之思考，对我们进一步阐释与理解杨梓诗歌美学的时间性及其与历史世界的内在关联、解读杨梓诗歌美学与接受者之对话、阐释杨梓诗歌美学文本的历史世界性以及杨梓诗歌美学自身之历史世界性等，均有最大好处或方便之处。

杨梓诗歌的时间性美学多涉及主体时间与客体时间之差异及其关联问题。严格来讲，时间是客观的存在，是物理世界之属性，无论主体是否能够认知，时间均在飞逝。但从杨梓的诗歌美学角度与生命美学角度或与现实世界之关系来看，时间乃主体范畴，或属于超越现实世界之范畴，或是对生命之体验，或是对现实世界的有限性之规定。的确，我们可以从杨梓诗歌美学角度瞥见不同的时间。诗人有关时间的一些探索，引起了我们的阐释兴趣。即客观的时间倘若不被主体意识到，怎么能体现出历史世界呢？我们承认客观时间之存在，但不能因此忽略了主体对此种时间的直觉与体验。无论如何，那种不为主体意识到的客观时间，也就是尚未处在主体历史世界的意识之中的时间，很难说具有为人所理解的历史世界性。如果我们承认诗人推衍的一种历史性或“浮现”过去的自觉意识，如果我们认可历史世界在主体对时间距离的把握与体验之中呈现出来，那么，也就必须充分注意到主体时间之重要性。对杨梓诗歌的意味造型美学来说，主体时间或者说主体对时间之体验，也就显得更为重要。离开了人对时间之体验，历史世界便不复存在。此一点，对我们深入探讨杨梓诗歌意味造型美学的时间性与历史世界之内在关系显得极为重要。

三、地名意象与凝聚古今于一瞬

现在，让我们把阐释之角度从诗人之抽象玄思转移至具体的作品分析方面。如前所言，杨梓诗歌意味造型美学是最具有时间性的美学，倘若说时间就是历史世界之表征的话，那么说杨梓诗歌意味造型美学是最富有历史世界性的诗歌美学，并非夸大其词。应当说明的是，杨梓诗歌美学中的时间概念范畴，是他作品造型体系的建构方式与表达方式。它涉及的是诗人诗歌美学的基本题旨与表达问题。

杨梓从现实世界中获得、形成的具有普遍意义的审美体验与思想，大都采用直接呈现实际生活之方式创造普遍与个体相融合的意味造型，也采用抽象之方式来建构喻象世界，或采用二者相互渗透、相互融合之方式引领接受者去寻幽探胜。在杨梓的诗歌美学体系中，这些时间概念范畴仍然是意味造型建构的一部分。故，我们应从诗人作品之造型体系着眼，而不能从某些局部图景立论。杨梓《时间献诗》中之时间，庶几包罗人生与世间万物万象之关联，亦即说，在杨梓眼里，人世间之万物万象皆与人生有关系，人生与万物无不存在着时间之关系。如二十四节气，诗人就由二十四首诗建构而成；在《分秒之遥》中就由《树叶》《无迹》《念头》《一个词》《不断》《失眠》《地点》《存在》《握着》《一把沙》《恍惚》《形状》《可能》《颜色》《味道》《触及》《开合》《在此》《在意》《在心》二十首诗构成。从这些诗题，我们可读出一些别样之感叹。诗人是以浸渍着时间之感叹，具体地表达着人类生存世界中奔涌的巨流怎样在不同的条件下显现出惊世骇俗的色彩；对于人类的某些经历，人世间的一些不同之物的画面，诗人运用时间之概念范畴给予了非常逼真的概括与凝聚。给人的印象似乎是在长则逾越千载、短则分秒之间等或长或短的时间中创造了诗歌美学世界。

当我们深入追寻人、物与时间的深层意蕴时，就发现对人、物与对时间中的造型，皆不能只从表象来看，而应当思索它所暗示或象征的普遍意义。如《念头》一诗："可比光速更快的还有念头 // 一念之间穿越了太阳系 / 以金木水火土命名的行星一闪而过 / 大禹的青铜巨斧劈开山梁 / 汹涌的黄河流成了银川平原 // 而从天堂到地狱的距离 / 无法用里程丈量，也不能用时间计算 / 就在一念之间，比一秒还快的一念 / 犹如一个眼神 // 显示着心灵的有所需求或有所拒绝 / 或者是躲避善恶之间的河流 / 是的，当脑海闪现一个个念头时 / 心已是你波涛汹涌的海洋"。人的一个念头便可以将古今凝聚于一瞬，此即时间之力量。如果仅仅就此一行为本身看，就会认为这是为了表达一种勇敢与拼搏的人类进取精神。其实，对念头这个抽象意象从时间层面作如此阐释，是远远不够的。因为诗人在此建构的美学造型系统，在刹那间的宇宙万物形象体系中，皆为人类意识的产物，也乃人类民族文化、历史传统在人的心灵间之凝聚。念头深切地表达了人类对宇宙万物之眷恋——作为中华儿女之一员，当然会对脚下这片土地产生深深的依恋。诗人在一念之间特别营构的黄河与"善恶之间的河流"意象关联，意在暗示或象征中华民族从古至今战胜邪恶、勇往直前的精神联系。民族精神与心灵相互渗透、融为一体，恰如"波涛汹涌的海洋"。虽然，黄河流域是中华民族祖先之家园，中华民族历史上无数可歌可泣之事件，皆与黄河有不可分离的联系。《念头》所描写的时间与黄河之关系已远远超出了黄河本身，也超出了时间的一系列覆盖本身，这个意象是诗人当作喻体来创设的。诗人通过时间，凝聚与创造了一代代中华儿女与文化传统之关系，这里将时间与普遍、个别的结合，正是直接暗示的意味造型模态，其审美方式是象征性的意味造型方式。

如果我们不是从诗作具有的普遍性内涵（一般）与造型体系（个别）的审

美关系之特征着眼，就有可能对《念头》的时间产生误解。因为在杨梓的不少与时间关联的诗篇中，皆存在着象征性意味造型的细节、意象或景物，有些诗篇中的造型细节、意象或景物还反复出现。从整个诗歌美学造型系统看，这些造型的细节、意象、景物只是局部之嵌入，对题旨之表达仅仅起强化、烘托之作用；就整体意味造型看，则直接体现的是时间性凝聚机制。此类作品，其审美方式当属于时间性审美方式。譬如在《时间献诗》中，“银川”这个地名作为诗歌的审美意象，多次出现在不同的诗句当中。“银川的春天永远姗姗来迟，承运的东南风 / 常被秦岭阻挡，即使翻越也是蹒跚不已”（《立冬》）；“大禹的青铜巨斧劈开山梁 / 汹涌的黄河流成了银川平原”（《念头》）；“如何将这一秒放进银川 / 让这一秒留下可辨的足迹 / 比如节日夜空绽放的焰火 / 或者把银川放进这一秒 / 哪怕只放进去银川这个地名 / 让地名闪烁出时间的光泽 // 夜深人静，你在一秒一秒地流淌 / 流入银川的身体”（《地点》）；“银川的四月并不残酷 / 只是供暖结束，家里冷于室外”（《四月雪》）；“直到另一双目光出现于银川街头 / 一种朦胧而清亮、温柔而坚决的光”（《眼神》）；“喜鹊立于树梢，成了银川的市鸟 / 带领成群的麻雀，在小区飞来跳去”（《泥土》）。诗作中反复描写时间中的“银川”，让“银川”这个意象出现在不同的诗句当中，且构成了诗人美学的造型世界，其意味深长幽远。但从造型系统看，诗歌作品以时间为中心，在时间与地名、季节、年月、人等多种社会物体关系中，采用了多种多样的时间结构方式，揭示了作品时间性的物体世界与现实世界之意义。对杨梓来说，物体世界中事实上发生之时间是确定的、不可更改的；但如何来进行诗歌美学建构，物体世界与现实世界、与人类究竟是一种什么样的关系，这种对实在世界之结构时间却是不确定的，它服从于诗人对此客观世界之理解，服从于诗人在此客观世界中营造出什么。此一点正好说明了人理解与阐释客观世界的自觉性，说明了诗人对客观世界之描述不是被动摹写的过程，而是一个能动的探索与发现的过程。更进一步说，时间范畴之差异，是由于诗人主体反思时间与诗歌审美建构时间的时间距离，更是由于诗人对时间之审美体验，由此产生了一种独特的现实主体世界与物理客观世界之对话性，进而使熔铸在诗歌文本中之诸多时间范畴带有某种耐人寻味的美学内涵。所以，反复出现在诗句中的“银川”，犹如一个个令人遐思的不同的历史与现实交汇的多彩世界，成为人们在此生存、拼搏、拓展、延伸生命的象征性意味造型世界，深化了诗歌美学的基本意旨，建构了诗歌美学的氛围。此种象征性意味造型世界的精心营构，不仅没有干扰作品时间方式之采用，而且使意味造型中之图景更加丰富多彩。就这些作品之时间方式看，其均建构了整个诗歌美学的造型体系；个别的丰富的“银川”意象、物体世界与普遍性之意义，水乳交融，相互渗透。但诗人为了拓展时间性创造了抒情色泽，建构、描绘了多姿多彩的意味造型景物：以四月雪、五瓣丁香、泥土、繁星等纤柔、纯洁之景物意象，表征了人们的社会心理、现实性格；以四季、年月、人的感叹等实在、抽象意象，建构了幽邃的审美通道。就时间中这些有关“银川”的意味造型世界的丰富多样看，“时间”是凸显的，庶几构成了一条条价值深邃的意味造型链。不过，在杨梓整体诗歌美学造型系统中，此“时间”之意味造型链只是一种美学建构方式而已，其诗歌美学价值、思想等，诗人对现实世界之认知与评价，主要体现在一连串的客体世界之凝聚与诗人之感叹中。

四、亦真亦幻的审美意象

当然，杨梓诗歌美学中的时间性所揭示的现实意义与历史意义远不止于此。它蕴含着诗人文本的创作时间与美学建构的时间，一俟文本被生产出来，便进入一种历史的时间性，换言之，诗歌文本固有之时间便与后来的接受者的时间错综复杂地纠结在一起。亦即说，文本时间所包含的历史意义，最终只有在接受者的理解活动中才能显示出来。一旦文本进入历史时间，它的时间与接受者时间的交汇，既有彼此重叠之一面，也有相互背离之一面。对接受者来说，总是在阅读时间之层面上来解读文本时间，其中所形成的历史距离再一次把文本或“银川”的历史内涵昭示出来。每一个接受者总是无一例外地在他现时的文化语境中去解读文本或“银川”，此处的接受者时间与文本时间是一种历史之距离。接受者借助文本或“银川”而体验的历史距离，正是他解读的历史重建之前提。在此种历史重建之过程中，文本是中介，经由此中介，接受者一方面体悟到以往物体世界之时间性，另一方面又在与诗人进行对话，体悟着时间中所蕴含的历史文化及其对以往物体世界之解释与看法。简言之，以上杨梓所描述的多个"银川"之意象及时间范畴，有两点尤为值得重视，一是"银川"各时间层次之历史距离；二是诗歌造型美学活动中的主体（诗人）所体验到的此类复杂而又交错的历史距离。诗歌中之时间所显示的历史性主要集中在以上两个方面。不过，诗人创造的心灵时间世界与客观时间世界同样复杂多样，同样会有许多特殊的、令人难以把握的事物。常常会有一些超出常规的艺术表达方式，使我们在最终确定它的时间性时犹豫再三。在此种情况下，尤其应该注意把握诗人的造型体系与基本意蕴融合之特征。从这个角度看，杨梓诗歌不管在什么时间呈现在我们面前，它总是客观地存在着，并非有谁对诗人之作品作出某种完整的阐释时杨梓的诗歌才存在。我们可能对杨梓的诗篇随意瞥上一眼就说"这是一首好诗"，因为此首诗本质上是可以被领悟的，而且知觉在正常情况下可能直接沟通心灵那短暂的感悟时序——它由形形色色的意象所引起，或是一股清新的空气，或是一股寒冷沉闷的感觉。如此说来，最初的问题就不是诗人在试图言说什么，而是诗人试图让我们从中感觉到什么。杨梓也试图在实在的时间中创造一种"真实的幻象"，就如同"秒的没有颜色或者无色"，或者是"秒具有各种各样的色彩"，也可以"把这一秒写成赤色"，也可以"把下一秒说成橙色或者黄色 / 甚至绿青蓝紫"，此都不过"是你的意念不断涌现"（《颜色》）而已。

在《时间献诗》组诗中有一首题名为《一个词》的诗："一个词的闪现与秒有关 / 由词引出的画面与你同在 / 想起云，眼底出现一朵血色的晚霞 / 只是从来不曾想到要看多久 / 一个词与一幅画之间没有时间 / 或者词与画已经融为一体 // 打开一个酒的词 / 就打开了白酒、红酒、啤酒、黄酒以及洋酒 / 各种颜色、口感、味道一齐涌来 / 各路豪杰的言行举止回荡如初 / 画面便躲在记忆之后 / 这一秒被那一秒所遮蔽 // 仿佛这一秒不曾有过 / 直接从一个水渠跨了过去 / 碰倒一个名叫还在做梦的词 / 人生如梦，也如秒般短暂 / 在地球五十亿年的生命历程中 / 平均七十五岁的寿命仅有零点四七秒 // 芸芸众生，只是长河中的一朵浪花 / 盛开一次就被另一朵所取代 / 短暂得不到一秒 / 来了又去，谁会把你放在心上 / 谁会用沙粒建造城堡 / 拯救沙粒般卑微的自己”。诗人凭借词语创造了幻象，而词有声音、意义、拼写法、地域方言形式等，词乃衍生之产物，又是衍生他词之母体，即它有历史渊源也有潜在之意义。不过，杨梓创造的并不是一串连缀起来的词语，词语仅仅是诗人之素材，用此素材创造了诗歌象征性的美学意味造型。这些美学元素，是他写诗时所调遣、平衡、拓展、强化或建构的质料。

理解杨梓诗歌时间美学造型最便捷的方法之一，也许正是我们所体验过的各类世间万物，如二十四节气、四月深处、动物界、与风并行、如雪之舞等。此类现象在你经历过或体验过后，也并没有让你觉得有什么特别之处。现在让诗人变成了另一种语言符号来表达，这些习见之现象竟然成了一种美学的造型创造，反而让人觉得意义非凡了。事实还是那些事实，现象还是那些现象，只是诗人以特殊的方式表达，在刹那间将其变成一座审美的圣殿。对世间万物不同的表达方式所变换的不是世间万物，也不是我们阐释的意念，而是它的外观。同一事物对于观察体验它的人来说，可能显示出迥然不同的感觉，其不同无疑是由个体对此之联想、分析、认知以及其他心理因素所引起的。这样的因素，诗人有时也难以控制，因为诗人不是一个全能的社会心理学家，不可能以广告宣传之方式来进行诗歌美学造型创造。在现实世界中实相之外观是支离破碎、瞬间即逝的，而又常常显得扑朔迷离，颇似我们大多数人之经验。如我们赖以活动的空间，我们所感觉流逝的时间，刺激我们的人或物的力量，等等。杨梓力求创造人类经验的外观，感受与记忆人世间之外貌，并将其纳入审美对象之创造中，便形成了一种纯粹而完全的日常的人类经验的现实世界，在一个虚幻的审美世界中创造了一个实在的人类现实世界片断。

杨梓所创造的这个亦虚亦实、虚实变幻、虚实相间的世界，可以是瞬间的，也可以是恒久的。一念之动，一景之察，经受了诗人内在之觉察与凝聚，并非人们实际经验中所见之杂乱之实相。如《念头》所蕴含的历史精神与现实思考之图景错综地交融为一，无法界分，但诗人并非依据如此发生之事实进行摹写，而是由那些巧妙跌宕的世界印象创造出审美意象，是一幅完整而清晰的人类世界幻象。诗人以个体潜在的体验、反思、亦真亦幻的全部情感为经纬线条，将世间万物凝聚于一个独特的世界幻象之中，宛如借助一组颜料绘出一幅色彩斑斓之图画，将其中之整个造型在时间范围内统一起来。这些世界之幻象，是杨梓诗歌美学最基本的幻象，并尝试性地建构在这些诗篇之中，将读者的审美注意力从日常兴趣引到对诗歌的兴趣上来，即由现实世界移至美学世界。此种过程十分不易，必须经过诗人长久的艺术沉积，方能将千古之物凝聚于一瞬。此即“一念之间穿越了太阳系”之审美效果。杨梓诗歌的时间造型美学运用了各种直觉之想象与处理，使得空间清晰可见。当我们从现实世界转入诗人创造的诗歌美学领域的时候，我们仿佛蓦然走进了一个全新的审美空间。此处，世界之图景、人类之眼界以及整个有形的现实世界均消失了，感觉对象在刹那间变得丰富多彩，甚至感觉还有些眼花缭乱。然而，此种发生了实质性变化的经验领域却异常充实，其中包含着各类大小不同的运动着的形式，有时此类形式又集中在一种运动以后的重叠意象上。

《时间献诗》之节奏、韵律皆有一种无比的激情，有着广阔的连续性与音乐的旋律性，似乎每一个词组意象都是音乐的符号。所有诗行均处在一个纯粹的音响空间里，一个直觉的世界里，一种吸引着人们全部视觉经验的高亢声音的美妙之中。生命的、经验的时间表象正是杨梓时间美学意象的基本幻象。诗人创造了一系列亦真亦幻的时间序列，每一首诗的韵律形式皆在相互的关系中运动着——始终相关联着。虚幻时间与现实空间世界融合起来。我们从诗的韵律中便可以完全感觉到，而不用其他的感觉经验来补充。诗人创造的诗之韵律，比起类似的空间感觉更为清晰可见、同构同质，完全不同于我们日常生活中的时间。其作品内部的美学张力，外部世界之变幻，心率与时钟、日常行为、意念动作等，均是诗歌造型的时间质料，在现实世界中，我们通过时钟之支配，可以对此协调整合。在杨梓的诗歌中却不然，为了读者直接完整地领悟，通过阅读作品，诗之审美结构组织、充实、形成，拓展了时间。此时的诗歌造型，仿佛通过无数运动形式来计量的时间意象，而此物质又完全由诗之韵律组成，所以它本身就是转瞬即逝的。诗歌让时间可感可见，使时间之形式连续不断。

杨梓的诗歌造型世界是一种连绵不断的形式，它终止了一般意义上的时间，把造型作为一种理念之替身或等价物。如《颜色》一诗："这一秒没有颜色吗 / 这里便包含了一个问题 / 下一秒也没有颜色吗 / 这就不仅仅是问题还有或许本身 // 有可能，所有的断言必将受到怀疑 / 包括秒的没有颜色或者无色 / 由此假设，秒具有各种各样的色彩 / 犹如白色的阳光，在雨后折出彩虹 // 于是，我把这一秒写成赤色 / 把下一秒说成橙色或者黄色 / 甚至绿青蓝紫，这并没有什么不可以 / 恰恰是你的意念不断涌现"。当我们阅读此首诗的时候，时间正在流逝，诗之内涵是根据其所体现的人们的行为而延伸的，或者我们在阅读时，自身之心理也在发生着某种变化，或日常的或审美的或者其他。诗人运用的空间乃转换了意义的空间，其诗所表达的体验（颜色）都是静止不动的。虽然叙述的赤橙黄绿青蓝紫等色彩可以在意识中蹦来跳去，但绝对测量不出从一种色彩到另一种色彩之间的距离。杨梓诗歌美学的时间就是此种理念的时间，如果我们不能意识到此一点的话，那就是因为我们的生命意识更多地受到时间而非空间的制约。在此理念空间与实际空间可感到的简略差异中，二者显示了它们不同的本质。此外，诗人作品引领我们对全部时间意识产生无限关注，在诗之韵律连续的时候，必须抛开阅读者自己的连续性。我们自己的生命依赖诗之节奏来把握，如呼吸、抑扬顿挫，如果我们朗读杨梓的此首诗歌的时候置身于时间之外，那么我们此时的感觉就很难清楚地加以阐释了，因为同时置身于两种时间与同时置身于两种空间一样难以表达。杨梓把时间作为一种表现因素，延伸其诗歌造型的美学生命才是其本质。如果此诗中之颜色自始至终占据了一切空间并填满它们，那么作品之开端与结尾就是一条直线，一眼便可望穿。

第十七章　时空中的幻象

一、瞬间的不同世界

杨梓诗歌中存在着虚幻时间与实际时间，这两种时间的本质差别就在于诗的结构与诗的逻辑形态。诗人作品的结构，不同于我们根据实际的生活世界所预想的那种单一逻辑，诗人作品创造的虚幻时间，是一种不同于日常世界的时间意象，即它显示出的是一种不同于日常世界之形态与时值。

“贺兰山间的一条无名小溪 / 是另一种时间，从太阳神的峡谷 / 叮叮咚咚地流向千里戈壁 / 我逆流而上，小溪却突然消失 // 难道没有小溪，只是我的幻觉 / 眨眼之间，耳边又传来溪水的另一种声音 / 我蹲下来，果然触到水的清凉 / 一捧溪水从指缝间轻轻滴下 // 小溪一直都在山谷轻流 / 突然消失的可能是我的感觉 / 是一秒还是五秒?或者此刻才是清醒 / 其余皆在你的梦里，包括清凉”(《恍惚》)。此处对时间经验作了一种特殊的抽象，即时间是纯粹的连续，它被一系列与物体世界无关的理念事实所象征，却按唯一的连续关系排在一个变幻无限密集的思维链条中。通过诗人的此种意念想象，时间就变为一维之连续统一体，时间就是某一片断可以取自任何一种外延的“瞬间”推衍其后的任何一个“瞬间”。小溪是另一种时间，小溪突然消失可能是“我”的一种感觉——是一秒还是五秒，还是更多或更少？诗人叙述的每一个事件，恰恰可以在序列的某一点上找到，并完全可以把握它。杨梓在此富有创见的时间范畴，同我们直接从经验中体验到的时间大不相同。因为现代科学时间作为并列的多维结构，是时钟时间，它的全部逻辑特征就是从一维时间的直接经验中抽象出来，它并非唯一可能的时间。它在逻辑上与实际操作方面是以人们的感觉为代价的，此类审美趣味的感觉我们不能忽视。所以，我们从日常生活中得到的大量时间经验——关于时间的直觉认识，如果不与杨梓诗歌美学的建构形式融合渗透来呈现，就不能被当作“真实”来认知。因为时钟时间的基本原则是变化，它由仪器状态的对比来计量。不管此仪器是不同位置上的“太阳神的峡谷”，或“叮叮咚咚地流向千里戈壁”，还是“耳边又传来溪水的另一种声音”的位置，分秒就是通过一系列特殊感觉的相互关系而区别的。在杨梓的诗歌美学中，时间有时是一种状态，有时是一个瞬间，无论诗人选择什么样的意象，它都用审美符号来表示，故可作无限的想象。从某时至另一时间之变化，则按照状态的不同得以建构。

在《形状》中，诗人写道：“每一滴水滴下悬崖时 / 与另一滴水之间正好是一秒 / 六十秒的水滴汇到一起成为一分钟的水滴 / 然后掉下悬崖。如此汇聚 // 三千多万个水滴便汇成一年的水滴 / 三十多吨水该是多大的一滴 / 该怎样从悬崖滚落下来 / 怎样的大地才能承受这剧烈的一击”。可见，变化并非再现物的变化，而是通过不同状态的对比得以呈现，水滴本身并无变化，此种感觉乃暂时之感觉，故时钟时间是纯粹的、单一的，可当作一维体系看待。然而，杨梓的诗歌美学中的时间经验就不同了，比起“长度”或两个被选择“瞬间”(秒)之间的间隔，它包含了更丰富的审美意蕴。因为在时间经过中，还包含着诗人比喻地称为“小溪依旧向东汇聚，流向今日”之内容。从主体方面说，时间单位可长可短，可大可小。诗人认为：“秒不在，或者把秒抽出 / 那么分钟、小时就会塌陷 / 就像一堵墙，去掉构筑墙的砖 / 墙，仅仅是一个与历史甚至传说有关的词 // 对秒产生怀疑会延伸到秒的极致 / 最快的无量秒和最慢的无量年 / 就是对我自己的反思：肉体与灵魂 / 我在此，秒也在此，反之亦然 // 秒以人的生命形式而存在 / 只是常被忽略，没有看见树叶飘下 / 但一片片落叶已经铺满昨天 / 从枝头到大地，秒在树叶与落叶之间”(《在此》)。

正是诗人极为丰富的人生思考与审美思考，创造了时间、世间物体、人类的生命意识以及反思的不可分割，其被诗人所建构的审美形式所充满，就如空间被物质形式充满一样。另外，诗人的意味造型创造所必需的审美元素，必须能够作为审美对象进入审美主体，直接与人的灵魂交融为一。充满了时间意象的是审美张力——肉体的、情感的或者理性之张力。时间对于人类之存在，正是由于人类产生了张力或消解了张力，它们独特的组合成为一种更长更大的张力方法，均有助于形成时间形式的丰富多样性。如果我们从杨梓的诗中仅仅只能体验单一连续的器官张力，那么审美意识中的时间可能就会像时钟时间那样成为一维体系。然而，杨梓诗歌美学的生命，始终是凝聚各种张力同时发生的密集结构，时间"以人的生命形式而存在"，由于每一个意象的审美张力均是一个时间尺度，因此，量度本身各不相同，这势必让我们的时间意象辐射为世间物体的不可比性，显然会在瞬间的审美意识中被统一地渗透融合为一个清晰的造型模态。当杨梓诗歌作品作为接受者的一种审美体验参数时，其他毫不相干的物体逻辑就失去了表达的可能。所以，"从枝头到大地，秒在树叶与落叶之间" 的审美张力，总是处于一种心灵深处或隐蔽的地位。"你从心头划过 / 我能感到那一道道或深或浅的划痕 / 而秒会在心头留下什么 / 是一支铅笔一画一画的描写吗 // 关键是你有无痛痒 / 怎样才能证明，就像庄子的鱼 / 我已呼唤你为女神，称你为哎 / 哎，你有感觉，只因秒像你的细胞 // 你一秒一秒划过无量之心 / 划过血肉与铁石，山谷与天空，流星与黑洞/ 但你的脚步会触及不同的世界 / 会缓慢一些或一闪而过"(《触及》)。时间从"你"的心头划过，"你"并无任何感觉，但"你"又感觉留下了什么，从审美世界中搜索体验或体验角度，这些触及的世界则又给了时间意象经过的一种形式，成为支配你审美意识的张力形式，会让你"触及不同的世界"而使时间"缓慢一些或一闪而过"。这如同每一个具体的艺术生命中发生的那样，过程的直接经验当然是实际的，与时钟或速度计的走动一样确实，同时又像世间物体世界一样，仅仅是体验的一部分，实在时间是杨梓诗歌美学创造的虚幻时间之原型。在此，我们可以充分体验到被诗人描绘的纯粹时间意象，思维的各种张力被转化为审美对象之张力，各种实质性内容转化为意味造型的实质性内容，各种外部世界的要素为意味造型的要素所替代。杨梓诗歌美学中的时间，是经过心灵体验的意象，从现实世界中抽象出来，进而成为自由的、可塑的与完全可体验到的。

二、空间结构中的时间绵延

毫无疑问，对于广大接受者来说，杨梓在此的主观时间就是真实的时间或物体世界的心理绵延，亦即可认知的东西。《时间献诗》中绵延的梦幻、心理意识，使他的哲思与审美对象交融在一起，遂即进入了艺术哲学之旋涡。他建立普遍艺术造型之根本原因，在于他的诗哲交融的严密逻辑，让诗歌造型进入抽象的王国，对艺术问题的思考，又使他成了一个哲学型的诗人。

简单地说，杨梓的重要思索就是，用世间各类物象来描绘时间的每一个范畴形式，用造型张力跨越时间的无限性，彰显特殊意象。这就使接受者从他创造的审美对象中获得一种非科学的等价物绵延的造型符号。此阐释，有可能向杨梓作品的审美建构提出新的挑战：为我们找出一个审美符号体系，使我们能够通过诗人之想象世界与表达方式认识与把握时间的知识。此种表现性符号，即时间意象的确立，可使人们对诗人所揭示的物体世界进行阐释。杨梓紧扣其意味造型创造，怀着极大热情与勇气，对时间与审美对象之间的关联加以渗透融合，建构了自己的诗歌美学造型体系，并叠加了世间物体世界的诸多意象，最终融进了自己的造型体系之中。尤其需要说明的是，《时间献诗》涉及的生活世界画面广阔，意象叠加，含义深远。在关于丰富而奇特的时间的理解方面，该组诗歌冲破了艺术哲学领域里的主要障碍——时间与空间的关系，即每一类性质的自然物体均可以占有一定的空间。诗歌可以在空间与时间上建构一种自己的审美幻象，让接受者可以深入其内里，不至于误解此时间意象所造成的张力。如《节气组歌》中二十四节气的意象；《四月深处》中的雪、丁香、泥土、繁星等意象；《动物界》中的苍鹰、秃鹫、乌鸦、虎、狼、豹、狗、羊、兔、蛤蟆、乌龟、螃蟹、鱼、蚂蚁、飞蛾等意象。这是一种绵延的有趣的时间中的特征，不能不引起我们的认真思考。关于时间的直觉，必然是我们对杨梓艺术哲学概念探索的尺度。在杨梓作品中这些具体的绵延不绝的世界、生命之时间，正是他的诗歌美学时间的原型，也就是特定形式之经过，亦即亚里斯多德所认为的“一切事物的成因不外”是“材料因，形式因，创造因和最后因。用他自己的例子来说，房子这个事物首先必有材料因，即砖瓦土木等”。当然，亚里斯多德还认为，这些事物的内在规律与潜能发展主要表现在人类的基本活动方面，即“认识观照，实践行动，创造。在这三种之中他把认识或观照看成是最高的，因为只有凭借这种活动，人才能面对最高真理，才能显出他的智慧，才能享受到最高的幸福”（朱光潜：《西方美学史》上卷，人民文学出版社，1979 年，第 68 页）。杨梓正是出于对自己的此种认识与信任，才在作品中融合与区分了实在时间与诗歌时间的绵延，区分与融合了生命的现实符号。

杨梓在诗中断定时间与物体世界纯粹是一种密切绵延的关系，诗人思想的终点还包含着审美符号，从而利用造型系统建立了空间结构中的时间绵延。当运用诗歌时间的比喻时，诗人把人类最终的生命历程看作一种时间形式的流动，其中包含着宇宙与生命，但并不是靠明晰的时间和语言代码而获得的。正相反，艺术造型在“创造绝美光影，超越日月之辉”（《与时间对话》）中揭示人类自身，并且随时随地可以通过时间形式的流动来把握。因此，诗人创造了诗歌美学上最重要、最具创造性的揭示时间的纯粹的绵延，比物体世界包含了更加丰富的内容。杨梓诗歌中的时间具有造型意象之艺术结构与形式，具有延伸面与起伏有致的节奏调式。我们在解读杨梓诗歌作品的意蕴、韵律的美妙时，审美的限定并非指某种内在之进程，而是指诗人所创造的整体审美对象，某个非空间之形状——外延的物体世界为其造型创造提供一种恰当的审美符号体系。当我们从杨梓诗作一个个审美意象经过时，一种总体性的审美对象便出现在眼前，一种崭新的造型系统便建立起来，这个造型系统凝聚了各个意象的有机连续性，将其展现为一种绵延，同时以其独有之方式超越了它的纯时间序列，这正是此种形式的本质。如果我们将杨梓诗歌审美形式与关系当成“空间的”，就显然丢掉了诗人造型美学的真正本质。

杨梓诗歌的时间意象之真正审美知觉，是将艺术形式统觉为一种能动的东西，并将此种统觉行为建构为一种普遍的审美共感。《时间献诗》时常涉及诗歌的旋律空间，这并非单纯之隐喻，诗人的造型中确实存在着创造出来的空间幻象，完全不同于世间物体世界的宇宙现象，因为宇宙现象是一种实在意义上的空间幻象；也不同于运动中包含的空间事实，因为这也过于从实在的意义上解读了诗歌旋律空间是一种完全不同的东西，是距离与范围之真正表象，是从诗之节奏韵律中而不是从运动中或实在的自然物体世界中得来的。所以，杨梓的诗歌美学在于节奏韵律让我们体验到一个或一组韵律调式系统上的方向，就如同在理念上把握空间一样，我们从中感觉到了诗歌的审美要素。诗人创造的实际是诗歌美学中时间的一种属性，是在多维体系中展开时间的一种外在造型，空间是第二级幻象（苏珊·朗格语），它们皆为虚幻的、审美的，与物体世界之实际经验均关联不大。苏珊·朗格说：“任何艺术流派的基本幻象都是包含了全部要素的基本创造”，作品中的“所有可辨因素，都支持着基本幻象，它是不可变的，而描绘它的形式却可以变化无穷。基本幻象是虚幻形式领域的基础，它包含在虚幻形式的发生之中”（苏珊·朗格：《情感与形式》，中国社会科学出版社，1986 年，第 100 页）。

杨梓在他的诗歌创作中就包含了审美幻象之基本要素，无论是《四月深处》《动物界》，还是《与风并行》《如雪之舞》等作品中的一些“可辨因素”，均支持着诗人所创造的“变化无穷”的审美幻象。正是诗人创造的此一幻象空间，广泛融化世间物体世界之各类存在之物，艺术地将此转化为各种审美意象——只有当虚幻的时间在此或彼的艺术造型中呈现的情况下，空间要素才会出现，然后隐没。杨梓的诗歌艺术幻象有时就像深山峡谷的回声一样，作为另一种艺术的第二级幻象出现，这给了我们某种关于美学上的基本共识与启迪。就如空间可以在诗歌之韵律中忽然出现一样，时间也可以包括在语言艺术的诗歌作品之中，如他关于时间意象的全部篇章结构，也是艺术生命的空间体现。在用审美符号表示范围之内的生命情感时，又不可避免地要向人们显示出时间,在某些诗歌篇章结构中,此种因素表达得极为明显。但是,诗歌的篇章结构不会像产生一个空间整体般地产生一个可感觉的时间整体,时间是第二级幻象;基本幻象决定诗歌审美之特质,亦即决定杨梓诗歌美学的真正本质,第二幻象之可能性则赋予诗人创作以丰富、灵动与深邃之自由想象。正是此种神游翱翔,才使得杨梓诗歌美学中错综复杂的终极意象的能指性变得难以确切把握。

在阐释杨梓诗歌与时间的关系时,所涉及的诗中特殊的时间意象,基本都是诗歌艺术幻象的本质,以及包括诗人创作与世间物体世界在内的体验过程。诗人创作及其与接受者之间的艺术沟通问题,诗歌创作与时间之解读问题,诗歌意味造型创造之价值问题等,均涉及诗人创作的意象产生、主体表现、美学反思等方面,既在于诗人,又在于接受者,既在于客体世界的丰厚吸纳,又在于主体世界的幽微洞察,所有这些思考,与笔者阐释的理念掺杂在一起。但诗人所思考的诗歌美学世界要更复杂与深远,对诗歌美学的影响也更大,故,此简单的解读阐释根本不能解决问题。这些问题的解决,还必须依赖一种更为本质的、直接针对诗人撕开的中心问题所作的学术准备:杨梓在诗歌与时间中究竟创造着什么?究竟通过什么样的艺术手段,要达到一个什么样的美学目的呢?

三、虚幻经验与主体诗境

对杨梓诗歌作品时间之认识,是一个较为复杂的艺术问题,我们主要还是从作品的造型体系与基本意旨的融合方面进行探讨,当诗歌造型直接体现意旨时,正是虚幻空间的基本幻象随着诗之生命律动,将美的张力完全集聚于造型上,从而抵消了物体世界的干预界限。这就解释了我们在解读诗人时间创造时体验到一种审美的冲动,紧接着虚幻空间的各类意象的出现使我们置身于时间造型之王国的原因。审美上的转化是显而易见的,就如同当我们蓦然从羊群中一眼即可看到最熟知的那只羊一样。不过,我们看到的性质发生了巨大变化:实在的羊群消失了,眼见的羊群或许模糊不清了,但一个整体的活生生的东西从杂乱中凸显出来。由于诗人的虚幻空间的确造成了我们审美知觉上类似的心灵转变：无论是物体世界的时间再现，还是审美世界的时间创造，皆以一种富于表现力的姿态——造型形式出现在我们面前。亚里斯多德在《伦理学》里给艺术下了这样的定义："艺术就是创造能力的一种状况，其中包括真理推理的过程。一切艺术的任务都在产生，这就是设法筹划怎样一种可存在也可不存在的东西变为存在的，这东西的来源在于创造者而不在创造的对象本身；因为艺术所管的既不是按照必然的道理既已存在的东西，也不是按照自然终须存在的东西——因为这两类东西在它们本身里就具有它们所以要存在的来源。创造和行动是两回事，艺术必然是创造而不是行动。"（朱光潜：《西方美学史》上卷，人民文学出版社，1979年，第70页）朱光潜在解释亚里斯多德这段话时认为，房子与树不同，树乃自然之存在，它本身就有必然产生与存在的道理，而房子是可以存在也可以不存在的，故它本身没有必然存在之道理，因为它之存在要溯源至建筑师，在此意义上它也有些偶然性，朱光潜认为这是亚里斯多德的一个非常正确的看法。这也正是杨梓建构诗歌造型体系时，用不着先揣着一种"审美态度"，然后才去现实世界选择原料的理由。杨梓不是从现实世界中去选用感觉原料，并将其当作时间之经验来考虑，他只采用那些可融入审美对象的感觉素材，借以创造出诗人用来建构诗歌造型虚幻空间的那些幻象结构。

其实，杨梓诗歌美学的虚幻时间也是具有现实内涵的，也能够多方面表达人们的审美愿景，其诗的意象是凝聚、叠合起来的物体特征，观之感到温暖朴实，富有感染力。《狼》这首诗就是如此："在雪原，轮回于最初的萌动 / 蛋青色的雪与天融为一体 / 早已空旷的羊栏，总是把母狼诱惑到底 / 可它独生的幼崽不翼而飞 // 母狼呆立了很久，突然暴跳起来 / 撕咬洞里的岩墙，随即一跃而出 / 在雪地上发疯地奔驰、哀嗥 / 是一团滚动的烈火，一河咆哮的洪水 // 一夜的狂奔使母狼瘦若远处的晨炊 / 却遇到一只仿佛从天降落的羊羔 / 它急切而缓慢地向羊羔匍匐过去 / 温情地舔着，让羊羔吮吸它外溢的奶汁 // 母狼好像找回了自己的崽子，轻轻叼起 / 跑向雪原尽头空荡荡的老窝 /

谁知一枚出膛的子弹 / 在它身后穷追不舍”。这匹狼立刻作为一种奇妙的审美对象出现在我们眼前，它不是被猎手捕获之后剥去皮毛的野兽，而是一匹温情脉脉、活生生之母狼。普通的母狼是不会“暴跳”或“撕咬”岩墙的，也不会“发疯地奔驰、哀嗥”，它之所以如此，是因为“它独生的幼崽不翼而飞”了。好在母狼意外地遇到了一只“从天降落的羊羔”，仿佛找回了自己的崽子，遂将其拖回自己的老窝，并让羊羔吮吸自己的奶汁。诗之结尾说“一枚出膛的子弹”正在“身后穷追不舍”，是否被打中，我们无从知晓。这里的诗歌语言造型结构非常奇特生动，使母狼与雪原相似，这匹狼并非凡俗之物，不含日常经验，它的确是上天所造，大自然之奥秘就体现在这匹母狼身上。这样一匹母狼之幻象，作为一种时间虚幻之经验，是杨梓在其诗歌造型中建构起来的，诗人一开始便将母狼与雪原这一生存环境紧密地联系在一起，从而使母狼的造型温暖起来。也正是此种联系，诗人才创造了审美体验的物质条件，而将与时间不相干的联想在不知不觉中暂时抛开，这正是审美情感的变幻莫测而又持续不断的反应，读者在刹那间的审美心理上不得不随着诗人的造型走进这个审美对象，去耐心品尝这一奇特果实。

类似《狼》这样的诗，还有《虎》《豹》《狗》等，迷人的虚幻造型十分明显，表象上似乎隔断了与物体世界之联系，而实际已经相互融合为富有张力的审美对象，这是因为它们已载入了主客为一之原则。杨梓诗中所提及的实地实名意象的诗作即属此类。请看《螃蟹》这首短诗，仔细品味诗人那种简明而精确的叙述：“九月，银川的稻田蟹上市 / 个头较小，最大也就三两 / 我买了六只，放到锅里的笼屉上 / 盖上锅盖，点燃煤气灶，它们活着 // 我逃离厨房不久，水就开了 / 螃蟹挣扎的嗞嗞声不断传来 / 每一只螃蟹都在往上爬行 / 但都无法越过自己的壳，锅上的盖 // 一个螃蟹仰面而躺，再无翻身之机 / 蟹钳、蟹腿撕扯在一起，互相折断 / 十分钟后，一切归于平静 / 归于六个活生生的死亡”。诗中提及的地名与事物，创造了一个完全主观的诗境，而常识意义上的诸多事物如螃蟹之生活环境、如何离开水域、如何忍受巨大痛苦而最终归于平静等并不探究。螃蟹在锅里挣扎而发出“嗞嗞声”，一只螃蟹仰面平躺着，疼痛难忍的螃蟹腿撕扯在一起，螃蟹的痛苦场面进入了整首诗，几乎每一行诗都让人感到疼痛，最后又将此疼痛凝进全诗，读来令人唏嘘。这些对处于深重灾难中的螃蟹的描述，充分坦露了人类的某种“贪欲”，诗人的处理是一种含蓄的曲笔，就如物体世界的一种比喻，而物体世界实际上既是全然可信的实有现象的一个细节，也是人与自然和谐共处的一个因素。在整个诗歌作品中，诗人与外物的紧密联系，就是将意象的境界转换成一种情绪。外物成了具有精神之存在，难以描摹，捉摸不透，神秘幽邃，但外物与人类一旦有了连缀关系，它就产生了意义。了解更多物体世界的状况，譬如了解诗中所提及的地名，进一步考察母狼与螃蟹各自不同的生存境况与品格，或者深入其中，对诗人建构的那种幻象之理解大有裨益。此类信息与诗人营造的意象系统密不可分，之所以密不可分，是因为它们通过幻象成为理解造型美学的重要因素。我是说，此种情节中之每一因素，均是人的情感表达，故诗人是以时间的心理方式营构意象，而不是将其当作某种客观的历史。

杨梓以时间为经，以物体世界为纬，营造与建构了一个多元色彩的诗歌美学世界。诗人的二十四节气、动物谱系、驻足阡陌，以及时间之风、雪中的各色世界，皆是由进入诗境的意象创造出来的审美对象。诗中之所言及未言，均赋予了时间、地点以审美联想之特性。诗中的每一件事，皆有双重特性：它既是全然可信的抽象世界之细节，也是审美情感的直接因素。在杨梓整个时间意象营构中，无不具有情感价值的因素，无不形成明确而熟见之人类情境之幻象。

四、透过物体世界之表象

虚幻的物体世界这一经验的特征，赋予了杨梓诗歌美学世界比现实世界更为深刻的意义。以诗之情节展示虚幻之世界，乃杨梓诗歌美学创造所独有，那些情节所创造的物体世界的生活幻象，有如一幅画的虚幻空间是画中物体之确定空间一样，为了让审美世界在意念上保持连续性，必须由符合意念方式的情节来建构。那种意念方式，亦即诗人之审美体验方式。其中实践与情感、审美价值与道德价值以及因果关联与审美关联等，均是融为一体的。因为杨梓诗歌美学造型的基本幻象即物体世界表象，是从个人直觉、审美体验中抽取而来的，杨梓诗歌美学的基本幻象——物体世界、虚幻空间、时间及力量，均是可见之空间与生命之时间，以及体验到的抽象性意味造型意象。

虚幻叙述，是杨梓诗歌美学基本的抽象特性，世界之幻象由此生发、持续、获得具体清晰可感的造型模式。在杨梓诗歌的时间创造中，往往是细小的事件或意象变得丰富而形成具有张力的叙事结构，形成一簇簇精美的美学硕果。以上所例举的那些时间之作系列，皆是将日常琐事作为题材而写成的。如蚂蚁、苍蝇、蚊子、飞蛾等意象是何等平庸卑微，但杨梓费尽心机如此营构，是要借此创造一种关于物体世界产生与衍变的思考，从诗歌美学的总体印象及其形成之思考开始，作品立即获得了艺术的生命力："一只蚂蚁行走于北纬三十八度 / 贺兰山下的戈壁滩上 / 土粒、杂草、石头都是巨人 / 翻越、穿过或者绕开都没有停留 / 从夏天走到秋季，一路向西 / 蚂蚁背着一颗米粒，碰上一片枯叶 / 阵风吹来，蝴蝶飞起"(《蚂蚁》)。正是行走于北纬三十八度的一只蚂蚁连起了与物体世界之关系。诗人作了精细之描述：土粒、杂草、石头与蚂蚁相比，都是"巨人"。一年四季，一路向西，"蚂蚁背着一颗米粒，碰上一片枯叶 / 阵风吹来，蝴蝶飞起"，此即将蚂蚁的能耐发掘了出来：一片枯叶即蚂蚁居住的"大厦"，蝴蝶虽大，但阵风吹来也只能飞去，而蚂蚁有可能安然无恙。在这些作品的时间建构中，同样存在着许多意味性很强的造型细节、意象，对题旨之表达起到了强化与烘托之作用，从整体造型体系看，同样体现了特性化的造型机制。与此同时，诗人建构了动物、植物的时间系统，或者说动物、植物的时间与人的时间有何不同之处。

杨梓的时间系列作品，在审美方式上，既有抽象之意味表征，也有对物体世界之实有描摹。在《驻足阡陌间》的二十多首诗作中，纳入作品的各种意象构成了一个完整的审美造型世界。如春花、高尔夫球、蛛网、西夏瓷片、清水营古城、篝火、黑山峡、青海湖、油菜花、干枝梅、胡杨、焉支山、鹿羊等，诗人将这些意象同样纳入人类多种社会关系之中，描述了人类对自己身处之世界的喟叹及与其密不可分的关系，并且告诉人们“不要浪费人生的每一分钟 / 让自己做回自己，也让别人做回别人 / 所有的美好都会逝去，唯有回忆 / 所有的情感都无规律，唯爱释放能量”（《时间对话》）等人生的价值取向。

读者在阅读中回想曾经经历过之事情并将曾经之经历转化为现在此时的读者时间与诗人创作时间之距离似乎暂时消失了，在读者眼前显现的是曾经历过或见过的事物。所以在阅读《夕阳西下》时，自己仿佛目睹“晚霞由红到灰”与“地上的雾气”等图景。我们从美学上来看待此一现象：一旦进入审美关照，便会产生某种“自失”之现象，自我仿佛不复存在，转而进入审美对象之中。在阅读中所形成的此种回溯意向，实际正是人类社会历史意识的一种体现，就如一个人有追忆自己往事的内心倾向一样。在此一点上，读者与诗人一样，皆有一种设身处地、身临其境、回到曾经之本能。当然，穿插于诗歌中西下的夕阳，犹如一团跃动的火焰，成为人类不息生命之象征，烘托、强化了作品的基本意旨，营造了诗意之审美氛围，使实在之特性化世界图景更加丰富多彩。杨梓为了拓展审美空间，在时间叙述中创造了抒情色泽，建构、摄取了多姿多彩之世间物象：以小草、雪水、花、风、云等纤柔纯洁之景物，象征人类美好之心理、性格，并以此象征人类炽烈之情感。就诗篇中造型景物之丰富多彩来看，其时间系列作品也是很突显的，庶几成了一种意蕴深邃之审美意象链，诗人的每一组诗或每一首诗，皆有一个或多个意味深长的造型意象贯穿其中。某一意象在杨梓的诗歌韵律进程中会反复出现，在不同的语境中暗示着不同的意义。因此，意象在诗人看来乃诗歌美学之光与源，所以它暗示着人类世界的各种思潮与现象。如“火”的意象可以暗示社会与家庭，火具有热烈之特征与燃烧之力量，从此一点出发，有时也被用来暗示既可带来快乐又可能导致毁灭的欲火等。

杨梓这些以时间叙述建构的审美方式，属于以意味造型创造体系营构的诗歌美学整体造型体系，其中充盈着精神与意绪，恰似空中之声、水中之月、镜中之像。直观知识使得我们能够聚焦事物的本质，诗的境界则让我们直面造型，杨梓在诗中所展示的心与物、主体与客体之间的差别消失了，我们在世界中瞥见自身之影像，恰如在镜中，我们的自我造型被反射回来。如果我们出诗境如实境，与我们直观地把握诗境一样迅速简洁，那将是莫大之幸运。

我们一旦将杨梓诗歌的造型体系看作是人类的一种审美符号，看成是人类主体的时间意象，那么诗人之作品为何具有魅力、为何吸引读者也就不难理解了。尽管杨梓诗歌的造型体系提供的现实世界并不比艺术理论更直接，但在此种非逻辑推衍之意象中，它提供了一个更为充分的审美知觉与审美情感的现实世界，是汉语诗歌世界的总体艺术造型创造，除了给人们一个关于自身存在的逻辑推论之外，诗人要进入一种深深的艺术哲学思考。更重要的是在诗人看来，艺术既不是哲学，更非哲学之替身，而是二者相互渗透融合建构的美学体系，这样才能真正进入总体的美学思考。杨梓关于诗歌时间之探讨，正是诗人这种审美符号的创造。

总之，对于杨梓诗歌作品之审美世界与方式，主要探讨了作品的意味造型体系与基本意旨的融合渗透方式。如造型群像直接体现意旨，则属于时间与主体之变异方式；如造型群像间接表达意旨，那自然属于意味造型中时间之暗示表达。不过，杨梓创造之审美世界与客观世界一样复杂多样，一样会有许多特殊的、令人难以把握的事物。确定杨梓诗歌作品的审美认知方式，也是一件十分复杂且困难之事，常常会有一些越出常规之作品使我们在最终确定它的审美方式时犹豫再三。在此种情况下，尤其要注意把握时间系列中造型体系与基本意蕴之结合的特性。以上对杨梓诗歌中的时间性美学问题进行了一些讨论，我们可以得出这样一个结论：在杨梓诗歌美学中，与在其他方面一样，方法论的讨论并非一个大的领域中一个无足轻重的部分，而是此一领域的中心，是所关注的主要目的。因为在一项学术工作中，重要的问题除了所关注的事实的性质以外，还应该确证分析这些事实所用方法的严密与精确，然后才有可能完成这项综合的深入的研究。